中國古代文論選譯

陳丕武　劉海珊　編著

暨南大學出版社
JINAN UNIVERSITY PRESS

中國·廣州

圖書在版編目（CIP）數據

中國古代文論選譯/陳丕武，劉海珊編著．—廣州：暨南大學出版社，2022.4
ISBN 978 - 7 - 5668 - 3262 - 7

Ⅰ.①中…　Ⅱ.①陳…②劉…　Ⅲ.①中國文學—古代文論—文集
Ⅳ.①I206.2 - 53

中國版本圖書館 CIP 數據核字（2021）第 237804 號

中國古代文論選譯
ZHONGGUO GUDAI WENLUN XUANYI
編著者：陳丕武　劉海珊
···

出 版 人：張晉升
策劃編輯：杜小陸
責任編輯：亢東昌
責任校對：劉舜怡
責任印製：周一丹　鄭玉婷
封面題簽：劉惠階

出版發行：暨南大學出版社（510630）
電　　話：總編室（8620）85221601
　　　　　營銷部（8620）85225284　85228291　85228292　85226712
傳　　真：（8620）85221583（辦公室）　85223774（營銷部）
網　　址：http://www.jnupress.com
排　　版：廣州良弓廣告有限公司
印　　刷：佛山市浩文彩色印刷有限公司
開　　本：787mm×960mm　1/16
印　　張：15.5
字　　數：275 千
版　　次：2022 年 4 月第 1 版
印　　次：2022 年 4 月第 1 次
定　　價：49.80 圓

（暨大版圖書如有印裝質量問題，請與出版社總編室聯繫調換）

序

中國古代文學理論選本，比較常見的，是郭紹虞先生主編的三卷本《中國歷代文論選》（中華書局，1962 年）。作為教材用書，此書用繁體豎排刊印，體例則先錄正文，其次注釋，之後為說明，再之後為附錄。入選的作品，都是在文學批評理論發展史上具有代表意義的文章。注釋涉及用典、用事、運用成語、引用的資料、有關文學理論以及文學知識的內容。說明主要是原文的內容提要，或闡釋主要論點，言明其在文學思想史上繼承發展的關係和對後世的影響。附錄的文章極為豐富，但無注亦無說明。作者小傳以注釋出現。1979 年，經過較大修改、增補，編寫成新的《中國歷代文論選》（上海古籍出版社，1979 年）。為適應教學的需要，分四卷本與一卷本兩種版本發行。書以繁體橫排刊刻，體例則沒有改變。增補的內容，主要是近代文論，而增加最多的又是小說、戲曲、民歌方面的理論。

其後，為了適應新時期教學和科研的需要，黃霖、蔣凡兩位先生主編的四卷本《中國歷代文論選新編》（上海教育出版社，2007 年），以簡體橫排印刷出版。其體例較郭先生本增加了作者簡介，每篇作注釋；又重選篇目，增加金元以後有關小說、戲曲、詞論的內容；另寫說明，吸收新的研究成果；重新注釋，並適當增加拼音音注。

參與編撰這兩套文論教材的學者都是該領域中卓有成就的專家，撰成的教材也代表了學界的最高水平。不過，因這兩套教材均無翻譯，所以即使有較為詳細的注釋和說明，但對一般院校的老師和學生來說，要講好和學好這門課程，仍有相當的難度。特別是在一些普通院校中，中國古代文論課程僅作為選修課來開設，課時有限，而學生的基礎較差；且中國古代文學批評理論本身也艱深晦澀，比較抽象。所以，學生閱讀仍備感吃力。

有鑒於此，有學者對中國古代豐富的文學批評資料進行精選編錄，擇其要者，為之注釋、翻譯、梳講，使初學者易得入門之徑。如趙則誠、陳復興、趙福海的《中國古代文論譯講》（吉林人民出版社，1984 年）就是較早的一種。此書選錄漢魏到清末兩千年間有深遠影響的文論 20篇，目的是給大學生、中學語文教師以及具有高中文化水平的學習者學習中國古代文學理論作參考。所錄各篇文章均包括原文、注釋、譯文和講解。注釋側重說明字詞含義；譯文或直譯或意譯；講解的內容吸收了當時學界的最新研究成果。又周舸岷的《古代文論名篇選注譯析》（河南大學出版社，1991 年），錄文 32 篇。譯文基本採取直譯法；簡析則以分析所選文章內容為主，"不作太多縱的或橫的聯繫"。又張偉、李澤淳主編的《中國古代文論選讀》（遼寧師範大學出版社，2002 年），錄先秦到清末文論 20 篇。因是自學考試的教材，所以注釋亦較為詳盡。講解部分不僅概括所錄文章的批評主張、源流變遷，還對作者的生平、思想、學術主張等均有較為詳細的總結，頗似一部文學批評史與文論作品選相結合的大著。袁峰的《中國古代文論選讀》（西北大學出版社，2003 年），錄先秦至近代文論 29 篇。其體例有正文、注釋、譯文、作品簡介、內容講解、附錄、參考資料、思考題等。所錄文章基本上都是節選之文，即如曹丕《典論·論文》、劉勰《文心雕龍·神思》《體性》《風骨》等篇幅不長的文章，亦為節錄。內容講解是對所錄文章的文論觀點的簡單總結。附錄是對所錄文章時代的文論特點的簡略提示，彼時的文論作家及其文論作品的概述。

我從 2013 年起，每年給本科生開設古代文論選修課，文論作品選的教材一直用郭先生主編的一卷本《中國歷代文論選》。最初以講授批評史為經，以閱讀文論作品為緯。後來又嘗試以文論講解為主，批評史梳理為輔。但不管以何種方式開展教學，學生在閱讀文論作品時，都覺得艱深玄奧，難以理解。所以，為諸生疏解文章時，不得不反復致意，一步三回頭。又因課時有限，不能對《中國歷代文論選》中的每篇文章都進行梳理，所以我祇能從中選擇一小部分有代表性的篇目來講解。

魯迅先生說："曹丕的一個時代可說是'文學的自覺時代'，或如近代所說是為藝術而藝術（Art for Art's Sake）的一派。"文學如是，批評亦然。中國古代文學批評理論雖然濫觴於先秦，但其自覺以及繁榮卻是在魏晉南北朝時期。西晉的短暫統一之後，中國即經歷了幾近三百年的分裂。東晉以還，地分南北，學術亦分南北，士庶有別，門閥也分品第。儒道釋三教並存，儒史玄文四館同設。社會政治的變遷鼎革，思想的多元發展，也促進了文學批評的繁榮。彼時的專門批評著作，有曹丕的《典論·論文》、陸機的《文賦》、摯虞的《文章流別論》、李充的《翰林論》、劉勰的《文心雕龍》、鍾嶸的《詩品》等。批評界又提出了許多具有深遠影響的批評術語，如文氣、文筆、風骨、風力、四聲八病、聲律、通變等。學者也對文體進行了煩瑣的分類，如《文心雕龍》除總論所論的經、緯、騷之外，其他文體仍有 33 類；而《文選》則分為 38 類。

正是當時學者對文學批評理論的思考總結，著書立說，爭鳴辯駁，然後纔有劉勰《文心雕龍》的集其大成。以此而論，學者對六朝文論不能不多所措意，而這也是本書多錄魏晉南北朝文論的緣由所在。竊亦欲效"挈裘領，詘五指而頓之，順者不可勝數也"之意，其雖未必如所願，但初心如是耳！至於唐以後的文論，特別是戲曲、小說等理論，則限於學識才力，不得不有所簡略或闕如。

張舜徽先生曾說："編述體例之善，未有踰於太史公者也。其善奚在？一言以蔽之，曰：能以當代語言文字翻譯古書而已。"又說："惟古文《尚書》多古字古言，必通貫故訓，以今語解古語，而後能通其意。"通貫故訓，然後可以翻譯，則翻譯自非易事矣！至於翻譯通則，近人嚴復指出："譯事三難：信、達、雅。求其信已大難矣，顧信矣不達，雖譯猶不譯也，則達尚焉。"又說："《易》曰：脩辭立誠。子曰：辭達而已。又曰：言之無文，行之不遠。三者乃文章正軌，亦即為譯事楷模。故信、達而外，求其爾雅。此不僅期以行遠已耳，實則精理微言，用漢以前字法、句法，則為達易。用近世利俗文字，則求達難。往往抑義就詞，毫釐千里。審擇於斯二者之間，夫固有所不得已也，豈釣奇哉！"則翻譯之事，艱難如是。又翻譯有直譯和意譯，本書則努力以直譯為主，譯語力求與原文一一對應，唯不得已始用意譯。此外，本書所錄正文，多擇善本，或依據通行本（包括今人整理本），均於篇末注明出處；有校改者則於腳注中加以說明。注釋力求簡明、準確，不作煩瑣徵引和考證。解析文字有話則長，無話則短，旨在總結所錄文章的主要論點、提示其在文學批評史上的意義。文字用繁體，是希望中文系的本科生能多識古字。

本書撰寫過程中，曾參考前人時賢的成果，未能一一注出，敬請見諒！我學識能力有限，思慮不周，編撰中必有疏漏和錯誤之處，謹請讀者和專家指正。

目　錄

尚書·舜典（節錄）

帝曰[1]：“夔[2]，命汝典樂，教胄子[3]：直而溫，寬而栗，剛而無虐，簡而無傲。詩言志，歌永言，聲依永，律和聲[4]。八音克諧[5]，無相奪倫，神人以和。”夔曰：“於！予擊石拊石，百獸率舞[6]。”

阮元刻《十三經注疏》

【注釋】

[1] 帝：指舜。

[2] 夔：相傳是舜時的樂官。

[3] 胄子：貴族的長子。這裏泛指貴族子弟。

[4] 律：樂律，共有十二，陰陽各六，陽為律，陰為呂。六律即黃鐘、太簇、姑洗、蕤賓、夷則、無射，六呂即大呂、夾鐘、仲呂、林鐘、南呂、應鐘。

[5] 八音：我國古代對樂器的統稱，通常指金、石、絲、竹、匏、土、革、木八種不同質材所製的樂器。金指銅鐘，石指石磬，絲指琴瑟，竹指管簫，匏指笙，土指塤，革指鼓，木指柷。

[6] 百獸：各種化裝的動物圖騰。

【譯文】

帝舜說：“夔，命令你去掌管音樂，教育貴族子弟，使他們正直而溫和，寬容而堅毅，剛強而不暴戾，簡約而不傲慢。詩用來表達人的志意，歌要用延長詩的語言來徐徐詠唱，聲音的高低和長言相配，律呂合乎歌聲。八音和諧，彼此不能擾亂次序，神祇和人借助音樂實現和諧的交流。”夔說：“好的！我敲擊石磬，讓大家扮成各種野獸的樣子隨音樂起舞。”

【解析】

《尚書》就是“上古的書”，它是我國先秦時期歷史文獻的彙編。相傳原有百餘篇，經秦火之後，多已亡失。西漢時伏生傳二十八篇，用當時流行的隸書寫成，以區別於當時用篆書抄寫的《古文尚書》，稱為《今文尚書》。

　　這裏節錄的文字，反映了我國早期的文學批評思想。一是“詩言志”的提出，說明詩的本質是言志的。志指人的志向抱負，它雖然也包含了詩人的情感，但與魏晉時期陸機提出的“詩緣情”有區別：志與政治、教化相關，詩歌要表達詩人的政治理想，又要有益於教化；而情則不關政治、教化，多寫個人的情感。

　　二是詩歌、舞蹈、音樂的關係密切，這與《呂氏春秋·古樂》所載相似：“昔葛天氏之樂，三人操牛尾投足以歌八闋：一曰《載民》，二曰《玄鳥》，三曰《遂草木》，四曰《奮五穀》，五曰《敬天常》，六曰《達帝功》，七曰《依帝德》，八曰《總萬物之極》。”詩歌配樂配舞而作，可見我國早期各種藝術都是雜糅在一起的。

　　三是重視音樂對人品性形成的作用。夔在教育貴族子弟時，讓他們扮演動物的樣子，隨音樂跳舞而逐漸培養帝舜期望他們形成的各種品格，此種思想後來即由孔子提煉成“興於《詩》，立於禮，成於樂”的育人思想。

　　因為儒家思想在漢代以後成為我國傳統文化的主導思想，而《尚書》作為儒家重要的經典，其中的文學批評思想亦隨儒家地位的提升而對我國古代文學批評思想產生深遠的影響。如以詩為代表的文學作品要關注現實、教化百姓，在文學批評中具有重要的地位。

左傳·襄公二十九年（節錄）

左丘明（生卒年未詳）：姓左，名丘明，一說姓左丘，名明，春秋時魯國史官，或謂與孔子同時。相傳他據《春秋》紀年集各國史料撰《左氏春秋》（即《左傳》）。

（吳公子札）請觀於周樂，使工為之歌《周南》《召南》，曰："美哉！始基之矣，猶未也，然勤而不怨矣。"為之歌《邶》《鄘》《衛》，曰："美哉，淵乎[1]！憂而不困者也。吾聞衛康叔、武公之德如是[2]，是其《衛風》乎？"為之歌《王》，曰："美哉！思而不懼，其周之東乎！"為之歌《鄭》，曰："美哉！其細已甚，民弗堪也，是其先亡乎！"為之歌《齊》，曰："美哉，泱泱乎[3]！大風也哉！表東海者，其大公乎？國未可量也。"為之歌《豳》，曰："美哉，蕩乎！樂而不淫，其周公之東乎？"為之歌《秦》，曰："此之謂夏聲[4]。夫能夏則大，大之至也，其周之舊乎！"為之歌《魏》，曰："美哉，渢渢乎[5]！大而婉，險而易行，以德輔此，則明主也！"為之歌《唐》，曰："思深哉！其有陶唐氏之遺民乎？不然，何憂之遠也？非令德之後，誰能若是？"為之歌《陳》，曰："國無主，其能久乎？"自《鄶》以下無譏焉！為之歌《小雅》，曰："美哉！思而不貳，怨而不言，其周德之衰乎？猶有先王之遺民焉！"為之歌《大雅》，曰："廣哉！熙熙乎！曲而有直體，其文王之德乎？"為之歌《頌》，曰："至矣哉！直而不倨，曲而不屈，邇而不偪，遠而不攜，遷而不淫，復而不厭，哀而不愁，樂而不荒，用而不匱，廣而不宣，施而不費，取而不貪，處而不底，行而不流。五聲和[6]，八風平[7]，節有度，守有序，盛德之所同也！"

阮元刻《十三經注疏》

【注釋】
[1] 淵：深。
[2] 衛康叔：周公之弟，始封於衛。武公：康叔九世孫。
[3] 泱泱：深廣宏大。
[4] 夏聲：西方之聲。

〔5〕渢渢：樂聲婉轉悠揚。

〔6〕五聲：宮、商、角、徵、羽。

〔7〕八風：即八音。

【譯文】

（吳國公子季札）請求觀賞周朝的音樂，於是就派樂工為他演奏《周南》《召南》，季札說："美妙啊！這個音樂已為周朝的教化王業奠定了基礎，還沒有成功，不過人民勤勞而沒有怨恨。"給他演奏《邶風》《鄘風》《衛風》，他說："美妙啊，深厚啊！有憂愁但沒有陷入困境。我聽說衛康叔、衛武公的德行就是這樣，這大概就是《衛風》吧？"給他演奏《王風》，他說："美妙啊！有憂思但沒有恐懼，大概是周室東遷以後的詩歌吧！"給他演奏《鄭風》，他說："美妙啊！歌詞非常瑣細卑弱，百姓難以忍受，這個國家應該最先滅亡吧！"給他演奏《齊風》，他說："美妙啊，深廣遠大，這是大國的音樂啊！能夠成為東海諸國的表率，應該是姜太公的國家吧？國家的前途難以預測。"給他演奏《豳風》，他說："美妙啊，博大啊！愉悅但不放縱，大概是周公東征時的詩歌吧？"給他演奏《秦風》，他說："這就是西方的音樂。能成為西方的音樂就是宏大的音樂，宏大到了極點，這應該是周朝的舊樂吧！"給他演奏《魏風》，他說："美妙啊，浮泛啊！音樂宏大而婉轉，其政令習俗雖艱難而容易推行，若用道德相輔，就可以成為賢明的君王！"給他演奏《唐風》，他說："憂思深沉啊！大概還有陶唐氏的遺民吧？不然的話，怎麼會有那麼深遠的憂思啊？如果不是大德之人的後代，誰能這樣啊？"給他演奏《陳風》，他說："國家沒有了主人，還能維持長久嗎？"從《鄶風》以下的音樂沒有評論！給他演奏《小雅》，他說："美妙啊！雖有憂思卻沒有背叛之心，有憂怨而不傾訴，大概是周朝的德行衰落了吧？還有先王的遺民吧！"給他演奏《大雅》，他說："寬廣啊！和樂啊！樂曲抑揚頓挫但本體剛勁正直，這應該是文王的品行吧？"給他演奏《頌》，他說："到極點了！正直而不倨傲，委曲但不屈折，親近但不狎玩，悠遠而不離心，遷徙而不邪亂，反復往來而不厭倦，哀傷而不愁怨，快樂而不荒怠，施用而不匱乏，內心寬廣而不自顯，施惠而不減少，有所取而不貪得，靜處而不留滯，行動而不流蕩。五聲和諧，八音平和，節奏有曲度，音階調和得體，讚頌大德的主旨都是相同的！"

【解析】

中國古代文論重視從文學作品來瞭解社會生活和政治風俗，也就是觀志和觀風，這種觀念比較早見於“季札觀樂”。季札對《詩經》各部分進行評點，都是把音樂和詩歌與一國一地的風俗和政治得失聯繫在一起的。如《邶風》《鄘風》《衛風》“憂而不困”，《王風》“思而不懼”，《唐風》“思深”，《陳風》“國無主，其能久乎”，《小雅》“思而不貳，怨而不言，其周德之衰乎”等，都是“聲音之道與政通”或“審樂知政”的體現。

　　而季札論樂，又強調中和之美，如論《豳風》“樂而不淫”，論《頌》詩這一組讚美的句子。這直接影響了後來儒家詩樂理論的建構，對中國古代文學批評思想影響深遠。

論語（節錄）

孔子（約前551—前479）：名丘，字仲尼，春秋時魯國陬邑人。先世為宋貴族，但至孔子時已沒落。魯定公時官至司寇。因不滿魯國執政季桓子作為，周遊衛、宋、陳、蔡、齊、楚等國，但皆不為所用。晚年返魯，聚徒講學，弟子三千。相傳曾整理《詩》《書》等文獻，撰《春秋》。其學無所不窺，思想則以仁禮為核心，是儒家學派的創始者。漢代以後，儒家學說成為封建文化的正統，孔子也被尊為聖人。

子曰："《詩》三百，一言以蔽之，曰'思無邪。'"（《為政》）

子曰："《關雎》樂而不淫，哀而不傷。"（《八佾》）

子謂《韶》[1]，"盡美矣[2]，又盡善也[3]"。謂《武》[4]，"盡美矣，未盡善也"。（《八佾》）

子曰："質勝文則野，文勝質則史[5]。文質彬彬，然後君子。"（《雍也》）

子曰："興於《詩》，立於禮，成於樂。"（《泰伯》）

子曰："誦《詩》三百，授之以政，不達；使於四方，不能專對[6]；雖多，亦奚以為？"（《子路》）

子曰："有德者必有言，有言者不必有德。"（《憲問》）

顏淵問為邦[7]，子曰："行夏之時，乘殷之輅，服周之冕，樂則《韶》《舞》[8]，放鄭聲[9]，遠佞人。鄭聲淫，佞人殆。"（《衛靈公》）

子曰："辭達而已矣。"（《衛靈公》）

陳亢問於伯魚曰[10]："子亦有異聞乎？"對曰："未也。嘗獨立，鯉趨而過庭。曰：'學詩乎？'對曰：'未也。''不學詩，無以言。'鯉退而學詩。他日，又獨立，鯉趨而過庭。曰：'學禮乎？'對曰：'未也。''不學禮，無以立。'鯉退而學禮。聞斯二者。"陳亢退而喜曰："問一得三，聞詩，聞禮，又聞君子之遠其子也。"（《季氏》）

子曰："小子！何莫學夫詩？詩可以興，可以觀，可以羣，可以怨。邇之事父，遠之事君。多識於鳥獸草木之名。"（《陽貨》）

阮元刻《十三經注疏》

【注釋】

[1]《韶》：相傳是虞舜時的樂曲，據說其內容與舜受堯的禪讓之事有關。

[2]美：旋律美妙動聽。

[3]善：內容妥善。

[4]《武》：相傳是周武王時的音樂，據說其內容與周武王滅商建立新王朝之事有關。

[5]史：虛浮不實。

[6]專對：任使節時獨自隨機應答。

[7]顏淵：字子淵，孔子的弟子。

[8]《舞》：即《武》。

[9]鄭聲：產生於鄭國地區的民間音樂，一直被認為是淫靡放蕩的音樂。

[10]陳亢：字子禽，春秋時陳國人，孔子弟子。伯魚：孔子的兒子孔鯉的字。

【譯文】

孔子說："《詩經》三百篇，用一句話來概括它，就是'思想純正'。"（《為政》）

孔子說："《關雎》詩寫快樂但不放蕩，哀傷但不痛苦。"（《八佾》）

孔子論《韶》樂，"非常美，也非常好"。論《武》樂，"非常美，但還不夠好"。（《八佾》）

孔子說："質樸超過文采就顯得粗野，文采多於質樸就顯得虛浮。文采和質樸相得益彰，這纔是君子。"（《雍也》）

孔子說："人的修養先從學《詩》開始，以學禮來立身，以音樂來成就人格。"（《泰伯》）

孔子說："熟讀《詩經》三百篇，給他安排政事，他卻不能通達政事；派遣他出使外國，他不能獨立應對酬酢；即使讀得再多，又有什麼用處呢？"（《子路》）

孔子說："有高尚品德的人必定有名言，有名言的人卻不一定有高尚的品格。"（《憲問》）

顏淵問如何治理邦國，孔子說："用夏代的曆法，坐殷朝的大車，戴周朝的禮帽，音樂用《韶》樂和《武》樂，禁用鄭國的音樂，斥逐小人。鄭國的音樂靡曼淫穢，小人危險。"（《衛靈公》）

孔子說："語言能夠準確地表達意思就行了。"（《衛靈公》）

陳亢問孔子的兒子伯魚說：“您從老師那裏有得到不同的傳授嗎?”
伯魚回答說：“沒有。他曾經一個人站在庭院中時，我恭敬地從旁邊經
過。他問：‘讀詩了嗎?’我回答說：‘沒有。’‘不學詩，就不會說話。’
我退回來就學詩。過了幾天，他又一個人站在庭院中，我恭敬地從旁邊
經過。他問：‘學禮了嗎?’我回答說：‘沒有。’‘不學禮，就不能立足
社會。’我退回來就學禮。祇聽說了這兩件事。”陳亢退回來就很高興地
說：“問一件事就知道三件事，知道要讀詩，知道要學禮，知道君子對待
兒子和學生都是一視同仁。”（《季氏》）

孔子說：“弟子們! 為何不讀詩啊? 詩可以感發志意，考見得失，互
相感化和促進，批評諷怨。近可以用其中的道理來侍奉父母，遠可以用
來侍奉君上。可以多認識鳥獸草木的名稱。”（《陽貨》）

【解析】

孔子首先比較重視文學作品的思想內容。他要求作品思想純正，合
於儒家仁義，如論《詩》認為其思想無邪，認為《韶》樂因體現禪讓思
想而盡善盡美，《武》樂因武王滅商而在思想上有不足。又認為鄭國音樂
是淫樂，要排斥，因為鄭聲是民間音樂，思想內容多與儒家倡導的溫柔
敦厚之旨不合。

其次重視文學作品的社會功用。詩歌能興、觀、羣、怨，讀詩令使
者出使四方時得以應對自如，讀詩使人能言，都是強調文學作品在提高
個人心性修養、考見社會風俗、促進人際交往、諷怨社會弊病、處理政
事等方面有重要的幫助。

又重視中和之美。他認為“《關雎》樂而不淫，哀而不傷”，說明詩
歌使人快樂或哀傷但要有度，不能過度放縱情感的發洩。這種思想啟發
了後來儒家“溫柔敦厚”詩教的建立。

又強調人品對文品的決定作用。“有德者必有言，有言者不必有德。”
這一思想與後來孟子提出的“知人論世”思想一起，成為中國古代文學
批評思想的重要原則。

另外，孔子與弟子之間評點文學作品的方式，形成我國後來文學批
評的評點傳統。不過，這種隨感式、隻言片語的點評，雖不乏真知灼見，
但對文學批評的諸多問題均未能深入探討。

墨子（節錄）

墨子（約前468—前376）：名翟，战國初魯國人。相傳做過宋國大夫，周遊楚、衛、齊等國。初學儒者之業，受孔子之術，後另立新說，聚徒講學，創立墨家學派，與儒並稱，同為显學。主張簡樸節儉、勤勞刻苦，反對禮樂繁飾、聲色逸樂，尚質輕文，棄華務實。有《墨子》，今存五十三篇。

子墨子言曰："仁之事者，必務求興天下之利，除天下之害，將以為法乎天下。利人乎，即為；不利人乎，即止。且夫仁者之為天下度也，非為其目之所美，耳之所樂，口之所甘，身體之所安，以此虧奪民衣食之財，仁者弗為也。"是故子墨子之所以非樂者，非以大鍾、鳴鼓、琴瑟、竽笙之聲以為不樂也，非以刻鏤華文章之色以為不美也，非以犓豢煎炙之味以為不甘也[1]，非以高臺厚榭邃野之居以為不安也。雖身知其安也，口知其甘也，目知其美也，耳知其樂也，然上考之不中聖王之事，下度之不中萬民之利，是故子墨子曰："為樂非也。"（《非樂上》）

子墨子言曰："必立儀[2]，言而毋儀，譬猶運鈞之上而立朝夕者也[3]，是非利害之辨，不可得而明知也。故言必有三表[4]。""何謂三表？"子墨子言曰："有本之者，有原之者，有用之者。於何本之？上本之於古者聖王之事。於何原之？下原察百姓耳目之實。於何用之？廢以為刑政[5]，觀其中國家百姓人民之利。此所謂言有三表也。"（《非命上)》

孫詒讓《墨子閒詁》

【注釋】

[1] 犓豢：食草動物稱為犓，食穀動物稱為豢。
[2] 儀：標準、法則。
[3] 運鈞：製作陶器模型的輪子。朝夕：測量日影的表。
[4] 表：標準、法則。
[5] 廢：實施。

【譯文】

墨子說："仁人做事，必定致力於興揚天下利好的事，消除天下的危害，希望將此作為天下遵守的法則。有利於人，就做；不利於人，就停止。而且仁者為天下謀劃，不是為了他眼睛看到美景，耳朵聽到音樂，嘴裏嘗到美食，身體感到安適，因此搶奪百姓的衣食等財物，仁者是不會這麼做的。"所以墨子反對音樂的原因，不是認為大鐘、鳴鼓、琴瑟、竽笙的聲音不美妙，不是認為雕刻華麗的花紋不美好，不是認為煎炙的家禽肉味不鮮美，不是認為高臺大屋廣宇的房子住得不舒適。即使身體知道安適，嘴裏知道甜美，眼睛知道美麗，耳朵知道好聽，但因為向上考察而不符合聖王的要求，向下考察不符合百姓的利益，所以墨子說："從事音樂是不對的。"（《非樂上》）

墨子說："立言必須確立標準，立言沒有標準，就好比在轉動的陶輪上放置測量時間的儀器，是非利害的區別，就不可能明白了。所以立言必須有三個標準。""哪三個標準呢？"墨子說："有考察事情本始的標準，有推究事情原委的標準，有考察實踐應用的標準。去哪裏考察事情的本始呢？上要依據古代聖王的事蹟。去哪裏考察事情的原委呢？下要考察百姓耳聞目見的實際生活。去哪裏進行實踐應用呢？實施在刑法政令中，從中觀察國家百姓人民獲得的利益。這就是立言有三個標準的意思。"（《非命上》）

【解析】

墨子反對音樂，是因為他主張實用。他承認美景、音樂、美食、安居本身都美，但這些東西因其不符合聖王的要求和百姓的利益，所以就要反對。據此推論，文學作品的內容也應當"中聖王之事"和"中萬民之利"，否則也是被排斥的。他主張立言有三個標準，也體現了他對文學實用的要求。主張立言須有益於國家人民，就是要求關注時政、關注民生得失。立言要合乎聖王事蹟，已有復古的傾向，而這種傾向恰好又是中國古代文學創作和文學批評中的巨流。

孟子（節錄）

　　孟子（約前372—前289）：名軻，戰國時鄒人，魯公族孟孫氏後裔。受業於子思的門人。曾周遊齊、宋、滕、魏等國，嘗為齊宣王客卿，終不見用，退與萬章等門人著書立說以終。其學以"人性善"為出發點，主張"民貴君輕"，施行"仁政"，是孔子之後儒家學說之繼承者，後世稱"亞聖"。有《孟子》，今存七篇。

　　"敢問夫子惡乎長？"曰："我知言，我善養吾浩然之氣。""敢問何謂浩然之氣？"曰："難言也。其為氣也，至大至剛，以直養而無害，則塞於天地之間。其為氣也，配義與道；無是，餒也。是集義所生者，非義襲而取之也。行有不慊於心，則餒矣。我故曰告子未嘗知義，以其外之也。必有事焉，而勿正，心勿忘，勿助長也。無若宋人然：宋人有閔其苗之不長而揠之者，芒芒然歸。謂其人曰：'今日病矣，予助苗長矣。'其子趨而往視之，苗則槁矣。天下之不助苗長者寡矣。以為無益而舍之者，不耘苗者也；助之長者，揠苗者也，非徒無益，而又害之。""何謂知言？"曰："詖辭知其所蔽，淫辭知其所陷，邪辭知其所離，遁辭知其所窮。生於其心，害於其政；發於其政，害於其事。聖人復起，必從吾言矣。"（《公孫丑》上）

　　咸丘蒙曰[1]："舜之不臣堯，則吾既得聞命矣。《詩》云：'普天之下，莫非王土；率土之濱，莫非王臣。'而舜既為天子矣，敢問瞽瞍之非臣[2]，如何？"曰："是詩也，非是之謂也。勞於王事，而不得養父母也。曰：'此莫非王事，我獨賢勞也[3]！'故說詩者，不以文害辭，不以辭害志。以意逆志，是為得之。如以辭而已矣，《雲漢》之詩曰：'周餘黎民，靡有孑遺。'信斯言也，是周無遺民也。（《萬章》上）

　　孟子謂萬章曰[4]："一鄉之善士，斯友一鄉之善士；一國之善士，斯友一國之善士；天下之善士，斯友天下之善士。以友天下之善士為未足，又尚論古之人。頌其詩，讀其書，不知其人，可乎？是以論其世也，是尚友也。"（《萬章》下）

　　公孫丑問曰[5]："高子曰：'《小弁》，小人之詩也。'"孟子曰："何以言之？"曰："怨。"曰："固哉，高叟之為詩也！有人於此，越人關弓而射之^[6]，則己談笑而道之，無他，疏之也。其兄關弓而射之，則己垂涕泣而道之，無他，戚之也^[7]。《小弁》之怨，親親也。親親，仁也。固矣夫，高叟之為詩也！"曰："《凱風》何以不怨?"曰："《凱風》，親之過小者也。《小弁》，親之過大者也。親之過大而不怨，是愈疏也；親之過小而怨，是不可磯也^[8]。愈疏，不孝也；不可磯，亦不孝也。孔子曰：'舜其至孝矣，五十而慕。'"（《告子》下）

阮元刻《十三經注疏》

【注釋】

［1］咸丘蒙：孟子弟子。

［2］瞽瞍：舜父，相傳他寵愛後妻之子，屢次欲殺舜。或以有目而不能別好惡，故稱瞽瞍。

［3］賢勞：劬勞。

［4］萬章：孟子弟子。

［5］公孫丑：孟子弟子。

［6］關弓：彎弓。

［7］戚：親近。

［8］不可磯：微言相激就發怒。

【譯文】

"請問老師您擅長哪方面?"孟子說："我善於分析別人的言辭，也善於培養浩然之氣。""請問什麼是浩然之氣呢?"孟子說："很難說清。這種氣，最浩大最剛強，以正義來培養而不損害它，就會充滿天地之間。這種氣，配合義與道；若無義與道，就會萎靡。是積累義而形成的，不是義偶然出現就能得到的。祗要做了心中有愧的事，這種氣就疲軟了。我之所以說告子不知義，是因為他把義當成外在之物。一定要自覺培養它，但不能刻意，心中不能忘記，不要違背規律去助長它。不要像宋人那樣：宋國有一個人擔心禾苗不生長而去拔高它，疲倦而歸。對他的兒子說：'今天太累了，我幫助禾苗生長了。'他兒子跑過去看，拔起的禾苗已經枯槁。天下不幫助禾苗生長的人太少了。認為培養正義無用而放棄的，是種莊稼而不鋤草的懶人；培養正義卻違反規律助長的，就是拔苗助長的傻人，這種行為不僅對培養正氣無益，反而損害了它。""什麼是懂得分析別人的言辭?""偏頗的言辭我知道它有不足，過分的言辭我知道它有錯誤，不合道的言辭我知道它離經叛道，閃爍的言辭我知道它理虧。這些言辭從心中產生，就會危害政治；施於政治，就會危及國事。

如果聖人再出現，也必定會贊同我的說法的。"（《公孫丑》上）

咸丘蒙說："舜不以堯為臣，我已經聽到您的教誨了。《詩經》說：'天下的土地，沒有一塊不是天子的土地；天下的子民，沒有一個不是天子的臣民。'但舜已經是天子了，瞽瞍卻不是舜的臣民，請問這是為什麼呢？"孟子說："這首詩，不是你說的這個意思。它是說詩人憂勞國事，而無暇奉養父母。詩人說：'這難道不是國事嗎？為什麼祇有我一個人勤勞地做啊！'所以解析詩歌的人，不要拘執文字而誤解詞句，也不要拘執詞句而誤解詩意。用自己的體會來推求詩人的本意，這纔能準確地解讀詩歌。如果僅僅拘執於詞句來解詩，那《雲漢》詩說：'周朝留下的百姓，沒有一個留存了。'如果聽信了這話，那周朝就沒有一個人留存了。"（《萬章》上）

孟子對萬章說："一個鄉村裏有最優秀的人士，就要和這個鄉村裏的這個人士結交為友；一個邦國裏有最優秀的人士，就要和這個邦國的這個人士結交為友；天下有最優秀的人士，就要和天下的這個人士結交為友。如果認為結交天下的優秀人士還不夠，那就追論古代優秀的人士。頌讀他們的詩歌，閱讀他們的書籍，但不瞭解作者的基本情況，這可以嗎？所以考論他的時世，這就是與古人結交為友。"（《萬章》下）

公孫丑問道："高子說：'《小弁》這首詩，是小人作的詩。'"孟子說："為何這麼說？"公孫丑答道："因為詩中有怨言。"孟子說："機械啊，高老先生讀詩！有個人在這裏，越國人彎弓射他，但他可以鎮定自若地笑着談論這事，這沒有什麼，因為越人跟他的關係疏遠。如果他的哥哥彎弓射他，那他就會悲傷地哭着講述這事，這沒有什麼，因為他哥哥跟他關係親近。《小弁》詩中有怨，因為熱愛親人。熱愛親人，這是仁善。機械啊，高老先生讀詩！"公孫丑又問："《凱風》這首詩為什麼沒有怨呢？"孟子說："《凱風》這首詩，是因為母親的過錯小。《小弁》這首詩，是因為父親的過錯大。父親的過錯大卻沒有怨，這說明與親人的關係更疏遠；母親的過錯小而有怨，是因為這個人很容易被激怒。關係更疏遠，是不孝；很容易被激怒，也是不孝。孔子說：'舜應該是最孝順的吧，五十歲了還依戀父母。'"（《告子》下）

【解析】

孟子是繼孔子之後儒家的代表人物，學術思想以仁為核心。在文學批評方面，他提出解讀文學作品的方法，不能拘執於文字的表面意義，而要"以意逆志"。意，指詩人的思想，即要求讀者結合詩人的創作情況來推測詩意，這與孟子提出的"知人論世"思想相應。以作者和作品為中心，全面考察作品呈現的情感。但也有學者認為，意指讀者的思想，即要求讀者根據閱讀經驗，來理解作品的意圖。

孟子主張閱讀文學作品，要知人論世。作者在創作文學作品時，都有特定的時代思想背景，也有創作時的心態變化。讀者在理解作品時，要對作者的生平思想及創作情況進行全面的考察，纔能比較接近作者的原意。

在言與意的關係中，學者往往有"言能盡意"和"言不盡意"的主張。孔子主張"辭達而已矣"，其實已隱約地說明語言是能夠達意的。孟子論及各種言辭的情形，說明通過人的言辭可以窺知人的情感，那語言當然是能夠準確表達人的情意的了。

孟子在論知言之前，先論及養浩然之氣，這就說明氣與言辭都要配義與道，即合於孟子主張的仁善。言辭要宣揚義與道，作文也要記載仁與善，這點也啟發了後來"文以載道"的文學批評主張。

後來的批評家從孟子"養氣知言"的主張得到啟發，主張立言為文以養氣為本，提高道德修養和思想認識，形成獨特的作品風貌。後世作家如韓愈提出"氣盛，則言之短長與聲之高下者皆宜"，而批評家如曹丕提出"文以氣為主"，把氣作為審美標準來批評文章，都應當是受孟子的影響的。

荀子（節錄）

荀子（約前313—前238）：名況，戰國末年趙國人。遊學於齊，齊襄王時為稷下學宮祭酒。楚考烈王時，任楚蘭陵令，著書授徒，顯者有韓非、李斯。其學本源於儒而博採眾家之長，發展了唯物主義，主張性惡論、法後王，尊禮重教。著有《荀子》。

學惡乎始？惡乎終？曰：其數則始乎誦經[1]，終乎讀《禮》；其義則始乎為士，終乎為聖人。真積力久則入，學至乎沒而後止也[2]。故學數有終，若其義則不可須臾舍也。為之，人也；舍之，禽獸也。故《書》者，政事之紀也；《詩》者，中聲之所止也；《禮》者，法之大分、類之綱紀也，故學至乎《禮》而止矣。夫是之謂道德之極。《禮》之敬文也，《樂》之中和也，《詩》《書》之博也，《春秋》之微也，在天地之間者畢矣。（《勸學》）

聖人也者，道之管也[3]。天下之道管是矣[4]，百王之道一是矣，故《詩》《書》《禮》《樂》之道歸是矣。《詩》言是其志也，《書》言是其事也，《禮》言是其行也，《樂》言是其和也，《春秋》言是其微也。故《風》之所以為不逐者[5]，取是以節之也；《小雅》之所以為《小雅》者，取是而文之也；《大雅》之所以為《大雅》者，取是而光之也[6]；《頌》之所以為至者[7]，取是而通之也：天下之道畢是矣。（《儒效》）

梁啟雄《荀子簡釋》

【注釋】
[1] 數：順序。
[2] 沒：歿。
[3] 管：樞紐。
[4] 是：指儒家學說。
[5] 逐：放蕩。
[6] 光：擴大。
[7] 至：極，指道德之極。

【譯文】

學習從哪裏開始？到哪裏結束呢？說：它的順序是從讀經開始，到讀《禮》結束；其意義是從做一個讀書人開始，到成為聖人結束。認真積累長期努力就能深入，學習到老死纔能停止。所以學習就順序來說是有盡頭的，但就學習的意義來說卻是不能片刻放棄的。認真學習，就成為人；放棄學習，就是禽獸。因此《尚書》，記載政事；《詩經》，收錄合乎音樂的篇章；《禮》，是法律的總綱、具體行為的準則，所以學習到明《禮》就算學有所成了。這可以說是到了道德的頂峰。《禮》要求莊敬有文飾，《樂》合乎中正和諧，《詩經》《尚書》內容廣博，《春秋》詞意精微，存在於天地間的道理都完備地記載在這些典籍中了。（《勸學》）

聖人，是思想的樞紐。天下的大道理都集中在這裏了，歷代聖王的思想也統一在這裏了，因此《詩經》《尚書》《禮》《樂》的思想也在聖人這裏。《詩經》表達聖人的意志，《尚書》記載聖人的行事，《禮》記載聖人的行為，《樂》記載聖人的和悅心情，《春秋》記載聖人的微言大義。所以《國風》之所以不被認為放蕩，是因為用聖人的思想來節制了；《小雅》之所以被稱為《小雅》，是因為用聖人的思想潤飾了；《大雅》之所以被稱為《大雅》，是因為用聖人的思想來擴大了；《頌》之所以是道德之極，是因為聖人的思想貫通其中了：天下的大道理都囊括在這些典籍中了。（《儒效》）

【解析】

荀子認為人性本惡，必須通過後天的學習纔能向善，所以他非常強調學習的重要性。而學習的書目便是記載聖人之道的各種典籍。他認為儒家經典是天下大道的樞紐，融匯了聖人的思想，《詩》《書》《禮》《樂》《春秋》體現了聖人意志、行事、行為、心情、政治觀念等思想。

對儒家聖人以及儒家經典的推崇，這可以認為是後世文學創作和批評思想中"宗經""徵聖""明道"復古思想的先聲。宗經指以儒家的經典著作為模仿對象，徵聖指以儒家聖人從事寫作的態度為證驗，明道指文章要弘揚儒家之道。明道是內容，宗經、徵聖是手段、途徑。

禮記（節錄）

孔子曰：“入其國，其教可知也。其為人也，溫柔敦厚，《詩》教也。疏通知遠[1]，《書》教也。廣博易良，《樂》教也。絜靜精微[2]，《易》教也。恭儉莊敬，《禮》教也。屬辭比事[3]，《春秋》教也。故《詩》之失愚，《書》之失誣，《樂》之失奢，《易》之失賊[4]，《禮》之失煩，《春秋》之失亂。其為人也，溫柔敦厚而不愚，則深於《詩》者也。疏通知遠而不誣，則深於《書》者也。廣博易良而不奢，則深於《樂》者也。絜靜精微而不賊，則深於《易》者也。恭儉莊敬而不煩，則深於《禮》者也。屬辭比事而不亂，則深於《春秋》者也。”

阮元刻《十三經注疏》

【注釋】

[1] 疏通：疏曠通脫。
[2] 精微：精深微妙。
[3] 屬辭比事：連綴文辭，排比史事，後亦泛指撰文記事。
[4] 賊：傷害。

【譯文】

孔子說：“進入一個邦國，看它的風俗就可以瞭解那裏的教化情況了。那裏的人，溫和柔順樸實忠厚，這是《詩》教化的結果。疏曠通脫明曉古事，這是《書》教化的結果。心胸廣闊簡易善良，這是《樂》教化的結果。清潔沉靜洞察幽微，這是《易》教化的結果。恭敬節儉齊莊敬慎，這是《禮》教化的結果。精於辭令和比次褒貶，這是《春秋》教化的結果。所以《詩》的教化不加約束就會使人愚笨，《書》的教化不加約束就會使人狂妄，《樂》的教化不加約束就會使人放縱，《易》的教化不加約束就會使人互相傷害，《禮》的教化不加約束就會使事煩瑣，《春秋》的教化不加約束就會使人作亂。他們的為人，溫和柔順樸實忠厚而不愚笨，這是學《詩》精深的表現。疏曠通脫明曉古事而不狂妄，這是學《書》精深的表現。心胸廣闊簡易善良而不放縱，這是學《樂》精深的表現。清潔沉靜洞察幽微而不互相傷害，這是學《易》精深的表現。

恭敬節儉齊莊敬慎而不煩瑣，這是學《禮》精深的表現。精於辭令和排比史事而不作亂，這是學《春秋》精深的表現。"

【解析】

中國古代文論主張溫柔敦厚，溫指顏色溫潤，柔謂性情柔和。一方面，要求詩歌要抒發溫柔恭順、深鬱厚篤的情感，不叫囂乖張，不尖銳批判。藝術上則蘊藉含蓄，微宛委曲。總之，要合於儒家中和之美。另一方面，溫柔敦厚也指人的言行趣尚、氣質性情，即通過《詩》的陶冶教化，使人們具有溫柔良善、誠樸寬厚的人格底蘊。

毛詩序

卜商（前 507—前 400）：字子夏，春秋末衛國人。孔子弟子，以文學見稱。相傳講學於西河，為魏文侯師。此序或以為東漢時衛宏所作，目前仍無定論。

《關雎》，后妃之德也[1]，風之始也，所以風天下而正夫婦也。故用之鄉人焉，用之邦國焉。風，風也，教也。風以動之，教以化之。

詩者，志之所之也。在心為志，發言為詩。情動於中而形於言，言之不足故嗟歎之，嗟歎之不足故永歌之，永歌之不足，不知手之舞之，足之蹈之也。

情發於聲[2]，聲成文謂之音。治世之音安以樂，其政和；亂世之音怨以怒，其政乖；亡國之音哀以思，其民困。故正得失，動天地，感鬼神，莫近於詩[3]。先王以是經夫婦[4]，成孝敬，厚人倫，美教化，移風俗。

故詩有六義焉：一曰風，二曰賦，三曰比，四曰興，五曰雅，六曰頌。上以風化下，下以風刺上，主文而譎諫[5]，言之者無罪，聞之者足以戒，故曰風。至於王道衰，禮義廢，政教失，國異政，家殊俗，而變風變雅作矣[6]。國史明乎得失之迹，傷人倫之廢，哀刑政之苛，吟詠情性，以風其上，達於事變而懷其舊俗者也。故變風發乎情，止乎禮義。發乎情，民之性也；止乎禮義，先王之澤也。是以一國之事，繫一人之本，謂之風；言天下之事，形四方之風，謂之雅。雅者，正也，言王政之所由廢興也。政有小大，故有《小雅》焉，有《大雅》焉。頌者，美盛德之形容，以其成功告於神明者也。是謂四始[7]，詩之至也。

然則《關雎》《麟趾》之化，王者之風，故繫之周公[8]。南，言化自北而南也。《鵲巢》《騶虞》之德，諸侯之風也，先王之所以教，故繫之召公[9]。《周南》《召南》，正始之道，王化之基。是以《關雎》樂得淑女以配君子，憂在進賢，不淫其色。哀窈窕[10]，思賢才，而無傷善之心焉。是《關雎》之義也。

阮元刻《十三經注疏》

【注釋】

[1] 后妃：天子的妻子。

[2] 聲：宮、商、角、徵、羽。

[3] 近：超過。

[4] 以：用。

[5] 主文：隱約含蓄的語言。譎諫：委婉諷刺。

[6] 變風變雅：指那些反映時世由盛變衰，政教綱紀大壞的《國風》和《雅》詩。作：興起。

[7] 四始：舊說《詩經》有四始，各家說法不一，常見有二：鄭玄認為是指《風》《小雅》《大雅》《頌》。司馬遷認為是指《風》《小雅》《大雅》《頌》的首篇，分別是《關雎》《鹿鳴》《文王》《清廟》。

[8] 周公：姓姬，名旦，周文王子，武王弟。幫助武王滅商，制定禮樂制度，分封諸侯，使周王朝強盛。

[9] 召公：姓姬，名奭。成王時，與周公分陝而治，常巡行鄉邑，聽訟決獄治事。

[10] 哀：憐愛。窈宨：嫻靜的樣子，此指美女。

【譯文】

《關雎》這首詩，是讚美天子的妻子的品德的，是十五國國風的第一篇，用來教化天下百姓和端正夫婦倫理。所以用來教化人，治理邦國。風，就是諷喻，就是教化。用諷喻來感動他們，用教育來感化他們。

詩歌，是志意表達的載體。蘊藏在心中的是志意，用語言表達出來就是詩歌。情意在心中被觸動就會用語言表達出來，嫌語言不足就會咨嗟歎息以延續它，咨嗟歎息仍嫌不足就要引聲長歌，長歌還不夠，就會情不自禁地舉手舞身，頓足蹈地。

情意發出來成為聲音，五聲交織成文就是音樂。太平時代的音樂安泰愉悅，它的政治清明；動亂時代的音樂怨恨憤怒，它的政治反常；亡國的音樂哀傷憂愁，它的百姓困苦。所以糾正政治得失，感動天地，感動鬼神，沒有比詩歌更適合的。古代的聖王就用它來規範夫婦的行為，培養孝敬，敦厚人倫，完美教化，改變風俗。

所以詩有六義：一是風，二是賦，三是比，四是興，五是雅，六是頌。在上者用來教化在下者，在下者用來諷刺在上者，用隱約含蓄的詩歌來委婉地諷刺，作詩者不會因此獲罪，聽詩歌者也可以引以為戒，因此叫風。到了仁政衰亡，禮義廢棄，政治教化缺失，諸侯國各自為政，大夫之家風俗變異，變風和變雅的詩就產生了。國家的史官瞭解到政治的得失，對人倫秩序的廢棄感到悲傷，對刑罰政治的嚴苛感到哀傷，所以抒發情感，用來諷刺在上者，這是詩人瞭解政事的變化而又懷念故舊習俗的做法。所以變風是情感的感發，由禮義來節制。激發情感，是人的本性；由禮義來節制，是古代聖王的恩澤。所以國家的政事，結合詩人的情感來抒發，這就是風；諷喻天下的大事，表現各地的風俗，這就是雅。雅，是正的意思，反映王朝政治廢興的緣由。政治有小有大，所以有《小雅》，有《大雅》。頌，是讚美盛大功德的情形，用詩人的成功來告慰神明。這就是四始，是詩的典範。

因此《關雎》《麟趾》的教化，是天子的教化，所以把這些詩繫於周公。南，是說教化從北到南推進。《鵲巢》《騶虞》的美德，是諸侯的教化，說的是先王教化的原因，所以把這些詩繫於召公。《周南》《召南》這些詩，是端正開始的正道，是王道教化的基礎。所以《關雎》這首詩樂於得到賢淑女子來作君子的配偶，憂慮的是為君王推薦賢才，而不是沉迷美色。憐愛美女，思念賢德的才士，卻沒有損害良善的想法。這就是《關雎》的旨意。

【解析】

《毛詩序》可以認為是先秦儒家詩教的總結，在文學批評史上有重要的地位。首先，它也主張詩的本質是言志的，這個志更具體的是指人內心的情感、想法。"志之所之"的志和"情動於中"的情，二者互相涵蓋，與《尚書·舜典》說法一脈相承。其次，說明詩歌須有益教化，如論《關雎》，認為是教化之始。又認為詩歌是先王"經夫婦，成孝敬，厚人倫，美教化，移風俗"的重要手段。再次，指出詩歌與時代政治有密切的聯繫。國家政治的興衰成敗、社會風俗的變化轉移都可以通過詩歌來反映。這與《左傳》季札觀樂論樂相似，也啟發了後來劉勰在《文心雕龍·時序》中對此問題的詳細討論。最後，對詩歌內容和表現手法作了初步的總結。詩歌內容分風、雅、頌三部分，據朱熹的說法，這是從音樂的角度來劃分的。詩歌的表現手法分賦、比、興，分別是鋪敘、比喻、起興。

《毛詩序》的批評思想貫穿着一個中心思想，即它注重詩的功利性，要求詩歌必須為統治階級服務。這一思想對後世既有積極的影響，也有消極的影響，且無論哪方面，其影響都極為深遠。

答盛擥問作賦

司馬相如（前179—前118）：字長卿，西漢蜀郡成都人。初事景帝為武騎常侍，病歸臨邛，遇新寡家居之卓文君，乃同奔成都。武帝時為郎，奉使通西南夷，拜孝文園令，病免。工辭賦，為西漢著名辭賦家。有《司馬文園集》。

合綦組以成文[1]，列錦繡而為質[2]，一經一緯[3]，一宮一商[4]，此作賦之跡也。賦家之心，苞括宇宙，總覽人物，斯乃得之於內，不可得其傳也。

《全漢文》

【注釋】

[1] 綦組：雜色絲帶。

[2] 錦繡：花紋色彩精美鮮豔的絲織品。

[3] 一經一緯：絲織物的縱線和橫線。

[4] 一宮一商：五音中的兩個音。

【譯文】

把染色的絲帶結合在一起組成辭藻，把精緻華麗的絲織品排列在一起組成內質，縱向的絲線和橫向的絲線相勾連，宮音和商音互相組合，這就是創作賦體的方法。賦家的心胸眼界，必須包容宇宙萬物，綜觀人和物，這些都是從內心體會的，不能得自他人的傳授。

【解析】

最能代表漢代精神的文體無疑就是漢大賦，此種文體內容側重於敘事狀物，採用主客問答的形式，聲韻諧和，句式整齊，重視鋪張誇飾，講究辭采。司馬相如是漢大賦創作的代表性作家，他的《子虛賦》《上林賦》結構宏偉，富麗堂皇，描寫場面雄偉壯觀，富有氣魄。在狀物上繪形繪聲，窮形盡相。語彙豐富，用字新奇，文采華茂，形成了大賦的創作範式。

　　而司馬相如的賦作成就正源於他對賦體文學的認識，他認為賦必須展示"苞括宇宙，總覽人物"的廣博知識，要求"綦組""錦繡"般華美的外文內質，講究經緯宮商，這基本上反映了漢賦的優點和缺點。優點是豐富了漢語詞彙，開拓了文學狀物敘事的寫作方法。其弊病則是使漢賦的創作走向圖案化、類型化，僵化了賦體文學。

史記・太史公自序（節錄）

　　司馬遷（前145—?）：字子長，西漢左馮翊夏陽人。初任郎中，漢武帝時，先後任太史令、中書令。早年遊歷遍及南北，曾博覽皇室秘書，參與曆法改革，又繼父遺志撰史。因李陵事下獄，受腐刑，出獄後發憤輯理金匱石室之文獻，寫成《太史公書》（即《史記》）。此書為我國第一部紀傳體通史，上起黃帝，下至漢武帝太初年間，對後世史學、文學均有深遠影響。

　　太史公曰[1]：“先人有言：‘自周公卒五百歲而有孔子。孔子卒後至於今五百歲，有能紹明世，正《易傳》，繼《春秋》，本《詩》《書》《禮》《樂》之際?’意在斯乎！意在斯乎！小子何敢讓焉。”
　　上大夫壺遂曰[2]：“昔孔子何為而作《春秋》哉?”太史公曰：“余聞董生曰[3]：‘周道衰廢，孔子為魯司寇[4]，諸侯害之，大夫壅之。孔子知言之不用，道之不行也，是非二百四十二年之中，以為天下儀表，貶天子，退諸侯，討大夫，以達王事而已矣。’子曰：‘我欲載之空言，不如見之於行事之深切著明也。’夫《春秋》，上明三王之道，下辨人事之紀，別嫌疑，明是非，定猶豫，善善惡惡，賢賢賤不肖，存亡國，繼絕世，補敝起廢，王道之大者也。《易》著天地陰陽四時五行，故長於變；《禮》經紀人倫，故長於行；《書》記先王之事，故長於政；《詩》記山川谿谷禽獸草木牝牡雌雄，故長於風；《樂》樂所以立，故長於和；《春秋》辯是非，故長於治人。是故《禮》以節人，《樂》以發和，《書》以道事，《詩》以達意，《易》以道化，《春秋》以道義。撥亂世反之正，莫近於《春秋》。《春秋》文成數萬，其指數千，萬物之散聚皆在《春秋》。《春秋》之中，弒君三十六，亡國五十二，諸侯奔走不得保其社稷者不可勝數。察其所以，皆失其本已。故《易》曰‘失之毫釐，差以千里’。故曰‘臣弒君，子弒父，非一旦一夕之故也，其漸久矣’。故有國者不可以不知《春秋》，前有讒而弗見，後有賊而不知。為人臣者不可以不知《春秋》，守經事而不知其宜，遭變事而不知其權。為人君父而不通於《春秋》之義者，必蒙首惡之名。為人臣子而不通於《春秋》之義者，必陷篡弒之誅，死罪之名。其實皆以為善，為之不知其義，被之空言而不敢辭。夫不通禮義之旨，至於君不君，臣不臣，父不父，子不子。夫君不君則犯，臣不臣則誅，父不父則無道，子不子則不孝。此四行者，天下之大過也。以天下之大過予之，則受而弗敢辭。故《春秋》者，禮義之大宗也。夫禮禁未然之前，法施已然之後；法之所為用者易見，而禮之所為禁者難知。”

壺遂曰：“孔子之時，上無明君，下不得任用，故作《春秋》，垂空文以斷禮義，當一王之法[5]。今夫子上遇明天子，下得守職，萬事既具，咸各序其宜，夫子所論，欲以何明？”

太史公曰：“唯唯，否否，不然。余聞之先人曰：‘伏羲至純厚，作《易》八卦。堯舜之盛，《尚書》載之，禮樂作焉。湯武之隆，詩人歌之。《春秋》采善貶惡，推三代之德[6]，褒周室，非獨刺譏而已也。’漢興以來，至明天子，獲符瑞[7]，封禪[8]，改正朔[9]，易服色[10]，受命於穆清[11]，澤流罔極，海外殊俗，重譯款塞[12]，請來獻見者，不可勝道。臣下百官力誦聖德，猶不能宣盡其意。且士賢能而不用，有國者之恥；主上明聖而德不布聞，有司之過也。且余嘗掌其官，廢明聖盛德不載，滅功臣世家賢大夫之業不述，墮先人所言，罪莫大焉。余所謂述故事，整齊其世傳，非所謂作也，而君比之於《春秋》，謬矣。”

於是論次其文，七年而太史公遭李陵之禍[13]，幽於縲紲[14]。乃喟然而歎曰：“是余之罪也夫！是余之罪也夫！身毀不用矣。”退而深惟曰：“夫《詩》《書》隱約者，欲遂其志之思也。昔西伯拘羑里[15]，演《周易》；孔子厄陳蔡[16]，作《春秋》；屈原放逐[17]，著《離騷》；左丘失明[18]，厥有《國語》；孫子臏腳[19]，而論兵法；不韋遷蜀[20]，世傳《呂覽》；韓非囚秦[21]，《說難》《孤憤》；《詩》三百篇，大抵賢聖發憤之所為作也。此人皆意有所鬱結，不得通其道也，故述往事，思來者。”於是卒述陶唐以來[22]，至於麟止，自黃帝始[23]。

中華書局點校本《史記》

【注釋】

[1] 太史公：司馬遷自稱。

[2] 壺遂：漢武帝時的天文學家。

[3] 董生：董仲舒，漢武帝時的經學家，司馬遷曾向他問學。

[4] 司寇：官名，掌管刑獄、糾察等事。

[5] 當一王之法：公羊家認為孔子以《春秋》行王者之事，褒善貶惡，撥亂反正。

[6] 三代：夏、商、周。

　　[7] 符瑞：吉祥的徵兆，古代多指帝王受命的徵兆。
　　[8] 封禪：古代帝王祭祀天地的大典，祭天為封，祭地為禪。
　　[9] 改正朔：改換曆法。正是一年之始，朔是一月之始。古時候改朝換代，都要重新確定正朔以示受命於天。
　　[10] 易服色：更改車馬、祭牲的顏色。古代每個封建王朝都崇尚一種顏色，漢初尚黑，文帝後用黃。
　　[11] 穆清：本指天空清穆之氣，借指天。
　　[12] 重譯：語言經過輾轉翻譯。款塞：叩塞門，指外族前來通好。
　　[13] 遭李陵之禍：李陵與匈奴作戰失敗後投降，司馬遷為之辯解而下獄，遭受宮刑。
　　[14] 縲絏：原指捆綁犯人的繩索，引申為監獄。
　　[15] 西伯拘羑里：西伯指周文王姬昌，相傳他被拘禁在羑里，把《周易》從八卦推演成六十四卦。
　　[16] 孔子厄陳蔡：孔子周遊列國，在陳國和蔡國被困糧絕。
　　[17] 屈原放逐：屈原是楚國貴族，官至左徒，兼管內政外交大事。遭貴族排擠，被流放沅、湘流域。
　　[18] 左丘失明：春秋時魯國的史官。相傳他失明以後，撰成《國語》一書。
　　[19] 孫子臏腳：孫臏是戰國時齊國人，與龐涓同學兵法，為龐涓所忌而受臏刑。
　　[20] 不韋遷蜀：呂不韋是戰國末年的大商人，秦莊襄王時被任為相國，秦始皇親政後，被免去相國職務，貶遷蜀地。
　　[21] 韓非囚秦：韓非本是韓國貴族，是戰國末期法家的代表。入秦後，為李斯所讒，在獄中自殺。
　　[22] 陶唐：堯初居陶丘，後遷往唐，故稱陶唐氏。
　　[23] 黃帝：姓公孫，居軒轅之丘，故號軒轅氏。傳說是中原各族的共同祖先。

【譯文】
　　太史公說："我的父親曾說過：'從周公死後五百多年纔有孔子。孔子死後到現在五百年，有能夠繼承清明的時代，辨正《易傳》，續寫《春秋》，遵奉《詩》《書》《禮》《樂》的精義的嗎？'他的用意就在這裏吧！他的用意就在這裏吧！我怎能推讓呢。"
　　上大夫壺遂說："以往孔子為什麼撰寫《春秋》呢？"太史公說："我聽董生說：'周朝王道衰敗廢弛，孔子當時是魯國的司寇，諸侯讒害他，卿大夫阻撓他。孔子知道言論不被採納，主張不能施展，所以撰寫《春秋》以褒貶二百四十二年中的歷史大事，以此作為天下的準則，貶抑無道的天子，斥退無禮的諸侯，聲討亂政的大夫，以使國家政事通暢。'孔子說：'我想與其撰寫空洞的言論，不如記述眼見的歷史事實以作褒貶來得深刻顯著。'《春秋》這本書，上闡明三王的治世大道，下辨明人事治理的大綱，疏解嫌疑，辨明是非，論定猶豫不決的事，褒揚仁善貶斥邪惡，尊崇賢良鄙薄不肖，存續將亡的國家，維持將絕的世系，補救衰敝振興廢敗，這是王道的最大端。《周易》記載天地陰陽四時五行，所以優點是講變化；《禮》規範人倫，優點在講踐行；《尚書》記錄古代聖王的行事，所以優點是記載政事；《詩經》記錄山川谿谷禽獸草木牝牡雌雄，所以優點在主教化；《樂》記載音樂立人的道理，所以優點在和諧；《春秋》論辯是非，所以優點在治理人民。因此《禮》用來規範人倫，《樂》用來激發人的和諧之心，《書》用來記事，《詩》用來表達人的情意，《易》用來闡述陰陽五行變化的道理，《春秋》用來論述王道義理，撥轉亂世使其回歸正道，沒有超過《春秋》的。《春秋》寫成文字祇有幾萬，其大旨卻有幾千，萬物聚散離合的道理都包含在《春秋》中。在《春秋》中，記載弒君的事件有三十六起，亡國的事件有五十二起，諸侯流散而不能保存其國家的難以計量。考察其敗亡喪亂的原因，都是失掉立國立身的根本。所以《易》說'相差一點點，錯誤就很大'。所以說'大臣弒殺君王，兒子殺掉父親，不是一朝一夕造成的，事情出現是逐漸積纍的結果'。所以治國者不能不知道《春秋》，否則前面有人進讒言他不知，後面有竊國賊他也不知。作為大臣不能不知《春秋》，因循舊例處事而不懂得權宜，遭遇事變而不知變通。作為國君和父親而不通曉《春秋》大義，必定蒙受罪魁禍首的惡名。作為大臣和兒子而不懂《春秋》大義，必定會因為企圖篡位和弒殺父親而被誅殺，蒙受死罪的惡名。他們都以為是做善事，但做了事情又不知事情背後的大義，結果受到無根據的批評卻不敢辯解。不明白禮義大旨，所以做國君的不像國君，做大臣的不像大臣，做父親的不像父親，做兒子的不像兒子。做國君的不像國君就會被冒犯，做大臣的不像大臣就會被誅殺，做父親的不像父親就是沒有倫理，做兒子的不像兒子就是不孝順。出現這四種情況，就是天下最大的過錯。把天下最大的過錯加在這些人身上，他們祇能接受卻不敢推辭。所以《春秋》這書，是匯集禮義的最重要經典。禮儀規範事情於未發生之前，法律懲戒於事情發生之後；法律的懲戒效果很容易看到，但禮儀的規範效果卻很難知曉。"

壺遂說："孔子的時候，國家沒有賢明的君主，下層的賢才不能任用，所以他撰寫《春秋》，留下這部文字著作用來論斷禮義，當作一個王者的準則。現在您遇到聖明的天子，在下獲得職守，所有事情都已具備，都按着適當的順序進行，您所述的東西，想要闡明什麼呢？"

太史公說："嗯嗯，不，不，不是這樣的。我聽先人說過：'伏羲最純樸敦厚，造作《易》的八卦。堯舜的盛德，《尚書》有記載，禮樂因之興盛。湯武的盛德，詩人作詩歌頌。《春秋》記錄良善而貶斥邪惡，推崇三代的盛德，褒揚周王朝，不僅僅祇有諷刺而已。'漢代建立後，到現在聖明的天子，獲得符瑞，舉行封禪大典，改用曆法，變換車馬祭牲顏色，接受天賜的詔命，恩澤流佈無邊，海外不同風俗的地方，輾轉翻譯語言表達臣服，請求來進貢和晉見的人，這些都難以計量。大臣官員盡力宣揚天子的恩德，仍不能完全表達他們的心意。再說士人賢良能幹而不被任用，這是國君的恥辱；君王賢良聖明但恩德不能廣泛傳揚，這是相關官員的失職。而我執守史官職位，如果棄置天子盛德而不記載，埋沒功臣世家賢大夫的功業而不記載，違背先人的遺言，那我的罪過就實在是太大了。我所說的撰述舊事，整理齊備世家傳記，不是所謂的著作，而您拿它與《春秋》相比，這是錯的。"

因此編次整理相關文獻，到了第七年我遭遇了李陵的災禍，被關在監獄中。於是感慨而歎息說："是我的罪過啊！是我的罪過啊！身體毀缺而不能有所作為了。"但退一步又深深地想到："《詩經》《尚書》詞意隱約，是希望借此寄託作者的思想感情。過去西伯被拘禁在羑里，他把《周易》推演成六十四卦；孔子被困在陳國和蔡國時，撰寫了《春秋》；屈原被流放時，寫了《離騷》；左丘明失明後，撰寫了《國語》；孫臏被削去膝蓋骨後，論述兵法；呂不韋被貶到蜀地後，社會就流傳了《呂覽》；韓非子被囚禁在秦國，就寫了《說難》《孤憤》兩篇文章；《詩經》三百篇詩歌，大概都是賢士聖人感發憤慨而創作的吧。這些人內心的情意有鬱悶怨結，沒有發洩的途徑，所以撰述舊事，思慮未來。"因此我最後撰述了從陶唐以來，一直到漢武帝獲麟那一年的歷史，就從黃帝時候的歷史開始寫起。

【解析】

司馬遷在這篇自序中敘述了他撰寫《史記》的原因，其中提到他受李陵事件牽連下獄，而後繼續完成寫作願望的現實。李陵事件使他遭受宮刑，肉體上受到極大的痛苦，是對他人格、精神的極大侮辱。他的遭遇使他很容易就把作者的不幸和創作聯繫起來，提出了"發憤著書"的主張。

　　司馬遷認為《周易》《春秋》等著作的作者都身經不幸，心有鬱結而不能通，為了把他們的想法、主張表達出來，纔發憤著書的。司馬遷所舉的這些作者的寫作情況，雖與史實有出入，而且這些著作有許多是學術著作而不是文學作品，其中並不直接表現作者所遭遇的痛苦和憤懣的心情，但確實指出了中國古代文學創作中的一些普遍的事實，在文學批評史上也有深遠的影響，如韓愈所言"窮苦之言易好""愁思之聲要妙"，歐陽修"詩窮而後工"，李贄"古之賢聖，不憤則不作矣"等批評思想，均淵源於此。

史記·屈原列傳（節錄）

司馬遷。

　　屈平疾王聽之不聰也[1]，讒諂之蔽明也[2]，邪曲之害公也，方正之不容也，故憂愁幽思而作《離騷》。離騷者，猶離憂也。夫天者，人之始也；父母者，人之本也。人窮則反本，故勞苦倦極，未嘗不呼天也；疾痛慘怛，未嘗不呼父母也。屈平正道直行，竭忠盡智以事其君，讒人間之，可謂窮矣。信而見疑，忠而被謗，能無怨乎？屈平之作《離騷》，蓋自怨生也。《國風》好色而不淫，《小雅》怨誹而不亂。若《離騷》者，可謂兼之矣。上稱帝嚳[3]，下道齊桓[4]，中述湯武[5]，以刺世事。明道德之廣崇，治亂之條貫，靡不畢見。其文約，其辭微，其志絜，其行廉，其稱文小而其指極大，舉類邇而見義遠。其志絜，故其稱物芳。其行廉，故死而不容自疏。濯淖汙泥之中[6]，蟬蛻於濁穢，以浮游塵埃之外，不獲世之滋垢，皭然泥而不滓者也[7]。推此志也，雖與日月爭光可也。

中華書局點校本《史記》

【注釋】

[1] 屈平：屈原的字。

[2] 讒諂：讒毀和諂諛。

[3] 帝嚳：我國傳說中的遠古帝王。

[4] 齊桓：齊桓公，春秋時齊國國君。

[5] 湯武：商湯和周武王。

[6] 濯淖：浸漬。

[7] 皭然：潔白的樣子。泥而不滓：泥，通"涅"，染黑。滓，通"緇"，污濁。染而不黑，比喻潔身自好。

【譯文】

　　屈原痛心楚懷王聽信讒言而不能明辨是非，讒言諂媚遮蔽了懷王的眼睛，邪惡歪曲危害公正，端方正直不為朝廷所容，因此憂愁痛心而創作了《離騷》。離騷，就是遭受憂愁的意思。天，是人的原始；父母，是人的根本。人失意時就會追念本源，所以痛苦疲倦時，沒有不呼叫天地的；悲痛憂傷時，沒有不呼喚父母的。屈原正道直行，竭盡忠誠和智慧來輔佐他的國君，卻被諂媚小人離間，真可以說是失意困窘了。誠信而被懷疑，忠貞而被毀謗，能沒有怨憤嗎？屈原創作《離騷》，大概就是由怨而發的。《國風》喜歡描寫男女愛情但不過分，《小雅》抒發詩人的怨恨和譏諷但不作亂。像《離騷》，可以說是兼有它們的長處了。上古追溯到帝嚳，近世寫到齊桓公，中古稱述商湯和周武王，用來批評時世和政事。闡明道德的廣博崇高，國家太平和動亂的道理，無不完備。他的文辭簡潔，語詞精微，志趣高潔，品行廉正，他稱述的事物細微但旨意宏大，列舉的事類淺近但意義深遠。他的志趣高潔，所以他寫的事物芳香。他的品行廉正，所以到死都不被接納。浸漬在污泥中，卻像秋蟬脫殼般擺脫污濁，遨遊在塵世之外，不受塵世的污垢玷染，雖被黑色污染但潔白不變。考察他的志趣，即使拿來跟日月爭耀也是可以的。

【解析】

屈原是我國偉大的詩人，他的作品也是偉大的作品。但漢代學者，以司馬遷和班固為代表，對屈原及其作品的評價卻呈現出不同的態度。

司馬遷之前的淮南王劉安對屈原及其作品就給予了非常高的評價，而司馬遷也贊同劉安的評價，認為屈原正道直行、竭忠盡智以事君，志絜行廉，可與日月爭光，這是對屈原高貴品質的高度讚揚。又認為《離騷》兼《國風》《小雅》之長，文約辭微、文小旨大、事近義遠，這是對《離騷》中的象徵、寄託手法及其藝術成就的表彰。

離騷序

班固（32—92）：字孟堅，東漢扶風安陵人。明帝時，被誣私修國史下獄，弟班超上書力辯後獲釋。為蘭臺令史，遷為郎，典校秘書。和帝時，隨竇憲征匈奴，為中護軍。憲敗，受牽連而死獄中。博學能文，善辭賦，奉詔續成其父所著《史記後傳》（即《漢書》）。後人輯有《班蘭臺集》。

昔在孝武，博覽古文，淮南王安敘《離騷傳》，以“《國風》好色而不淫，《小雅》怨悱而不亂，若《離騷》者，可謂兼之。蟬蛻濁穢之中，浮游塵埃之外，皭然泥而不滓。推此志，與日月爭光可也”。斯論似過其真。又說“五子以失家巷”[1]，謂五子胥也。及至羿、澆、少康、二姚、有娀佚女[2]，皆各以所識有所增損，然猶未得其正也。故博采經書傳記本文，以為之解。

且君子道窮，命矣，故潛龍不見是而無悶。《關雎》哀周道而不傷，蘧瑗持可懷之智[3]，寧武保如愚之性[4]，咸以全命避害，不受世患。故《大雅》曰：“既明且哲，以保其身。”斯為貴矣！

今若屈原，露才揚己，競乎危國群小之間，以離讒賊。然責數懷王，怨惡椒、蘭[5]，愁神苦思，強非其人，忿懟不容，沈江而死，亦貶絜狂狷景行之士[6]。多稱崑崙、冥婚、宓妃虛無之語，皆非法度之政、經義所載，謂之兼《詩》風雅，而與日月爭光，過矣！

然其文弘博麗雅，為辭賦宗，後世莫不斟酌其英華，則象其從容。自宋玉、唐勒、景差之徒[7]，漢興，枚乘、司馬相如、劉向、揚雄[8]，騁極文辭，好而悲之，自謂不能及也。雖非明智之器，可謂妙才者也。

《四部叢刊》本《楚辭》

【注釋】

[1] 五子：相傳夏朝統治者太康無道而失權位，他的兄弟五人在洛水旁邊候他不來而作歌以抒發怨恨。

[2] 羿：也作后羿，有窮氏部落首領，逐夏王太康而占其國，為寒浞所殺。澆：寒浞之子，相傳寒浞殺羿，納其妻而生之。少康：夏代中

興之主。二姚：指古部落有虞氏的兩個女兒，因有虞氏為姚姓，故稱之。有娀佚女：即殷契母簡狄，相傳她吞燕卵而懷孕生契。

［3］蘧瑗：即蘧伯玉，春秋時衛國人。孔子讚揚他"邦有道則仕，邦無道則卷而懷之"。

［4］寧武：春秋時衛大夫寧俞，謚武子。孔子讚揚他"邦有道則知，邦無道則愚"。

［5］椒、蘭：楚大夫子椒和楚懷王少弟司馬子蘭，二人均為佞人。

［6］貶絜：貶損自身的高潔。狂狷：指志向高遠的人與拘謹自守的人。景行：高尚的德行。

［7］宋玉、唐勒、景差：相傳都是屈原的弟子。

［8］枚乘、司馬相如、劉向、揚雄：他們都是西漢時期重要的大賦作家。

【譯文】

以前在孝武帝時期，淮南王劉安廣泛地閱讀古文，寫成了《離騷傳》，他認為"《國風》喜歡描寫男女愛情但不過分，《小雅》抒發詩人的怨恨譏諷但不作亂，像《離騷》，可以說是兼有它們的長處了。屈原像秋蟬脫殼般擺脫污濁，遨遊在塵世之外，被黑色污染而潔白不變。考察他的志趣，拿來跟日月爭耀也是可以的"。這個評價似乎超過了本真。又說"五子因此失了家園"，五子說的是五子胥。說到羿、澆、少康、二姚、有娀氏的美女，都根據自己的瞭解有所增減，但都沒有體會到作者的本意。所以我廣泛地搜集經書、傳記、文章，來給它作注解。

再說君子不能施展抱負，這是命，所以像龍一樣蟄伏不被認可卻沒有憂悶。《關雎》同情周道的淪喪卻不悲傷，蘧瑗擁有可以隱藏的智慧，寧武保持像愚人一樣的品格，他們都因此保全生命且遠離災害，沒有遭遇世俗的禍害。所以《大雅》說："既明智又睿哲，可以保全性命。"這纔是寶貴的！

現在像屈原這樣，誇耀才能顯露自己，在危難的國家裏和一群小人糾纏，因此受到讒言和傷害。但他屢次批評懷王，怨恨憎惡子椒和子蘭，精神悲苦，強烈批評他人，怨恨而不容於世，沉江而死，也是貶損高潔銳意進取、情操高尚的人士。他的《離騷》經常稱述崑崙、冥婚、宓妃這些虛無的故事，都不符合法度以及經書所載的要求，稱《離騷》兼有《詩經》中的風雅，而且能與日月爭耀，太過了。

但他的文章宏大淵博、華麗典雅，是辭賦的開山之祖，後世的文人無不揣摩吸收他的精華，模仿他的創作成就。從宋玉、唐勒、景差這些人就是如此，漢代建立後，枚乘、司馬相如、劉向、揚雄等，盡情創作文章，他們喜歡屈原而且同情他，但都自認為比不上。屈原雖然不是明智之士，但也可以稱得上是才華出衆的人了。

【解析】

　　班固雖然也認為屈原寫作《離騷》等作品是抒發其憂苦之情的，但對屈原及其作品則多有批評。他不能理解屈原奮力抗爭、怨懟君上、指斥群小的鬥爭精神，更不能理解屈原沉江而死以保持其高尚情操的行為，認為士人應當明哲保身隨緣從命，以合於中庸之道。所以他說屈原“露才揚己”，“怨惡椒、蘭”，是“貶絜狂狷景行之士”。

　　而對屈原的文學作品的評價，班固雖然看到這些作品對屈原之後的文人有影響，但對作品中運用的神話傳說、大膽的想象以及藝術的虛構，卻未能給予合理的評價，認為《離騷》“多稱崑崙、冥婚、宓妃虛無之語”，不合“法度”和“經義”。之所以如此，顯然是由於班固生活在儒家思想觀念深入人心的東漢時代，他持守儒家忠君的正統觀念，並以此來批評屈原及其作品，所以未能看到屈原及其作品的進步意義。

兩都賦序

班固。

　　或曰：“賦者，古詩之流也。”昔成、康沒而頌聲寢[1]，王澤竭而詩不作。大漢初定，日不暇給，至於武、宣之世[2]，乃崇禮官，考文章，内設金馬石渠之署[3]，外興樂府協律之事[4]，以興廢繼絕，潤色鴻業。是以衆庶說豫，福應尤盛。《白麟》《赤鴈》《芝房》《寶鼎》之歌，薦於郊廟；神雀、五鳳、甘露、黃龍之瑞，以為年紀。故言語侍從之臣，若司馬相如、虞丘壽王、東方朔、枚皋、王褒、劉向之屬，朝夕論思，日月獻納，而公卿大臣御史大夫倪寬、太常孔臧、太中大夫董仲舒、宗正劉德、太子太傅蕭望之等[5]，時時間作。或以抒下情而通諷諭，或以宣上德而盡忠孝。雍容揄揚，著於後嗣，抑亦《雅》《頌》之亞也。故孝成之世，論而錄之，蓋奏御者千有餘篇。而後大漢之文章，炳焉與三代同風。

　　且夫道有夷隆，學有麤密，因時而建德者，不以遠近易則。故皋陶歌虞[6]，奚斯頌魯[7]，同見采於孔氏，列於《詩》《書》，其義一也。稽之上古則如彼，考之漢室又如此，斯事雖細，然先臣之舊式，國家之遺美，不可闕也。臣竊見海内清平，朝廷無事，京師脩宮室，浚城隍，而起苑囿，以備制度。西土耆老，感懷怨思，冀上之睠顧，而盛稱長安舊制，有陋洛邑之議。故臣作《兩都賦》，以極衆人之所眩曜，折以今之法度。

《四部叢刊》六臣注本《文選》

【注釋】

[1] 成、康：周成王和周康王，他們治理的時代號稱盛世。

[2] 武、宣：漢武帝和漢宣帝，他們都重視禮樂文化的建設。

[3] 金馬：金馬門，漢代宮門名，學士待詔之處。武帝時，東方朔等人均待詔於此。石渠：石渠閣，西漢皇室藏書之處。宣帝曾令諸儒於此講論學術。

[4] 樂府：漢武帝時設立的管理音樂的機構。協律：即協律都尉，考校音樂律呂的官員。

[5] 御史大夫：秦置官名，掌管彈劾糾察及圖籍秘書。太常：秦置

官名，掌宗廟禮儀，兼掌選試博士。太中大夫：秦置官名，掌論議。宗正：官名，掌管王室親族的事務。太子太傅：太子的師傅。

［6］皋陶：傳說虞舜時的司法官。

［7］奚斯：魯僖公時人，作有讚美魯國的《閟宮》詩

【譯文】

有人說："賦，是古詩的支流。"以前周成王、周康王死後頌揚的詩歌就消失了，君王的恩澤已盡而頌詩也隨之消亡。漢朝剛剛建立，還沒有時間來倡導禮樂文化，到了武帝、宣帝時，纔尊崇禮樂之官，整理禮樂法度，朝廷內部設有金馬門和石渠閣等文化官署，外面設置樂府機構和協律都尉，用來振興成、康之後已經廢止的禮樂文化，宣揚漢朝的大業。所以人民愉悅，福祉也特別多。《白麟》《赤鴈》《芝房》《寶鼎》這些歌曲，用在郊廟的祭祀中；神雀、五鳳、甘露、黃龍這些吉祥的瑞兆，成為帝王紀年的年號。因此以文辭著作見用的大臣，如司馬相如、虞丘壽王、東方朔、枚皋、王褒、劉向等人，從早到晚論略思索，天天給皇帝進呈文章，而王公大臣中的御史大夫倪寬、太常孔臧、太中大夫董仲舒、宗正劉德、太子太傅蕭望之等人，也時常抽空創作。或用來抒發在下者的情感以表達他們的批評勸勉，或用來宣揚在上者的恩德而顯示他們的忠貞孝悌。從容和緩的宣示，顯示於後代，這大概也是《詩經》中《雅》和《頌》之類的文章吧。所以成帝時，命人整理而收錄它們，上奏的文章大約有一千多篇。此後漢人寫的文章，光輝燦爛而與夏商周三代一樣能教化百姓。

再說思想有盛衰，學術有精粗，根據時勢而樹立功德的君主，不因時代的遠近而改絃更張。所以皋陶歌詠虞舜的太平盛世，奚斯頌揚魯僖公的文治武功，這些作品全被孔子收錄，載列在《詩》《書》中，這道理都是一樣的。考察上古的情形是這樣，縱觀漢朝也是如此，作賦雖是小事，但司馬相如等人的原有榜樣，國家傳承下來的優良傳統，都是不能缺失的。我私下看見天下太平，朝廷無事，京城修建宮殿，疏浚城池，修建園林，以此完善法規。長安城那些德高望重的老人，感傷懷戀怨憤思念，希望皇帝留戀舊都，而且他們還盛讚長安原有的體制規模，有鄙薄新都洛陽的議論。所以我創作《兩都賦》，盡情敘寫令眾人眼花繚亂的事物，用當今的德治禮樂來折服他們。

【解析】

這是班固對賦體文學的認識。他認為賦是詩的支流，即賦是由詩發

展而來的，所以他認為賦也應當具有詩歌頌揚的功能，也就是要求歌頌太平盛世。而漢賦最繁榮的時代，正好是漢代的盛世，特別是武帝和宣帝時，世多瑞兆，所以賦應當適應時代的需要，以歌功頌德、潤色鴻業為主；甚至將它們與《詩經》的《雅》《頌》等而論之，希望把賦納入國家的禮樂典章之中，使其成為文治教化的工具。而班固作《兩都賦》，借西都賓之口極力誇飾西都的宏偉富麗，再通過東都主人讚揚東漢的繁榮富強、德治之美和禮樂教化之隆，也體現了賦體文學的特點。

楚辭章句序

王逸（生卒年不詳）：字叔師，東漢南郡宜城人。安帝元初中為校書郎，順帝時為侍中。博學能文，所作《楚辭章句》，是現存最早的《楚辭》注本。有《王叔師集》。

昔者孔子叡聖明哲，天生不羣，定經術，刪《詩》《書》，正《禮》《樂》，制作《春秋》，以為後王法。門人三千，罔不昭達。臨終之日，則大義乖而微言絕。

其後周室衰微，戰國並爭，道德陵遲，譎詐萌生，於是楊、墨、鄒、孟、孫、韓之徒[1]，各以所知著造傳記，或以述古，或以明世。而屈原履忠被譖，憂悲愁思，獨依詩人之義[2]，而作《離騷》，上以諷諫，下以自慰。遭時闇亂，不見省納，不勝憤懣，遂復作《九歌》以下凡二十五篇[3]。楚人高其行義，瑋其文采，以相教傳。

至於孝武帝，恢廓道訓，使淮南王安作《離騷經章句》，則大義粲然。後世雄俊，莫不瞻慕，舒肆妙慮，纘述其詞。逮至劉向典校經書，分為十六卷。孝章即位，深弘道藝，而班固、賈逵復以所見改易前疑[4]，各作《離騷經章句》。其餘十五卷，闕而不說。又以“壯”為“狀”，義多乖異，事不要括。今臣復以所識所知，稽之舊章，合之經傳，作十六卷《章句》。雖未能究其微妙，然大指之趣略可見矣。

且人臣之義，以忠正為高，以伏節為賢。故有危言以存國，殺身以成仁。是以伍子胥不恨於浮江[5]，比干不悔於剖心[6]，然後忠立而行成，榮顯而名著。若夫懷道而迷國[7]，詳愚而不言[8]，顛則不能扶，危則不能安，婉娩以順上，逡巡以避患，雖保黃耇[9]，終壽百年，蓋志士之所恥，愚夫之所賤也。

今若屈原，膺忠貞之質，體清潔之性，直若砥矢，言若丹青，進不隱其謀，退不顧其命，此誠絕世之行，俊彥之英也。而班固謂之露才揚己，競於羣小之中，怨恨懷王，譏刺椒、蘭，苟欲求進，強非其人，不見容納，忿恚自沈，是虧其高明，而損其清潔者也。昔伯夷、叔齊讓國守分[10]，不食周粟，遂餓而死，豈可復謂有求於世而怨望哉[11]？且詩人怨主刺上曰：“嗚呼小子[12]，未知臧否。匪面命之，言提其耳。”風諫之語，於斯為切。然仲尼論之，以為《大雅》。引此比彼，屈原之詞，優游婉順，寧以其君不智之故，欲提攜其耳乎？而論者以為露才揚己，怨刺其上，強非其人，殆失厥中矣。

夫《離騷》之文，依託五經以立義焉。"帝高陽之苗裔"[13]，則"厥初生民，時惟姜嫄"也[14]。"紉秋蘭以為佩"，則"將翱將翔，佩玉瓊琚"也。"夕攬洲之宿莽"，則《易》"潛龍勿用"也。"駟玉虬而乘鷖"，則"時乘六龍以御天"也。"就重華而陳詞"[15]，則《尚書》咎繇之謀謨也[16]。"登崑崙而涉流沙"，則《禹貢》之"敷土"也。故智彌盛者其言博，才益多者其識遠。屈原之詞，誠博遠矣！自終沒以來，名儒博達之士，著造詞賦，莫不擬則其儀表，祖式其模範，取其要妙，竊其華藻。所謂金相玉質，百世無匹，名垂罔極，永不刊滅者矣！

《四部叢刊》本《楚辭》

【注釋】

[1] 楊、墨、鄒、孟、孫、韓：分別指楊朱、墨翟、鄒衍、孟軻、孫（荀）卿、韓非。

[2] 詩人之義：詩人抒寫怨誹之情以諷諫時事的傳統。

[3]《九歌》以下凡二十五篇：《九歌》共有十一篇，分別指《東皇太一》《雲中君》《湘君》《湘夫人》《大司命》《少司命》《東君》《河伯》《山鬼》《國殤》《禮魂》。班固《漢書·藝文志》著錄屈原賦作二十篇。

[4] 賈逵：東漢的經學家。

[5] "伍子胥"句：伍子胥自殺後，被裝在鴟夷革囊中，浮屍江中。

[6] "比干"句：比干數次強諫商紂王，卻被剖觀心。

[7] 迷國：指隱居不仕。

[8] 詳：同"佯"。

[9] 黃耇：年老，黃指黃髮，耇指老。

[10] 伯夷、叔齊：伯夷和叔齊是商末孤竹國國君之子，二人不肯繼承君位。商亡後，隱於首陽山，不食周粟而餓死。

[11] 望：怨。

[12] 小子：《毛詩序》認為《大雅·抑》是衛武公刺周厲王所作，故小子指厲王。

[13] 高陽：傳說中遠古帝王顓頊的稱號。

[14] 姜嫄：周人始祖后稷之母，傳說她於郊野踐巨人足跡懷孕而生稷。

[15] 重華：舜目重瞳子，故曰重華。

[16] 咎繇：即皋陶，傳說虞舜時的司法官。

【譯文】

以前孔子睿智聖明洞察事理，天生就與衆不同，論定經典學術，刪訂《詩經》《尚書》，修正《禮》《樂》，撰作《春秋》，使《春秋》成為後來王者的法則。他的三千弟子，無不通曉他論述六經的微言大義。但孔子死後，大義違異而微言也斷絕了。

後來周王朝衰落，戰國羣雄紛爭，禮義道德崩潰，奸詐萌生，於是楊朱、墨子、鄒衍、孟子、荀子、韓非等人，各自根據所學來著書立說，有的借此來追述古代，有的用來闡明當世。而屈原恪守忠義卻被讒言誣蔑，他憂愁悲傷，祇遵循詩人作詩的傳統來創作《離騷》，上用來諷諫君王，下用來撫慰自己。但他遭遇昏暗的亂世，諫議不被採納，又無法排解憤懣，於是又寫了《九歌》以下的二十五篇詩歌。楚國人推崇他的品行義舉，讚揚他的瑰麗文采，因此把他的作品輾轉傳播。

到了孝武帝時代，武帝擴大王道準則，命令淮南王劉安撰寫《離騷經章句》，屈原的忠正大義纔變得鮮明清晰。後來的英雄豪俊，無不仰慕《楚辭》，紛紛抒情寫懷，繼承《楚辭》的創作傳統。到劉向主持校勘經書時，把屈原的著作分為十六卷。孝章皇帝即位後，大力地弘揚六藝大道，而班固、賈逵又根據他們見到的《楚辭》的情況修改增刪以前有疑問的地方，各自寫了《離騷經章句》。其他的十五卷，就放棄不論述了。又將“壯”誤作“狀”，意思大多錯誤違異，敘事也不夠簡潔精練。現在我又根據我的瞭解，梳理古舊文獻，參考箋注解釋，撰成十六卷《楚辭章句》。我雖然不能探究到其中的奧妙，但書中大略的意趣仍是可以考見的。

再說大臣的節義，以忠貞正直為高尚，以堅持操守為賢良。所以有的大臣用忠言來護存國家，有的大臣以犧牲生命來成就仁義。所以伍子胥並不怨恨浮屍大江，比干也不後悔被剖心，這樣他們的忠貞之節纔得以樹立而品行得以形成，榮耀顯赫而聲名顯著。如果有才能而隱居不仕，裝愚笨而不肯獻言，顛倒而不能扶持，危難而不能安定，嬌媚以順從主上，退縮以逃避危難，即使能活到老，最終長壽百年，想必有志之士也認為是恥辱，愚昧下民也看不起吧。

像屈原，具有忠貞的品質，具備清潔的品性，正直如同磨刀石和弓箭，說話如同丹青之不易泯滅，在位時不隱藏智謀，被斥逐時不顧及生命，這的確是冠絕當世的品行，是英雄豪傑中的精英。而班固說他誇耀才能顯露自己，在一群小人中糾纏，怨恨楚懷王，諷刺子椒和子蘭，貪求高位，強烈批評他人，不被接納，怨忿自沉，這玷污了他的高潔明智，損害了他的清潔。過去伯夷、叔齊辭去國君之位安守本分，不吃周朝的糧食，最後餓死，難道可以說他們是對社會有企求和怨恨嗎？再說詩人寫詩諷刺主上說："哎呀年輕人，不懂得辨別善惡得失。不但要當面教導他，而且要提着耳朵叮囑他。"諷諫的語言，以這句話為激切。但孔子論定詩三百篇時，把它列入《大雅》中。拿《詩經》的話來對比《離騷》，屈原的語言，寬和溫順，難道是因為他的君王不明智，他想提着耳朵來教導嗎？而評論者認為他誇耀才能顯露自己，諷刺君王，強烈批評他人，看來是有失公允的。

其實《離騷》這篇文章，是根據五經來闡明大義的。"帝高陽之苗裔"，立意同《詩經》"厥初生民，時惟姜嫄"。"紉秋蘭以為佩"，大意同《詩經》"將翱將翔，佩玉瓊琚"。"夕攬洲之宿莽"，主旨同《周易》"潛龍勿用"。"駟玉虬而乘鷖"，旨意同《周易》"時乘六龍以御天"。"就重華而陳詞"，意思同《尚書》咎繇的謀謨。"登崑崙而涉流沙"，義旨同《禹貢》的"敷土"。所以智慧越大則其語言越博洽，才能越多則其見識越深遠。屈原的語言，的確是博洽深遠啊！自從屈原自沉以後，著名學者或博聞通達的士人，創作辭賦文章，無不模仿其形式，遵照其框架，吸取其奧妙，竊取其華麗的辭藻。屈原確實具有金玉般的外表和內質，百世無人能匹敵，聲名垂千古，永遠不會磨滅啊！

【解析】

在王逸之前，劉安和司馬遷都讚賞屈原"正道直行，竭忠盡智以事其君"，"其志絜，其行廉"，同情他"信而見疑，忠而被謗"；認為《離騷》兼"《國風》好色而不淫，《小雅》怨誹而不亂"，"其文約，其辭微"，"其稱文小而其指極大，舉類邇而見義遠"。而東漢班固雖然亦謂《離騷》"其文弘博麗雅，為辭賦宗"，但謂屈原"露才揚己"，"亦貶絜狂狷景行之士"。所以王逸作為《楚辭》研究的專家，推衍劉安、司馬遷之說，對班固的看法作辯駁。

王逸對屈原的人格亦給予高度的評價。認為屈原生活在周室衰微、道德敗壞之際，他正道直行，盡忠竭智以匡扶國家，但不為所容而自沉。這是曠世絕行，是士人殺身成仁的表現，是對班固所強調的"明哲保身"思想的反駁。

不過我們也應該注意，西漢以後，儒家典籍被稱為經，居有經典的地位。王逸稱《離騷》為"經"，甚至認為《離騷》的創作是依五經立言的，其大義詞句都效仿了五經。此舉固然是為了駁斥班固對屈原的貶抑，看似提高《離騷》的地位，卻把屈原的創作視作"依經立義"，是對儒家經典的簡單模仿，忽略了作家的獨創性和作品的現實意義，對屈原作品的想象、虛構的藝術特點未能有足夠的認識，不僅有膠柱鼓瑟、牽強附會之嫌，還貶低了屈原的原創精神。

離騷經章句序

王逸。

《離騷經》者，屈原之所作也。屈原與楚同姓，仕於懷王，為三閭大夫。三閭之職，掌王族三姓，曰：昭、屈、景。屈原序其譜屬，率其賢良以厲國士。入則與王圖議政事，決定嫌疑；出則監察羣下，應對諸侯。謀行職脩，王甚珍之。同列大夫上官、靳尚妬害其能[1]，共讒毀之。王乃疏屈原。

屈原執履忠貞而被讒衺，憂心煩亂，不知所訴，乃作《離騷經》。離，別也；騷，愁也；經，徑也。言己放逐離別，中心愁思，猶依道徑以風諫君也。故上述唐虞三后之制，下序桀紂羿澆之敗，冀君覺悟，反於正道而還己也。

是時，秦昭王使張儀譎詐懷王[2]，令絕齊交，又使誘楚，請與俱會武關，遂脅與俱歸，拘留不遣，卒客死於秦。其子襄王復用讒言，遷屈原於江南。

屈原放在草野，復作《九章》，援天引聖以自證明，終不見省。不忍以清白久居濁世，遂赴汨淵，自沈而死。

《離騷》之文，依《詩》取興，引類譬諭。故善鳥香草以配忠貞，惡禽臭物以比讒佞，靈脩美人以媲於君[3]，宓妃佚女以譬賢臣[4]，虬龍鸞鳳以託君子，飄風雲霓以為小人。其辭溫而雅，其義皎而朗。凡百君子，莫不慕其清高，嘉其文采，哀其不遇而愍其志焉。

《四部叢刊》本《楚辭》

【注釋】

[1] 上官、靳尚：上官大夫和靳尚。

[2] 張儀：戰國時縱橫家，仕秦惠王、昭王，用連橫之策、遠交近攻之術蠶食山東六國。

[3] 靈脩：神明遠見者。

[4] 宓妃：傳說中的洛水女神。佚女：美女。

【譯文】

《離騷經》，是屈原的作品。屈原與楚王同姓，在懷王時為官，是三閭大夫。三閭的職責，掌管王族的三姓，就是昭氏、屈氏、景氏。屈原整理了王族的譜系，確立賢良的標準用來激勵國中的士人。他在朝廷內跟懷王謀劃政事，處理疑慮政務；在朝廷外監察大臣，接待諸侯賓客。謀劃被採納而他也竭忠盡智，懷王非常信任他。同朝的大夫上官和靳尚嫉妒他的才能，一起用讒言來詆毀他。懷王因此就疏遠了屈原。

屈原的操守和行為忠誠正直卻受到讒言邪害，憂愁煩悶，不知到哪裏去傾訴，就寫了《離騷經》。離，就是別離；騷，就是憂愁；經，就是道路。申明自己雖然被放逐而離別，心中憂愁痛苦，但仍遵循正道用詩歌來諷諫國君。所以遠述唐堯虞舜三王的禮制，近寫夏桀、商紂、羿、澆的敗亡，希望君王能醒悟，回到正確的軌道，同時讓自己重返朝廷。

那個時候，秦昭王派遣張儀欺騙楚懷王，使楚國跟齊國絕交，又派人誘騙懷王，請求一起在武關相會，趁機脅逼懷王一起回到秦國，拘押不放回楚國，懷王最後死在秦國。懷王的兒子襄王又因為讒言，把屈原流放到江南。

屈原被放逐在荒遠的地區，又創作了《九章》，援引天神和聖人來證明自己的冤屈，但最終也沒有得到襄王的理解。他不能容忍自己以清白的人格而長久地生活在混亂污濁的社會，於是來到汨羅江，自沉而死。

《離騷》的文辭，依照《詩經》來運用比興，援用不同的物類來設喻。所以好鳥香草用以比配忠貞之士，惡禽臭物拿來比擬讒幸奸佞之人，靈脩美人借來比喻君王，宓妃佚女用以比附賢臣，虯龍鸞鳳借以託喻君子，飄風雲霓用來喻指小人。文辭溫潤典雅，意旨純潔明朗。所有的君子，無不仰慕屈原清正高潔的人格，讚賞他的文學才華，同情他的失意境遇而哀憫他的遠大志向。

【解析】

這是王逸為《離騷》一文所作的序。他首先肯定了屈原的忠誠正直，又指出他因奸佞小人的讒言而被放逐，所以創作《離騷》以抒發其放逐離別之情。特別解釋了“離騷”一詞之意，認為是離別的憂愁。

其次提到《離騷》的創作手法，借鑒了《詩經》的比興。尤其點明文中善鳥香草、惡禽臭物、靈脩美人、宓妃佚女、飄風雲霓等意象的象徵意義。其中雖有穿鑿附會之嫌，但他以美人香草、君子美女比附君臣的做法，影響了後世的文學創作和文學批評，意義深遠。

詩譜序

鄭玄（127—200）：字康成，東漢北海高密人。少為鄉嗇夫，後受業太學，又事馬融，盡傳其學。桓帝時因黨禍被禁錮，杜門修業。建安中徵拜大司農。博通群經，以古文經學為主而兼採今文經說，自成一家，號稱"鄭學"。著《毛詩箋》，又遍注群經。

詩之興也，諒不於上皇之世[1]。大庭、軒轅[2]，逮於高辛[3]，其時有亡，載籍亦蔑云焉。《虞書》曰："詩言志，歌永言，聲依永，律和聲。"然則詩之道放於此乎？

有夏承之，篇章泯棄，靡有孑遺。迺及商王，不《風》不《雅》[4]，何者？論功頌德，所以將順其美；刺過譏失，所以匡救其惡。各於其黨，則為法者彰顯，為戒者著明。

周自后稷播種百穀，黎民阻飢[5]，茲時乃粒，自傳於此名也。陶唐之末中葉[6]，公劉亦世脩其業[7]，以明民共財。至於大王、王季[8]，克堪顧天。文、武之德，光熙前緒，以集大命於厥身，遂為天下父母，使民有政有居。其時詩，風有《周南》《召南》，雅有《鹿鳴》《文王》之屬。及成王、周公致大平，制禮作樂，而有頌聲興焉，盛之至也。本之由此風雅而來，故皆錄之，謂之《詩》之正經。

後王稍更陵遲，懿王始受譖亨齊哀公[9]。夷身失禮之後[10]，邶不尊賢。自是而下，厲也，幽也，政教尤衰，周室大壞。《十月之交》《民勞》《板》《蕩》，勃爾俱作，眾國紛然，刺怨相尋。五霸之末[11]，上無天子，下無方伯[12]，善者誰賞？惡者誰罰？紀綱絕矣！故孔子錄懿王、夷王時詩，訖於陳靈公淫亂之事[13]，謂之變《風》變《雅》[14]。以為勤民恤功，昭事上帝，則受頌聲，弘福如彼；若違而弗用，則被劫殺，大禍如此。吉凶之所由，憂娛之萌漸，昭昭在斯，足作後王之鑒，於是止矣。

夷、厲已上，歲數不明。太史《年表》自共和始[15]，歷宣、幽、平王而得春秋次第，以立斯《譜》。欲知源流清濁之所處，則循其上下而省之；欲知風化芳臭氣澤之所及，則傍行而觀之。此《詩》之大綱也。舉一綱而萬目張，解一卷而眾篇明，於力則鮮，於思則寡。其諸君子，亦有樂於是與？

阮元刻《十三經注疏》

【注釋】

［1］上皇：指伏羲。

［2］大庭：傳說中的古帝之名，或說是神農氏。軒轅：傳說黃帝姓公孫，居於軒轅之丘，故名軒轅。

［3］高辛：帝嚳初受封於辛，後即帝位，號高辛氏。

［4］不《風》不《雅》：《詩經》有《商頌》而沒有《商風》和《商雅》。

［5］阻飢：阻，難。阻飢指飢餓。

［6］陶唐：堯名放勳，初封於陶，後徙於唐，故稱陶唐氏。

［7］公劉：相傳為后稷的曾孫，他率領族人遷徙豳地定居，發展農業生產。

［8］大王：周文王之祖古公亶父的尊號，他始遷居岐山之下，定國號為周。王季：周太王古公亶父幼子，文王父。

［9］“懿王”句：周懿王聽信紀侯的讒言烹齊哀公，立其弟靜為齊胡公。

［10］夷身失禮：周夷王接受衛頃公的厚賂而封衛頃公為衛侯，又下堂而接見諸侯，失王者之尊，是為失禮。

［11］五霸：春秋時先後稱霸的五個諸侯，一般指齊桓公、宋襄公、晉文公、秦穆公、楚莊王。

［12］方伯：殷周時代一方諸侯之長。

［13］陳靈公淫亂：陳國大夫夏禦叔之妻夏姬貌美，陳靈公和她私通，被夏姬所生之子夏徵舒所殺。《陳風·株林》即諷刺此事。

［14］變《風》：指《詩經·國風》中邶至豳等十三國的作品，變教化之詩為諷刺之詩。變《雅》：《詩經》中《小雅》《大雅》的部分內容，與“正雅”相對，一般是指反映周政衰亂的作品。

［15］共和：周宣王年少，召公、周公二相共同行政，號曰“共和”。

【譯文】

詩歌的產生，應該不會是在伏羲的時代。從神農氏、軒轅氏，到高辛氏，當時有沒有詩歌，典籍也沒有記載。《虞書》說：“詩用來表達人的志意，歌要用延長詩的語言來徐徐詠唱，聲音的高低和長言相配，律呂合乎歌聲。”那詩歌創作的意義就是從此開始的吧？

夏代繼承這種創作傳統，但典籍都已散佚，也沒有留下詩篇。到商朝的時期，沒有《商風》《商雅》，為什麼呢？歌頌功德，是希望能成全美事；批評過失，是期待能匡救錯誤。歌功刺過都是針對自己的親族，法度纔會顯著，警戒方能明顯。

周朝從后稷開始種植百穀，那時百姓飢餓，纔有糧食可吃，而他也傳下了"后稷"這個名聲。堯帝後期的中世，公劉也世代從事農業，使百姓衣服有文采且共同有財用。到了太王、王季時期，他們都能順應天命。文王、武王的德業，發揚光大前人的事業，集宏大的使命於己身，最後成為天下君主，使百姓有明政有安居。那時的詩歌，地方有《周南》和《召南》，朝廷有《鹿鳴》和《文王》等。到了成王和周公時天下太平，制定禮儀音樂，就有歌頌祖先盛德的詩歌出現，這是詩歌興盛的極點。頌詩的出現是由地方和朝廷的詩歌發展而來的，所以也全都收錄下來，稱為《詩經》的正統。

周朝後來的君王漸次衰落，懿王開始聽信讒言而烹殺了齊哀公。夷王下堂見諸侯而失去君王應有的尊嚴後，邶地君王亦不尊重賢士。從此以後，厲王、幽王，政治和教化尤為衰微，周王室嚴重衰敗。《十月之交》《民勞》《板》《蕩》這些詩，勃然興起，其他諸侯國也都這樣，諷刺怨憤的詩歌接連不斷地出現。春秋五霸的後期，在上沒有能統馭天下的天子，在下沒有拱衛王室的諸侯，所以誰來褒揚善良者呢？誰來處罰邪惡者呢？法紀綱常斷絕了！所以孔子收錄懿王、夷王時期的詩歌，一直到記錄陳靈公淫亂事跡的詩歌為止，稱之為變《風》變《雅》。認為君王能夠憂勞民事，祭祀天帝，就能夠得到讚頌，如文王和武王一樣的弘大福祉；如果違背天命民意不用，就會亡國滅身，遭到厲王、幽王和陳靈公那樣的彌天大禍。吉祥凶險的原因，憂懼歡愉的徵兆，顯著地表現在《詩經》中，這足以成為後來的王者的借鑒，孔子編《詩經》的目的就在這裏了。

夷王和厲王以上，具體的年代不清楚。司馬遷的《史記·十二諸侯年表》紀年從周宣王時召公、周公二相行政的共和時期開始，歷經宣王、幽王、平王而後的春秋時期，所以據此來確定《詩譜》。想要瞭解河流的源頭支流及清澈混濁的情形，就要根據河流的上下來考察；想要知道教化的善惡成敗和地域遠近，就應當借助《詩經》作縱橫的觀覽。這是《詩經》的大綱。舉起漁網的那根大繩而所有的網眼全張開，解釋《詩經》的一卷內容而其他的篇章大意都會清晰，用力少，思想深。各位君子，這麼做也是快樂的吧？

【解析】

鄭玄是漢代經學大家，他的文學批評思想也繼承了儒家的詩教傳統，主張詩歌關注現實和歌功頌德，即"論功頌德，所以將順其美"，使"勤民恤功，昭事上帝，則受頌聲，弘福如彼"。但他又主張，詩不僅要順美，也要救惡。

詩歌是社會生活和政治的反映，周先民修德立業，為天下父母，使民有政有居，所以應當歌頌。但自懿王以後，周室陵遲，政教大衰，惡不能罰，民不能恤，所以詩歌又必須承擔起刺怨的責任，即"刺過譏失，所以匡救其惡"，以免"違而弗用，則被劫殺，大禍如此"。

典論·論文

曹丕（187—226）：字子桓，曹操次子，沛國譙人。曹操死後，相繼為魏王、丞相，廢漢獻帝自立，即魏文帝。性好文學，常與文士舉行文學創作活動，自覺整理文集，所作《典論·論文》為我國文學批評史上的重要著作。有《魏文帝集》。

文人相輕，自古而然。傅毅之於班固[1]，伯仲之間耳，而固小之，與弟超書曰[2]："武仲以能屬文為蘭臺令史[3]，下筆不能自休。"夫人善於自見，而文非一體，鮮能備善，是以各以所長，相輕所短。里語曰："家有敝帚，享之千金。"斯不自見之患也。

今之文人，魯國孔融文舉[4]，廣陵陳琳孔璋[5]，山陽王粲仲宣[6]，北海徐幹偉長[7]，陳留阮瑀元瑜[8]，汝南應瑒德璉[9]，東平劉楨公幹[10]。斯七子者，於學無所遺，於辭無所假，咸以自騁驥騄於千里，仰齊足而並馳，以此相服，亦良難矣。蓋君子審己以度人，故能免於斯累而作論文。

王粲長於辭賦，徐幹時有齊氣，然粲之匹也。如粲之《初征》《登樓》《槐賦》《征思》，幹之《玄猿》《漏卮》《圓扇》《橘賦》，雖張、蔡不過也[11]。然於他文，未能稱是。琳、瑀之章表書記，今之雋也。應瑒和而不壯，劉楨壯而不密。孔融體氣高妙，有過人者，然不能持論，理不勝辭，至於雜以嘲戲。及其所善，揚、班儔也[12]。

常人貴遠賤近，向聲背實，又患闇於自見，謂己為賢。

夫文本同而末異，蓋奏議宜雅，書論宜理，銘誄尚實，詩賦欲麗。此四科不同，故能之者偏也，唯通才能備其體。

文以氣為主，氣之清濁有體，不可力彊而致。譬諸音樂，曲度雖均，節奏同檢，至於引氣不齊，巧拙有素，雖在父兄，不能以移子弟。

蓋文章，經國之大業，不朽之盛事。年壽有時而盡，榮樂止乎其身，二者必至之常期，未若文章之無窮。是以古之作者，寄身於翰墨，見意於篇籍，不假良史之辭，不託飛馳之勢，而聲名自傳於後。故西伯幽而演《易》，周旦顯而制《禮》[13]，不以隱約而弗務，不以康樂而加思[14]。夫然則古人賤尺璧而重寸陰，懼乎時之過已。而人多不彊力，貧賤則懾於饑寒，富貴則流於逸樂，遂營目前之務，而遺千載之功。日月遊於上，體貌衰於下，忽然與萬物遷化[15]，斯志之大痛也。

融等已逝，唯幹著《論》，成一家言。

《四部叢刊》六臣注本《文選》

【注釋】

[1] 傅毅：字武仲，東漢學者。章帝時為蘭臺令史，與班固、賈逵共典校書。

[2] 超：班超，班固之弟。

[3] 蘭臺：御史臺，漢代的御史中丞掌管蘭臺，故稱。令史：漢代蘭臺尚書屬官，掌文書事務。

[4] 孔融：字文舉，東漢詩人，善詩文，辭采富麗。

[5] 陳琳：字孔璋，東漢詩人，擅長撰寫章、表、書、檄，風格雄放。

[6] 王粲：字仲宣，東漢詩人，善詩賦，為建安七子之冠。

[7] 徐幹：字偉長，東漢詩人，以詩、辭賦、政論著稱。

[8] 阮瑀：字元瑜，東漢詩人，所作章、表、書、記出色，當時軍國書檄文字，多出其手。

[9] 應瑒：字德璉，東漢詩人，擅作詩賦。

[10] 劉楨：字公幹，東漢詩人，擅作詩歌，五言詩在當時負有盛名。

[11] 張、蔡：張衡和蔡邕，二人皆為東漢文學家。

[12] 揚、班：揚雄和班固，揚雄為西漢末年賦家，班固為東漢時賦家。

[13] 周旦：即周公，姓姬，名旦。周文王子，武王弟。他制定禮樂制度，分封諸侯，使周王朝強盛。

[14] 加：轉移。

[15] 遷化：死去。

【譯文】

文人相互輕視，自古代以來就是這樣了。傅毅和班固，兩人的能力相當，但班固卻看不起傅毅，在給他弟弟班超的信中說："傅毅因為能夠寫文章而做了蘭臺令史，下筆沒完沒了。"人總善於表現自己，但文章又不是祇有一種體裁，很少有人能夠在各個方面都做得完善，所以人們總是用自己的長處，來輕視對方的弱點。俗語說："家裏雖有破爛的掃帚，卻把它當作千金之物。"這就是不願意把自己的不足表現出來的危害。

現在的文人，魯國的孔融孔文舉，廣陵的陳琳陳孔璋，山陽的王粲王仲宣，北海的徐幹徐偉長，陳留的阮瑀阮元瑜，汝南的應瑒應德璉，東平的劉楨劉公幹。這七個才子，在學習上沒有遺漏，在文辭上也不用向人借，都能騎着駿馬馳騁千里，齊步並足而爭馳，彼此間都因為有才華而互相欽慕，這的確是難得的。所以君子能夠認真審視自己而度量別人，就能避免出現文人相輕的陋習而平心地評論文章。

王粲擅長寫辭賦，徐幹的文章常常染有齊國文體舒緩的習氣，但徐幹在寫作上也能與王粲爭鋒。比如王粲的《初征》《登樓》《槐賦》《征思》，徐幹的《玄猿》《漏卮》《圓扇》《橘賦》，即使東漢以文章見長的張衡、蔡邕也不能超過他們。但是其他文章的寫作，王、徐二人就做不好。陳琳和阮瑀的章表書記，是當今這類作品中最好的。應瑒的文章平和但是沒有陽剛之氣，劉楨的文章有陽剛之氣但又不夠嚴密。孔融的文章意氣高妙，有與眾不同的過人之處，但他不能進行立論批評，辭采華美而思理不足，甚至在文章中間雜有調笑戲謔的內容。但是講到他那些寫得好的文章，也是能與揚雄、班固並稱的。

普通人都推崇遠古而看輕近世，崇尚虛名不重實際，而且又有隱藏自己缺點的毛病，認為自己是最好的。

文章的本質都相同但又有不同的特徵，大體看來奏議追求典雅，書論應當講理，銘誄講究質樸，詩賦要求有文采。這四類文章各不相同，所以能夠全面掌握這些文體特點的人是很少的，祇有那些知識廣博的人纔能掌握得了。

文章以氣為主，氣的清新剛健和重濁柔弱是有分別的，不能通過外力強加而得。好比音樂，樂曲和音度雖然均勻，音調緩急有相同的法度，但是吹奏時引氣參差，巧妙粗拙所表現出來的素養，即使是父親和兄長，也不能傳給兒子和弟弟。

寫作文章，是治國一樣的大事業，也是不朽的大事。人的壽命有一定的限度到期就會消失，榮耀和歡樂也祇能停留在個人本身，這二者必定會走到尋常的期限，都不如文章般能夠流傳久遠。所以古代寫文章的人，全身心投入文章的寫作中來，把自己的志向情感都寫在文章中，不用借助正直史官的記載，也不用借助位高者的顯赫來襯託，卻能夠把自己的聲名流傳下來。所以西伯被拘囚時推演《周易》，周公聲名顯赫時制作《禮》，西伯不因為窮困而無所作為，周公也不因為安康而改變著述的想法。古人把金銀珠寶看得很輕卻非常珍惜一寸光陰，就是害怕時光流逝啊。但現在的人大多不努力，貧窮低賤時就會為飢寒逼迫而沒有著述，富裕尊貴時又沉溺於安逸，於是都努力經營眼前的事務，卻丟掉了使自己聲名流傳千古的大事。時光一天天地流逝，而身體容顏也不斷衰老下去，突然就和世間萬物一樣死去了，這是有志之士最大的遺憾。

孔融等人已經不在了，祗有徐幹寫了《中論》，成了一家之言。

【解析】

《典論·論文》是現存第一篇全面論述各種文體的特點、文章地位和作用、文學批評態度的文論。文章雖然短小，所論也祗是引其端緒，但討論範圍廣泛，且首開其端，所以在文學批評史上占有重要的地位。

首先是關於作家批評的文氣論以及文學批評中存在的問題。曹丕認為"文以氣為主"，氣有清濁之別，父兄不能移於子弟。所謂氣，是作家、作品所呈現的總體風貌，相當於風格，兼指作家的氣質在文章中的表現，是作家的自然稟賦，不能互相傳授。而所謂清濁，則近於剛柔，與作家的氣質、生活地域有關係，如他評論建安七子徐幹"時有齊氣"、孔融"體氣高妙"等，這些人的生活環境不同，故氣亦各異。此外又指出作家存在兩種毛病，一是"文人相輕""善於自見"，但"文非一體，鮮能備善"，所以導致"各以所長，相輕所短"。二是作家"貴遠賤近，向聲背實"。這兩種不足，都無益於文學的創新。

其次論及各種文體。曹丕指出各種文體"本同而末異"，本指一切文章的共性，末指各種不同文體的特性。又將其分四科八類並指出它們的特性或風格要求。奏議要求寫得典雅，書論要求以說理為主，銘誄要符合實際且樸實，詩賦要求寫得華麗（包括內容和辭藻兩方面）。這可以說是當時批評家對文體觀念的自覺思考，是文學自覺的表現。雖然他的分類尚較為粗略，討論也未能深入，卻啟發了後人對這一問題的深入討論，如陸機《文賦》、摯虞《文章流別論》、李充《翰林論》以及劉勰《文心雕龍》，都有進一步的探討。

最後是論文學作品的價值和作用。曹丕所說的文章，已包括了詩賦一類抒情詠物的文學作品，並認為此類作品也能實現人生不朽，這是對《春秋》立言不朽之說的開拓。因古人所說的立言，都是就學術著作而言的，而曹丕卻能適應時代的需要，認為文學作品與"經國大業"一樣重要。這是建安時代的新現象，也是文學自覺的表現，對建安文學的繁榮有促進的作用。

與吳質書

曹丕。

二月三日，丕白：歲月易得，別來行復四年。三年不見，《東山》猶歎其遠[1]，況及過之，思何可支！雖書疏往返，未足解其勞結。

昔年疾疫，親故多離其災，徐陳應劉[2]，一時俱逝，痛可言邪！昔日游處，行則連輿，止則接席，何曾須臾相失？每至觴酌流行，絲竹並奏，酒酣耳熱，仰而賦詩，當此之時，忽然不自知樂也。謂百年已分，可長共相保。何圖數年之間，零落略盡，言之傷心！頃撰其遺文，都為一集。觀其姓名，已為鬼錄。追思昔游，猶在心目，而此諸子，化為糞壤，可復道哉！

觀古今文人，類不護細行，鮮能以名節自立。而偉長獨懷文抱質，恬惔寡欲，有箕山之志[3]，可謂彬彬君子者矣。著《中論》二十餘篇，成一家之言，辭義典雅，足傳於後，此子為不朽矣！德璉常斐然有述作之意，其才學足以著書，美志不遂，良可痛惜。間者歷覽諸子之文，對之抆淚，既痛逝者，行自念也。孔璋章表殊健，微為繁富。公幹有逸氣，但未遒耳；其五言詩之善者，妙絕時人。元瑜書記翩翩，致足樂也。仲宣獨自善於辭賦，惜其體弱，不足起其文，至於所善，古人無以遠過。昔伯牙絕弦於鍾期，仲尼覆醢於子路[4]，痛知音之難遇，傷門人之莫逮。諸子但為未及古人，自一時之儁也。今之存者，已不逮矣！後生可畏，來者難誣，然恐吾與足下不及見也。

年行已長大，所懷萬端。時有所慮，至通夜不瞑，志意何時復類昔日？已成老翁，但未白頭耳。光武有言："年三十餘，在兵中十歲，所更非一。"吾德不及之，年與之齊矣。以犬羊之質，服虎豹之文，無眾星之明，假日月之光，動見瞻觀，何時易乎？恐永不復得為昔日遊也。少壯真當努力，年一過往，何可攀援！古人思炳燭夜遊，良有以也。頃何以自娛？頗復有所述造不？東望於邑，裁書敘心。丕白。

《四部叢刊》六臣注本《文選》

【注釋】

[1]《東山》:《詩經》篇名,古人認為是周公東征的詩歌,表達戰士思念家鄉以及勝利歸來的喜悅心情。

[2]徐陳應劉:指建安七子中的徐幹、陳琳、應瑒、劉楨,他們都在建安二十二年(217)同染疾疫而亡。

[3]箕山之志:相傳許由得知堯帝想把天下讓給他,他就歸隱在箕山之下。

[4]"仲尼"句:孔子聽說子路戰死,被砍成肉醬,於是命人把家裏的肉醬全倒掉。

【譯文】

二月三日,曹丕謹啟:時間過得真快,我們分別又快四年了。三年不能相見,《東山》詩裏的士兵都感慨分別太久,何況又超過三年,思念之情怎麼能受得了!即使有書信來往,也不足以排解我的憂愁。

前年的瘟疫,親人故舊大多遭受侵襲,徐幹、陳琳、應瑒、劉楨,一下子都離世了,讓人痛心得說出不話來!以前出遊相處,走路時車馬並駕,休息時坐席相接,何曾有片刻分離?每當傳杯飲酒,音樂響起,痛快喝酒至滿臉通紅,抬頭誦詩,大家都沉浸在這樣的歡樂中,恍惚間都不覺得這就是快樂。本以為能活百歲就是我們應得的,大家都能永遠在一起不分離。沒想到幾年間,這些好朋友都差不多離世了,說起來都讓人痛心!近來編定他們留下來的文章,總共有一集。看着他們的姓氏名字,但都已經變成死者的名錄了。回憶以前一起遊玩的情形,還歷歷在目,但這幾個朋友,卻已化成泥土,哪裏還能再說啊!

考察古代和現在的文士,他們大都不拘小節,很少借名譽和節操作為立身之本。而祇有徐幹做到文才和德行兼具,淡泊無求,有隱士的志向,可以說是文雅而端莊的君子了。他寫的《中論》二十多篇,是自成一家的著作,言辭義理有據而高雅,足以流傳後世,他的名聲思想應該是可以永存了!德璉文采出眾且有著述的想法,他的才能也足以幫他達成願望,可惜他的美好願望沒有實現,確實讓人痛惜。我近來翻閱他們的文章,看後擦着眼淚,不僅是痛悼死去的朋友,也是由他們想到了自己。孔璋的章和表寫得特別剛健有力,祇是稍微有點繁縟。公幹的文章表現出脫俗的氣質,就是還不夠剛勁;他那些好的五言詩,精絕神妙,勝過時人。元瑜的書和記文采富麗,讓人看了就覺得開心。仲宣祇擅長辭賦的創作,可惜他的風格稍弱,不能振起文章的氣勢,但說到他擅長的,古人也沒超過他多少。以前伯牙在鍾子期死後就不再彈琴,孔子聽說子路死了就把肉醬倒掉，這是痛惜知音難遇，悲傷弟子中無人能及子路。這幾個朋友雖比不上古人，但仍是這個時代的傑出人物。現在活着的人，已經比不上他們了！年輕人讓人敬畏，後來者很難評價，但恐怕是我跟您都見不到他們的成就了。

年紀增大了，心中所想很多。一有所思慮，就整夜睡不着，志向和情趣什麼時候纔能像以前一樣閒逸呢？我已經變成老人家了，衹是還沒有白頭罷了。光武帝說："他三十多歲，在軍中十年，經歷的事情很多。"我的德行比不上他，但年齡跟他差不多了。我衹有像犬羊一樣平庸的資質，卻擁有着像虎豹一樣威嚴的文采，沒有衆星的明亮，卻擁有太陽月亮般的光亮，動輒被人拘管，什麼時候纔能自由啊？恐怕永遠都不能像以前一樣自在遊玩了。年輕時的確應該努力，時間一旦過去了，還怎麼能抓得住啊！古人總想着夜裏也要點蠟燭去遊玩，的確是有原因的。近來您有什麼自得其樂的東西嗎？還有創作嗎？看着您所在的東方，就給您寫信來傾訴衷腸。曹丕謹啟。

【解析】

吳質為曹丕、曹植兄弟所禮遇，但在爭立太子的過程中，吳質則為曹丕出謀劃策。所以他與曹丕不僅是政治上的盟友，而且私交甚篤。而曹丕給吳質的書信中，也常常發表對文學的見解。這封書信就是如此。

首先，鼓勵文士立言作文以求不朽。儒家士子以立德、立功、立言追求人生不朽。曹丕作為一國之君，自不朽言，他已可據立功而留名青史。但他稱讚徐幹著《中論》而不朽，不僅表達了他的羨慕之情，同時也表達了他對文士的期待，希望文士在立言上有所作為，也就是期待文士撰寫子書，"成一家之言"。曹丕寫有《典論》，可以不朽；而應瑒有才學卻未能述作，則"良可痛惜"。

其次，對建安文士文學成就的得失進行評價。如評陳琳的章表、劉楨的五言詩、阮瑀的書記、王粲的辭賦，都是他們寫得最出色的文體。而言劉楨逸氣未遒，王粲體弱，所言氣與體，大約都與他在《典論·論文》中所提出的"文以氣為主"的"氣"相同，都是指人的内在氣質、性格在文學作品中的表現。

與楊德祖書

曹植（192—232）：字子建，曹操子，曹丕弟，沛國譙人。早年為曹操所愛，幾為太子，但因任性而失寵。文帝時備受猜忌，明帝時每冀試用而終不能得，鬱鬱而終。嘗封於陳，諡思，世稱陳思王。文才富豔，善詩工文，與曹操、曹丕合稱三曹。後人輯有《曹子建集》。

植白：數日不見，思子為勞，想同之也。僕少小好為文章，迄至於今，二十有五年矣。然今世作者，可略而言也：昔仲宣獨步於漢南，孔璋鷹揚於河朔，偉長擅名於青土，公幹振藻於海隅，德璉發跡於此魏，足下高視於上京。當此之時，人人自謂握靈蛇之珠[1]，家家自謂抱荊山之玉[2]。吾王於是設天網以該之，頓八紘以掩之，今悉集茲國矣！然此數子，猶復不能飛軒絕跡，一舉千里也。以孔璋之才，不閑於辭賦，而多自謂能與司馬長卿同風[3]，譬畫虎不成，反為狗者也。前為書嘲之，反作論盛道僕讚其文。夫鍾期不失聽，於今稱之。吾亦不能妄歎者，畏後世之嗤余也！

世人著述，不能無病。僕常好人譏彈其文，有不善者，應時改定。昔丁敬禮嘗作小文[4]，使僕潤飾之。僕自以才不過若人，辭不為也。敬禮謂僕："卿何所疑難？文之佳惡，吾自得之，後世誰相知定吾文者邪？"吾常歎此達言，以為美談。昔尼父之文辭[5]，與人通流，至於制《春秋》，游夏之徒乃不能措一辭[6]。過此而言不病者，吾未之見也。

蓋有南威之容[7]，乃可論於淑媛；有龍淵之利，乃可以議於斷割。劉季緒才不能逮於作者[8]，而好詆訶文章，掎摭利病。昔田巴毀五帝[9]、罪三王、訾五霸於稷下，一旦而服千人，魯連一說[10]，使終身杜口。劉生之辯，未若田氏；今之仲連，求之不難，可無歎息乎？人各有好尚：蘭茝蓀蕙之芳，眾人之所好，而海畔有逐臭之夫[11]；《咸池》《六莖》之發[12]，眾人所共樂，而墨翟有非之之論[13]，豈可同哉！

今往僕少小所著辭賦一通相與。夫街談巷說，必有可采；擊轅之歌，有應風雅；匹夫之思，未易輕棄也。辭賦小道，固未足以揄揚大義，彰示來世。昔楊子雲先朝執戟之臣耳[14]，猶稱壯夫不為也。吾雖薄德，位為藩侯，猶庶幾勠力上國，流惠下民，建永世之業，留金石之功，豈徒以翰墨為勳績，辭賦為君子哉！若吾志未果，吾道不行，則將采庶官之實錄，辯時俗之得失，定仁義之衷，成一家之言。雖未能藏之於名山，將以傳之於同好。非要之皓首，豈今日之論乎！其言之不慙，恃惠子之知我也[15]。

明早相迎，書不盡懷。曹植白。

《四部叢刊》六臣注本《文選》

【注釋】

[1] 靈蛇之珠：即隋珠。相傳隋侯救蛇，蛇銜大珠以報，因稱其珠為隋珠或蛇珠。

[2] 荊山之玉：即和氏璧。楚人和氏得玉璞，分別獻於楚厲王、武王，均被當作石而刖雙足。後獻於文王，文王令人理之而得寶，乃命曰和氏璧。

[3] 司馬長卿：司馬相如，字長卿。西漢辭賦家。

[4] 丁敬禮：丁廙，字敬禮。曹植的朋友。

[5] 尼父：孔子，字仲尼，又稱尼父。

[6] 游夏：孔子的學生子游和子夏，二人是孔門四科中“文學”科的代表。

[7] 南威：春秋時晉國的美女。

[8] 劉季緒：劉修，字季緒，劉表的兒子。

[9] 田巴：戰國時齊國的辯士。

[10] 魯連：即魯仲連，戰國時齊國的遊士。

[11] 逐臭之夫：相傳有個人奇臭無比，祇能獨自住在海邊。但有人喜歡他的臭味，天天追隨他。

[12] 《咸池》：古樂曲名，相傳為堯時的音樂。《六莖》：古樂名，相傳為顓頊所作。

[13] 墨翟非之：墨子崇尚實用，認為音樂於國於民不利，所以他作《非樂》以反對從事音樂活動。

[14] 楊子雲：即揚雄，西漢末年賦家。

[15] 惠子：指惠施，是莊子的知音。

【譯文】

曹植謹啟：幾天不見，想您想得很痛苦，我想您的心情也跟我一樣。我小時候就喜歡寫文章，到現在，已經有二十五年了。然而現在寫文章的人，大致可以評論一下：以前王粲在荊州文采第一，陳琳在河北聲名遠揚，徐幹在北海享有美名，劉楨在寧陽顯揚文采，應瑒在許都立功揚名，您則傲視於京城。那個時候，人人都認為自己拿着隋侯珠，個個都覺得擁有和氏璧。我父親在此時拿着天網來搜羅他們，振舉網繩來招集他們，現在都已經把他們集中在這裏了。但這幾個人，還不能夠像輕車一樣快跑無蹤，一走千里。以陳琳的才能，不擅長於辭賦，卻常常自詡能與司馬相如等同，他這種行為就好像想畫老虎卻畫成狗一樣。以前我曾寫信笑他，他反而寫文章吹噓說我讚美他的文章。鍾子期善於聽音樂，到現在還被人稱揚。我也不能胡亂讚揚別人，怕後人笑我啊！

現在人的文章，是很難做到沒有毛病的。我經常喜歡別人批評我的文章，如果有不完美的地方，我就立刻改正。以前丁敬禮常寫小文章，讓我幫忙修改。我自己認為能力沒有超過他，所以拒絕了。丁敬禮對我說：“您有什麼疑難的？文章的好壞，我自己知道，後來的讀者有誰能知道並且能改定我的文章呢？”我經常感歎這種通達的話，認為是美談。以前孔子說的話語，能跟一般人交流，到了他寫《春秋》時，子游和子夏卻不能增減一字。除此之外而說自己的文章沒有毛病的，我還沒有見到。

大概是有南威的美貌，纔可以談美女；有龍泉的鋒利，纔可以論切割。劉季緒的才能不如作者，但喜歡指摘文章，挑剔毛病。以前田巴在齊國稷下詆譭毀五帝、指責三王、譭謗五霸，一天就能說服上千人，魯仲連一批駁，就使他一輩子都不敢開口議論了。劉季緒的辯駁能力，不如田巴；現在像魯仲連一樣的能人，卻不難找到，能不停止這種評論了嗎？人各有喜歡的東西，蘭花、茝草、蓀草、蕙草的芳香，是大家願意聞的，但海邊卻有追逐臭味的人；《咸池》《六莖》這種音樂，是大家喜愛聽的，但墨子卻有排斥音樂的主張，怎麼能要求大家都相同啊！

現在送給您一卷我少年時寫的文章。街頭巷尾的言談，必定有可取的東西；粗野的人擊轅而唱的歌曲，也有符合《風》《雅》大旨的；普通人的情思，不能輕易地忽略。文章是小技藝，本來也不能用來宣揚大道理，昭示未來。以前的楊子雲祇是漢朝的侍衛小臣，尚且宣稱男子漢不屑於寫辭賦。我雖然德業淺薄，祇是侯王，但還是希望努力忠於朝廷，施惠百姓，建立永久的事業，留下不朽的功勳，怎麼能把文章當作功績，借文章而成君子啊！如果我的志向不能實現，我的想法不能推行，那我就採錄真實的史料，辨正風俗的得失，確定仁義的要點，成為一家的言論。即使不能藏在名山，也要傳給後來的知音。如果不是您和我有終生為友的交情，我哪能發表這樣的看法啊！我能夠不慚愧地向您傾訴，仗恃的就是您能像惠子瞭解莊周一樣地瞭解我。

明天早上迎接您，書信不能詳盡地敘寫我的情懷。曹植謹啟。

【解析】

曹植是魏晉南北朝時期的著名作家。鍾嶸在《詩品》中列其於上品，並給予他極高的評價。在此信中，他對文學創作提出了自己的主張，約有如下數端：

首先，他喜好文學，但更加希望建功立業，不得已而著文。他位為藩侯，最初的期待是“勠力上國，流惠下民，建永世之業，留金石之功”，而不是“以翰墨為勳績，辭賦為君子”。迨功業未成之時，纔“采庶官之實錄，辯時俗之得失，定仁義之衷，成一家之言”，即立言以求不朽。至於文學創作，雖為其少小所好，但“辭賦小道，固未足以揄揚大義，彰示來世”。其實，曹植的這種思想與許多文士的想法是相同的，如先秦諸子，大多先以其道術遊說諸侯，迨其不見用於當世，乃與門人著書立說。曹植的想法，與一般文士無別。此外，曹植差點被立為魏太子，但因種種機緣而被降為藩侯，屢遭文帝與明帝打壓。他雖上書言建功立業而不為所用，懷才不用，終致抑鬱而卒。所以，他對建功立業似有異於常人的執著。

其次，他認為批評家需有創作的能力。他說：“有南威之容，乃可論於淑媛；有龍淵之利，乃可以議於斷割。”曹植的人生首選雖是建功立業，但他的文學創作成就，卻被後人高揚殊甚，鍾嶸謂：“陳思之於文章也，譬人倫之有周孔，鱗羽之有龍鳳，音樂之有琴笙，女工之有黼黻。”有此成就，他可以對批評家有更高的要求。而作為一個批評家，若能有創作經歷，對文學創作的甘苦有體驗，則他對文學批評也相對能把握問題的關鍵，對具體問題進行細緻入微的分析，為文學創作提供合理的意見。當然，批評家與作家分司二職，也有其自身的優越，至少可以避免曹丕所說的“文人相輕”、劉勰所說的“崇己抑人”的主觀態度，以“無私於輕重，不偏於憎愛”的態度來評價文學現象。

最後，他提到文章有弊病而需要交流譏彈，以改定其不善者。自古以來，文士有相輕的陋習，以己所長輕人所短。但文情複雜，文體眾多，非常人可兼工。而通過交流，即可發現文章的不足，從而改定，如《世說新語·政事》載：“王大為吏部郎，嘗作選草，臨當奏，王僧彌來，聊出示之。僧彌得便以己意改易所選者近半，王大甚以為佳，更寫即奏。”“選草”即選拔人才的草稿，屬奏章之類的文書。《文學》載：“孫子荊除婦服，作詩以示王武子。王曰：‘未知文生於情，情生於文。覽之淒然，增伉儷之重。’”此風在唐代最盛，如白居易《與元九書》所載：“與足下小通則以詩相戒，小窮則以詩相勉，索居則以詩相慰，同處則以詩相娛。”即陳寅恪先生謂當時文人作文，往往“各出其所作互事觀摩，爭求超越”之意。苟能如此，則文學創作水平自然容易提高。

文　賦

　　陸機（261—303）：字士衡，陸遜孫，陸抗子，西晉吳郡吳縣人。晉武帝太康末，與弟陸雲入洛，為成都王司馬穎平原內史，從討長沙王司馬乂，兵敗被讒，為司馬穎所殺。其詩文講求辭藻排偶，開六朝文學風氣。其《文賦》是一篇論創作構思、文章利弊的專文。有《陸士衡集》。

　　余每觀才士之所作，竊有以得其用心。夫其放言遣辭，良多變矣，妍蚩好惡，可得而言。每自屬文，尤見其情。恒患意不稱物，文不逮意。蓋非知之難，能之難也。故作《文賦》，以述先士之盛藻[1]，因論作文之利害所由，他日殆可謂曲盡其妙。至於操斧伐柯[2]，雖取則不遠，若夫隨手之變，良難以辭逮①，蓋所能言者具於此云爾。

　　佇中區以玄覽[3]，頤情志於典墳[4]。遵四時以歎逝，瞻萬物而思紛。悲落葉於勁秋，喜柔條於芳春。心懍懍以懷霜，志眇眇而臨雲。詠世德之駿烈，誦先人之清芬。游文章之林府，嘉麗藻之彬彬。慨投篇而援筆，聊宣之乎斯文。

　　其始也，皆收視反聽，耽思傍訊，精騖八極，心游萬仞。其致也，情曈曨而彌鮮，物昭晰而互進。傾羣言之瀝液，漱六藝之芳潤。浮天淵以安流，濯下泉而潛浸。於是沈辭怫悅[5]，若游魚銜鉤而出重淵之深；浮藻聯翩[6]，若翰鳥纓繳而墜曾雲之峻。收百世之闕文，採千載之遺韻。謝朝華於已披，啓夕秀於未振。觀古今於須臾，撫四海於一瞬。

　　然後選義按部，考辭就班。抱景者咸叩，懷響者畢彈。或因枝以振葉，或沿波而討源。或本隱以之顯，或求易而得難。或虎變而獸擾[7]，或龍見而鳥瀾[8]。或妥帖而易施，或岨峿而不安。罄澄心以凝思，眇衆慮而為言。籠天地於形內，挫萬物於筆端。始躑躅於燥吻，終流離於濡翰。理扶質以立幹，文垂條而結繁。信情貌之不差，故每變而在顏。思涉樂其必笑，方言哀而已歎。或操觚以率爾[9]，或含毫而邈然。

　　伊茲事之可樂，固聖賢之所欽。課虛無以責有，叩寂寞而求音。函緜邈於尺素，吐滂沛乎寸心。言恢之而彌廣，思按之而愈深。播芳蕤之

---

　　① 原作“逐”，據李善注本改。

馥馥，發青條之森森。粲風飛而猋豎[10]，鬱雲起乎翰林。

　　體有萬殊，物無一量。紛紜揮霍，形難為狀。辭程才以效伎[11]，意司契而為匠。在有無而僶俛，當淺深而不讓。雖離方而遯員，期窮形而盡相。故夫誇目者尚奢，愜心者貴當。言窮者無隘[12]，論達者唯曠。詩緣情而綺靡，賦體物而瀏亮。碑披文以相質，誄纏緜而悽愴。銘博約而溫潤，箴頓挫而清壯。頌優游以彬蔚，論精微而朗暢。奏平徹以閑雅，說煒曄①而譎誑。雖區分之在茲，亦禁邪而制放。要辭達而理舉，故無取乎冗長。

　　其為物也多姿，其為體也屢遷；其會意也尚巧，其遣言也貴妍。暨音聲之迭代，若五色之相宣。雖逝止之無常，故崎錡而難便[13]，苟達變而識次[14]，猶開流以納泉。如失機而後會，恒操末以續顛，謬玄黃之秩序，故淟涊而不鮮[15]。

　　或仰偪於先條，或俯侵於後章。或辭害而理比，或言順而義妨。離之則雙美，合之則兩傷。考殿最於錙銖[16]，定去留於毫芒。苟銓衡之所裁，固應繩其必當。

　　或文繁理富，而意不指適。極無兩致，盡不可益。立片言而居要，乃一篇之警策。雖衆辭之有條，必待茲而效績。亮功多而累寡，故取足而不易。

　　或藻思綺合，清麗芊眠[17]。炳若縟繡，悽若繁絃。必所擬之不殊，乃闇合於曩篇，雖杼軸於予懷，怵他人之我先。苟傷廉而愆義，亦雖愛而必捐。

　　或苕發穎豎，離衆絕致。形不可逐，響難為係。塊孤立而特峙，非常音之所緯。心牢落而無偶，意徘徊而不能揥。石韞玉而山暉，水懷珠而川媚。彼榛楛之勿翦，亦蒙榮於集翠。綴《下里》於《白雪》，吾亦濟夫所偉。

　　或託言於短韻，對窮迹而孤興。俯寂寞而無友，仰寥廓而莫承。譬偏絃之獨張，含清唱而靡應。或寄辭於瘁音，言徒靡而弗華，混妍蚩而成體，累良質而為瑕，象下管之偏疾[18]，故雖應而不和。或遺理以存異，徒尋虛而逐微，言寡情而鮮愛，辭浮漂而不歸，猶絃幺而徽急，故雖和而不悲。或奔放以諧合，務嘈囋而妖冶[19]，徒悅目而偶俗，故聲高而曲下，寤《防露》與《桑間》[20]，又雖悲而不雅。或清虛以婉約，每除煩而去濫，闕大羹之遺味[21]，同朱絃之清汜，雖一唱而三歎，固既雅而不豔。

---

①　原作"爆"，據李善注本改。

若夫豐約之裁，俯仰之形，因宜適變，曲有微情。或言拙而喻巧，或理樸而辭輕，或襲故而彌新，或沿濁而更清，或覽之而必察，或研之而後精。譬猶舞者赴節以投袂，歌者應絃而遣聲。是蓋輪扁所不得言[22]，亦非華說之所能精。

普辭條與文律，良余①膺之所服。練世情之常尤，識前脩之所淑。雖濬發於巧心，或受欬於拙目。彼瓊敷與玉藻，若中原之有菽。同橐籥之罔窮[23]，與天地乎並育。雖紛藹於此世，嗟不盈於予掬。患挈瓶之屢空[24]，病昌言之難屬。故躓踔於短韻，放庸音以足曲。恒遺恨以終篇，豈懷盈而自足？懼蒙塵於叩缶[25]，顧取笑乎鳴玉[26]。

若夫應感之會，通塞之紀，來不可遏，去不可止。藏若景滅，行猶響起。方天機之駿利，夫何紛而不理？思風發於胸臆，言泉流於脣齒。紛葳蕤以馺遝[27]，唯毫素之所擬。文徽徽以溢目，音泠泠而盈耳。及其六情底滯，志往神留，兀若枯木，豁若涸流，覽營魂以探賾，頓精爽而自求。理翳翳而愈伏，思軋軋其若抽。是故或竭情而多悔，或率意而寡尤。雖茲物之在我，非余力之所勠。故時撫空懷而自惋，吾未識夫開塞之所由也。

伊茲文之為用，固衆理之所因，恢萬里使無閡，通億載而為津。俯貽則於來葉，仰觀象乎古人。濟文武於將墜[28]，宣風聲於不泯。塗無遠而不彌，理無微而不綸。配霑潤於雲雨，象變化乎鬼神。被金石而德廣，流管絃而日新。

《四部叢刊》六臣注本《文選》

【註釋】

[1] 盛藻：佳作。

[2] 操斧伐柯：拿斧頭去砍伐樹木來作斧柄，比喻可就近取法。

[3] 中區：指宇宙。

[4] 典墳：三墳五典的省稱，相傳是三皇五帝的書籍。

[5] 沈辭怫悅：比喻吐辭艱難。

[6] 浮藻聯翩：比喻出語順暢。

[7] 虎變：比喻文章的綺麗變化。

[8] 鳥瀾：鳥飛。

[9] 操觚以率爾：指寫文章時文思敏捷，成文迅速。

[10] 粲風：疾風。

---

① 原作"予"，據李善注本改。

[11] 程才：呈現才能。

[12] 無：唯。

[13] 崎錡：不安。

[14] 識次：識別事物的次序。

[15] 渶涩：污濁。

[16] 殿最：古代考核政績或軍功，下等稱為“殿”，上等稱為“最”。此處泛指等級的高低上下。

[17] 芊眠：光色盛貌，比喻文采華美。

[18] 偏疾：過於急速。

[19] 嘈囋：聲音雜亂喧鬧。

[20]《防露》《桑間》：這是《詩經》中的兩首詩，被認為是輕險不雅的詩歌。

[21] 大羹：不調五味的肉汁。

[22] 輪扁：春秋時齊國有名的造車工人。

[23] 橐籥：古代冶煉時用以鼓風吹火的裝置，相當於風箱。此處喻指大自然。

[24] 屢空：本指顏回安貧樂道以致家中空匱，此處借用，自喻才疏學淺。

[25] 叩缶：秦人的俗樂。

[26] 鳴玉：先王的雅樂。

[27] 駁邅：繁多的樣子。

[28] 文武：周文王和周武王。

【譯文】

我經常看那些有才氣的作家的作品，私下裏都覺得能窺知作者作文的用心。寫作時遣詞用語，的確有很多的變化，而文章的美醜好壞，還是可以分辨的。每當自己寫作時，尤其能體會到寫作時的甘苦。常常擔心構思之意不能正確反映事物的情狀，而寫出來的文章又不能準確地反映構思的想法。可以說不是瞭解事物的情狀有困難，而是要能很好地敘寫出來纔有困難。所以我寫《文賦》，借論述前人的優秀作品，來討論寫文章的利害道理，以後回看此文大約可以說是瞭解作文的奧妙的。至於說像照着斧頭作斧柄一樣借鑒前人的寫法，雖然說可以效仿的對象就在眼前，但寫作時得心應手的道理，卻難以用言辭來表述，所以能用語言寫下來的我都寫在這了。

站在宇宙間深入觀察萬物，在古籍中專心陶冶鑽研。因四時的變化而感慨時光流逝，看世間萬物的盛衰而思緒紛繁。對秋天樹葉的凋零感到憂傷，為春天枝條的輕拂產生喜悅。心意危懼如懷霜雪，情志高遠如上青雲。歌頌歷代大德的偉業，誦勉過往先人的芬芳。在文章的庫府裏遨遊，讚賞文質並茂的佳作。於是慨然放下篇卷而拿起筆來，姑且把這種體會寫成文章。

構思開始時，都要收攝視聽，沉思博採，精神在遙遠的八方馳騁，心思在萬仞的高空遨遊。文思來時，文情由晦暗逐漸鮮明，物象也明晰而紛至沓來。傾出百家文章的精華，含漱六藝的甘美。想象可以升到天河而安穩地流淌，深入到地泉又能靜靜地浸洗。於是吐辭艱難者，就像游魚含着魚鈎被重重地從深淵中拽出；出語迅捷者，就如中箭的飛鳥從高高的天空中墜落。百代以前的闕文被收錄，千年以前的遺文被吸收。清晨已開之花宜拋棄，傍晚未綻之蕾須開啟。片刻間能洞察古今，一刹那可撫臨四海。

然後根據需要選擇事義，按部就班選用詞匯。有影之物都收錄，有聲之音全取資。或借樹枝來振動樹葉，或沿流水來探尋源頭。或本來隱秘而逐漸明晰，或想求容易而得到艱難。或如猛虎發威而百獸馴服，或如神龍現身而飛鳥驚散。或妥帖恰當而容易操作，或抵觸不合而難以確定。專心致志去琢磨思緒，集思廣益來組織語言。統括天地於構思，捉搦萬物於筆端。開始時因嘴唇乾燥而發言艱難，最終會因筆頭濕潤而筆走如風。義理如扶助本體而樹立主幹，文采如垂下枝條而結成樹蔭。確實是內心與外表如一，而變化卻往往在顏面。想到快樂會發笑，一遇悲哀就感慨。或作文不假思索，或拿筆思緒茫然。

寫文章的愉悅，本來就是聖人賢士嚮往的。從虛無中尋求實有，在寂靜中獲得聲響。在尺素之上可以寫下遙遠的意緒，在寸心之間能夠傾吐博大的情思。言辭越用越豐富，思緒愈想愈精深。播散文采的濃郁芬芳，培育文采的茂密枝條。明麗如風飛飆立，美盛如雲起翰林。

文體多種多樣，物象無固定之數。文體紛繁物象千變，形相實在難以描摹。文辭量才而效用，意緒掌握關鍵成巧匠。文辭的豐贍貧乏需斟酌，意緒的淺顯深刻要揣摩。雖然離逸了文章的法度，但都希望窮形盡相地描摹事物。所以崇尚辭藻者推崇浮豔，義理掛心者追求嚴密。言辭貧乏者顯得局促，議論暢達者表現曠蕩。詩歌緣於情感而求綺靡的辭藻，辭賦寫物陳事而求清晰。碑文講究文采而記述功德又要符合碑主身份，誄文寫得情意纏綿而且哀婉悽愴。銘文要求事博文約而且溫和柔潤，箴文音調抑揚情意跌宕而且清朗雄壯。頌文從容典雅而且華麗美盛，論文精深嚴密而且明朗暢達。奏文平實透徹而雍容典雅，說文光芒四射而又詭奇虛妄。雖然在這裏作了區別分類，也是為了規範文意的邪僻和文辭的放蕩。總之文辭要達意而文理要鮮明，所以不能寫得繁多冗長。

　　文章隨物變化而顯得多姿多樣，格式也屢屢變換；構思情意講究精巧，遣詞用語追求妍美。還有音聲相間而錯落有致，如五色相得益彰而為錦繡。雖然因音聲迭代的去留無定，所以難免有曲折不安，但如果掌握變化的規律而且理解次序的安排，那就好像開通源流以接納泉水般順暢。如果錯失時機而事後纔瞭悟，總用尾巴來接續頭頂，那就會破壞五色相宜的規律，因此色調混濁而不鮮明。

　　有時後段的文辭與前段矛盾，有時前段的語句妨礙了後段。有時文辭有礙但義理順暢，有時文辭順暢而義理晦澀。文辭與義理分開就能相得益彰，合在一起反而兩敗俱傷。考究優劣必須錙銖互校，確定去留也要毫芒不忽。若要衡量文辭與文意的裁定標準，本來就應該以辭意雙美為準繩。

　　有時文辭煩瑣而義理豐富，但仍不能把主旨表達清楚。事理表達沒有兩個頂點，文勢已盡不可再添。在關鍵處設置隻言片語，作為一篇文章的中心思想。雖然文辭繁多有條理，但仍需警策之語纔能顯示文辭的效果。有警策語確實是效用多而弊病少，所以用警策語文章就完美而不用改易了。

　　有時文藻情思如絲織品一般嚴密，清新亮麗光彩鮮豔。光耀如美豔的刺繡，悽切如繁雜的音樂。如果所作與古人無別，甚至暗合於已有的文章，構思雖然是我的，仍擔心別人比我先成文章。如果因有雷同剽竊而違反義理的，即使我非常喜歡也要捐棄。

　　有時佳句如花開穗舉，超群出眾。如形不能被影追逐，如聲難為響維繫。佳句如孤峰屹立，不是尋常語句所能相配。佳句孤寂沒有匹配，但作者心中思量而不忍捨棄。石頭中蘊藏美玉則山嶺光澤，深水裏隱藏珍珠則川流秀媚。好比叢生的雜木不必修剪，也會因為翠鳥來集而煥發生氣。把《下里巴人》與《陽春白雪》相綴，我也是用來助益其奇偉之美。

　　或用短小的文章來寄情寫意，就如面對窮荒而孤獨起興。俯視則寂寞而沒有朋友，仰觀則空蕩而沒有承接。好像單絃獨奏，有清唱無應和。或用詞暗弱無力，語言徒然華麗而沒有光彩，靡言瘁音混合成文，反而連累良質變瑕疵，一如堂下吹管之聲太快，所以即使有響應卻並不和諧。或放棄義理而求新異，徒然用力於虛浮微末之處，文章沒有真情而且缺少愛憎，文辭就會浮泛而沒有歸宿，好像絃小而彈奏急促，所以即使能和諧也不感人。或文章縱恣放蕩以求合乎時俗，追求浮豔妖冶，衹管好看媚俗，所以聲調高雅而作品低俗，知道《防露》與《桑間》這樣的音樂，雖然感人卻不雅正。或清新空靈而婉約輕柔，時時刪減繁雜而且摒棄蕪濫，卻像不調五味的大羹所棄之味，也像宗廟裏紅絃所奏的質樸之樂，即使一人唱三人和，也是典雅而不美豔。

至於文章繁簡的裁定、段落前後的安排，根據需要而變化，稍有微妙的差別。或文辭拙樸而比喻新巧，或義理簡樸而文辭輕浮，或因襲舊說而更出新意，或襲用臭腐而化為清新，或一看即可瞭解實情，或精研纔能明白精義。好像跳舞者隨着節奏來振動衣袖，唱歌者應合音樂而張嘴發聲。這大概輪扁也不能說得清楚，也不是華麗的言語能精當論述的。

眾多作文的法式規範，我確實時時體驗揣摩。熟悉世人的通病，知道前人的優點。他們的創作雖是巧心精思的激發，但有時卻被庸人取笑。那些優美篇章和辭藻，就像田野中的大豆一樣可以隨意採摘。像鼓動風箱般往復無窮，跟天地並生同在。這些麗藻世間繁多，祇是遺憾我們手捧不滿。擔心自己的才學如瓶常空，害怕前賢佳作難續。所以祇能在短文中艱難學步，創作平庸的文章來充數。文章寫完後往往祇有遺憾，哪裏有心滿意足的啊？我的文章被用來覆蓋在瓦罐上而落滿灰塵，而且被悅耳的玉磬取笑。

至於情思感應的時機，思緒暢通和堵塞的機緣，它們來時不能擋，去時不能停。隱藏時如影子消失般迅捷，出現時像聲音響起般突然。如果作者天賦聰睿，那有什麼紛亂理不清呢？思緒如風發般自胸中流出，文辭如泉水般從口裏傾瀉。思緒如泉水般涌現，祇有手中之筆方能隨意揮寫。文采炳煥目不暇接，音韻鏗鏘悅耳動聽。若是情感停滯，神志遲鈍，思緒如枯木不發，如水乾空虛，就要聚精會神去探尋，竭盡心智去思索。義理隱晦潛藏，思緒苦澀如抽絲。所以有時用心結撰反而多遺憾，有時隨意寫作反而少過錯。雖然文章出於我手，卻非我自己勉力而能求。所以時時對着空空蕩蕩的胸懷長歎，我也不知文思閉塞的原因。

文章的寫作，固然是因闡明道理而產生的，相隔萬里而無隔閡，作為橋樑而溝通古今。往後可以垂範後世，向前可以取法古人。拯救即將崩潰的文王和武王的業績，宣揚教化以免湮滅。道路不因遙遠而不到，道理不因精微而不顯。文德養人如濕潤之配雲雨，文理幽微如變化之寫鬼神。佳作可刻於金石而廣泛傳播功德，譜成音樂而與日俱新。

【解析】

《文賦》主要討論文學創作的問題，即其序中所說的"用心"和"作文之利害所由"，與之相關的就是物言意之間的關係。陸機首先論創作的衝動，認為源於作者對自然變化的感觸，即"遵四時以歎逝，瞻萬物而思紛。悲落葉於勁秋，喜柔條於芳春"。也源於閱讀典籍產生的共鳴，如"詠世德之駿烈，誦先人之清芬"。這兩點可以簡括為人生閱歷和閱讀體驗，也就是作者自身的生活遭遇，誘發了作者的創作衝動。陸機又特別指出，作者因對自然社會人生所見之物有感觸而構思，但構思所得之意，往往難以描摹所見所思，即所謂"意不稱物"。而當作者通過精心構思，理清思路而欲借言辭以表達心中所得時，又深感語言難以傳達觸景而生之情，即所謂"文不逮意"。

其次重點論述創作構思和思維。一要集中精神，發揮想象。"收視反聽，耽思傍訊"，目的是排除外界干擾，澄心靜慮。"精騖八極，心游萬仞"，"浮天淵以安流，濯下泉而潛浸"，"觀古今於須臾，撫四海於一瞬"，是發揮想象，突破時空界限，然後使感情更加鮮明，物象更加清晰。二要思維清晰，用語得體。通過構思，"籠天地於形內，挫萬物於筆端"，將天地萬物牢籠於胸，使紛亂的情感和物象形成條理。然後"選義按部，考辭就班"，即根據需要安排段落語言，以使義理順暢，語言能盡意。三是思維有流暢阻滯之別，此即靈感的問題。靈感來無蹤去無影，有通塞之紀、去來之機。不過陸機對此也深感無從把握。

最後，他還把文章分成十體，且對其審美提出要求。如詩因情而發，語言華麗而情感動人；賦以狀物為主，要求寫得明晰。這是對曹丕將文體分為四科八類的深入分辨和具體要求。

這篇文論是我國文學批評史上第一篇完整、深入討論創作的文章，對創作感興、構思、技巧等方面有細緻的論述。在文學批評史上有十分重要的地位，對後世也有深遠的影響，如劉勰《文心雕龍》在許多地方就繼承和發展了《文賦》的內容。

文章流別論

摯虞（？—311）：字仲洽，西晉京兆長安人。少事皇甫謐。舉賢良，
拜中郎，累官至衛尉卿。惠帝時，官至太常卿。才學通博，著述不倦。
有《文章志》《文章流別集》等。明人輯有《晉摯太常集》。

文章者，所以宣上下之象，明人倫之敘，窮理盡性，以究萬物之宜
者也。王澤流而詩作，成功臻而頌興，德勳立而銘著，嘉美終而誄集[1]。
祝史陳辭[2]，官箴王闕[3]。《周禮》太師掌教六詩：曰風，曰賦，曰比，
曰興，曰雅，曰頌。言一國之事，繫一人之本，謂之風。言天下之事，
形四方之風，謂之雅。頌者，美盛德之形容。賦者，敷陳之稱也。比者，
喻類之言也。興者，有感之辭也。後世之為詩者多矣，其稱功德者謂之
頌，其餘則總謂之詩。頌，詩之美者也。古者聖帝明王，功成治定而頌
聲興。於是史錄其篇，工歌其章，以奏於宗廟，告於鬼神。故頌之所美
者，聖王之德也，則以為律呂。或以頌形，或以頌聲，其細已甚，非古
頌之意。昔班固為《安豐戴侯頌》[4]，史岑為《出師頌》《和熹鄧后
頌》[5]，與《魯頌》體意相類[6]，而文辭之異，古今之變也。揚雄《趙
充國頌》[7]，頌而似雅。傅毅《顯宗頌》[8]，文與《周頌》相似，而雜以
風雅之意。若馬融《廣成》《上林》之屬[9]，純為今賦之體，而謂之頌，
失之遠矣。（《藝文類聚》五十六，《御覽》五百八十八）

賦者，敷陳之稱，古詩之流也。古之作詩者，發乎情，止乎禮義。
情之發，因辭以形之，禮義之旨，須事以明之，故有賦焉，所以假象盡
辭[10]，敷陳其志。前世為賦者，有孫卿、屈原，尚頗有古詩之義，至宋
玉則多淫浮之病矣。《楚辭》之賦，賦之善者也，故揚子稱賦莫深於《離
騷》。賈誼之作，則屈原儔也。古詩之賦，以情義為主，以事類為佐[11]。
今之賦，以事形為本，以義正為助。情義為主，則言省而文有例矣；事
形為本，則言富而辭無常矣。文之煩省，辭之險易[12]，蓋由於此。夫假
象過大則與類相遠[13]，逸辭過壯則與事相違[14]，辯言過理則與義相
失[15]，麗靡過美則與情相悖[16]。此四過者，所以背大體而害政教，是以
司馬遷割相如之浮說[17]，揚雄疾"辭人之賦麗以淫"。（《藝文類聚》五
十六，《御覽》五百八十七）

《書》云："詩言志，歌永言。"言其志謂之詩。古有采詩之官，王者以知得失。古之詩，有三言、四言、五言、六言、七言、九言。古詩率以四言為體，而時有一句二句雜在四言之間，後世演之，遂以為篇。古詩之三言者，"振振鷺，鷺于飛"之屬是也，漢郊廟歌多用之。五言者，"誰謂雀無角，何以穿我屋"之屬是也，於俳諧倡樂多用之。六言者，"我姑酌彼金罍"之屬是也，樂府亦用之。七言者，"交交黃鳥止于桑"之屬是也，於俳諧倡樂多用之。古詩之九言者，"泂酌彼行潦挹彼注茲"之屬是也，不入歌謠之章，故世希為之。夫詩雖以情志為本，而以成聲為節，然則雅音之韻，四言為正，其餘雖備曲折之體，而非音之正也。（《藝文類聚》五十六）

《七發》造於枚乘，借吳楚以為客主，先言出輿入輦，蹙痿之損；深宮洞房，寒暑之疾；靡曼美色，晏安之毒；厚味暖服，淫曜之害。宜聽世之君子要言妙道，以疏神導引，蠲淹滯之累。既設此辭以顯明去就之路，而後說以色聲逸游之樂，其說不入，乃陳聖人辨士講論之娛，而霍然疾瘳。此因膏粱之常疾以為匡勸，雖有甚泰之辭，而不沒其諷諭之義也。其流遂廣，其義遂變，率有辭人淫麗之尤矣。崔駰既作《七依》[18]，而假非有先生之言曰："嗚呼！揚雄有言'童子雕蟲篆刻'，俄而曰'壯夫不為也'。孔子疾小言破道，斯文之簇，豈不謂義不足而辨有餘者乎？賦者將以諷，吾恐其不免於勸也。"（《藝文類聚》五十七，《御覽》五百九十）

揚雄依《虞箴》作《十二州》《十二當作二十五官箴》，而傳於世，不具九官[19]。崔氏累世彌縫其闕[20]，胡公又以次其首目而為之解[21]，署曰《百官箴》。（《書鈔》原本一百二）

夫古之銘至約，今之銘至繁，亦有由也。質文時異，則既論之矣①。且上古之銘，銘於宗廟之碑。蔡邕為楊公作碑[22]，其文典正，末世之美者也。後世以來之器銘之嘉者，有王莽《鼎銘》[23]、崔瑗《杌銘》[24]、朱公叔《鼎銘》[25]、王粲《硯銘》，咸以表顯功德。天子銘嘉量[26]，諸侯大夫銘太常[27]，勒鐘鼎之義，所言雖殊，而令德一也。李尤為銘[28]，自山河都邑，至於刀筆平契，無不有銘。而文多穢病，討論潤色，言可采錄。（《御覽》五百九十）

詩頌箴銘之篇，皆有往古成文，可放依而作。惟誄無定制，故作者多異焉。見於典籍者，《左傳》有魯哀公為孔子誄。（《御覽》五百九十六）

---

① 原作"論既論則之矣"，據《太平御覽》校改。

哀辭者，誄之流也。崔瑗、蘇順、馬融等為之[29]，率以施於童殤夭折不以壽終者。建安中，文帝與臨淄侯各失稚子[30]，命徐幹、劉楨等為之哀辭。哀辭之體，以哀痛為主，緣以歎息之辭。（《御覽》五百九十六）

今所□哀策者，古誄之義。（《御覽》五百九十六）

若《解嘲》之弘緩優大[31]，《應賓》之淵懿溫雅[32]，《達旨》之壯厲忼慷[33]，《應間》之綢繆契闊[34]，鬱鬱彬彬，靡有不長焉矣。（《書鈔》原本一百）

古有宗廟之碑，後世立碑於墓，顯之衢路。其所載者，銘辭也。

圖讖之屬[35]，雖非正文之制，然以取其縱橫有義，反復成章。□□□□□□□。

《全晉文》

【注釋】

[1] 嘉美終：有美德善行的人逝世。

[2] 祝史：祝官、史官的合稱。

[3] 官箴：百官對帝王進行勸誡。王闕：君王的過失。

[4] "班固"句：東漢竇融封安豐侯。班固為其所作之頌文已佚。

[5] "史岑"句：史岑，東漢人。《出師頌》寫鄧騭出征西羌之頌。《和熹鄧后頌》已佚。

[6] 與《魯頌》體意相類：《詩經》中的《周頌》和《商頌》都是頌天子功德的。《安豐戴侯頌》等是頌大臣或皇后，故相類。

[7] "揚雄"句：揚雄為西漢末年賦家。趙充國為西漢時政治家。

[8] "傅毅"句：傅毅是東漢學者。顯宗，東漢明帝廟號。《顯宗頌》已佚。

[9] "馬融"句：馬融為東漢經學家、文學家。《上林頌》已佚。

[10] 假象盡辭：借天地萬物之象窮盡巧麗之辭來述志。

[11] 事類：指文章中引用古事故實以類比事理。

[12] 險易：艱深平易。

[13] 假象過大：虛構的形象過分誇大。

[14] 逸辭過壯：遣詞誇張失當。

[15] 辯言過理：論辯的文辭掩蓋義理。

[16] 麗靡：豔麗華靡。

[17] "司馬遷"句：割，剔除。司馬遷認為司馬相如之作多虛辭濫說。

[18] 崔駰：東漢文學家。

［19］不具九官：九篇《官箴》多有闕失。

［20］"崔氏"句：崔駰與子崔瑗曾為《官箴》撰次目錄並為之解釋，又易名為《百官箴》。

［21］胡公：指胡廣，東漢人。繼作四篇《官箴》。

［22］"蔡邕"句：蔡邕是東漢文學家，曾為太尉楊賜作碑文。

［23］王莽：新朝皇帝，其文已佚。

［24］崔瑗：東漢文學家。

［25］朱公叔：朱穆，字公叔，東漢人。

［26］嘉量：古代標準量器，有鬴、豆、升三量。

［27］太常：古代旌旗名。

［28］李尤：東漢文學家。

［29］蘇順：東漢文學家。

［30］"文帝"句：文帝指曹丕，臨淄侯指曹植。曹丕子仲雍，曹植女金瓠、行女均生數月而夭亡。

［31］《解嘲》：揚雄作。

［32］《應賓》：即《答賓戲》，班固作。

［33］《達旨》：崔駰作。

［34］《應間》：張衡作，文已佚。

［35］圖讖：古代方士或儒生編造的關於帝王受命徵驗一類的書，多為隱語、預言。

【譯文】

文章，用來顯示天地的萬象，宣明人道的次序，窮究萬物的道理，以推究萬物的歸屬。先王德澤流布而詩文興起，達成功業就有頌，建立功勳而有銘，有美善德行的人逝世即有誄。祝官和史官陳述的言辭，百官告誡王者過失的語錄。《周禮》太師掌管教授六詩：即風，賦，比，興，雅，頌。敘寫國家的政事，聯結詩人的情感來抒發，這就是風。諷喻天下的大事，表現各地的風俗，這就是雅。頌，是讚美盛大功德的情形。賦，是鋪陳直敘的意思。比，是用類似之物為比喻。興，是感動觸發的意思。後世作詩的人就多了，其中稱頌功德的文章稱為頌，其他的就全部稱為詩。頌，是詩歌中讚美的作品。古代聖明的帝王，功業建成政治穩定而後出現讚頌的文章。所以史官敘錄這些篇章，樂工歌唱這些樂曲，在宗廟演奏，向鬼神禱告。所以讚頌的是聖王德業，配奏音樂。有的用頌的形式，有的借頌的樂曲，其中的區別非常細微，但都不是古頌的本意了。以前班固寫《安豐戴侯頌》，史岑作《出師頌》《和熹鄧后頌》，這些作品與《魯頌》體制意旨相同，但是文辭則不同，這是古今的變化。揚雄的《趙充國頌》，像頌詩實際卻是雅詩。傅毅的《顯宗頌》，文制與《周頌》相似，但又夾雜了風詩和雅詩的風格。像馬融的《廣成》《上林》這些文章，完全是現在所說的賦的體式，卻說是頌，這就差得遠了。（《藝文類聚》五十六，《御覽》五百八十八）

賦，是鋪陳直敘的意思，是古詩的支流。古代作詩的人，情感由心而發，有禮義節制。情感的抒發，借文辭來表達，禮義的主旨，必須用事實來說明，所以就有了賦，就是借具體的形象和巧麗的言辭，來表達情感志向。以前寫賦的人，有荀子、屈原，他們的作品還有一些古詩的風格，到了宋玉就有很多華麗虛浮的毛病了。《楚辭》這種賦，是賦裏寫得最好的，所以揚雄說賦沒有比《離騷》寫得更出色的。賈誼的賦作，屬於屈原賦的類型。繼承《詩三百》傳統精神的詩人之賦，把情感義理當作主要內容，而把引類用事作為輔助的內容。現在的辭人之賦，以事物形貌為本，以事義雅正為輔助。以情感義理為根本，所以言辭簡省而文采有定例；以事物形貌為根本，所以文辭繁富而言辭無規則。語言的煩瑣和簡約，文辭的艱深和平易，大概就是因為這個吧。虛構的物象太大則與物類的本真相距太遠，文辭誇張太甚則與事實相違背，問答辯論的語言掩蓋文理就不符合諷諭的要求，豔麗華靡太過則與文章的情感相反。這四個不足，與大義相背且對政治教化有害，因此司馬遷剔除司馬相如的浮文豔說，揚雄痛恨“辭賦家的賦作太華麗且無節制”。（《藝文類聚》五十六，《御覽》五百八十七）

《尚書》說：“詩用來表達人的志意，歌要用延長詩的語言來徐徐詠唱。”表達理想志向的作品稱為詩。古代有收集詩歌的官員，統治者據此知道治理的得失。古詩，有三言、四言、五言、六言、七言、九言的。古詩基本以四言詩為體例，但偶爾有一句二句間雜在四言詩中，後人把這種情況推演開來，就把這當作篇章了。古詩中的三言，如《詩經》“振振鷺，鷺于飛”之類，漢代郊廟歌大多用三言。五言詩，如《詩經》“誰謂雀無角，何以穿我屋”之類，在詼諧戲謔歌謠的音樂中多使用這種形式。六言詩，如《詩經》“我姑酌彼金罍”之類，樂府詩也用這種形式。七言詩，如《詩經》“交交黃鳥止于桑”之類，在詼諧戲謔歌謠的音樂中多用這種形式。古詩中的九言，如《詩經》“泂酌彼行潦挹彼注茲”之類，因其不入歌謠文體中，所以社會上很少有人作這種詩。詩歌雖然以情感志向作為根本，而以形成音樂為關鍵，但是雅正的詩歌，仍以四言詩為正統，其餘的詩歌雖然具備了婉轉美妙的特點，但這並不是詩歌的正統。（《藝文類聚》五十六）

《七發》是枚乘所寫，借吳客與楚太子作為客主，先寫出行坐車，使人癱瘓不能行走；幽深清涼的宮室，容易形成傷寒中暑的病症；貪圖美妙的聲色，是享受安逸的毒害；口味濃重衣服暖和，是沉溺放縱的危害。應該傾聽社會上有道君子的精要言語和玄妙道理，來疏導思慮，去掉阻滯煩悶的苦累。已經安排這樣的話語來表明取捨之路，接着又講美色音樂放逸遊樂的愉悅，這種勸說不能被太子接受，纔講傾聽聖人辯士講論的快樂，太子的病情就突然變好了。這是借富家子弟日常生活中生病的情形來匡救規勸，雖然規勸的話語平和，但是也沒有掩蓋諷諫的大義。此後模仿這種賦作的作品就多了，大義也變了，但大多具有辭賦家的那種繁富的毛病。崔駰寫了《七依》後，又借非有先生的話說："唉！揚雄曾說'賦是小孩子的蟲書刻符'，不久又說'大丈夫不屑這麼做'。孔子痛恨粗鄙的語話破壞了大道，這類文章，難道不是道理不足而論辯有餘嗎？賦應當要諷諫，但我擔心它免不了的多有勉勵的意思啊。"（《藝文類聚》五十七，《御覽》五百九十）

揚雄模仿《虞箴》作《十二州》《十二（應當是二十五）官箴》，流傳於世上，有九篇《官箴》不完備了。崔駰、崔瑗好幾代人都為它彌補闕漏，胡廣又按順序編撰目錄且作注解，並署名為《百官箴》。（《書鈔》原本一百二）

古代銘文比較簡約，現在的銘文卻非常煩瑣，這也是有緣由的。質樸或文采因時代變化而不同，這已經說過了。再者上古的銘文，都刻在宗廟的石碑上。蔡邕為楊賜寫的碑文，文辭典雅莊正，這是漢末這類文章中最好的了。後來器銘之文寫得好的，有王莽的《鼎銘》、崔瑗的《杌銘》、朱公叔的《鼎銘》、王粲的《硯銘》，都是用來顯現功德的。天子的銘文刻在標準的量器上，諸侯大夫的銘文刻在太常旗上，刻於鐘鼎的含義，文辭雖然不同，但記錄美德都相同。李尤寫的銘文，從山河都邑，到刀筆平契，都有銘文。但是文章卻有很多不足，若能經過加工潤色，語言還是可采錄的。（《御覽》五百九十）

詩頌箴銘這類作品，古代都有現成的文章，可以模仿着寫作。祇有誄文沒有固定的格式，所以寫成的誄文大多不同。在典籍中見到的誄文，有《左傳》中魯哀公為孔子寫的誄文。（《御覽》五百九十六）

哀辭，是誄文的分支。崔瑗、蘇順、馬融等人寫的哀辭，大多用來寫那些未成年就死去的人。建安中，文帝曹丕與臨淄侯曹植都分別失去了年幼的兒女，讓徐幹、劉楨等人寫哀辭。哀辭這種文體，主要以寫哀傷悲痛為主，因此有感慨歎息的文辭。（《御覽》五百九十六）

現在□悲傷的策文，也是古代誄文的意思。（《御覽》五百九十六）

像揚雄《解嘲》諧謔回環氣勢宏大，班固《應賓》淵深美好溫潤典雅，崔駰《達旨》剛直毅烈意氣激昂，張衡《應問》緊密纏縛情意殷切，這些作品文質兼備相得益彰，無不出類拔萃。（《書鈔》原本一百）

古代有宗廟的碑，後代把碑立在墓前，放在十字路口的顯要之處。它所寫的內容，碑上所載的就是銘辭。

圖讖這類文章，雖然不是正統的文章體式，但它言辭奇偉事義豐富，回環論述而能成篇章。□□□□□□□。

【解析】

西晉時，文章總集的編撰開始興盛。摯虞的《文章流別集》就是其中重要的一本，雖然其《文章流別集》及志、論早已亡佚，但從現存的佚文中，仍能看出摯虞的一些文學批評觀點。

首先是文章的功用。摯虞對文章範圍的理解較為寬泛，認為文章"所以宣上下之象，明人倫之敘，窮理盡性，以究萬物之宜"，即文章反映自然現象和社會政治人倫，探尋自然大道、萬物義理。

其次是對各體文章進行細緻的區分，並考察其源流，分析其特徵。如論頌，指出頌本是歌頌聖帝明王的功成治定的德業的，奏於宗廟，告於鬼神。而後世的頌，或得頌之形，或得頌之聲。漢人所作之頌，有得有失，班固、史岑諸人所作，仍能遵循《詩經》頌詩的傳統，而揚雄、傅毅、馬融等人之頌，已產生新變，雜有風雅之意。又如論賦，認為賦本是古詩的分支，以情義為本，以事類為佐，以禮義相節。荀子、屈原之作也沒有越出古詩之義，但從宋玉開始，賦多淫浮之病。其後之賦，本末倒置，假象過大、逸辭過壯、辯言過理、麗靡過美，所以"背大體而害政教"。論詩，亦以情志為本，又以四言詩為正。並考察三言、四言、五言、六言、七言、九言等詩體的淵源，認為均出於《詩經》中的某些章節詩句，此後發展成為獨立的詩體。又言及各自的適用範圍，三言詩多用於漢郊廟歌，五言詩、七言詩多用於俳諧倡樂，六言詩用於樂府，九言詩則不入歌謠。又論七體，特別指出《七發》仍不失諷諫之旨，但其後之作，僅得淫麗之尤而欲諷卻不免於勸。至於其他文體，如箴、銘、誄、哀、圖讖等，文獻有闕，其論如何，已不能詳知。

摯虞是經學大師，他的文學批評思想亦本於其儒學理念。如文章宣明上下的觀念即源於《周易·繫辭》，謂伏羲取象天地，觀察鳥獸之文與地之宜而作八卦。八卦即是人文，是人類認識自然天地的方式。"假象盡辭"之論則源於易學大師王弼"聖人立象以盡意，設卦以盡情偽"的主張。又認為詩以四言為正、文章要有教化諷諫的功能，都是儒家的文學批評觀念。他與梁代裴子野的批評思想，可視為魏晉南北朝時期儒家文論的重要代表。

獄中與諸甥姪書

范曄（398—445）：字蔚宗，南朝宋順陽人。襲封武興縣五等侯，初為彭城王劉義康冠軍參軍。文帝時，官至太子詹事。後因涉孔熙先等欲迎立義康事被殺。曄少好學，善文章，能隸書，曉音律。有《後漢書》。

吾狂釁覆滅[1]，豈復可言，汝等皆當以罪人棄之。然平生行己任懷，猶應可尋。至於能不，意中所解，汝等或不悉知。吾少懶學問，晚成人，年三十許，政始有向耳[2]。自爾以來，轉為心化，推老將至者，亦當未已也。往往有微解，言乃不能自盡。為性不尋注書[3]，心氣惡[4]，小苦思，便慣悶，口機又不調利[5]，以此無談功[6]。至於所通解處，皆自得之於胸懷耳。文章轉進，但才少思難，所以每於操筆，其所成篇，殆無全稱者，常恥作文士。文患其事盡於形，情急於藻，義牽其旨，韻移其意。雖時有能者，大較多不免此累，政可類工巧圖繢，竟無得也。常謂情志所託，故當以意為主，以文傳意。以意為主，則其旨必見；以文傳意，則其詞不流。然後抽其芬芳，振其金石耳。此中情性旨趣，千條百品，屈曲有成理。自謂頗識其數，嘗為人言，多不能賞，意或異故也。

性別宮商[7]，識清濁[8]，斯自然也。觀古今文人，多不全了此處，縱有會此者，不必從根本中來。言之皆有實證，非為空談。年少中，謝莊最有其分，手筆差易[9]，文不拘韻故也。吾思乃無定方，特能濟難適輕重。所稟之分，猶當未盡，但多公家之言，少於事外遠致[10]，以此為恨，亦由無意於文名故也。

本未關史書，政恒覺其不可解耳。既造《後漢》，轉得統緒，詳觀古今著述及評論，殆少可意者。班氏最有高名，既任情無例，不可甲乙辨[11]。後贊於理近無所得，唯志可推耳。博贍不可及之，整理未必愧也。吾雜傳論，皆有精意深旨，既有裁味[12]，故約其詞句。至於《循吏》以下及《六夷》諸序論，筆勢縱放，實天下之奇作。其中合者，往往不減《過秦》篇。嘗共比方班氏所作，非但不愧之而已。欲徧作諸志，《前漢》所有者悉令備。雖事不必多，且使見文得盡。又欲因事就卷內發論，以正一代得失，意復未果。贊自是吾文之傑思，殆無一字空設，奇變不窮，同合異體，乃自不知所以稱之。此書行，故應有賞音者。紀傳例為舉其大略耳[13]，諸細意甚多。自古體大而思精，未有此也。恐世人不能盡之，多貴古賤今，所以稱情狂言耳[14]。

吾於音樂，聽功不及自揮，但所精非雅聲，為可恨。然至於一絕處，亦復何異邪？其中體趣[15]，言之不盡，弦外之意，虛響之音，不知所從而來。雖少許處，而旨態無極[16]。亦嘗以授人，士庶中未有一豪似者，此永不傳矣！吾書雖小小有意，筆勢不快，餘竟不成就，每愧此名。

中華書局點校本《宋書》

【注釋】

[1] 狂釁：疏狂放縱。

[2] 政：通"正"。

[3] 尋注：專心探尋。

[4] 心氣惡：反應遲鈍。

[5] 口機：口才。

[6] 談功：談論的本事。南朝文士喜好清談玄理，以口才便捷、談鋒銳利者為佳。

[7] 宮商：本指五音中的宮音與商音，此指詩歌中的平仄和聲韻中的四聲。

[8] 清濁：語音的清聲與濁聲。

[9] 手筆：親手寫的文章。南朝人將文學作品分為有韻的文和無韻的筆，下文言"不拘韻"之文，應是指不講究用韻的筆類文章。

[10] 事外遠致：俗事以外的高遠情致。

[11] 甲乙：一一列舉。

[12] 裁味：評論裁定的意味。

[13] 紀傳例：紀傳的例。

[14] 稱情：率性任情。

[15] 體趣：旨趣。

[16] 旨態：意蘊神韻，指音樂、詩文等的內容和表現形態。

【譯文】

我因狂放招致殺身之禍，還有什麼可說的，你們都應該把我當作罪人而不要管了。但我平生隨心適意地行事，還是可以回顧的。至於是否妥當，心中所想的東西，你們或許不能完全清楚。我小時候懶於學習，很晚纔成熟，三十多歲了，纔開始樹立志向。從那個時候開始，心性轉變，心想一直到老，志向都不會改變了。心中常常有深刻的體會，但言語卻不能完全表達清楚。生性不喜歡鑽研書籍，腦子不靈，稍稍苦思冥想，就會覺得煩悶，口才也不犀利，因此沒有談論的本領。至於疏通瞭解的道理，都是自己在心中揣摩得來的。文章稍有進步，但才華欠缺反應遲鈍，所以每每拿筆寫作，寫成的文章，幾乎沒有稱心合意的，心中常常以作文士為恥。文章最忌僅能敘事詳盡，衹顧表情達意而忽略文采，重用典故而違背主旨，講究音韻聲律而損害文意。即使有人能兼顧，但大多數人也很容易遇到這些毛病，就像技藝精巧的工匠繪畫，看起來很美實際卻不是畫。我一直以為文學創作，應當以情意為主，用文辭來傳達情意。以情意為主，則文章的主旨必定會顯示出來；用文辭來傳達情意，那文辭就不會空泛。這樣纔能文辭優美，音調鏗鏘。文學創作的情趣審美，名目繁多，技巧變化都有內在的法度。我自認為很懂其中的規律，也常常跟別人談起，但都沒有人賞識，我想可能是跟別人的想法不同的緣故吧。

我能分辨語音，知道清音和濁音，這是自然中存在的現象。但看古今的文人，大多不大瞭解聲律，即使有知道的，也不一定能從根本上瞭解。這麼說都有事實根據，不是憑空捏造的。年輕人中，謝莊最有識別宮商、清濁的天分，可是寫出的文章卻有差別，這是因為筆類文章不講究聲律。我想用韻並沒有固定的規律，衹要能傳達難以表達的內容和符合聲音的頓挫就可以了。我的天分，還沒有能夠完全做到這點，衹是因為我的文章多是實用不講聲韻的公文，很少寫俗事以外的逸趣的文章，這是我的遺憾，也是我沒想過借文學來成名的原因。

以上所談本來與史書無關，衹是總覺得文學的聲律問題不大可以理解罷了。我寫《後漢書》後，進一步瞭解了作史的頭緒，詳細考察古今的著作及其評論，基本上沒有滿意的。班固寫史書的名聲最大，但他根據自己的想法而沒有遵守史書的體例來寫，這也不用一一辨析了。書後的贊在義理上沒有可取的，衹有志的設置還值得讚賞。我的《後漢書》淵博詳贍比不過《漢書》，但安排材料、創新體例等方面則無愧於它。我寫的傳記後的評論，都有精深的意旨，有評論裁定的意味，所以語句簡約。至於從《循吏》到《六夷》的各篇序論，筆勢雄健奔放，可算是天下的奇特之作。其中切中時弊的篇章，往往不比賈誼的《過秦論》差。我曾經拿《後漢書》和班固的《漢書》來比較，感覺不僅僅衹有無愧吧。我想把每篇志都做完，把《漢書》所作的志都補充完整。雖然要寫的志不多，也是想讓史書的體例完備。也想根據具體的歷史事件而在書中作些議論，以匡正一代的得失，但這些想法也沒有實現。《後漢書》後的贊文自然是我最得意的創作，基本上沒有一個字是亂寫的，奇幻變化層出不窮，同中有變，以至於我自己都不知道怎麼讚美它了。這本書流傳開來，應該會有欣賞它的知音的。紀傳的序例祇是寫了大概，其他有細微深意的問題還有很多。自古以來做到結構宏大而思慮精深的史書，都是沒有的。我怕世人不能用心體悟，大多崇尚古代而輕視當世，所以我纔率性自誇。

我對音樂，鑒賞的本領不如親自彈奏的能力，祇是擅長的不是雅正的音樂，所以很遺憾。但若是到了音樂的最高境界，又分什麼雅俗呢？音樂的旨趣，語言無法表達，琴弦之外的深意，無弦空撫的餘音，其美妙的意蘊都不知是從哪裏來的。雖然俗樂沒什麼稱道的，但意蘊神韻無窮。我也經常用來教人，但學習的人中沒有一個學得極像的，這個技法不會流傳下來了！我的信雖然稍有深意，但文筆氣勢並不暢快，其他的想法也沒有實現，每每覺得有愧於文士之名。

【解析】

南朝時，人們探討文章的本質，多主文學作品之抒情。范曄亦以文章以表情達意為主，藻采為輔，不可專注敘事而失文外之意，不可重用典故而違背主旨，不可講究音韻聲律而損害文意，即“情志所託，故當以意為主，以文傳意。以意為主，則其旨必見；以文傳意，則其詞不流”。

宋齊時，學者逐漸發現四聲並用於詩文創作，出現了有韻之文和無韻之筆。范曄對詩文講究宮商清濁的做法並不反對，但總體上他並不主張刻意用韻，認為文章能達意和做到聲音自然頓挫悠揚即可。

與沈約書

陸厥（472—499）：字韓卿，南朝齊吳郡吳人。州舉秀才，為王晏少傅主簿。東昏侯永元初，因父閑被誅，坐繫尚方獄。後遇赦，感慟而卒。好屬文，嘗與沈約論四聲。

范詹事《自序》[1]："性別宮商，識清濁，特能適輕重，濟艱難。古今文人，多不全了斯處，縱有會此者，不必從根本中來。"沈尚書亦云[2]："自靈均以來，此祕未睹。"或"闇與理合，匪由思至。張蔡曹王，曾無先覺；潘陸顏謝，去之彌遠"。大旨鈞使"宮羽相變，低昂舛節。若前有浮聲，則後須切響。一簡之內，音韻盡殊；兩句之中，輕重悉異"。辭既美矣，理又善焉。但觀歷代衆賢，似不都闇此處，而云"此祕未睹"，近於誣乎？

案范云"不從根本中來"，尚書云"匪由思至"，斯可謂揣情謬於玄黃，摘句差其音律也。范又云"時有會此者"，尚書云"或闇與理合"，則美詠清謳，有辭章調韻者，雖有差謬，亦有會合，推此以往，可得而言。夫思有合離，前哲同所不免；文有開塞，即事不得無之。子建所以好人譏彈[3]，士衡所以遺恨終篇[4]。既曰遺恨，非盡美之作，理可詆訶。君子執其詆訶，便謂合理為闇，豈如指其合理而寄詆訶為遺恨邪？

自魏文屬論，深以清濁為言[5]，劉楨奏書，大明體勢之致[6]，岨峿妥怗之談，操末續顛之說，興玄黃於律呂，比五色之相宜，苟此祕未睹，茲論為何所指邪？故愚謂前英已早識宮徵，但未屈曲指的[7]，若今論所申。至於掩瑕藏疾，合少謬多，則臨淄所云"人之著述，不能無病"者也。非知之而不改，謂不改則不知，斯曹、陸又稱"竭情多悔，不可力彊"者也。今許以有病有悔為言，則必自知無悔無病之地，引其不了不合為闇，何獨誣其一合一了之明乎？意者亦質文時異，古今好殊，將急在情物，而緩於章句。情物，文之所急，美惡猶且相半；章句，意之所緩，故合少而謬多。義兼於斯，必非不知明矣。

《長門》《上林》，殆非一家之賦；《洛神》《池鴈》，便成二體之作。孟堅精正，《詠史》無虧於東主[8]；平子恢富，《羽獵》不累於憑虛[9]。王粲《初征》，他文未能稱是；楊脩敏捷[10]，《暑賦》彌日不獻。率意寡尤，則事促乎一日；翳翳愈伏，而理賒於七步[11]。一人之思，遲速天懸；一家之文，工拙壤隔。何獨宮商律呂，必責其如一邪？論者乃可言未窮其致，不得言曾無先覺也。

中華書局本《南齊書》

【注釋】

[1] 范詹事：范曄，宋文帝時官至太子詹事。

[2] 沈尚書：沈約，梁武帝時官至尚書僕射。

[3] "子建"句：曹植在《與楊德祖書》中自稱喜歡別人批評自己的文章。

[4] "士衡"句：陸機在《文賦》中稱文章寫完之後，常因言不盡意而有遺憾。

[5] "自魏"句：魏文帝曹丕在《典論·論文》中主張文以氣為主，氣有清濁之別。

[6] "劉楨"句：未詳。

[7] 屈曲：指事物的原委本末。

[8] "孟堅"句：東漢班固的五言《詠史詩》被鍾嶸稱為"質木無文"。其《兩都賦》虛構東都主人論東漢建都洛陽後的各種政治措施，並進行美化和歌頌。

[9] "平子"句：東漢張衡是大賦作家，其《羽獵》已殘缺不全，風貌難窺。

[10] 楊脩：字德祖。好學，才思敏捷。曹操忌其智謀過人，因借故殺之。

[11] 七步：相傳曹植七步成詩，後常以"七步"形容才思敏捷。

【譯文】

范曄《自序》說："我生來就能分辨聲音的平仄，懂得清音和濁音，尤其能調節聲音的清輕和重濁，區分艱澀偏僻的字音。自古以來的文人，大多不瞭解這些奧妙，即使有知道的，也不一定能從根本上瞭解。"沈尚書也說："自從屈原以來，文章音律的秘密並沒有被詩人窺知。"或者說"音節韻律都隱隱地與音韻組合的規律相吻合，並不是因為詩人用心思考而得的。張衡、蔡邕、曹植、王粲，未曾先識這些規律；潘岳、陸機、顏延之、謝靈運，離音韻之道更遠"。大意是要求"清濁平仄交替變化，聲音的高低錯綜調節。如果前句選用飛揚的清平之聲，後句就必須出現濁仄之音。一行之內，音節韻律全部不重複；兩句之中，聲調輕重全都不相同"。文辭不僅優美，文理也完善。但考察歷代各位賢士，似乎都不明白其中的道理，那麼說他們"不瞭解這些奧妙"，就算是不客觀的話了吧？

案范曄說"不從根本上瞭解"，沈尚書說"不是思考而得"，這可以說是揣測別人的情意而且又錯得離譜，挑剔前人的字句不合音律。范曄又說"偶爾也有合音律的"，沈尚書說"隱隱地與音韻組合的規律相吻合"，那優美清新的詩歌，也有文辭協合韻律的，即使有小小的偏差錯誤，但也有完全符合的，考察以前的詩歌，確實如此。文思有相同和分離，前代的賢人也不能避免；意緒有暢通和閉塞，任何事情都會出現這種情況。曹植因此喜歡別人批評文章的不足，陸機因此對自己的作品抱有遺憾。既然有遺憾，就說明並不是完美的作品，依理可以批評。君子對文章進行批評，就說這種合理的批評是暗與聲律的使用原則相合，這不像是認為他合於聲律的理論而又批評他是遺憾嗎？

自從魏文帝曹丕寫文章來批評文學作品，堅持用文氣的輕清和沉濁作標準之後，劉楨上奏文章，也大力弘揚文章形體結構和氣勢風格的特點，語言不暢或恰當的討論，文章首尾照應的主張，用色彩來比興音律，用五色交錯來比擬聲音的相配，如果他們不懂其中的奧妙，那他們是針對什麼來批評的呢？所以我認為前代的天才早已掌握聲律的使用方法，祇是沒有詳盡瞭解聲律的原委本末，如今人所討論的一般而已。至於詩文中隱藏的聲律使用的錯誤和不足，符合規律的少而錯誤的多，那又是曹植所說的"人們的著述，不能沒有毛病"的情況。不是明知有錯而不修改，或者說不改的就是不瞭解，這又是曹植、陸機所說的"費盡心思來創作仍多有遺憾，真是不能勉強"。現在既認為他們有不足有遺憾，那必定是自己知道他們沒有遺憾和不足的地方，批評他們不瞭解不合聲律為不知聲律，為何單單指責他們合律和瞭解的明白之處呢？想來也是追求質樸和華麗的時代不同，古今的審美愛好相異，詩文以抒情寫物為重，而以篇章辭句的安排為次。情感和事物，是文章的重點，表達得好壞尚且各占一半；篇章辭句，是構思較少的地方，所以符合規律的地方少而謬誤多。如果要同時兼顧情物和章句，那就明白前代的詩人不是不知道聲律的道理了。

《長門賦》和《上林賦》，幾乎不是一個人寫的賦；《洛神賦》和《池鴈》，成為兩種不同風格的作品。班固思想精深純正，寫《詠史詩》的雅正不差於《兩都賦》中誇耀的東都主人；張衡氣度恢宏弘富，他的《羽獵賦》也不影響《二京賦》的虛構。王粲《初征賦》精妙，但其他文章並不出色；楊脩思維敏捷，但他的《暑賦》寫了幾天都沒寫好。雖然事情急促僅用一天就完成，但根據構思創作則少有錯誤；時間寬裕不必像七步作詩一樣緊迫，但文意反而隱晦不明。同一個人的思緒，遲緩迅速如天地懸隔；同是一個人的作品，精工拙樸也相差極大。為何單單就詩文的平仄規律，必定要求他們符合呢？批評家祇能說他們對聲律的使用沒有窮盡極致，卻不能說他們毫無所知。

【解析】

古人作詩為文，雖借用了音樂的宮、商、角、徵、羽這五聲來形成節奏，某些作品也合於後世的聲律，但確實可以說是暗合，而並非文士有意自覺為之。聲律的運用，所涉因緣甚多，詳參沈約《宋書·謝靈運傳論》後的"解析"。

宋書·謝靈運傳論

沈約（441—513）：字休文，南朝梁吳興武康人。幼遭家難，流寓孤貧。仕宋為安西外兵參軍。齊時，為司徒左長史。與蕭衍、謝朓等同遊竟陵王蕭子良西邸。梁時，為尚書僕射，遷尚書令，轉左光祿大夫。後觸怒武帝，憂懼而卒。篤志好學，博通群籍，善為詩文，與謝朓、王融等共創“永明體”詩，提出“八病”之說。有《宋書》，明人輯有《沈隱侯集》。

史臣曰：民稟天地之靈，含五常之德，剛柔迭用，喜愠分情。夫志動於中，則歌詠外發。六義所因[1]，四始攸繫，升降謳謠，紛披風什。雖虞夏以前，遺文不覩，稟氣懷靈，理無或異。然則歌詠所興，宜自生民始也。

周室既衰，風流彌著，屈平、宋玉，導清源於前，賈誼、相如[2]，振芳塵於後，英辭潤金石，高義薄雲天。自茲以降，情志愈廣。王褒、劉向、揚、班、崔、蔡之徒[3]，異軌同奔，遞相師祖。雖清辭麗曲，時發乎篇，而蕪音累氣，固亦多矣。若夫平子豔發[4]，文以情變，絕唱高蹤，久無嗣響。至於建安，曹氏基命，二祖陳王[5]，咸蓄盛藻，甫乃以情緯文，以文被質。自漢至魏，四百餘年，辭人才子，文體三變。相如巧為形似之言，班固長於情理之說，子建、仲宣以氣質為體。並標能擅美，獨映當時。是以一世之士，各相慕習，原其飆流所始，莫不同祖《風》《騷》。徒以賞好異情，故意製相詭。降及元康，潘、陸特秀[6]，律異班、賈，體變曹、王，縟旨星稠，繁文綺合。綴平臺之逸響[7]，採南皮之高韻[8]，遺風餘烈，事極江右。有晉中興，玄風獨振，為學窮於柱下[9]，博物止乎七篇[10]，馳騁文辭，義殫①乎此。自建武暨乎義熙，歷載將百，雖綴響聯辭，波屬雲委，莫不寄言上德，託意玄珠，遒麗之辭，無聞焉爾。仲文始革孫、許之風[11]，叔源大變太元之氣[12]。爰逮宋氏，顏、謝騰聲[13]。靈運之興會標舉，延年之體裁明密，並方軌前秀，垂範後昆。

---

① 原作“單”，據《文選》改。

若夫敷衽論心，商榷前藻，工拙之數，如有可言。夫五色相宜，八音協暢，由乎玄黃律呂，各適物宜。欲使宮羽相變，低昂互節，若前有浮聲，則後須切響。一簡之內，音韻盡殊；兩句之中，輕重悉異。妙達此旨，始可言文。至於先士茂製，諷高歷賞，子建"函京"之作，仲宣"霸岸"之篇，子荆"零雨"之章[14]，正長"朔風"之句，並直舉胸情，非傍詩史，正以音律調韻，取高前式。自騷人以來，多歷年代，雖文體稍精而此祕未覩。至於高言妙句，音韻天成，皆闇與理合，匪由思至。張、蔡、曹、王，曾無先覺，潘、陸、謝、顏，去之彌遠。世之知音者，有以得之，知此言之非謬。如曰不然，請待來哲。

中華書局點校本《宋書》

【注釋】

[1] 六義：《毛詩序》稱風、賦、比、興、雅、頌為六義。

[2] 賈誼：漢文帝時的政治家、文學家，是漢初政論文以及騷體賦的代表作家，有《過秦論》《吊屈原賦》《鵩鳥賦》等。

[3] 王褒：字子淵，西漢辭賦家，有《洞簫賦》。

[4] 平子：張衡，字平子，東漢文學家，有《二京賦》《四愁詩》。

[5] 二祖：指魏武帝曹操、魏文帝曹丕。陳王：曹植生前封於陳。

[6] 潘、陸：潘岳和陸機。潘岳，字安仁，西晉文學家，善哀誄之文，有《寡婦賦》等。陸機有《文賦》《歎逝賦》等。

[7] 平臺之逸響：漢代梁孝王劉武，在大樑城的平臺，經常與鄒陽等辭賦家遊宴作賦。

[8] 南皮之高韻：魏文帝曹丕經常與吳質等人在南皮遊宴作文。

[9] 柱下：指老子，他曾為周的柱下史。

[10] 七篇：指《莊子》，因其《內篇》共有七篇。

[11] 仲文：即殷仲文，東晉文學家，擅長文辭，其詩改變了東晉玄言詩風。孫、許：孫綽和許詢，二人是東晉玄言詩風的代表。

[12] 叔源：謝混，字叔源，小字益壽，東晉文學家。

[13] 顏、謝：顏延之和謝靈運。顏延之，字延年，南朝宋詩人。詩多雕琢，好用典故。謝靈運，襲封康樂公，世稱謝康樂。南朝宋詩人，是山水詩的開創者。

[14] 子荆：孫楚，字子荆，西晉詩人。

【譯文】

史臣說：人稟受天地的靈氣，含有五行的品德，性格或剛或柔交替而用，喜怒不同。人的情感在心中萌動，就用歌詠向外發洩。這是《詩經》六義的由來，也是《詩經》四始所關聯的，歌唱之聲或高或低，《風》《雅》之音紛紛傳唱。即使虞舜、禹夏以前，流傳的詩文不見，但人稟天地靈氣，情動而歌的道理應該與現在沒有區別。那麼詩歌的產生，應該在人類出現時就產生了。

周王朝衰落以後，詩歌的流播更顯著，屈原、宋玉，在前面打開了清澈的源頭，賈誼、司馬相如，緊跟在後面激起香塵，他們的優美文辭可刻於金石並使之生輝，作品中高潔的義理切近雲天。從那以後，詩歌所寫的思想情感越來越寬廣。王褒、劉向、揚雄、班固、崔駰、蔡邕這些人，創作方式不同而致力於作文卻是相似的，一個接一個地效法前人。但清新的詩句和瑰麗的曲韻，時時出現在詩篇中，而蕪雜之音和混濁之氣，固然也很多。至於張衡文采煥發，文辭隨情感的需要而發生變化，他最好的作品造詣極高，因此很久都沒有人能延續他的風格體式。到了建安時期，曹操父子始承天命，曹氏二祖和陳思王，都極有文采，開始圍繞情思組織文辭，用文辭雕飾思想內容。從漢到魏，四百多年，文人才子的創作，風格經歷三次變化。司馬相如善於創作摹寫事物情狀的辭賦，班固擅長抒情說理的文章，曹植、王粲以各自的天賦氣質為本。他們都展示了文學創作的才能並寫出優秀的作品，獨自照耀他們的時代。因此當代文士，都仰慕學習他們，但追溯其本源，無不是共同取法《詩經》和《楚辭》。祇是因欣賞和喜好不同，所以作品的內容和體制也發生變化罷了。到了晉惠帝元康年間，潘岳、陸機特別優秀，他們的文法不同班固、賈誼，風格也改變了曹植、王粲的舊式，思想內容繁雜得像群星般稠密，辭采華麗如絲綢般美豔。他們繼承了平臺學士的辭賦風格，吸取了南皮文士的詩文成就，他們的詩風和創作業績，在西晉達到了頂點。東晉中興，玄學風氣獨盛，專心學術者竭力鑽研老子的思想，通曉眾物者祇知重視莊子的內篇，文學創作、思想內容全在闡釋老莊意旨。從元帝建武年間到安帝義熙年間，經歷近百年，雖然排比音律聯綴辭藻進行文學創作者，如波濤相連雲彩堆疊，但無不是以詩文來敘寫老子的無為思想，寄託莊子的玄深哲理，剛勁華麗的文辭，不再聽說了。殷仲文開始革新孫綽、許詢的玄言詩風，謝混大大改變了孝武帝太元時期的風氣。到了劉宋，顏延之、謝靈運聲名大振。謝靈運詩文情致昂揚，顏延之風格明麗嚴密，都能追步前代名家，示範後代。

至於鋪開衣襟坐而談心，評論前人文章的優劣得失，他們的工巧拙劣情況，似有可以討論的地方。五色相配而使色彩鮮明，八音協調而使音樂流暢，是由於玄黃之色和律呂之調，各與事物相宜。文學創作中想要使清濁平仄交替變化，聲音的高低錯綜調節，如果前句選用飛揚的清平之聲，後句就必須出現濁仄之音。一行之內，音節韻律全部不重複；兩句之中，聲調輕重全都不相同。精通這個道理，纔可以寫詩論文。至於前代文士的佳作，諷誦者以為高妙而被歷代文士共同欣賞，曹子建的"函京"詩，王仲宣的"霸岸"篇，孫子荊的"零雨"章，王正長的"朔風"句，都是直抒胸臆，不借前人詩句和史實的，正是因為他們用音律平仄調節詩歌韻律，所以取得高於前人的成就。自從屈原以來，雖然文章的體式轉精，但音律的秘密卻沒有被詩人窺知。至於那些合乎音律的佳句，音節韻律自然天成，都隱隱地與音韻組合的規律相吻合，並不是因為詩人用心思考而得的。張衡、蔡邕、曹植、王粲，未曾先識這些規律，潘岳、陸機、謝靈運、顏延之，離音韻之道更遠。祇有世上的知音，纔能知道這點，這話不是謬論。如果說不是這樣的話，就祇能請後代的高明者來評說了。

【解析】

傳統的正史，都有為文學家立傳的，《史記》有《司馬相如列傳》等。而把許多文學家合在一起作傳的，則始於《後漢書》的《文苑傳》。此後，正史中多設《文學傳》或《文苑傳》。但也有一些史書是沒有《文學傳》或《文苑傳》的，史家就會在一些影響比較大的文學家傳記中，對文學的相關問題進行總結。如《宋書》就是如此，沈約借《謝靈運傳論》來總結宋代以前詩歌的發展情況。他首先指出，詩歌是人們內心情志萌動的自然抒發，隨人類的出現而產生。初期詩歌旨在抒發詩人的喜慍之情，而此後詩歌的發展，雖以情志為主，以情緯文，以文被質，但總體上都各有側重，各有得失。如漢代有清辭麗曲，也有蕪音累氣；元康時期，縟旨星稠，繁文綺合；東晉詩歌，寄言上德，託意玄珠，不再有建安時期的遒勁風骨。

其次，提出詩歌創作對聲律運用的要求，根據文字聲調的特點，錯綜安排，使詩歌形成鏗鏘抑揚的節奏美。其作法即是"欲使宮羽相變，低昂互節，若前有浮聲，則後須切響。一簡之內，音韻盡殊；兩句之中，輕重悉異"，前後兩句話用字應當清平濁仄相間，一行詩中的音節韻律不能重複。而更為具體的做法，就是《文鏡秘府論》中記載的所謂四聲和八病的安排規律。四聲指平上去入，八病指平頭、上尾、蜂腰、鶴膝、大韻、小韻、正紐、旁紐。平頭是指五言詩的第一字或第二字不能與第六字、第七字同聲調。上尾即上句尾字與下句尾字，或第一句尾字與第三句尾字為雙聲，皆稱"上尾"。蜂腰指一句之內的聲響關係問題，五言詩第二字不得與第五字同聲，言兩頭粗，中央細，有似蜂腰。鶴膝是五言詩第一聯首句與第二聯首句的最末一字不得同聲。大韻謂五言詩一聯中用了與韻腳同韻的字。小韻即五言詩一聯中除韻腳外，其餘九字中有相同之韻者即為犯小韻。正紐乃五言詩內，兩句之中不能雜用聲母及與韻母相同的四聲各字。旁紐云五言詩中，兩句各字不能同聲母。其中平頭、上尾、蜂腰、鶴膝是聲調方面的病，大韻、小韻、正紐、旁紐是韻母、聲母方面的病。

答陸厥書

沈約。

宮商之聲有五，文字之別累萬。以累萬之繁，配五聲之約，高下低昂，非思力所舉，又非止若斯而已也。十字之文，顛倒相配，字不過十，巧歷已不能盡，何況復過於此者乎？靈均以來，未經用之於懷抱，固無從得其髣髴矣。若斯之妙，而聖人不尚，何邪？此蓋曲折聲韻之巧，無當於訓義，非聖哲立言之所急也。是以子雲譬之"雕蟲篆刻"，云"壯夫不為"[1]。

自古辭人，豈不知宮羽之殊，商徵之別？雖知五音之異，而其中參差變動，所昧實多，故鄙意所謂"此祕未睹"者也。以此而推，則知前世文士便未悟此處。

若以文章之音韻，同弦管之聲曲，則美惡妍蚩，不得頓相乖反[2]。譬由子野操曲[3]，安得忽有闇緩失調之聲？以《洛神》比陳思他賦，有似異手之作。故知天機啟，則律呂自調；六情滯，則音律頓舛也。

士衡雖云"炳若縟錦"，寧有濯色江波，其中復有一片是衛文之服[4]？此則陸生之言，即復不盡者矣！韻與不韻，復有精麤，輪扁不能言[5]，老夫亦不盡辨此。

中華書局點校本《南齊書》

【注釋】

[1]"子雲"句：揚雄自悔少時所作賦是"雕蟲篆刻"，故"壯夫不為"。"蟲"指蟲書，"刻"指刻符，均為古代書法中難工之體。此處借指雕琢。

[2]頓相：古代樂器舂牘的別名。

[3]子野：春秋時晉國樂師師曠的字。

[4]"寧有"句：成都織錦做成以後，用江水來洗滌，其文采更鮮明。用其他水來洗滌，則無此效果。

[5]輪扁：《莊子》中虛構的造車名匠，嘗與齊桓公論道，謂技得於手應於心，祇能心領神會，不可口傳。

【譯文】

宮商之類的聲調祇有五種，但文字的差別卻有上萬。以上萬的文字，搭配簡單的五個聲調，那聲音的高亢低沉，不是人的思維能力所能調配得了的，何況又不止這種情況呢。十個字的句子，聲調顛倒組合來實現頓挫曲折，字數不超過十個，這種組合的精巧尚且不能完全實現，何況超過十個字的呢？從屈原以來，詩人創作未曾用心思考聲律，本來就無法瞭解其中的情形。聲律的妙處，聖人卻不措意，為什麼呢？大概是作品中講究聲律的曲折變化的巧妙，對教化的大義沒有什麼幫助，不是聖人著書立說的要緊事。所以揚雄把它比作“蟲書刻符”，說“大丈夫不屑這麼做”。

自古以來的文人，難道不知道宮聲羽聲有異，商音徵音有別嗎？但他們即使知道五音的不同，對五音交錯的巧妙變化，不瞭解的地方也確實很多，所以我說他們“不知道這個奧妙”。依此類推，也就知道前朝的文士也不瞭解這個奧妙了。

如果把文學作品的聲音韻律，等同於音樂中的曲調旋律，那它們的優美和醜惡，就不能使樂器的演奏有乖反違背的地方。就像師曠演奏音樂，怎可突然出現舒緩失調的聲音呢？拿《洛神賦》和曹植的其他賦來比較，感覺就像別人寫的一樣。所以明白人們的天賦聰睿開啟後，曲調自然就和諧；思想感情阻滯時，聲音立刻就不暢。

陸機雖然說“光鮮亮麗如同繁縟的錦繡”，但哪有在江水中洗滌的彩色錦綢，其中有一片是衛文侯所穿的素樸顏色的衣料的呢？也就是說陸機的話，也不是很完善。文學作品合韻與否，又有精細和粗糙的區別，其中的巧妙即使是輪扁這樣的巧匠也無法說清，我也不能完全辨別得清楚。

【解析】

沈約自詡為“自騷人以來，此祕未睹”的八病理論，雖然受到陸厥等人的批評，不過，真正自覺在文學作品中探討聲律的運用規律的，確乎是始於永明詩人的創作。古人對作品的聲音美是有重視的，對漢語音節的聲調變化也有自覺的追求。西晉時陸機提出了“暨音聲之迭代，若五色之相宣”的主張，但在實際的創作中，也沒有深入的嘗試。而三國時孫炎諸人初步創立反切學說，但在文學領域內尚無四聲學說，當然也就不會有文學創作講究聲律的要求了。南齊永明時代，受佛經轉讀和梵文拼音的影響，再輔以周顒等學者發現的四聲，以及當時詩人意欲通過文學形式的變化來尋求創新，諸多因緣的結合，人們就制定了避忌的八病原則。以此而言，謂前世文士未悟，似亦不為過。

文心雕龍·明詩

劉勰（約465—約521）：字彥和，南朝梁東莞莒縣人。少時家貧，依沙門僧祐十餘年。梁初官至步兵校尉、兼東宮通事舍人，為昭明太子蕭統敬重。後出家為僧，改名慧地。好學，博覽群書，尤通佛教經論，有《文心雕龍》。

大舜云："詩言志，歌永言。"聖謨所析[1]，義已明矣。是以在心為志，發言為詩。舒文載實，其在茲乎？詩者，持也，持人情性。三百之蔽，義歸無邪[2]，持之為訓，有符焉爾。

人稟七情，應物斯感，感物吟志，莫非自然。昔葛天樂辭①[3]，《玄鳥》在曲；黃帝《雲門》，理不空絃②[4]。至堯有《大唐》之歌，舜造《南風》之詩，觀其二文，辭達而已。及大禹成功，九序惟歌；太康敗德，五子咸怨。順美匡惡，其來久矣。自商暨周，《雅》《頌》圓備，四始彪炳，六義環深。子夏監絢素之章[5]，子貢悟琢磨之句[6]，故商賜二子，可與言《詩》。自王澤殄竭，風人輟采；春秋觀志[7]，諷誦舊章，酬酢以為賓榮，吐納而成身文。逮楚國諷怨，則《離騷》為刺。秦皇滅典，亦造仙詩。

漢初四言，韋孟首唱[8]，匡諫之義，繼軌周人。孝武愛文，《柏梁》列韻[9]，嚴馬之徒，屬辭無方。至成帝品錄，三百餘篇，朝章國采，亦云周備，而辭人遺翰，莫見五言，所以李陵班婕妤[10]，見疑於後代也。按《召南·行露》，始肇半章；孺子《滄浪》[11]，亦有全曲；《暇豫》優歌[12]，遠見春秋；《邪徑》童謠[13]，近在成世；閱時取證，則五言久矣。又《古詩》佳麗，或稱枚叔[14]，其《孤竹》一篇，則傅毅之詞，比采而推，兩漢之作乎？觀其結體散文，直而不野，婉轉附物，怊悵切情，實五言之冠冕也！至於張衡《怨篇》，清典可味；《仙詩緩歌》，雅有新聲。

暨建安之初，五言騰踊，文帝陳思[15]，縱轡以騁節；王徐應劉[16]，望路而爭驅。並憐風月，狎池苑，述恩榮，敘酣宴，慷慨以任氣，磊落

---

① 原作"昔葛天氏樂辭云"，據范注校改。

② 原作"綺"，據范注校改。

以使才；造懷指事，不求纖密之巧；驅辭逐貌，唯取昭晰之能；此其所同也。乃正始明道，詩雜仙心，何晏之徒[17]，率多浮淺，唯嵇志清峻，阮旨遙深，故能標焉。若乃應璩《百一》[18]，獨立不懼，辭譎義貞，亦魏之遺直也。

晉世群才，稍入輕綺，張潘左陸[19]，比肩詩衢，采縟於正始，力柔於建安。或析文①以為妙，或流靡以自妍，此其大略也。江左篇製，溺乎玄風，嗤笑徇務之志[20]，崇盛亡機之談[21]。袁孫已下[22]，雖各有雕采，而辭趣一揆，莫與爭雄，所以景純仙篇，挺拔而為俊矣。

宋初文詠，體有因革，莊老告退，而山水方滋。儷采百字之偶，爭價一句之奇，情必極貌以寫物，辭必窮力而追新，此近世之所競也。

故鋪觀列代，而情變之數可監；撮舉同異，而綱領之要可明矣。若夫四言正體，則雅潤為本；五言流調，則清麗居宗；華實異用，惟才所安。故平子得其雅，叔夜含其潤，茂先凝其清，景陽振其麗。兼善則子建仲宣，偏美則太沖公幹。然詩有恒裁，思無定位，隨性適分，鮮能通圓。若妙識所難，其易也將至；忽之為易，其難也方來。至於三六雜言，則出自篇什；離合之發[23]，則明於圖讖；回文所興[24]，則道原為始[25]；聯句共韻，則柏梁餘製；巨細或殊，情理同致，總歸詩囿，故不繁云。

贊曰：民生而志，詠歌所含。興發皇世，風流二南。神理共契，政序相參。英華彌縟，萬代永耽。

范文瀾《文心雕龍注》

【注釋】

[1] 謨：典謨，指《舜典》。

[2] "三百"句：《論語》載："子曰：'《詩》三百，一言以蔽之，曰：思無邪。'"

[3] 葛天樂辭：《呂氏春秋·古樂》載："昔葛天氏之樂，三人操牛尾投足以歌八闋：一曰《載民》，二曰《玄鳥》，三曰《遂草木》，四曰《奮五穀》，五曰《敬天常》，六曰《達帝功》，七曰《依帝德》，八曰《總萬物之極》。"

[4] 空絃：有曲無詞。

[5] "子夏"句：《論語》載：子夏問曰："'巧笑倩兮，美目盼兮，素以為絢兮'，何謂也?"子曰："繪事後素。"曰："禮後乎?"子曰："起予者商也！始可與言《詩》已矣。"

---

① 原作"枡文"，據范注校改。

[6]"子貢"句:《論語》載:子貢曰:"詩云:'如切如磋,如琢如磨。'其斯之謂與?"子曰:"賜也,始可與言《詩》已矣,告諸往而知來者。"

[7]春秋觀志:春秋時,士人多賦詩以言志。

[8]韋孟:漢初詩人。

[9]《柏梁》列韻:相傳漢武帝與群臣在柏梁臺聯詩,每句七字,句句押韻。

[10]李陵:西漢將領,相傳他有五言的《與蘇武詩》三首。班婕妤:婕妤是嬪妃的稱號,班婕妤在漢成帝時入宮,後畏趙飛燕,乃求奉太后,因作《怨歌行》。

[11]孺子《滄浪》:《孟子》載:"有孺子歌曰:'滄浪之水清兮,可以濯我纓;滄浪之水濁兮,可以濯我足。'"

[12]《暇豫》優歌:春秋時優施唱歌勸里克幫助驪姬,首句有"暇豫"二字,故稱為《暇豫歌》。

[13]《邪徑》童謠:漢成帝時有童謠,首句為"邪徑敗良田",全篇六句,是完整的五言詩。

[14]枚叔:枚乘,字叔,西漢賦家。

[15]文帝陳思:曹丕和曹植。

[16]王徐應劉:王粲、徐幹、應瑒、劉楨。

[17]何晏:正始時期的玄學家。

[18]應璩:東漢末年文學家。

[19]張潘左陸:張載、張亢、張協、潘岳、潘尼、左思、陸機、陸雲。

[20]徇務:致力於政務。

[21]亡機:忘卻人事的機巧。

[22]袁孫:袁宏和孫綽,東晉詩人。

[23]離合:即離合詩,亦稱拆字詩。

[24]回文:指回文詩,回環往復讀之均能成詩。

[25]道原:未詳。

【譯文】

舜帝說:"詩表達志向理想,歌是延長聲音的。"聖人在經典上的訓示,道理已經明確。所以想法還在心中時就是情感志向,用語言表達出來就成為詩歌。運用文辭抒寫內心的情意,意義就在這裏吧?詩,就是扶持的意思,扶持人的情感和秉性。《詩經》三百篇的內容歸納起來說,道理都歸於典雅純正。用扶持來解釋詩，應該符合孔子的意思吧。

人具有各種情感，受外物的刺激就有感觸，有感觸而抒情言志，沒有不自然的。從前葛天氏有音樂，有《玄鳥》曲；黃帝的《雲門》舞，從道理上看也不應是有曲無詞。到堯時有《大唐》歌，舜創作了《南風》詩，品味這兩首詩歌，祇是做到傳達情意罷了。等到大禹治水成功時，九項工作有序開展而得到歌頌；夏帝太康失國之後，他的五個兄弟都用歌聲來表達悲痛。用詩歌來歌頌功德糾正邪惡，它的來源是很早的。從商代到周代，《雅》《頌》的體制完備，"四始"光輝燦爛，"六義"周密深邃。子夏體悟到"素以為絢兮"句的意義，子貢想到"如切如磋，如琢如磨"的詩句有所體悟，所以孔子認為子夏和子貢二人，可以學習《詩經》了。自從周王朝的恩澤教化崩潰後，採詩官也放棄採詩的工作了；春秋時代觀察士人的志向，是通過他誦唱的詩歌來實現的，主人的勸酒和客人的回敬通過吟詠詩歌來體現主客之間的恩榮，以主客的吟詠發言來展現各自的才華。到了楚國詩人表達其譏諷和怨恨之情時，就用《離騷》作為諷刺手段。秦始皇焚書坑儒後，博士就寫了《仙真人詩》來譏諷。

漢初的四言詩，韋孟首先提倡，用詩歌來糾惡匡謬，仍然繼承了周人的傳統。漢武帝喜愛文學，留下了《柏梁》體詩，嚴助、司馬相如等人，寫文章沒有固定的規範。到了成帝選錄品評文章，有三百多篇，朝廷的章奏、郡國的詩文，收集也算完備，但他們的文章，卻沒有五言詩，所以李陵和班婕妤作的詩歌，就被後人懷疑了。現在看《召南・行露》詩，開始出現半章的五言句子；《孟子》所載《滄浪歌》中，就全是五言；《國語》中優施的五言《暇豫歌》，早在春秋之時已有；《邪徑》這種童謠，出現在最近的成帝之時；以時代來考察，那五言的產生也是比較久遠的。再有《古詩》中的優秀作品，有人認為是枚乘寫的，其中的《孤竹》詩，那是傅毅所寫，對照着文采來考察，應當是兩漢的作品吧？看它的結構和行文風格，質直但不粗鄙，委婉含蓄但是切合事物，情感比較惆悵但又能表達深切的感情，實在是五言詩中最好的作品啊！至於講到張衡的四言《怨詩》，清雅典正又值得回味；《仙詩緩歌》，則比較新穎。

到建安初期，五言詩創作活躍，文帝曹丕和陳思王曹植，在詩壇上馳騁；王粲、徐幹、應瑒、劉楨等人，在詩壇爭相追趕。他們的詩歌內容描寫清風明月，遨遊池苑的愉悅，抒發對恩寵榮幸的感激，敘述歌舞酒宴的歡樂，慷慨激昂地抒發意氣，坦蕩鮮明地展示才能；抒情寫物，不求巧妙精密；遣詞造句，祇求清晰明白；這是當時詩人的相同之處。

曹魏正始年間談玄風行，詩歌也夾雜道家思想，何晏等人，作詩大多浮虛淺顯，祇有嵇康的詩歌清切峻烈，阮籍的詩歌含蓄深奧，所以能超出眾人。至於應璩的《百一》詩，卓爾不群無所畏懼，意含諷諫而文義質直，可算是曹魏時留下的質直之作了。

西晉各位有才的詩人，他們的創作就稍稍有點輕豔綺麗了，張載、潘岳、左思、陸機等人，在詩壇並肩而立，辭采比正始詩歌更為繁富，骨力則比建安柔弱。有的人以講究文字對偶為妙，有的人以繁文縟辭為佳，這是他們大致相同的地方。東晉時的詩歌，受玄學思潮的浸淫，詩人嗤笑入世務實的人，推崇忘卻世情的談論。袁宏、孫綽以下的詩人，雖然各有精雕細琢的詩歌，但詩歌的旨趣都是一樣的，因沒有人能與他們爭雄，所以郭璞的《遊仙》詩，獨標一格而成最傑出的作品。

宋代的詩作，在體制上有繼承也有創新，玄言詩退出詩壇，山水詩逐漸興起。詩歌追求長篇對偶的文采，競爭一句詩文的新奇警策，抒情寫物必定做到極致，用詞造語則要窮盡所知以求新奇，這是近代詩壇所追求的風尚。

所以總觀各代，詩歌發展演變的趨勢就能看到；總括歷代的異同，詩歌的創作要領就可以明白。四言詩的正統體式，應該以典雅溫潤為根本；五言詩的格調，應以清新豔麗為正宗；華麗和樸實的不同用處，全憑各人才力。所以張衡的四言詩得到典雅，嵇康的四言詩含有溫潤，張華的五言詩呈現清新，張協的五言詩光大豔麗。各體兼善的是曹植和王粲，偏於一善的是左思和劉楨。但詩歌有固定的體制，而人的思想情感卻變化無方，隨各人的秉性才情創作，很少人能做到通備圓該。要是能真切體會到作詩的困難，那麼寫詩容易的感覺就出現了；若是覺得寫詩容易，創作時的艱難就出現了。至於像三言詩、六言詩和雜言詩，來自《詩經》；離合詩的出現，來自圖讖；回文詩的興盛，始於道原；同韻聯句的詩作，來自《柏梁詩》；作品的大小或許不大一樣，但是表情達理都是一致的，現在都把它們歸入詩歌領域，所以不進行詳細的闡述了。

總之：人生而有情感理想，這是詩歌表達的內容。最初在三皇時代產生，在《詩經》時代發揚光大。它和神理契合，也和政教相配。詩歌日益繁榮，為萬世的人所喜歡。

【解析】

這是齊梁以前的詩歌史。劉勰首先說明詩歌是扶持人的情性之意，合於孔子無邪之義，具有教化的功能。又指出夏朝五子之歌「順美匡惡」、「《離騷》為刺」、韋孟詩歌有「匡諫之義」，這是詩歌具有諷喻作用的表現。

其次，劉勰梳理了詩歌的發展歷程。認為在上古葛天氏時，詩歌有曲有詞，可唱可誦，成為人們抒情言志的載體。而早期詩歌僅是辭達而已，隨着社會的發展和詩歌的進步，詩歌呈現出不同時代的風貌，如漢代古詩"直而不野，婉轉附物，怊悵切情"，而建安詩作"慷慨以任氣，磊落以使才；造懷指事，不求纖密之巧；驅辭逐貌，唯取昭晰之能"，正始詩歌"雜仙心"，晉世詩歌"采縟於正始，力柔於建安"等，比較準確地描述了各個時代詩歌的特點。同時也對一些具體作家的風格特點進行概括，如"張衡《怨篇》，清典可味"，"嵇志清峻，阮旨遙深"，"平子得其雅，叔夜含其潤，茂先凝其清，景陽振其麗。兼善則子建仲宣，偏美則太沖公幹"，對作家作品的評價，都能結合當時的時代特點作出合理的點評。

最後，劉勰對詩歌風格的審美進行了區分，認為四言詩以雅潤為本，五言詩以清麗居宗。這比曹丕以"麗"論詩、陸機以"綺靡"評詩有所發展。而在評述漢代以後的詩歌時，雖言及四言、六言以及其他雜體詩，但重點仍以五言為主，這也符合彼時詩壇的實際情況。

文心雕龍·神思

劉勰。

古人云："形在江海之上，心存魏闕之下。"[1]神思之謂也。文之思也，其神遠矣。故寂然凝慮，思接千載；悄焉動容，視通萬里；吟詠之間，吐納珠玉之聲；眉睫之前，卷舒風雲之色；其思理之致乎。故思理為妙，神與物遊。神居胸臆，而志氣統其關鍵；物沿耳目，而辭令管其樞機。樞機方通，則物無隱貌；關鍵將塞，則神有遯心。是以陶鈞文思，貴在虛靜；疏瀹五藏[2]，澡雪精神。積學以儲寶，酌理以富才，研閱以窮照，馴致以懌辭。然後使玄解之宰[3]，尋聲律而定墨；獨照之匠，闚意象而運斤：此蓋馭文之首術，謀篇之大端。夫神思方運，萬塗競萌，規矩虛位，刻鏤無形。登山則情滿於山，觀海則意溢於海。我才之多少，將與風雲而並驅矣！方其搦翰，氣倍辭前；暨乎篇成，半折心始。何則？意翻空而易奇，言徵實而難巧也。是以意授於思，言授於意，密則無際，疏則千里。或理在方寸而求之域表，或義在咫尺而思隔山河。是以秉心養術，無務苦慮；含章司契，不必勞情也。

人之稟才，遲速異分；文之制體，大小殊功。相如含筆而腐毫[4]，揚雄輟翰而驚夢[5]；桓譚疾感於苦思[6]，王充氣竭於思慮[7]；張衡研《京》以十年[8]，左思練《都》以一紀[9]。雖有巨文，亦思之緩也。淮南崇朝而賦騷[10]，枚皋應詔而成賦[11]；子建援牘如口誦[12]，仲宣舉筆似宿構[13]；阮瑀據案而制書[14]，禰衡當食而草奏[15]。雖有短篇，亦思之速也。若夫駿發之士，心總要術，敏在慮前，應機立斷；覃思之人，情饒歧路，鑒在疑後，研慮方定。機敏故造次而成功，慮疑故愈久而致績。難易雖殊，並資博練。若學淺而空遲，才疏而徒速，以斯成器，未之前聞。是以臨篇綴慮，必有二患：理鬱者苦貧，辭溺者傷亂。然則博見為饋貧之糧，貫一為拯亂之藥。博而能一，亦有助乎心力矣。

若情數詭雜，體變遷貿，拙辭或孕於巧義，庸事或萌於新意；視布於麻，雖云未費，杼軸獻功，煥然乃珍。至於思表纖旨，文外曲致，言所不追，筆固知止。至精而後闡其妙，至變而後通其數。伊摯不能言鼎[16]，輪扁不能語斤，其微矣乎！

贊曰：神用象通，情變所孕。物心貌求，心以理應。刻鏤聲律，萌芽比興。結慮司契，垂帷制勝。

范文瀾《文心雕龍注》

【注釋】

[1] 魏闕：古代宮門外兩邊高聳的樓觀，借指朝廷。

[2] 疏瀹五藏：疏通肝心肺腎脾，此處指調暢內心，淨化精神。

[3] 玄解：深奧的道理。

[4]"相如"句：司馬相如是西漢賦家，相傳他作賦時忽然如睡，幾百天後纔寫成文章。

[5]"揚雄"句：揚雄奉成帝命作賦，因思慮精苦，賦成而困倦小臥，夢見其五臟流出在地，醒後大病一年。

[6]"桓譚"句：桓譚是東漢學者，他自言作小賦，因精思太累而生病，幾天後纔痊癒。

[7]"王充"句：王充是東漢學者，他寫完《論衡》後，年近七十，志力衰耗。

[8]"張衡"句：張衡創作《二京賦》，精心構思，十年纔寫成。

[9]"左思"句：左思寫《三都賦》花了十年時間。一紀是十二年，此取整數。

[10]"淮南"句：淮南王劉安奉漢武帝命作《離騷傳》，早上受命，至食時即成。

[11]"枚皋"句：枚皋是西漢賦家，他作文甚速，受詔立成。

[12]"子建"句：楊修曾讚揚曹植作文如成誦在心般神速。

[13]"仲宣"句：王粲舉筆成文，時人以為是事先已作草擬。

[14]"阮瑀"句：阮瑀隨曹操外出，受命草書，他在馬上就能寫好草稿。

[15]"禰衡"句：劉表與文士共草章奏，禰衡認為寫得不好，他當場為文，須臾即成，舉座歎服。又黃祖長子宴客，有人獻鸚鵡，禰衡攬筆成賦，辭采美麗。

[16]"伊摯"句：伊摯即伊尹，他以烹飪調味之事遊說商湯，自言鼎中美味之變，難以口言。

【譯文】

古人說："身在江湖邊，心在朝廷中。"這就是神思。作者寫文章時的構思，其思緒是無邊無際的。所以靜心凝神地思慮時，思緒可以上接千年；緩緩地改變容顏，視線好像能看到萬里；吟詠時，好像吐納出金玉般的聲音；眉眼前，彷彿舒卷着風雲變幻的景色；這就是構思的效果。

097

因此構思神妙，能使想象與事物的形象一起活動。神思存在於胸臆中，思想感情統攝着它的活動關鍵；事物形象借耳目來感受，而語言掌管着它的表達樞紐。辭意的樞紐暢通，那刻畫事物就能曲盡纖毫；樞紐閉塞，那精神活動就會消失。所以醞釀文思時，關鍵是靜心凝思；疏通心靈，慮淨精神。積纍學問以儲藏珍寶，分析事理以豐富才能，研讀群書以求透徹明理，整理思致以選用文辭。這樣就使掌握深奧道理的腦袋，能夠找到恰當的技巧來寫成文章；別出心裁的匠心，就能依意象而揮動斧頭來裁翦：這大概就是駕馭文章的第一要義，謀篇佈局的重大端緒。構思剛形成時，無數的想法紛至沓來，寫作規律還沒有形成，要精雕細刻的東西也沒有定型。想到登山腦海裏就滿是高山的情思，想到看海心中就滿是大海的熱情。我的情感不管有多少，都將跟風雲一起馳騁！當我拿起筆來，寫作熱情遠勝於文辭形成前；等到文章寫成後，預想的內容卻祇實現了一半。為什麼呢？構思憑空而做所以容易出奇，語言寫實因此難於工巧。所以情意來源於構思，語言受制於情意，三者緊密結合就不會有縫隙，粗疏了就會相去千里。有時道理就在心中卻要去遙遠的地方求取，有時義理近在眼前卻又像遠隔山河。所以提高修養掌握技巧，就不用苦思冥想；依照規則寫物抒情，就不必勞心傷情。

人的天賦才情，有遲緩迅捷的區分；文章的體制，有篇幅大小的不同。司馬相如執筆寫成文章時筆毛已爛，揚雄寫成一賦因思慮精苦而做惡夢；桓譚作賦因精思太甚而生病，王充因思慮太深而氣力衰竭；張衡研作《二京賦》用了十年，左思撰寫《三都賦》耗費十年。他們雖然寫出了傑出的作品，但也是構思遲緩的。淮南王劉安一個早上就寫成了《離騷傳》，枚皋接到詔命就能寫成賦；曹植拿木簡寫文章就像口誦舊作一樣，王粲執筆作文就像事先寫好的一般；阮瑀靠着案桌就能寫定書信，禰衡在宴席間就能寫好奏章。他們雖然祇是寫短篇的文章，但構思迅捷。至於才思敏捷的文士，心中掌握了創作的要領，深思熟慮之前已具備了敏銳的反應，能夠根據時機作出合理的判斷；文思遲緩的文士，思緒紛繁岔路紛呈，歷經疑慮方能理清思路，幾經思考纔能確定要點。機敏者因之能在瞬間寫成作品，猶疑者往往很久纔完成創作。難易雖然不同，但都需要博學簡練。如果學問淺薄而祇是寫得慢，才情疏陋而祇是寫得快，據此而有成就，這是從未聽說過的。所以臨文構思，必定有兩個難題：思路不暢的人苦於情思貧乏，文辭繁多的人傷於思路雜亂。所以博學多識是見聞貧乏的糧食，中心一貫是解決雜亂的良藥。知識廣博而且中心一貫，也是有助於構思的。

如果情感複雜多變，文體風格變動不定，那樸拙的文辭有時也會蘊藏巧妙的文義，平庸的事例有時也產生新穎的意義；拿布與麻相比，雖然質地未變，但加工成布後，就變成光彩豔麗的珍品了。至於構思以外的微妙意旨，文章以外的曲折情致，語言難以表述，筆墨也應該到此為止。明白最精妙的道理纔能闡述其中的精妙，知曉一切變化的軌跡方可通曉其中的規律。就像伊尹不能談說鼎中美味的精妙，輪扁不能講清運用斧頭的技巧一樣，其中的道理實在是太精妙了。

總之：精神因與外物溝通，感情因外物發生變化。外物據形象表現，情感則通過情理相應。運用聲律，借用比興。經過構思而掌握規律，潛心沉思而寫成佳作。

【解析】

本篇承陸機《文賦》論構思，認為構思微妙，身在此而心在彼，思接千載，視通萬里，不受時空的影響。又指出構思有遲速之別，如司馬相如等人雖有鴻篇巨構，卻“思之緩”；而淮南王諸人所作雖是短韻小文，卻“思之速”。當然二者並無優劣，因為最終都能寫出成功的著作。還指出作家思慮紛雜歧異的解決之法，就是“積學以儲寶，酌理以富才，研閱以窮照，馴致以懌辭”，也就是作文之前博聞多識，舉筆之時主旨一貫，博聞而能達事理，一貫而後行文條理。

文心雕龍·風骨

劉勰。

《詩》總六義，風冠其首，斯乃化感之本源，志氣之符契也[1]。是以怊悵述情，必始乎風；沈吟鋪辭，莫先於骨。故辭之待骨，如體之樹骸；情之含風，猶形之包氣。結言端直，則文骨成焉；意氣駿爽，則文風清焉。若豐藻克贍，風骨不飛，則振采失鮮，負聲無力。是以綴慮裁篇，務盈守氣，剛健既實，輝光乃新。其為文用，譬征鳥之使翼也。故練於骨者，析辭必精；深乎風者，述情必顯。捶字堅而難移，結響凝而不滯，此風骨之力也。若瘠義肥辭，繁雜失統，則無骨之徵也。思不環周[2]，索莫乏氣[3]，則無風之驗也。昔潘勗錫魏[4]，思摹經典，羣才韜筆，乃其骨髓峻也；相如賦仙[5]，氣號凌雲，蔚為辭宗，迺其風力遒也。能鑒斯要，可以定文，茲術或違，無務繁采。

故魏文稱："文以氣為主，氣之清濁有體，不可力強而致。"故其論孔融，則云"體氣高妙"；論徐幹，則云"時有齊氣"；論劉楨，則云"有逸氣"。公幹亦云："孔氏卓卓，信含異氣，筆墨之性，殆不可勝。"並重氣之旨也。夫翬翟備色[6]，而翾翥百步[7]，肌豐而力沈也；鷹隼乏采，而翰飛戾天，骨勁而氣猛也。文章才力，有似於此。若風骨乏采，則鷙集翰林；采乏風骨，則雉竄文囿。唯藻耀而高翔，固文筆之鳴鳳也。

若夫鎔鑄經典之範[8]，翔集子史之術，洞曉情變，曲昭文體，然後能孚甲新意[9]，雕畫奇辭。昭體故意新而不亂，曉變故辭奇而不黷。若骨采未圓，風辭未練，而跨略舊規，馳騖新作，雖獲巧意，危敗亦多，豈空結奇字，紕繆而成經矣？《周書》云："辭尚體要，弗惟好異。"蓋防文濫也。然術有多門，各適所好，明者弗授，學者弗師。於是習華隨侈，流遁忘反。若能確乎正式，使文明以健，則風清骨峻，篇體光華。能研諸慮，何遠之有哉！

贊曰：情與氣偕，辭共體並。文明以健，珪璋乃聘。蔚彼風力，嚴此骨鯁。才鋒峻立，符采克炳。

范文瀾《文心雕龍注》

【注釋】

[1] 符契：憑證。

[2] 環周：飽滿通暢。

[3] 索莫：枯燥無味。

[4] 潘勖錫魏：潘勖是漢末作家，曹操封魏公時，他曾為之作《冊魏公九錫文》。

[5] 相如賦仙：司馬相如作《大人賦》，漢武帝讀後"飄飄有淩雲之氣，似遊天地之間意"。

[6] 翬翟：五彩的野雞。

[7] 翾翥：飛翔。

[8] 鎔鑄：學習。

[9] 荂甲：產生。

【譯文】

《詩經》具有六義，風排在首位，這是教化的根源，情志氣質的表現。所以失意時抒發情感，必定先注意作品的風貌；斟酌文辭寫作時，無不先考慮作品的骨力。所以文辭需要骨力，就像人體需要樹立骨架一樣；情志包含感染力，就像形體蘊含生氣一般。文辭端正挺拔，那文章的骨力就形成了；意氣駿發爽朗，那文章的風貌就清朗了。如果辭藻華麗繁縟，文章的骨力軟弱，那文采也會失去亮麗，音調也不會響亮。所以構思文章，務必使熱情飽滿，剛正積極的思想充實，文采纔能鮮明生動。風骨在文章中的表現，就好像飛鳥扇動翅膀。因此錘煉骨力的，析用文辭必定精密；講究風貌的，傳情寫意必定顯著。錘煉字詞精當難改，聲調凝重而不板滯，這得力於文章的風骨。如果文意貧乏而文辭冗雜，繁複雜亂而沒有統緒，這就是沒有骨力的表現。思想不飽滿通暢，內容枯燥而沒有生氣，這是無風的表現。以前潘勖作《冊魏公九錫文》，構思模仿經典而成文，使其他才士都擱筆不作，這是由於他的文章骨力峻拔；司馬相如作《大人賦》，號稱有淩雲之氣勢，文采茂盛而成為辭賦宗師，這是由於他的風力強勁。能明白這個關鍵，就可以寫文章，如果不懂這個道理，就不要追求繁縟的文采。

因此魏文帝曹丕曾說："文章以氣為主，氣的清新剛健和重濁柔弱是有分別的，不能通過外力強加而得。"所以他評論孔融，就說"體氣高妙"；評論徐幹，就說"時有齊氣"；評論劉楨，就說"有逸氣"。劉楨也說："孔融非常優秀，確實具有不同的氣質，他的文章風格，的確難以超越。"都是重視氣質和氣勢的意思。野雞有五彩的顏色，但飛不到百步，是由於肌肉太多而力氣太弱；鷹隼身無光彩，但能一飛沖天，是由於骨力強勁而氣勢剛猛。文章寫作的才力，也與此相似。如果有風骨而沒有藻采，就好比鷹隼聚集在文壇；如果有文采而沒有風骨，那就像野雞竄入文苑。祇有文采鮮明而且骨力強勁以高飛遠揚，這纔是文章中能鳴叫的鳳凰。

如果能取法經典的規範，揣摩子書和史書的寫作技巧，瞭解文章情勢的變化，詳細體會各種文章的體例，這樣就能產生新穎的構思，創造出奇異的文辭了。明瞭文章體例所以構思新穎而不雜亂，知道情勢的變化因此文辭新奇而不浮泛。如果骨力不完備，文采不精練，而想要超越舊有的規範，追求新奇的寫作，即使有精巧的構思，但失敗也多，難道祇是徒然使用奇特的文字，就能把這種錯誤的做法當成經典嗎？《周書》上說："文辭講究精確，不祇追求新奇。"大概就是防止文辭的虛浮吧。但文章寫作的方法很多，作者各據自己的喜好，高明的人無法傳授他人，學習者也無法向人學習。於是人們崇尚浮華追隨侈靡，隨波逐流而不知回頭。如果能夠確立正確的寫法，使文章明朗而剛健，那文章就會風采清爽而骨力強勁，整篇文章都會光彩亮麗。能夠用心研究以上要求，那麼離寫出優秀的文章就不遠了。

總之：情感與氣勢相配合，文辭與體制相結合。文章清爽骨力強勁，文章纔能像珪璋般珍貴。既要張揚文章的風貌，也要增強文章的骨力。才華因此鋒芒畢露，文采因之豐富顯耀。

【解析】

風骨本來是漢人品評人物的審美範疇，指人物的風神骨相。後來也用於繪畫，到南北朝時，劉勰就借用來批評文學作品。風指文學作品呈現的風貌，是感動人的力量，要求文風鮮明爽朗，它是文章氣勢的表現。但它對思想的要求不高，如司馬相如的《大人賦》寫遊仙，在思想上並無可取之處，但由於寫得有生氣，所以感染了讀者，使漢武帝有"凌雲之氣"。而骨則指運用精要準確的語言，形成精練剛健的文辭，是語言的核心。骨通過構辭來表現，而要求端直。它對思想的要求也不高，如潘勗的《冊魏公九錫文》是阿諛權臣的作品，但劉勰也認為它"骨髓峻"，大約是因為它摹擬經典，用語古雅挺拔吧。

風骨的表現與氣的關係比較密切。他引曹丕、劉楨論詩人以氣，說明作家有不同的氣質，就會表現出不同的文章風貌。又認為氣與文辭要相得益彰，有文采也要有骨力，而骨力的強調尤勝於文采。

　　風骨的提倡，主要是針對南朝文風柔弱而發的。東晉以來，文壇形成雕琢文采、追求華麗辭藻的風氣，尤其齊梁時宮體詩豔靡，都是沒有風骨的表現，對文壇造成許多不良影響。所以劉勰提倡明朗剛健的文風，希望糾正文壇的審美偏頗。

文心雕龍·情采

劉勰。

聖賢書辭，總稱文章，非采而何？夫水性虛而淪漪結，木體實而花萼振，文附質也。虎豹無文，則鞹同犬羊[1]；犀兕有皮，而色資丹漆，質待文也。若乃綜述性靈，敷寫器象，鏤心鳥跡之中[2]，織辭魚網之上[3]，其為彪炳，縟采名矣。故立文之道，其理有三：一曰形文，五色是也[4]；二曰聲文，五音是也；三曰情文，五性是也[5]。五色雜而成黼黻[6]，五音比而成《韶》《夏》，五情發而為辭章，神理之數也。

《孝經》垂典，喪言不文，故知君子常言未嘗質也。老子疾偽，故稱"美言不信"，而五千精妙，則非棄美矣。莊周云"辯雕萬物"，謂藻飾也。韓非云"豔乎辯說"，謂綺麗也。綺麗以豔說，藻飾以辯雕，文辭之變，於斯極矣。研味《孝①》《老》，則知文質附乎性情；詳覽《莊》《韓》，則見華實過乎淫侈。若擇源於涇渭之流，按轡於邪正之路，亦可以馭文采矣。夫鉛黛所以飾容[7]，而盼倩生於淑姿；文采所以飾言，而辯麗本於情性。故情者，文之經；辭者，理之緯；經正而後緯成，理定而後辭暢，此立文之本源也。

昔詩人什篇，為情而造文；辭人賦頌，為文而造情。何以明其然？蓋《風》《雅》之興，志思蓄憤，而吟詠情性，以諷其上，此為情而造文也；諸子之徒，心非鬱陶，苟馳夸飾，鬻聲釣世，此為文而造情也。故為情者要約而寫真，為文者淫麗而煩濫。而後之作者，采濫忽真[8]，遠棄《風》《雅》，近師辭賦，故體情之製日疏，逐文之篇愈盛。故有志深軒冕[9]，而汎詠皋壤[10]；心纏幾務，而虛述人外。真宰弗存，翩其反矣。夫桃李不言而成蹊，有實存也；男子樹蘭而不芳，無其情也。夫以草木之微，依情待實，況乎文章，述志為本，言與志反，文豈足徵？

是以聯辭結采，將欲明理②，采濫辭詭，則心理愈翳。固知翠綸桂餌[11]，反所以失魚。"言隱榮華"，殆謂此也。是以"衣錦褧衣"[12]，惡

---

① 原作"李"，據范注校改。
② 原作"經"，據范注校改。

文太章；《賁》象窮白[13]，貴乎反本。夫能設模①以位理，擬地以置心，心定而後結音，理正而後摛藻，使文不滅質，博不溺心，正采耀乎朱藍，間色屏於紅紫[14]，乃可謂雕琢其章，彬彬君子矣！

贊曰：言以文遠，誠哉斯驗。心術既形，英華乃瞻。吳錦好渝，舜英徒豔。繁采寡情，味之必厭。

范文瀾《文心雕龍注》

【注釋】

[1] 鞹：去毛後的皮革。

[2] 鳥跡：指文字，相傳倉頡受鳥獸之跡的啟發而創造了文字。

[3] 魚網：指紙張，蔡倫用魚網等為材料製造紙張。

[4] 五色：青、赤、白、黑、黃五種顏色，古人以此五者為正色。

[5] 五性：指人的喜、怒、欲、懼、憂五種性情。

[6] 黼黻：指禮服上繡的華美花紋。

[7] 鉛黛：婦女的化妝用品，搽臉的鉛粉和畫眉的黛墨。

[8] 采濫忽真：過分華麗而忽視真情。

[9] 軒冕：古時大夫以上官員的車乘和冕服，借指官位爵祿。

[10] 皋壤：澤邊之地，借指隱居。

[11] 翠綸桂餌：魯人有好釣者，以桂花為餌，黃金為鉤，翡翠為線。指華而不實者必然事與願違。

[12] 衣錦褧衣：錦衣外面再加上麻紗單罩衣，以掩蓋其華麗。

[13] 《賁》象窮白：《賁卦》上九爻辭是“白賁無咎”，王弼認為以白為飾，無憂患。

[14] 間色：雜色，指綠、紅、碧、紫、流黃等色，與正色相對。

【譯文】

聖賢的著作言辭，都稱為文章，不是有文采那是有什麼？水的本性虛柔所以水波成紋，木質堅實所以花朵綻放，這是文采依附本質的表現。虎豹如果沒有彩色的皮毛，那它們的皮跟狗和羊就相同；犀兕的皮可製作器物，但還需借助紅漆以顯示美觀，這是質地需要借助文采的表現。至於抒寫性情，描繪器物，用心雕琢文字，在紙張上組織文辭，要想文采煥發，那就需要文采鮮明了。所以雕琢文采的方法，有三種：一是形文，青、赤、白、黑、黃五色就是；二是聲文，宮、商、角、徵、羽五

---

① 原作“謨”，據范注校改。

音就是；三是情文，喜、怒、欲、懼、憂五性就是。五色相雜就組成禮服上的花紋，五音相配就形成《韶》《夏》等音樂，五情抒發出來就成為言辭文章，這是自然的法度。

《孝經》傳下的法則，居喪中的文辭不能講文采，所以瞭解君子平常說話，沒有質樸的。老子痛恨虛偽，所以說"漂亮的話語不可信"，但五千字的《老子》闡述世間精深玄妙的道理，卻也沒有放棄華美。莊周說"用精妙的語言來細緻描繪萬物"，是說用辭藻來作雕飾。韓非子說"論辯遊說要豔麗"，是說言辭要用綺語作裝飾。用華麗的文采來美化遊說，用辭藻來修飾論辯和描繪事物，文辭的變化，到這就達到極點了。研究揣摩《孝經》和《老子》的文章，可知文采質實是要依附於人的性情的；詳細體味《莊子》和《韓非子》，就可知道華麗超過質實就變成繁縟。如果能在清水和濁水之間選擇源流，在邪路和正路上辨別方向，那就可以很好地駕馭文采了。鉛粉黛墨能夠裝扮容顏，但顧盼生情卻源於美好的姿容；文辭藻采可以修飾言辭，但雕琢豔麗卻來自真摯的情感。所以真情，是文章的經線；言辭，是情理的緯線；經線正了緯線隨之形成，情理確定則文辭因此通暢，這是寫文章的根本和源頭。

以前詩人的詩歌，為感情而寫詩；賦家寫賦，為賦而虛造感情。怎麼知道這種情況？《國風》和大小《雅》的產生，是詩人情感思想充滿怨憤，而通過詩歌抒發出來，用來諷諫在上者，這是為了抒發感情而創作詩歌；諸子這些人，心中沒有鬱結的憂思，隨意誇飾欺騙世人，沽名釣譽，這是為文章而虛造感情。所以為抒發感情而寫的文章精要簡約而情感真切，為創作文章而寫的文章過於華麗且煩瑣失實。而後來的作者，趨於華麗失實而喪失真情，遠的拋棄《風》《雅》的傳統，近的學習辭賦誇飾的文風，所以體悟感情的文章日益減少，追逐誇飾的篇章越來越多。因此熱衷於為官的人，反而空泛地抒發隱居的心情；忙碌於日常政事的人，卻虛偽地述說世外的情趣。真實的情感已喪失，心中所想與筆下所寫完全相反了。桃樹李樹不說話但樹下出現小路，是因為樹上有果實；男人種植蘭花卻沒有芳香，是因為他不用心種植。草木這些細小的植物，尚且需要用真情和果實來吸引人，何況寫文章，以抒發情感志向為根本，言辭所寫與心中情志相反，那這種文章還值得相信嗎？

所以組織言辭文采，本來想要闡明情理，文采虛誇言辭不實，那心中的情理就會更加隱蔽。因此明白用翡翠做釣線、用桂花做魚餌，反而釣不到魚。"言辭的意義被華麗的文采掩蓋"，說的是這個情形。所以"在麻布衣外再穿上錦繡的衣服"，是嫌錦衣的裝飾太顯眼；《賁卦》最後一爻為白賁，是貴在回歸根本。創作要樹立規範來表達所要闡明的道理，

106

擬定適當的位置來安排所要抒發的情感，情感道理確定之後再考慮音節，思想內容雅正之後再安排辭藻，使誇張的文采不損害內容，繁富的辭藻不掩蓋情感，使赤、青等正色光彩耀目，把紅、紫等雜色摒除不用，這纔可以說是雕琢文采，內容與形式都達到完美的狀態！

總之：語言要借助文采纔能流傳久遠，這確實被驗證過了。思想感情已經飽滿，文采辭藻就會自然豐富。吳地的錦繡容易變色，木槿的花朵徒豔一時。有繁縟的文采而缺少真實的感情，品讀起來必令人生厭。

【解析】

本篇論情與采的問題，即作品的思想感情與辭藻的辯證關係。首先是聖賢的書辭也講究文采，所以水因之有淪漪，木因之振花萼，而虎豹、犀兕等本質雖美，但得文采而更佳。自然界和人類社會的形文、聲文、情文，都是有文采的表現，即所謂“言以文遠”之意。

其次，劉勰也特別強調作家的真情實感纔是決定文章感人的關鍵，文采是為表現情志服務的，情是文之經，辭是理之緯。自《詩經》以來的優秀作品，都是“為情造文”的，是文士“志思蓄憤”，而後“吟詠情性，以諷其上”，所以作品真摯感人。因此，在組織文辭創作時，必須做到經正理定，心定理正。而“翠綸桂餌”和“衣錦褧衣”均無益於文用。

最後，自諸子以來，即形成好誇飾、為文造情的不良風氣。諸子之文，以“鬻聲釣世”為期待，所以其文多虛飾失實之言。而至漢代，流弊日甚，辭賦“淫麗而煩濫”。而齊梁時期，“有志深軒冕，而汎詠皋壤；心纏幾務，而虛述人外”，此風不僅表現於時人的出處，也表現在文學的創作上，前者如梁時陶弘景為“山中宰相”、孔稚圭《北山移文》所寫虛偽的周子，而後者如西晉潘岳《閑居賦》，即所謂“體情之製日疏，逐文之篇愈盛”。

文心雕龍·聲律

劉勰。

夫音律所始，本於人聲者也。聲含宮商，肇自血氣，先王因之，以制樂歌。故知器寫人聲，聲非學器者也。故言語者，文章神明樞機，吐納律呂，脣吻而已。古之教歌，先揆以法，使疾呼中宮，徐呼中徵。夫商徵響高，宮羽聲下；抗喉矯舌之差，攢脣激齒之異，廉肉相準[1]，皎然可分。今操琴不調，必知改張；摘①文乖張，而不識所調。響在彼絃，乃得克諧；聲萌我心，更失和律，其故何哉？良由外聽易為察[2]，內聽難為聰也②[3]。故外聽之易，絃以手定，內聽之難，聲與心紛，可以數求，難以辭逐。

凡聲有飛沈[4]，響有雙疊。雙聲隔字而每舛，疊韻雜句而必睽；沈則響發而斷，飛則聲颺不還，並轆轤交往，逆鱗相比；迕其際會，則往蹇來連[5]，其為疾病，亦文家之吃也。夫吃文為患，生於好詭，逐新趣異，故喉脣紏紛。將欲解結，務在剛斷。左礙而尋右，末滯而討前，則聲轉於吻，玲玲如振玉；辭靡於耳，纍纍如貫珠矣。是以聲畫妍蚩[6]，寄在吟詠。吟詠滋味，流於下句；字句③氣力，窮於和韻。異音相從謂之和，同聲相應謂之韻。韻氣一定，則餘聲易遣；和體抑揚，故遣響難契。屬筆易巧，選和至難，綴文難精，而作韻甚易。雖纖意曲變，非可縷言，然振其大綱，不出茲論。

若夫宮商大和，譬諸吹籥；翻迴取均，頗似調瑟。瑟資移柱，故有時而乖貳；籥含定管，故無往而不壹。陳思、潘岳，吹籥之調也；陸機、左思，瑟柱之和也。概舉而推，可以類見。又詩人綜韻，率多清切，《楚辭》辭楚[7]，故訛韻實繁。及張華論韻，謂士衡多楚，《文賦》亦稱知楚不易，可謂銜靈均之餘聲，失黃鐘之正響也[8]。凡切韻之動，勢若轉圜；訛音之作，甚於枘方。免乎枘方，則無大過矣。練才洞鑒，剖字鑽響，

---

① 原作“摘”，據范注校改。
② 原作“良由內聽難為聰也”，據楊明照注校改。
③ 原無“字句”，據范注校增。

識疏闊略，隨音所遇，若長風之過籟，南郭之吹竽耳[9]。古之佩玉，左宮右徵[10]，以節其步，聲不失序。音以律文，其可忘哉！

贊曰：標情務遠，比音則近。吹律胸臆，調鐘唇吻。聲得鹽梅[11]，響滑榆槿[12]。割棄支離，宮商難隱。

范文瀾《文心雕龍注》

【注釋】

［1］廉肉：廉指廉棱，肉指肥滿。此指樂聲的高亢激越與婉轉圓潤。

［2］外聽：指樂器所發之音。

［3］內聽：指人內心所發之音。

［4］飛沈：指聲調的平清和仄濁。

［5］往蹇來連：《周易·蹇卦》載："六四：往蹇來連。"王弼注曰："往則無應，來則乘剛，往來皆難，故曰往蹇來連。"此指往來進退皆難。

［6］聲畫：揚雄《法言》載："言，心聲也；書，心畫也。聲畫形，君子小人見矣。"此指文學作品。

［7］《楚辭》辭楚：《楚辭》用楚音寫成。

［8］黃鐘：樂律十二律中的第一律，是所有樂律之標準。

［9］南郭之吹竽：指濫竽充數。

［10］左宮右徵：《禮記》載："古之君子必佩玉，右徵角，左宮羽。"指左右所佩帶的玉器發出的聲響合於宮徵之音。

［11］鹽梅：鹽和梅子，鹽味鹹，梅味酸，均為調味所需。此指調和，和諧。

［12］榆槿：榆木與堇菜，皮有滑汁，古代常用作使菜肴滑潤的調味品。

【譯文】

音律的產生，原本源於人的聲音。聲包括五音，這是人天生的，古代帝王根據五音來制作音樂。因此可知樂器模擬人的聲音，而不是人的聲音仿效了樂器。所以語言，是文章表達情感思想的關鍵，發音合乎律呂，關鍵在嘴唇。古代教人唱歌，先考慮音律，使急快的呼叫符合宮調，緩慢的吟唱合乎徵音。商徵之調的聲音高亢，宮羽之調的聲音低沉；高亢的喉音和捲曲的舌音有別，聚合的唇音和急激的齒音不同，聲音的強弱相對，區分明白。現在如果撫琴不合音調，必定知道要調整琴絃；作文不協樂律，卻不懂得安排聲律。琴絃發出的聲音，能夠調整和諧；發自內心的言語，反而不合樂律，這是什麼原因呢？確實是由於傾聽外在的樂音容易明察，而辨別心中言語的音律反而難明白。所以外聽聲音容易，琴絃可以用手來調定，辨別心中的聲音艱難，聲音與心思不協調，可以依據聲律來把握，卻難以用語言來講清。

聲音有飛聲和沉聲，聲響有雙聲和疊韻。雙聲字被隔開使用就常常不協調，疊韻字夾雜其他句子必定不和諧；全句低沉那發音就像斷了一樣，全用飛聲那就像聲音飛揚不回，要像轆轤一樣交替使用，如龍鱗一般依次排列；缺乏配合，那讀起來就不順，成為寫作的毛病，這也是作家口吃啊。而作文口吃的毛病，源於作文喜愛怪異，追求新奇怪異，所以發音不順。想要解決這個毛病，務必要堅決斷絕這種癖好。左邊受阻就向右邊想辦法，結尾阻滯就得從開頭疏通，這樣聲音就能流轉於嘴脣，像珠玉振動般聲調悠揚；文辭和諧悅耳，像珍珠成串般圓轉。所以文章聲音的優劣，寄託在吟詠中。作品的韻味，顯露在遣詞造句；文章的風貌，全在用韻調聲。飛聲和沉聲交替配合稱為和諧，同韻之字互相照應稱為協韻。韻律確定，那其他的韻腳就容易安排；聲律多變，所以聲調難校。創作不押韻的文章容易寫得工巧，但要聲調和諧就比較困難，創作押韻的文章難得精巧，但要押韻卻非常容易。雖然聲律上細微曲折的變化，不能條分縷析地闡述，但列舉出它的大體情形，則不出上述的討論。

至於音律的自然和諧，就像吹籟一樣；反復考校聲律，就像調瑟一般。調瑟需借助瑟柱，所以音律有時會有所乖離；籟管上有固定的洞孔，所以不管怎麼吹籟音都是固定的。曹植、潘岳，他們的詩歌是屬於吹籟的自然之調；陸機、左思，他們的詩歌是屬於調瑟的和諧之音。概舉他們，其他的可以類推。又詩人作詩用韻，大多清楚準確，《楚辭》用楚地方言，所以錯韻極多。到張華講論用韻，稱陸機多用楚地方言音韻，《文賦》也說取楚詩以成篇而其音則不可以改變，可說是繼承了屈原的傳統，卻失掉了黃鐘這種正聲的傳統。凡聲韻和諧的運用，勢必像圓形物體的旋轉；錯誤的音韻的出現，比圓孔方榫更不協調。用韻能夠避免出現圓孔方榫，那就基本沒有大的錯誤了。精熟聲律的人洞察幽微，分析字詞考校聲律，不熟悉聲律者疏略粗通，衹能據其所遇之字而隨意用其音韻，就像大風吹過孔穴而發出聲音一樣隨意，也像南郭先生吹竽一般充數。古人佩帶珠玉發出的聲響，左邊合乎宮聲而右邊合於徵音，用來調節步伐，因此不會錯失次序。音韻使文章合韻律，怎能忽視呢！

總之：標舉情志應當高遠，排比音韻則務求切近。從胸中吹氣而成韻律，以脣吻來調整聲韻。聲韻須如鹹鹽酸梅般配合得當，聲響必像榆槿調和食物般滑潤可口。放棄破碎不合律的音韻，聲律的調諧自然就呈現了。

【解析】

我國古代學者對語言聲音的抑揚頓挫、悅耳動聽之美的追求有久遠的歷史。如東漢時，郭泰“善談論，美音制”、蔡琰“音辭清辯”、崔琰“聲姿高暢”，諸人的言談，已有重視音韻美的追求。而魏晉之後，學者崇尚玄談，佛教徒誦經也有自覺的強調。所以學者在作詩為文時，也重視四聲用韻。

因聲病的運用和避忌規則尚處於探索的階段，所以當時學者頗有異議。如鍾嶸多取反對的態度，以為聲病使“文多拘忌，傷其真美”，所以主張“清濁通流，口吻調利”即可，無須講聲病。而劉勰則完全贊同，且指出“聲有飛沈，響有雙疊”，即聲有飛沉，響亦有飛沉，上句為前飛对後沉，下句則為前沉对後飛。所謂飛即相當於平聲，沉則近於上、去、入的仄聲。又指出“雙聲隔字而每舛，疊韻雜句而必睽”，即一句之中運用不相連的雙聲字、疊韻字，就會造成聲律的不和諧。總之，劉勰所論與沈約多同。

文心雕龍・事類

劉勰。

事類者，蓋文章之外，據事以類義，援古以證今者也。昔文王繇《易》[1]，剖判爻位，《既濟》九三，遠引高宗之伐[2]；《明夷》六五，近書箕子之貞[3]：斯略舉人事以徵義者也。至若胤征羲和，陳《政典》之訓[4]；盤庚誥民，敍遲任之言[5]：此全引成辭以明理者也。然則明理引乎成辭，徵義舉乎人事，酒聖賢之鴻謨[6]，經籍之通矩也。《大畜》之象，"君子以多識前言往行"，亦有包於文矣。觀夫屈宋屬篇，號依詩人，雖引古事而莫取舊辭。唯賈誼《鵩賦》，始用《鶡冠》之說[7]；相如《上林》，撮引李斯之書[8]，此萬分之一會也。及揚雄《百官箴》，頗酌於《詩》《書》；劉歆《遂初賦》，歷敍於紀傳：漸漸綜採矣。至於崔班張蔡，遂捃摭經史，華實布濩，因書立功，皆後人之範式也。

夫薑桂因①地，辛在本性；文章由學，能在天資。才自內發，學以外成，有學飽而才餒，有才富而學貧。學貧者，迍邅於事義；才餒者，劬勞於辭情，此內外之殊分也。是以屬意立文，心與筆謀，才為盟主，學為輔佐；主佐合德，文采必霸；才學褊狹，雖美少功。夫以子雲之才，而自奏不學，及觀書石室，乃成鴻采[9]。表裏相資，古今一也。故魏武稱張子之文為拙，然學問膚淺，所見不博，專拾掇崔杜小文，所作不可悉難，難便不知所出，斯則寡聞之病也。夫經典沈深，載籍浩瀚，實羣言之奧區，而才思之神皋也[10]。揚班以下，莫不取資，任力耕耨，縱意漁獵，操刀能割，必裂②膏腴。是以將瞻才力，務在博見，狐腋非一皮能溫[11]，雞蹠必數千而飽矣[12]！是以綜學在博，取事貴約，校練務精，捃理須覈，衆美輻輳，表裏發揮。劉劭《趙都賦》云："公子之客，叱勁楚令歃盟[13]；管庫隸臣，呵強秦使鼓缶[14]。"用事如斯，可稱理得而義要矣。故事得其要，雖小成績，譬寸轄制輪，尺樞運關也。或微言美事，置於閑散，是綴金翠於足脛，靚粉黛於胸臆也。

---

① 原作"同"，據范注校改。
② 原作"列"，據范注校改。

凡用舊合機，不啻自其口出；引事乖謬，雖千載而為瑕。陳思，羣才之英也，《報孔璋書》云：“葛天氏之樂，千人唱，萬人和，聽者因以蔑《韶》《夏》矣。”此引事之實謬也。按葛天之歌，唱和三人而已。相如《上林》云：“奏陶唐之舞，聽葛天之歌，千人唱，萬人和。”唱和千萬人，乃相如推之①。然而濫侈葛天，推三成萬者，信賦妄書，致斯謬也。陸機《園葵》詩云：“庇足同一智，生理合異端。”夫葵能衛足，事譏鮑莊[15]；葛藟庇根，辭自樂豫[16]。若譬葛為葵，則引事為謬；若謂庇勝衛，則改事失真：斯又不精之患。夫以子建明練，士衡沈密，而不免於謬，曹洪②之謬高唐[17]，又曷足以嘲哉！夫山木為良匠所度，經書為文士所擇，木美而定於斧斤，事美而制於刀筆，研思之士，無慚匠石矣。

贊曰：經籍深富，辭理遐亘[18]。矯如江海，鬱若崑鄧。文梓共採，瓊珠交贈。用人若己，古來無懵。

范文瀾《文心雕龍注》

【注釋】

[1] 文王繇《易》：相傳周文王曾把《易》由八卦演成六十四卦。

[2] “《既濟》”句：《周易·既濟》九三的爻辭載：“高宗伐鬼方，三年克之。”

[3] “《明夷》”句：《周易·明夷》六五的爻辭載：“箕子之明夷，利貞。”箕子是殷商貴族，因諫紂王不聽而佯狂為奴。

[4] “至若”句：掌管曆法的羲氏、和氏，縱酒作樂，荒廢政事。胤侯奉夏王之命前往征討，誓師時引用《政典》之語：“先時者殺無赦，不及時者殺無赦。”胤是古國名。

[5] “盤庚”句：盤庚想把國都遷至殷，遭國人反對，所以他多次遊說臣民遷都。遲任是上古賢人。

[6] 鴻謨：精闊博大的言論。

[7] “賈誼”句：賈誼《鵩鳥賦》有許多說法與《鶡冠子》相同，如“憂喜聚門兮，吉凶同域”，“越棲會稽兮，句踐霸世”等。《鶡冠子》傳為戰國時期楚人鶡冠子所作，但今存《鶡冠子》多疑為後人偽託。

[8] “相如”句：司馬相如的《上林賦》引用李斯《諫逐客書》語，如“建翠鳳之旗，樹靈鼉之鼓”等。

[9] “夫以”句：揚雄《答劉歆書》自奏年少不得學，而心好沈博

① 原作“接人”，據范注校改。
② 原作“仁”，據《文選》校改。

絕麗之文，願不受三年之俸以觀書石渠。一年之後，其所作賦文采斐然。

　　[10] 神皋：神明的區域。

　　[11]“狐腋”句：狐腋下皮毛純白而特暖。

　　[12]“雞蹠”句：善於學習的人，就像齊王吃雞一樣，肯定要數十個雞蹠纔能飽。比喻學習必須掌握廣博的知識。雞蹠，雞足踵，古人視為美味。

　　[13]“公子”句：平原君趙勝帶領門客毛遂等人至楚訂盟，久而未決。毛遂乃按劍上前，迫使楚王同意訂立盟約。

　　[14]“管庫”句：藺相如隨趙王會秦王於澠池，他以五步之內與秦王相拼之勢迫使秦王為趙王擊缶。

　　[15]“葵能”句：齊靈公砍掉鮑牽的腳，並且驅逐高無咎。《左傳》載：“仲尼曰：‘鮑莊子之知不如葵，葵猶能衛其足。’”葵葉向日而生，以葉蔽根。鮑莊：名牽，諡莊子，春秋時齊國大夫。

　　[16]“葛藟”句：宋昭公將驅逐群公子。樂豫認為公族是公室的枝葉，是拱衛公室的根本，就像葛藟庇護其根一樣。樂豫：春秋時宋國司馬。

　　[17]“曹洪”句：陳琳《為曹洪與魏文帝書》云：“蓋聞過高唐者，效王豹之謳。”此典出《孟子·告子下》：“昔者王豹處於淇而河西善謳，綿駒處於高唐而齊右善歌。”可知所效者為綿駒。又此書是以曹洪之名而作，故劉勰謂“曹洪之謬高唐”。

　　[18] 邈亘：深遠。

【譯文】

　　事類，就是在寫作文章時，用故實來類比文義，援引古代的故事來證明當前。從前周文王制作《周易》卦爻辭，辨析各爻的位置，《既濟》卦的九三爻，引用遙遠的殷高宗征伐鬼方的故事；《明夷》卦的六五爻，寫到最近的箕子正直：這是簡略地引用古代的人事來證明文義。至於胤侯征伐羲和時，列舉了夏代《政典》的訓誡；盤庚遷都告誡百姓時，引用了遲任說過的話語：這是完整地引用前人現成的文辭來說理。可知闡明道理而引用前人的現成文辭，證明文義而列舉古代的故事，這是聖賢的高明用意，經典的通用法則。《大畜》卦的《象傳》說，“君子要多記取前賢的言論和行事”，這道理也包括在寫文章中了。考察屈原宋玉的作品，據說是仿照《詩經》的寫法來創作的，雖然引用古代事實卻不引用舊有的成辭。祇有賈誼寫作《鵩鳥賦》時，纔開始引用《鶡冠子》的說法；司馬相如創作《上林賦》時，摘引了李斯的《諫逐客書》的成辭，這些引用也祇是很偶然的巧合。到了揚雄寫《百官箴》，稍稍援用了《詩》《書》的文字；劉歆寫《遂初賦》，歷述史書中的記載：此時作者的創作就逐漸廣泛地採用各種古書中的文辭了。到了崔駰、班固、張衡、蔡邕，就採摘經書和史書的文字和故事，使文章寫得華實滿布，他們借助古書所取得的功效，都是後人創作的典範模式。

薑和桂都生於地，但辛味卻取決於它們的本性；文章創作需要學問，才能卻取決於作者的天賦。才能源於作家內部智慧的激發，學識則因外部的積纍而成，有的人學識淵博但才力不足，有的人才華橫溢但學識貧乏。學識貧乏的，難於援引典事以證義理；才情不足的，苦於遣詞造語以表情意，這是內在才力與外在學識的區別。所以構思作文，心中所想與運筆書寫配合，才力是關鍵，學識為輔助；才力學識能兼善，文采必定挺拔出眾；才力學識有缺失，即使漂亮也難稱完美。以揚雄的才力，還上書自稱沒有學問，等到他在石渠閣專心讀書後，他的作品就具有非凡的文采了。外在學問與天生的稟賦互相配合，古往今來都相同。所以曹操批評張子的文章拙劣，由於他學問膚淺，見識的東西不廣博，專門摘取崔、杜的小文章中的故事，他創作的文章不能一一追究，若追究就不知出處了，這是缺少見聞的毛病。經典的內容沉雄深厚，古代典籍數量衆多，確實是各種言論薈萃的地方，是才力神思馳騁的園地。揚雄、班固以下的文士，無不援用，努力學習，盡情搜取，祇要能拿刀切割，必定會割取其中肥美的內容。因此想要豐富才識學力，務必要博覽群書，狐腋不是靠一張狐皮就能取暖，雞掌必定需吃很多纔飽！所以積纍學問在於廣博，取用事例貴在簡約，考覈典事務必要精確，選用義理必須切實，所有優點如輻輳彙集，學問與才力互為發揮。劉劭《趙都賦》說："平原君的門客毛遂，叱斥強楚使其歃血結盟；繆賢的舍人藺相如，呵斥強秦迫其為趙王擊缶。"像這樣用典，可以稱得上是合於義理且得其要領了。所以用典得其要領，即使是細小的典事也能有效果，如同細小的車轄能夠控制車輪，尺長的轉軸可以轉動門窗。如果把精細的文辭和美妙的典事，安排在文章的無關緊要處，這就是把金玉翡翠掛在腳上，把鮮豔的脂粉和黛墨抹在胸前了。

凡是援用典故得體的，就像出於作家之口一樣；引用典故犯錯誤的，即使歷經千年也是毛病。陳思王曹植，是所有才士中的佼佼者，但他的《報孔璋書》說："葛天氏的音樂，千人合唱，萬人應和，聽衆因此而蔑視《韶》《夏》這種音樂了。"這是引用故實錯誤的表現。按葛天氏的音樂，祇有三人唱和而已。司馬相如《上林賦》說："演奏陶唐氏的舞樂，聽葛天氏的歌樂，千人齊唱，萬人應和。"有千萬人唱和，這是司馬相如推想出來的。但虛言誇飾葛天氏的音樂，把三人推想成萬人，這是曹植相信了司馬相如賦中亂寫之言，所以導致這種謬誤。陸機的《園葵》詩寫到："植物保護根部都有相同的智慧，而生存的道理應該不同。"葵能保護腳，這事出自孔子譏諷鮑莊子；葛藟庇護根部，這話源於樂豫規勸宋昭公。如果把葛比作葵，那引用典故就錯了；如果說"庇"字勝過"衛"字，那就改變事實以致失了本真：這又是用典不精確的毛病。以曹植的高明老練，陸機的深沉嚴密，而不免於出錯，曹洪混用高唐綿駒和河西王豹的典故，又哪裏值得嘲笑呢？山木被優秀的工匠度量，經典的書籍任文士取用，木材得工匠的加工而成為優美的器物，故事經文士的援引而成為得體的典故，好學深思的文士，這樣做就可以無愧於匠人了。

總之：經書典籍弘富，文辭義理深遠。如長江大海般浩瀚無際，像崐崙鄧林般繁盛豐贍。優質的木材共同採伐，美豔的珍珠相互贈送。引用他人的文辭事例如同自己所創，古往今來的文士都是明瞭的。

【解析】

典故是具有哲理或美感內涵的故事，能使文學作品在簡練的形式中包含豐富的內涵，而且使文章顯得精緻、富贍而含蓄。所以，文士無不喜好。魏晉以來，清談風起，士人崇尚博學，也喜好炫耀才學。寒士以此改變命運，而貴族則以此顯示優越。因此，日常的聚會，也多有任舉一物以鬥典故的隸事活動，文學創作也多用典故以求新奇。

典故又分為言典和事典、舊事和新事。言典相當於引前人所說的話，事典則指引用前人的故事。舊事指典故距離作家生活的時代比較久遠，新事則相對較近，或指生僻的典故。在選用典故時，顏延之、沈約等文人仍以用舊事為主，而王融、任昉、王僧孺、何遜、庾信等人則多用新事。

用事之法也非常細緻，如明用與暗用、正用與反用、借用與活用等。但因各人的才力有高下，所以用典也有出神入化與生硬錯誤之別。用事效果的得失和技巧的生熟，也引來不同學者的批評。如鍾嶸即認為詩歌創作不以用事為貴，而劉勰則以為用事可以"據事以類義，援古以證今"，所以讚揚用事，唯應當做到"用舊合機，不啻自其口出"而已。

文心雕龍·時序

劉勰

時運交移，質文代變，古今情理，如可言乎！昔在陶唐，德盛化鈞，野老吐"何力"之談[1]，郊童含"不識"之歌[2]。有虞繼作，政阜民暇，"薰風"詩於元后[3]，"爛雲"歌於列臣[4]。盡其美者何？乃心樂而聲泰也。至大禹敷土，九序詠功[5]。成湯聖敬，"猗歟"作頌[6]。逮姬文之德盛，《周南》勤而不怨[7]；大王之化淳，《邠風》樂而不淫[8]。幽、厲昏而《板》《蕩》怒，平王微而《黍離》哀。故知歌謠文理，與世推移，風動於上，而波震於下者也。春秋以後，角戰英雄，六經泥蟠，百家飆駭。方是時也，韓、魏力政，燕、趙任權，五蠹六蝨[9]，嚴於秦令，唯齊、楚兩國，頗有文學。齊開莊衢之第，楚廣蘭臺之宮，孟軻賓館，荀卿宰邑，故稷下扇其清風，蘭陵鬱其茂俗。鄒子以談天飛譽，騶奭以雕龍馳響，屈平聯藻於日月，宋玉交彩於風雲。觀其豔說，則籠罩《雅》《頌》，故知暐燁之奇意，出乎縱橫之詭俗也。

爰至有漢，運接燔書，高祖尚武，戲儒簡學。雖禮律草創，《詩》《書》未遑，然《大風》《鴻鵠》之歌，亦天縱之英作也。施及孝惠，迄於文、景，經術頗興，而辭人勿用，賈誼抑而鄒、枚沈，亦可知已。逮孝武崇儒，潤色鴻業，禮樂爭輝，辭藻競鶩：柏梁展朝讌之詩[10]，金堤製恤民之詠[11]，徵枚乘以蒲輪[12]，申主父以鼎食[13]，擢公孫之對策[14]，歎兒寬之擬奏[15]，買臣負薪而衣錦[16]，相如滌器而被繡[17]。於是史遷、壽王之徒，嚴、終、枚皋之屬，應對固無方，篇章亦不匱，遺風餘采，莫與比盛。越昭及宣，實繼武績，馳騁石渠，暇豫文會，集雕篆之軼材，發綺縠之高喻，於是王褒之倫，底祿待詔。自元暨成，降意圖籍，美玉屑之譚，清金馬之路，子雲銳思於千首[18]，子政讎校於六藝[19]，亦已美矣。爰自漢室，迄至成、哀，雖世漸百齡，辭人九變，而大抵所歸，祖述《楚辭》，靈均餘影，於是乎在。

自哀、平陵替，光武中興，深懷圖讖，頗略文華。然杜篤獻誄以免刑[20]，班彪參奏以補令[21]，雖非旁求，亦不遐棄。及明、章疊耀，崇愛儒術，肆禮璧堂，講文虎觀。孟堅珥筆於國史[22]，賈逵給札於瑞頌[23]，東平擅其懿文[24]，沛王振其通論[25]，帝則藩儀，輝光相照矣。自安、和已下，迄至順、桓，則有班、傅、三崔，王、馬、張、蔡，磊落鴻儒，才不時乏，而文章之選，存而不論。然中興之後，羣才稍改前轍，華實所附，斟酌經辭，蓋歷政講聚，故漸靡儒風者也。降及靈帝，時好辭製，造羲皇之書，開鴻都之賦，而樂松之徒，招集淺陋，故楊賜號為驩兜，蔡邕比之俳優，其餘風遺文，蓋蔑如也。

自獻帝播遷，文學蓬轉，建安之末，區宇方輯。魏武以相王之尊，雅愛詩章；文帝以副君之重，妙善辭賦；陳思以公子之豪，下筆琳琅。並體貌英逸，故俊才雲蒸：仲宣委質於漢南，孔璋歸命於河北，偉長從宦於青土，公幹徇質於海隅，德璉綜其斐然之思，元瑜展其翩翩之樂。文蔚、休伯之儔，于叔、德祖之侶，傲雅觴豆之前，雍容衽席之上，灑筆以成酣歌，和墨以藉談笑。觀其時文，雅好慷慨，良由世積亂離，風衰俗怨，並志深而筆長，故梗概而多氣也。至明帝纂戎，制詩度曲，徵篇章之士，置崇文之觀，何、劉羣才，迭相照耀。少主相仍，唯高貴英雅，顧盼含章，動言成論。於時正始餘風，篇體輕澹，而嵇、阮、應、繆，並馳文路矣。

逮晉宣始基，景、文克構，並跡沈儒雅，而務深方術。至武帝惟新，承平受命，而膠序篇章，弗簡皇慮。降及懷、愍，綴旒而已。然晉雖不文，人才實盛：茂先搖筆而散珠，太沖動墨而橫錦，岳、湛曜聯璧之華，機、雲標二俊之采，應、傅、三張之徒，孫、摯、成公之屬，並結藻清英，流韻綺靡。前史以為運涉季世，人未盡才，誠哉斯談，可為歎息。

元皇中興，披文建學，劉、刁禮吏而寵榮，景純文敏而優擢。逮明帝秉哲，雅好文會，升儲御極，孳孳講藝，練情於誥策，振采於辭賦，庾以筆才逾親，溫以文思益厚，揄揚風流，亦彼時之漢武也。及成、康促齡，穆、哀短祚，簡文勃興，淵乎清峻，微言精理，函滿玄席，澹思濃采，時灑文囿。至孝武不嗣，安、恭已矣。其文史則有袁、殷之曹，孫、干之輩，雖才或淺深，珪璋足用。自中朝貴玄，江左稱盛，因談餘氣，流成文體。是以世極迍邅，而辭意夷泰，詩必柱下之旨歸，賦乃漆園之義疏。故知文變染乎世情，興廢繫乎時序，原始以要終，雖百世可知也。

自宋武愛文，文帝彬雅，秉文之德，孝武多才，英采雲構。自明帝以下，文理替矣。爾其縉紳之林，霞蔚而飆起，王、袁聯宗以龍章[26]，顏、謝重葉以鳳采[27]，何、范、張、沈之徒，亦不可勝也。蓋聞之於世，故略舉大較。

暨皇齊馭寶，運集休明。太祖以聖武膺籙，世祖①以睿文纂業，文帝以貳離含章，中宗以上哲興運，並文明自天，緝遐景祚。今聖歷方興，文思光被，海岳降神，才英秀發，馭飛龍於天衢，駕騏驥於萬里，經典禮章，跨周轢漢，唐、虞之文，其鼎盛乎！鴻風懿采，短筆敢陳？颺言讚時，請寄明哲！

贊曰：蔚映十代，辭采九變。樞中所動，環流無倦。質文沿時，崇替在選。終古雖遠，曠焉如面。

范文瀾《文心雕龍注》

【注釋】

[1]"野老"句：《論衡》載："堯時百姓無事，有五十之民，擊壤於塗，觀者曰：'大哉堯之德也！'擊壤者曰：'吾日出而作，日入而息，鑿井而飲，耕田而食，堯何力於我也？'"

[2]"郊童"句：《列子》載："（堯）聞兒童謠曰：'立我蒸民，莫匪爾極。不識不知，順帝之則。'"

[3]"熏風"句：《孔子家語》載："舜彈五弦之琴，造《南風》之詩，其詩曰：'南風之薰兮，可以解吾民之慍兮；南風之時兮，可以阜吾民之財兮。'"

[4]"爛雲"句：《尚書大傳》載："百工相和而歌卿雲，帝乃倡之曰：'卿雲爛兮，糺縵縵兮，日月光華，旦復旦兮。'"

[5]九序詠功：《尚書》載："九敘惟歌。"

[6]"猗歟"句：《詩經・商頌・那》的首句是"猗歟那歟"。

[7]"《周南》"句：吳公子季札觀周樂，認為《周南》"勤而不怨"。

[8]"《邠風》"句：即《豳風》，季札認為此樂"樂而不淫"。

[9]五蠹：五種蛀蟲，《韓非子・五蠹》將儒者、政客、遊俠、近侍之臣、商工之民喻為國家的蛀蟲。六蝨：《商君書》稱禮樂、詩書、修善孝弟、誠信貞廉、仁義、非兵羞戰為危害政治的"六蝨"。

[10]"柏梁"句：相傳漢武帝時常與群臣在柏梁臺上宴飲，賦詩聯句，以七言為主，句句押韻，後人稱為柏梁體。

[11]"金堤"句：漢武帝時因黃河決堤而築金堤，武帝親臨作詩。

[12]"徵枚乘"句：漢武帝徵召枚乘，用安車蒲輪以減輕顛簸。

[13]"申主父"句：主父偃貴盛時，豪言生要五鼎食，死要五鼎烹。鼎食指列鼎而食，指豪侈的生活。

---

① 原作"高祖"，據范注校改。

[14]"擢公孫"句：公孫弘舉賢良對策而被擢第一。

[15]"嘆兒寬"句：兒寬幫張湯起草奏章，被漢武帝稱賞。

[16]"買臣"句：朱買臣富貴後，漢武帝跟他說："富貴不歸故鄉，如衣繡夜行。"

[17]"相如"句：司馬相如與卓文君私奔後，賣酒為生，他自己在市中洗滌酒器。

[18]"子雲"句：《新論》載，揚雄曾說："能讀千賦則善為之矣。"

[19]"子政"句：劉向，字子政，西漢學者，曾整理古代典籍。

[20]"杜篤"句：杜篤曾入獄，恰逢大司馬吳漢去世，因為之作誄文而免刑。

[21]"班彪"句：班彪為竇融劃策，為光武帝所欣賞而拜為令。

[22]"孟堅"句：班固曾為蘭臺令史。珥筆：古代史官入朝時插筆於冠側，以便隨時記錄。

[23]"賈逵"句：漢明帝時有神雀集宮殿官府，賈逵作《神雀頌》。

[24]"東平"句：東平王劉蒼與大臣一起議定禮樂制度。

[25]"沛王"句：沛王劉輔作有《沛王通論》。

[26]王、袁：宋時王、袁兩家多文人，王氏有王誕、王僧達、王微、王韶之、王淮之等人，袁氏有袁淑、袁粲等人。

[27]顏、謝：顏、謝兩家世代出文人，顏家有顏延年及其子顏竣、顏測，謝家有謝靈運、謝瞻、謝惠連、謝莊等人。

【譯文】

世運交替變化，質樸和文采代代變遷，古今文風變化的情形和道理，好像可以談論吧！以前在唐堯的時代，道德隆盛教化普及，鄉野老人嘴裏發出"堯何力於我"的言論，郊外小孩唱着"不識不知"的歌曲。虞舜繼起，政治清平百姓閒暇，虞舜唱出了"南風之薰兮"的詩，各位大臣也唱着"卿雲爛兮"的歌。為什麼這些詩歌很優美？因為他們心情愉悅而歌聲安泰。到了大禹劃分天下，九項工作有序開展而得到歌頌。成湯聖哲敬慎，因而有"猗歟那歟"的讚揚。到了周文王時德業隆盛，《周南》詩便抒發勤勞之情而無怨言；周太王的教化淳厚，《邠風》歌便體現快樂卻不越禮。幽王、厲王時朝政昏亂而《板》《蕩》詩充滿怨怒，平王朝國勢衰微而《黍離》寄寓哀傷。因此知道歌謠的內容和風格，隨時世的變化而變化，如上有風吹，而下必有波浪興起。春秋以後，諸侯爭霸，六經埋沒，各家思想風起雲涌。那個時候，韓國、魏國以武力征戰，燕國、趙國采用權謀治國，五種蛀蟲六種蠹子，在秦國被嚴厲的律令禁止，祇有齊、楚兩國，稍有文章學術。齊國打開大路府宅，楚國擴建蘭臺宮，孟軻作為賓客被禮遇，荀卿成為蘭陵令，所以稷下揚起了清新的學術風氣，蘭陵興起了學術的新鮮美俗。鄒衍因談天理而馳名，騶奭因善雕文采而揚聲，屈原的作品與日月爭光，宋玉的文章與風雲競豔。考察他們的豔麗文章，則已經超過了《雅》《頌》，因此可知光彩照耀的奇特文意，源於縱橫多變的詭異風俗。

到了漢朝，世代緊接秦朝焚書之時，高祖崇尚武力，戲弄儒士輕視文學。雖然禮儀法律初創，《詩》《書》的學習還來不及提倡，但《大風》詩和《鴻鵠》詩，卻也是上天賦予的大作。到了孝惠帝，一直到文帝和景帝，經學研究逐漸興盛，但文學之士卻得不到欣賞，賈誼被貶抑而鄒陽、枚乘沉淪下僚，從這也可以看得出來了。到了孝武帝推崇儒學，以文學來修飾大漢功業，禮樂文化爭相映耀，文學辭藻競相爭勝：柏梁臺展示了大臣宴飲的詩歌，在黃河的金堤上寫下憂慮百姓的篇章，用蒲輪徵接枚乘，用鼎食來禮遇主父偃，從賢良對策中提拔公孫弘，對兒寬的草擬奏書深為讚歎，朱買臣曾背柴讀書而後衣錦還鄉，司馬相如曾滌洗酒器而後身居高位。那個時候司馬遷、吾丘壽王這些人，嚴助、終軍、枚皋之輩，應對固然沒有定規，文章也不匱乏，文學的流風遺韻，不能與此時相比。到了昭帝和宣帝，確實繼承了武帝時期的文學業績，學者在石渠閣縱橫討論經學，閒暇時參與學術和文章的集會，聚集了文章寫作的優秀人才，宣揚了雕琢文采的高明見解，因此王褒等人，都在等候召對時獲得了俸祿。從元帝到成帝，都留意圖書典籍，推崇議論文章的美好言談，掃清金馬門前的大路來迎接文士，揚雄精心結撰賦作，劉向整理典籍，也都是當時的美事。從漢朝開始，到成帝和哀帝時期，雖然時間將近百年，文人的創作變化很多，而大體的趨向，都是繼承《楚辭》，屈原的創作遺風，仍然在此。

從哀帝、平帝綱紀廢弛，光武帝中興，深信符命占驗，稍稍忽略文采。但杜篤因為誄文寫得好而免除牢獄之災，班彪參與寫作章奏而被提拔為縣令，皇帝雖然沒有多方搜求文章，但也沒有疏遠放棄文學。到了明帝章帝相繼重視學術，尊寵儒學，在明堂講習禮儀，在白虎觀討論學術。班固插筆冠側作國史，賈逵奉命作《神雀頌》，東平王劉蒼大力創作文章，沛王劉輔發表了《五經通論》，皇帝垂範諸侯表率，交相輝映。從安帝、和帝以下，一直到順帝、桓帝，有班固、傅毅、崔駰、崔瑗、崔寔，王逸、馬融、張衡、蔡邕，大儒眾多，人才鼎盛，但他們的文章，就且放着不評論了。不過光武帝建立東漢以後，才士們的文章風格稍稍與前不同，華麗樸實的依據，參考採用經書文辭，大概是因為歷代君王都召集學者講論經學，所以文章逐漸沾染了儒學風格。到了靈帝，他喜好辭賦，寫了《皇羲篇》，打開鴻都門引文士作賦，而樂松等人，招集了一批淺陋無學之人，所以楊賜稱他們為驩兜，蔡邕視他們作取樂的藝人，他們形成的風氣和留下的作品，實在不足稱道。

自從獻帝流離遷徙，文學之士如蓬草般飄零，到建安末年，國家才穩定下來。魏武帝曹操以丞相和魏王的尊貴身份，一向喜歡詩歌；文帝曹丕以太子的貴重，善於寫作辭賦；陳思王曹植以貴公子的豪情，下筆成美文。他们都禮遇文士，所以俊才如雲氣升騰般出現：王粲自荊州來歸附，陳琳從河北來聽命，徐幹從北海郡來做官，劉楨從近海的東平來歸順，應瑒表現出他斐然的文采，阮瑀展示了讓人愉悅的文章。路粹、繁欽等人，邯鄲淳、楊修之輩，在宴會上傲岸風雅，在坐席間雍容大方，揮筆寫成酣暢的詩歌，和墨為文以助談笑。考察他們的文章，都喜好激昂慷慨，實在是由於經歷了長期的動亂，風俗衰敗生民哀怨，而且文士情志深遠又擅長寫作，所以寫得慷慨簡要且氣勢激揚。到明帝繼承祖業，寫詩作文，徵召文學才士，安置在崇文觀，何晏、劉劭等才士，互相照耀。明帝以後的年輕皇帝相繼即位，祇有高貴鄉公英俊風雅，顧盼之間就能寫成文章，出口就成議論。那時承接正始文風，文章風格浮淺輕澹，而嵇康、阮籍、應璩、繆襲等人，都在文壇上並駕馳騁。

到了晉宣帝開始建立國家根基，景帝、文帝能夠繼承父業，他們都不熱心儒雅，而醉心權術。到武帝建立西晉王朝，繼承太平承受天命，學校文學事業，皇帝並未考慮。到了懷帝和愍帝，如旗旒般祇有虛名而無實權。不過晉朝雖然不重視文學，人才卻實在很多：張華下筆如珍珠四散，左思動筆如鋪開錦繡，潘岳、夏侯湛閃耀着雙璧的光華，陸機、陸雲展示了二位才俊的風采，應貞、傅玄、張載、張協、張亢等人，孫楚、摯虞、成公綏之輩，都辭藻清麗，聲韻優美。前代史書都認為是時代接近末世，才士不能盡情展現才華，這話確實有理，真是令人歎息。

元帝建立東晉王朝，他閱讀文籍建立太學，劉隗、刁協作為禮儀官吏而獲得尊寵榮耀，郭璞文思敏捷而得到優待提拔。明帝聰慧，愛好文學，做太子時和做皇帝後，都熱心講論儒家學術，精熟誥策文章，精心創作辭賦，庾亮因精熟表奏而更得親幸，溫嶠因文思優異而更受厚待，明帝倡導文學的風雅，也可算是晉代的漢武帝了。到了成帝、康帝年壽短暫，穆帝、哀帝在位時間短，簡文帝勃然興起，才學高深清遠高峻，言談微妙義理精深，充滿了玄談的座席，義理恬澹而文采豐富，時時揮灑在文壇。至孝武帝沒有簡文帝的氣度風範，安帝、恭帝就結束了東晉王朝。當時文學之士則有袁宏、殷仲文等人，孫盛、干寶之輩，雖然才能各有淺深，但也可算得上是珪璋一類可用之才了。自從西晉崇尚玄學，東晉玄學極盛，借助談玄餘風，演變成玄學文風。所以世道極為艱難，但言辭文思卻平和安泰，作詩必以老子宗旨為歸宿，寫賦也以莊子義理為注解。因此可知文學變遷受世道人情的影響，興盛衰敗關乎時代的變遷，推究起始歸納結果，即使歷經百年也可以瞭解其概況。

宋武帝愛好文學，文帝彬彬文雅，繼承了崇尚文學的德業，孝武帝多才多藝，辭采優美豐富。從明帝之後，崇尚文學的風氣就變了。士大夫中，文士如風起雲涌，王、袁兩個家族相繼出現了文學之士，顏、謝二家世代有文采，何長瑜、何承天、范曄、張敷、沈達文諸人，也多得不可計量。他們都名聞當世，所以簡略舉其大概。

到了大齊執掌國政，國運美好清明。太祖聖明神武承受天命，世祖以聰睿文雅承繼大業，文帝以太子而富有文采，中宗以超人的智慧興國，他們都天生文雅明哲，能夠光大國運。現在皇帝剛登位，文德廣施，大海高山普降神靈，英才俊士不斷出現，如駕馭飛龍走天街，像騎跨駿馬騁萬里，經籍禮樂文章，超過周朝漢代，如唐堯虞舜時代一樣，興盛至極！如此繁榮的教化文采，我的拙劣文筆怎能評論？衷心讚揚這個時代，祇好請高明的人士了。

總之：十代文章各擅勝場，文辭風采屢經變化。社會變遷，文風變幻。樸實華麗隨時而變，興盛衰廢與世同步。上古雖遠，文風清晰卻如在眼前。

【解析】

《時序》篇可以說是從陶唐時代到南朝齊的簡略文學發展史。劉勰指出了各個時代的文學現象、代表性的作家以及這些作家的創作風貌。因為他距離這些作家生活的年代相對較近，得窺他們作品的全貌，而他本人的文學批評修養極高，所以他對這些作家和作家創作情況的概括，亦幾為定評。如他評建安文學"梗概而多氣"、東晉文學"詩必杜下之旨歸，賦乃漆園之義疏"，都比較符合彼時的實際情況。

又指出社會政治變遷對文學的影響。所謂"歌謠文理，與世推移""文變染乎世情，興廢繫乎時序"。如論陶唐"德盛化鈞"、有虞"政阜民暇"、西周初期"姬文之德盛"、西周末年"幽、厲昏"、春秋"角戰英雄"、建安時期"世積亂離，風衰俗怨"，這是社會安定和動亂時期的情形，其影響於文學也表現出不同的風貌。

劉勰還強調帝王對文學的態度影響了文學的發展。封建統治者的好惡無疑是對文學有影響的，如漢武帝崇儒和愛好辭賦，而光武帝喜好圖讖，魏武雅愛詩章等，都對當時的文風有引導的作用。不過，文學的發展也有自身的規律，不能完全被統治者的喜好影響，如西晉時宣、景、文三代醉心權術，無意文學，但西晉亦有潘岳、陸機諸人"結藻清英，流韻綺靡"的文學盛況。

文心雕龍·知音

劉勰。

知音其難哉！音實難知，知實難逢，逢其知音，千載其一乎！夫古來知音，多賤同而思古，所謂"日進前而不御，遙聞聲而相思"也。昔《儲說》始出，《子虛》初成，秦皇漢武，恨不同時。既同時矣，則韓囚而馬輕[1]，豈不明鑒同時之賤哉？至於班固、傅毅，文在伯仲，而固嗤毅云"下筆不能自休"。及陳思論才，亦深排孔璋，敬禮請潤色，歎以為美談[2]；季緒好詆訶，方之於田巴[3]，意亦見矣！故魏文稱"文人相輕"，非虛談也。至如君卿脣舌[4]，而謬欲論文，乃稱"史遷著書，諮東方朔"[5]，於是桓譚之徒[6]，相顧嗤笑。彼實博徒，輕言負誚，況乎文士，可妄談哉！故鑒照洞明，而貴古賤今者，二主是也；才實鴻懿，而崇己抑人者，班、曹是也；學不逮文，而信偽迷真者，樓護是也。醬瓿之議[7]，豈多歎哉！

夫麟鳳與麏雉懸絕，珠玉與礫石超殊，白日垂其照，青眸寫其形。然魯臣以麟為麏[8]，楚人以雉為鳳[9]，魏民以夜光為怪石[10]，宋客以燕礫為寶珠[11]。形器易徵，謬乃若是；文情難鑒，誰曰易分？

夫篇章雜沓，質文交加，知多偏好，人莫圓該。慷慨者逆聲而擊節，醞藉①者見密而高蹈，浮慧者觀綺而躍心，愛奇者聞詭而驚聽。會己則嗟諷，異我則沮棄，各執一隅之解，欲擬萬端之變，所謂"東向而望，不見西牆"也。

凡操千曲而後曉聲，觀千劍而後識器。故圓照之象，務先博觀。閱喬岳以形培塿[12]，酌滄波以喻畎澮[13]。無私於輕重，不偏於憎愛，然後能平理若衡，照辭如鏡矣。是以將閱文情，先標六觀：一觀位體，二觀置辭，三觀通變，四觀奇正，五觀事義，六觀宮商。斯術既形，則優劣見矣。

夫綴文者情動而辭發，觀文者披文以入情，沿波討源，雖幽必顯。世遠莫見其面，覘文輒見其心。豈成篇之足深？患識照之自淺耳。夫志

---

① 原作"籍"，據范注校改。

在山水，琴表其情，況形之筆端，理將焉匿？故心之照理，譬目之照形，目瞭則形無不分，心敏則理無不達。然而俗鑒①之迷者，深廢淺售，此莊周所以笑《折楊》[14]，宋玉所以傷《白雪》也[15]。昔屈平有言："文質疏內，衆不知余之異采。"見異唯知音耳。揚雄自稱："心好沈博絕麗之文。"其不事浮淺②，亦可知矣。夫唯深識鑒奧，必歡然內懌，譬春臺之熙衆人，樂餌之止過客。蓋聞蘭為國香，服媚彌芬；書亦國華，翫繹③方美。知音君子，其垂意焉。

贊曰：洪鐘萬鈞，夔曠所定[16]。良書盈篋，妙鑒迺訂。流鄭淫人[17]，無或失聽。獨有此律，不謬蹊徑。

范文瀾《文心雕龍注》

【注釋】

[1] 韓囚：秦始皇初讀韓非《孤憤》，曾說："寡人得見此人，與之遊，死不恨矣！"後韓非入秦，被讒入獄而死。馬輕：《漢書》載，漢武帝初讀司馬相如《子虛賦》時曾說："朕獨不得與此人同時哉！"但武帝僅視之為倡優之人。

[2] "陳思"句：曹植在《與楊德祖書》中認為陳琳不擅長辭賦創作。又讚揚丁廙所說的"文章的好壞我自己知道"是通達的話。

[3] "季緒"句：劉修是東漢末作家。曹植在《與楊德祖書》中把劉修比作戰國時善辯的田巴。

[4] 君卿：樓護的字，西漢末年的辯士。

[5] 史遷：司馬遷是史官，故稱之。東方朔：西漢作家。

[6] 桓譚：東漢學者。

[7] 醬瓿：揚雄著《太玄經》時，劉歆擔心揚雄這書被人們拿來蓋醬甕。

[8] "魯臣"句：哀公西狩獲麟，有人說是"有麕而角者"。

[9] "楚人"句：楚人提山雉遇路人，騙說是鳳凰，以便高價出售。

[10] "魏民"句：魏人耕於野而得寶玉，鄰居欲圖之而謂為怪石。

[11] "宋客"句：宋人得燕石而以為寶。

[12] 培塿：小山。

[13] 畎澮：田間水溝。

---

① 原作"監"，據范注校改。

② 原无"不"字，據范注校改。

③ 原作"澤"，據范校改。

［14］《折楊》：庸俗的歌曲。

［15］《白雪》：高雅的音樂。

［16］夔曠：夔與師曠。夔是舜時樂官，師曠是春秋晉國樂師。

［17］流鄭：古代鄭地流行的民間俗樂。

【譯文】

知音真難遇啊！音樂確實難理解，能理解的人確實難遇到，能遇到理解的人，千年祇有一次吧！自古以來的知音，大多輕視同時代的人而仰慕古人，這就是"每天在跟前的不用，遠遠聽見名聲的卻思慕不已"。以前韓非子的《儲說》剛剛流傳，司馬相如的《子虛賦》剛剛寫好，秦始皇和漢武帝，都分別感慨不能跟他們生於同時代。等知道是同時代的人後，韓非被囚禁而司馬相如未得重用，這不是很容易看出人們對同時代人的輕視嗎？至於班固和傅毅，文學創作的能力相當，但班固嘲笑傅毅"拿起筆寫東西都停不下來"。到了曹植評論文學之士，也極力指斥陳琳，而丁廙請他修改潤色文章，他就稱讚丁廙講話得體；劉修喜歡批評別人的文章，他就把劉修比作古代的田巴，曹植論人有偏見的心思就明顯了！所以曹丕說"文人互相看不起"，這不是空話。至於像樓護這樣祇有口才的人，卻荒唐地想要評論文章，竟然說"司馬遷著書，曾向東方朔請教"，於是桓譚這些人，都嘲笑樓護。樓護是沒什麼地位的人，草率評論別人就招致譏諷，何況文士，能夠隨意評論嗎？所以見識高明深刻，但推崇古人而輕視今人的，秦始皇和漢武帝便是；才能確實鴻大優秀，但抬高自己而貶低別人的，班固和曹植就是；學識不足以評論文章，真假不分的，樓護就是。劉歆擔心揚雄的著作被拿來蓋醬甕，這難道是多餘的感慨嗎？

麒麟鳳凰和麞子野雞相差很遠，珍珠寶玉和沙礫石頭完全不同，在陽光下看得很清楚，眼睛也能清晰分辨。但魯國官吏把麒麟當作麞子，楚國人士把野雞當成鳳凰，魏國百姓把夜光珠當作奇怪的石頭，宋國賓客把燕國的沙礫看作寶珠。有形的器物容易分辨，還有這樣的錯誤；難於鑒別的文章情理，誰說容易分得清啊？

文學作品內容複雜，內容與形式交織變化，批評家又各有偏好，很少能做到全面地評價。性格慷慨的人聽到激昂的聲調就擊節讚賞，性情含蓄的人看到嚴密的文章就手舞足蹈，浮華聰明的人看到綺麗的作品就怦然心動，追求新奇的人聽到奇特的東西就會驚喜愉悅。與自己愛好相同的就讚賞，跟自己審美不同的就詆毀，每個人都拿着一個標準，卻想評價變化萬千的文章，這就是"向東張望，看不見西邊的墙"。

　　祇有彈奏過上千個曲子後纔能通曉音樂，觀摩了上千把寶劍後纔能識別兵器。所以全面評論文章的方法，務必先要廣泛地閱讀。看過高山就更能描繪小土山，喝過海水就更明白小水溝。沒有私心地評價文章的拙劣和優秀，評價態度上的厭惡和喜愛也沒有側重，這樣評價作品的內容就能像秤一般公平，考察文辭的美醜就能像鏡子一樣清晰了。因此要審閱作品的文辭情理，先從六個方面來考察：一看通篇體制的安排，二看辭采的運用，三看繼承和創新，四看作品風貌的奇正，五看典故的使用，六看語言的音律。能兼顧這幾個方面，那文章的優劣就可以看出來了。

　　作者情感萌動然後發為文辭，讀者品鑒文章來體會作者的感情，從水流追溯根源，即使幽隱的東西也必定會顯露出來。年代久遠無法見到作者本人，但閱讀文章往往能瞭解他們的內心。難道是前人的作品太深奧嗎？祇怕是自己的見識太淺陋罷了。彈琴者的心思在山水，而琴聲就能表露出來，何況將心思用筆寫出來，其中的道理怎麼能隱藏得了？所以讀者內心對作品中的道理的理解，就像眼睛看到具體的事物一樣，眼睛明亮就能分辨事物，內心聰敏就能體察道理。但是庸俗迷惑的鑒賞者，對艱深的作品就放棄而膚淺的作品卻欣賞，這就是莊周嘲笑《折楊》這種庸俗的作品深受歡迎的原因，也是宋玉歎惜《白雪》這種高雅的音樂無人欣賞的緣由。以前屈原說："我內心誠實質樸，衆人不知道我有與衆不同的才華。"能看到他的特別之處的就祇有知音了。揚雄自己說："心中喜歡深沉淵博極其華美的文章。"他不喜歡浮虛淺顯的文章，也可以瞭解了。見識深刻鑒賞精微的讀者，閱讀時必定產生會心的喜悅，好像登上春臺而讓人感到快樂，佳樂美食能讓過客止步。聽說蘭花是國內最香的花，喜歡的人佩在身上會更香；書籍也是國內最好的花，反復揣摩纔能體味其中的精妙。知音君子，請留意吧。

　　總之：大鐘三十萬斤重，由夔和師曠來定音。好書滿箱，須由高明的鑒賞家來論定。庸俗淫靡的作品使人迷惑，讀者不要失去正確的鑒賞力。祇有掌握這些規律，纔不致於誤入歧途。

【解析】

　　魏晉以來，門閥政治漸趨形成，士庶之隔如天壤。士族子弟飽讀詩書，學識淵博，以求文雅風流，而寒門子弟則希望據讀書獻文以求入仕之機。所以，士庶弟子作詩為文，無不求知音，如《南史·任昉傳》載任昉點定王儉文章數字，王儉因拊几歎為知音。又《梁書·王筠傳》載沈約作《郊居賦》，請王筠欣賞，本來很擔心王筠讀錯文章中的字音，由此發出知音難求之語。又《梁書·劉勰傳》載劉勰撰《文心雕龍》初成，欲取定於沈約，乃負書候約，干之於車前，沈約取讀後大重之。時人求知音不已，而他們或定數字，或知字音，或知文理，均為作者的合格知音。

劉勰認為知音難得有主客觀的原因。主觀原因是人們的批評態度不夠客觀以及審美有偏好。如貴古賤今、崇己抑人，這些批評家或能鑒照洞明，或才實鴻懿，但因缺少客觀的批評態度，而淪為偽知音。審美各有所好，如有慷慨者、有醞藉者、有浮慧者、有愛奇者，"各執一隅之解，欲擬萬端之變"，這也無法成為合格的知音。而客觀的原因就是文章本身艱深多變，即"文情難鑒""篇章雜沓"。

有鑒於此，劉勰指出要成為合格的知音，需注意以下幾點。首先是無私輕重，不偏憎愛，即批評家需要有客觀冷靜的批評態度，纔能"平理若衡，照辭如鏡"。其次是博觀，做到操千曲、觀千劍、閱喬岳、酌滄波，然後能曉聲識器。再次是先標六觀，即對作品的篇章結構、用詞造句、繼承創新、表達技巧、用典水準、格律音韻等方面進行全面的考察，就可以避免執一隅而解萬端之弊。最後是披文入情，即知人論世，對作者予以瞭解之同情。

詩品序

鍾嶸（約468—518）：字仲偉，南朝梁潁川長社人。南齊時任南康王侍郎，入梁，官至晉安王記室。少好學，明《周易》。曾著《詩品》，分上中下三品，評漢魏至梁時一百二十餘詩人之詩作。

氣之動物，物之感人，故搖蕩性情，形諸舞詠。照燭三才[1]，暉麗萬有，靈祇待之以致饗，幽微藉之以昭告，動天地，感鬼神，莫近於詩。

昔《南風》之詞，《卿雲》之頌，厥義敻矣。夏歌曰："鬱陶乎予心。"楚謠曰："名余曰正則。"雖詩體未全，然是五言之濫觴也。逮漢李陵[2]，始著五言之目矣。古詩眇邈，人世難詳，推其文體，固是炎漢之製，非衰周之倡也。自王、揚、枚、馬之徒，詞賦競爽，而吟詠靡聞。從李都尉迄班婕妤[3]，將百年間，有婦人焉，一人而已。詩人之風，頓已缺喪。東京二百載中，惟有班固《詠史》，質木無文。降及建安，曹公父子篤好斯文，平原兄弟鬱為文棟[4]，劉楨、王粲為其羽翼。次有攀龍託鳳，自致於屬車者，蓋將百計，彬彬之盛，大備於時矣！爾後陵遲衰微，迄於有晉。太康中，三張、二陸、兩潘、一左，勃爾復興，踵武前王，風流未沫，亦文章之中興也。永嘉時，貴黃老，稍尚虛談，於時篇什，理過其辭，淡乎寡味。爰及江表，微波尚傳，孫綽、許詢、桓、庾諸公詩，皆平典似《道德論》，建安風力盡矣！先是郭景純用儁上之才，變創其體。劉越石仗清剛之氣，贊成厥美。然彼眾我寡，未能動俗。逮義熙中，謝益壽斐然繼作[5]。元嘉中，有謝靈運，才高詞盛，富豔難蹤，固已含跨劉、郭，凌轢潘、左。故知陳思為建安之傑，公幹、仲宣為輔。陸機為太康之英，安仁、景陽為輔。謝客為元嘉之雄[6]，顏延年為輔。斯皆五言之冠冕，文詞之命世也。

夫四言，文約意廣，取效《風》《騷》，便可多得，每苦文繁而意少，故世罕習焉。五言居文詞之要，是眾作之有滋味者也，故云會於流俗。豈不以指事造形，窮情寫物，最為詳切者邪？故詩有三義焉：一曰興，二曰比，三曰賦。文已盡而意有餘，興也；因物喻志，比也；直書其事，寓言寫物，賦也。宏斯三義，酌而用之，幹之以風力，潤之以丹彩，使味之者無極，聞之者動心，是詩之至也。若專用比興，患在意深，意深則詞躓。若但用賦體，患在意浮，意浮則文散，嬉成流移，文無止泊，有蕪漫之累矣。

　　若乃春風春鳥，秋月秋蟬，夏雲暑雨，冬月祁寒，斯四候之感諸詩者也。嘉會寄詩以親，離羣託詩以怨。至於楚臣去境[7]，漢妾辭宮[8]；或骨橫朔野，或魂逐飛蓬；或負戈外戍，殺氣雄邊；塞客衣單，孀閨淚盡；或士有解佩出朝，一去忘反；女有揚蛾入寵，再盼傾國。凡斯種種，感蕩心靈，非陳詩何以展其義，非長歌何以騁其情？故曰："詩可以羣，可以怨。"使窮賤易安，幽居靡悶，莫尚於詩矣！故詞人作者，罔不愛好。今之士俗，斯風熾矣！纔能勝衣[9]，甫就小學[10]，必甘心而馳騖焉。於是庸音雜體，人各為容。至使膏腴子弟，恥文不逮，終朝點綴，分夜呻吟，獨觀謂為警策，眾睹終淪平鈍。次有輕薄之徒，笑曹、劉為古拙，謂鮑照義皇上人[11]，謝朓今古獨步。而師鮑照終不及"日中市朝滿"，學謝朓劣得"黃鳥度青枝"。徒自棄於高明，無涉於文流矣！

　　觀王公縉紳之士，每博論之餘，何嘗不以詩為口實，隨其嗜欲，商榷不同。淄澠並泛，朱紫相奪，喧議競起，準的無依。近彭城劉士章，俊賞之士，疾其淆亂，欲為當世詩品，口陳標榜，其文未遂，感而作焉。昔九品論人[12]，七略裁士[13]，校以賓實，誠多未值。至若詩之為技，較爾可知，以類推之，殆均博弈。方今皇帝資生知之上才，體沉鬱之幽思，文麗日月，賞究天人，昔在貴游，已為稱首。況八絃既奄，風靡雲蒸，抱玉者聯肩，握珠者踵武。以瞰漢、魏而不顧，吞晉、宋於胸中，諒非農歌轅議，敢致流別。嶸之今錄，庶周旋於閭里，均之於談笑耳。

　　一品之中，略以世代為先後，不以優劣為詮次。又其人既往，其文克定。今所寓言，不錄存者。夫屬詞比事，乃為通談。若乃經國文符，應資博古，撰德駁奏，宜窮往烈。至乎吟詠情性，亦何貴於用事？"思君如流水"，既是即目。"高臺多悲風"，亦惟所見。"清晨登隴首"，羌無故實。"明月照積雪"，詎出經史？觀古今勝語，多非補假，皆由直尋。顏延、謝莊，尤為繁密，於時化之。故大明、泰始中，文章殆同書抄。近任昉、王元長等，詞不貴奇，競須新事，爾來作者，寖以成俗。遂乃句無虛語，語無虛字，拘攣補衲，蠹文已甚。但自然英旨，罕值其人。詞既失高，則宜加事義，雖謝天才，且表學問，亦一理乎！

　　陸機《文賦》，通而無貶；李充《翰林》，疏而不切；王微《鴻寶》，密而無裁；顏延論文，精而難曉；摯虞《文志》，詳而博贍，頗曰知言。觀斯數家，皆就談文體，而不顯優劣。至於謝客集詩，逢詩輒取；張騭《文士》，逢文即書。諸英志錄，並義在文，曾無品第。嶸今所錄，止乎五言。雖然，網羅今古，詞文殆集，輕欲辨彰清濁，掎摭病利，凡百二

131

十人。預此宗流者，便稱才子。至斯三品升降，差非定制，方申變裁，請寄知者爾。

昔曹、劉殆文章之聖，陸、謝為體貳之才，銳精研思，千百年中，而不聞宮商之辨，四聲之論。或謂前達偶然不見，豈其然乎？嘗試言之：古曰詩頌，皆被之金竹，故非調五音，無以諧會。若"置酒高堂上""明月照高樓"，為韻之首。故三祖之詞，文或不工，而韻入歌唱，此重音韻之義也，與世之言宮商異矣。今既不被管弦，亦何取於聲律邪？齊有王元長者，嘗謂余云："宮商與二儀俱生，自古詞人不知之，惟顏憲子乃云'律呂音調'，而其實大謬，唯見范曄、謝莊頗識之耳。嘗欲進《知音論》，未就。"王元長創其首，謝朓、沈約揚其波。三賢或貴公子孫，幼有文辯，於是士流景慕，務為精密，襞積細微，專相陵架，故使文多拘忌，傷其真美。余謂文製本須諷讀，不可蹇礙，但令清濁通流，口吻調利，斯為足矣。至平上去入，則余病未能；蜂腰鶴膝，閭里已具。

陳思"贈弟"，仲宣《七哀》，公幹"思友"，阮籍《詠懷》，子卿"雙鳧"，叔夜"雙鸞"，茂先"寒夕"，平叔"衣單"，安仁"倦暑"，景陽"苦雨"，靈運《鄴中》，士衡《擬古》，越石"感亂"，景純"詠仙"，王微"風月"，謝客"山泉"，叔源"離宴"，鮑照"戍邊"，太沖《詠史》，顏延"入洛"，陶公"詠貧"之製，惠連《擣衣》之作，斯皆五言之警策者也，所以謂篇章之珠澤，文彩之鄧林。

何文煥輯《歷代詩話》

【注釋】

[1] 三才：天、地、人。

[2] 李陵：相傳李陵作有五言的《與蘇武詩》，但實為後人的擬作。

[3] 班婕妤：漢成帝時宮女，有《怨歌行》一首。

[4] 平原兄弟：指曹植及其兄曹丕。曹植於建安十六年被封為平原侯。

[5] 謝益壽：謝混，小字益壽。工詩。

[6] 謝客：謝靈運小名客兒。

[7] 楚臣去境：指屈原被放逐。

[8] 漢妾辭宮：指昭君出塞。

[9] 勝衣：小孩的體力禁得住穿成人的衣服，即尚未成人。

[10] 小學：兒童入學先學文字，故稱文字學為小學。

[11] 羲皇：傳說中的上古帝王伏羲。

[12] 九品論人：班固《漢書·古今人表》把古今人分為九等，即上

上、上中、上下、中上、中中、中下、下上、下中、下下，上上為聖人，上中為仁人，上下為智人，下下為愚人。

[13] 七略裁士：劉歆把古今學者的著作分為七略以作評論，即《輯略》《六藝略》《諸子略》《詩賦略》《兵書略》《術數略》和《方技略》。

【譯文】

氣候使景物發生變化，景物觸動人心，所以人被激蕩的感情，就表現在舞蹈和歌詠中。它照耀着天地人，光耀着萬物，神靈借它來接受祭祀，幽冥借它來表明禱告，感動天地，感動鬼神，沒有什麼比得上詩歌的。

從前《南風》的歌詞，《卿雲》的歌頌，它們的意義深長。夏代的歌謠說：“憂愁啊我的心。”楚國歌謠說：“給我取名正則。”雖然還沒有具備完整的詩歌體裁，但這是五言詩的起源。到漢代李陵，開始創立五言詩的體裁。古詩久遠，詩人和時代都難以詳考，考察這種文體，應當是漢代人創作的，不是周末人開創的。王褒、揚雄、枚乘、司馬相如這些人，辭賦爭耀，但詩歌的創作卻都沒有聽說。從李陵到班婕妤，將近一百年的時間，除了有一位女詩人外，也就祇有李陵一個詩人了。詩人的創作傳統，突然就斷絕了。東漢兩百年間，祇有班固作有《詠史》詩，但其詩枯燥無味沒有文采。到了漢獻帝建安時期，曹操父子非常喜歡詩歌，曹植和曹丕兄弟最有成就而成為文壇骨幹，劉楨、王粲成為他們的羽翼。其餘攀附曹氏父子、成為附屬的文士，大約百人，文質兼備的繁盛，在當時是非常完備了！此後詩歌創作逐漸衰落式微，一直持續到西晉。西晉武帝太康時，張載、張協、張亢、陸機、陸雲、潘岳、潘尼、左思，勃然復興，追步建安詩人，建安詩歌的流風遺韻在西晉重現，他們的創作也算是文學的中興了。西晉懷帝永嘉時期，學術界崇尚黃帝老子的思想，比較推重玄虛的清談，當時的詩歌，玄學義理超過文辭，平淡無味。到了東晉時期，清談之風仍然興盛，孫綽、許詢、桓偉、庾友、庾蘊等人的詩歌，都平淡質實得像《道德論》，建安詩歌的風骨都褪盡了！之前有郭璞因超凡的才能，用遊仙詩來創新玄言詩的風格。劉琨借清新剛健的詩風，壯大郭璞對玄言詩的創新。但玄言詩人多而創新詩人少，所以不能改變當時的風氣。到了東晉安帝義熙時，謝混文采斐然地興起。宋文帝元嘉時，有謝靈運，才華橫溢而文采豐富，他的富麗豔逸難以追蹤，確實已經超越了劉琨、郭璞，壓倒了潘岳、左思。因此明白曹植是建安時期的俊傑，劉楨、王粲是輔佐。陸機是太康時期的精英，潘岳、郭璞是輔佐。謝靈運是元嘉時期的英雄，顏延年是輔佐。他們都是五言詩中的傑出人物，文學創作中聲名遠揚的文士。

四言詩字少意多，模仿《詩經》和《離騷》，就可以收穫很多，但常常遺恨其文辭繁雜而意思很少，所以社會上很少人學習。五言詩是文學中的主要文體，是所有文學作品中最有意味的，所以適合世人的口味。難道不是因為五言詩敘述事情塑造形象，抒發情感描摹事物，最詳細深切嗎？所以詩歌的表現手法有三種：一是起興，二是比喻，三是鋪陳。言盡意不盡，這是起興；借事物來比喻人的想法，這是比喻；直接敘述事件，借言辭來寫物，這是鋪陳。採用這三種手法，斟酌使用，以風骨為核心，用辭藻來潤色，使玩味詩歌的人回味無窮，聽到詩歌的人產生共鳴，這是詩歌的完美境界。如果祇用比興，毛病就是詩意艱深，艱深就會導致語言不暢。如果祇用鋪陳，毛病就是詩意浮淺，浮淺就會導致文辭散漫，文章寫得輕慢隨意，文辭沒有歸宿，文章就有繁雜散漫的弊病了。

至於春風吹拂春鳥鳴叫，秋天清爽秋蟬長鳴，夏天暑熱雲雨無常，冬天風雪寒冷嚴酷，這是四季觸動詩人的東西。歡樂的聚會用詩歌來表達親密，離群獨居就借詩來抒發哀怨。至於像楚國大臣屈原被逐而離開楚境，漢朝的宮女昭君離宮出塞；有的人屍骸被棄在北方的荒野，有的人靈魂隨飛蓬飄泊無依；有的人拿着兵器守衛邊疆，在邊境上殺氣騰騰地禦敵；有的人穿着單薄而流落塞外，而獨守閨房的妻子則哭盡了淚水；有的士人辭官離朝，一去而不再回來；有的美女揚起眉毛入宮得寵，美目顧盼傾倒國人。以上種種情形，感觸激蕩心靈，不寫詩怎能表達詩人的情義，不長歌怎能抒發詩人的感觸？所以說："詩歌可以引起共鳴，可以表達哀怨。"使失意鄙賤的人容易安心，隱居不仕的人沒有苦悶，沒有比詩更好的了！所以文人作者，沒有不愛好詩歌的。現在的士林風尚，愛詩的熱情就更濃烈了！小孩子剛能穿衣服，剛開始學認文字，就為寫詩而用心努力。因此平庸繁雜的詩歌，人人自認為佳作。甚至使富家子弟，以詩不如人為恥辱，所以整天雕琢，半夜吟詠，自己欣賞以為是精彩動人，眾人評論最終歸入平庸鈍拙。其次有輕薄無學的人，嘲笑曹植、劉楨古樸拙劣，推崇鮑照是伏羲時代的詩人，認為謝朓的詩歌古今獨一無二。但他們學鮑照最終比不過鮑照的"日中市朝滿"，學謝朓祇能低劣學到虞炎的"黃鳥度青枝"。徒然使自己棄絕於高明，不能列入文士的行列！

看那些王公士大夫，常常在高談闊論的時候，何嘗不是拿詩歌作為談資，根據他們的喜好，發表不同的看法。弄得詩歌像淄水和澠水一起泛濫，紅色和紫色相互錯亂，喧囂的議論紛紛出現，標準難定。最近彭城的劉繪，是高明的文學批評家，他痛惜批評界的混亂，想給當世的詩歌作品評，口裏說要品評，但他的著作卻沒有完成，我有感於此而寫此文。以前班固按九等來品評人物，劉歆根據七類評論作家，用名稱和具體的內容來考察，他們的評論大多不恰當。至於詩歌是一種技巧，是明顯可知的，以此類推，大概等同於賭博下棋。現在皇帝稟賦異常天生而知，具有深邃的文思，其文學作品與日月爭光，賞析作品能窮究天人之理，以前與貴族子弟交遊，已被稱為文士的領袖。再加上八方臣服，天下響應如隨風而倒、雲氣蒸騰，懷抱寶玉者比肩而立，手握珍珠者接踵而來。足以俯視漢、魏而無顧忌，把晉、宋納於胸中，確實不是農民的歌謠和趕車人的議論敢於評論的。我現在的撰錄，大約祇可以在村中鄉里與人交流，等同於談笑罷了。

在一個等級中，大約以時代先後來排列，不因優劣而品評解釋。又詩人已過世，他的詩歌就能評定。現在品評的詩歌，不收錄存世者。組織詞句排列事實，是通常的寫法。如果是有關國家大事的文書，就應該借用許多古事，敘述德行和駁議奏疏，應該儘量稱述古人的功業。至於抒寫性情，那又何必看重用典呢？"思君如流水"，即是眼前所見。"高臺多悲風"，也是眼前所見。"清晨登隴首"，大約沒有用典故。"明月照積雪"，哪裏是出於經史？考察古往今來的好句子，大多不是拼湊借用前人的，而是出於直接的感悟。顏延之、謝莊，用典尤其繁多細密，在當時影響很大。所以劉宋孝武帝大明、明帝泰始時，文學基本等同於抄書。最近任昉、王融等人，用語不求新奇，一心追求用生僻的典故，後來的作者，逐漸把用新事當成習慣。句子不用無來歷的詞語，詞語中沒有無來歷的文字，拘執拼湊，對文學非常有害。但用語自然且命意卓越的詩歌，卻很少遇到那樣的詩人。用詞已經有失高妙，便認為應該添加典故，雖然他們不是天才，但展示了他們的學問，也算是一個理由吧！

陸機的《文賦》，說理通達但沒有褒貶；李充的《翰林論》，粗疏而不切實際；王微的《鴻寶》，討論細緻但沒有裁斷；顏延之論文學，精當但難懂；摯虞的《文章志》，分析詳盡而豐富，可算是知音。比較這幾家的評論，都是祇談文體，但不品評他們的優劣。至於謝靈運收錄詩歌的《詩集》，祇要是詩歌就收錄；張騭的《文士傳》，祇要是文章就收錄。這些俊傑的記錄，用意都在收錄作品，未曾品評並區分等級。我現在所錄的作品，祇限於五言詩。雖然這樣，也是囊括古今，基本收齊所有的詩歌了，我想要輕率地辨明這些詩歌的優劣，指摘它們的瑕疵和優點，共一百二十人。列入這些流派中的詩人，就是才子。至於這三品詩人的升降，大抵並沒有定論，將來要變動裁斷，祇有寄託給那些懂詩的人了。

以前的曹植、劉楨基本可以說是文學中的聖人，陸機、謝靈運具有

135

接近曹、劉的才能，他們精心構思，在千百年間，也沒有聽說過對音調的辨別、四聲的討論。有人說是前人偶然沒有遇到，難道真是這樣嗎？我嘗試着探討一下：古人講的詩和頌，都配上音樂，所以不配合五音，就不合樂。比如"置酒高堂上""明月照高樓"這樣的詩句，就是最好的韻律。因此曹氏三祖的詩歌，文辭或者不工巧，但韻律卻適合於歌唱。這是看重音韻的意思，與世人講的五音不同。現在詩歌既然不需合樂而唱，那又何必講究聲律呢？齊代有位王融，曾經對我說："五音隨天地一起產生，自古以來的詩人都不瞭解，祇有顏延之纔講'律呂音調'，而他所說的其實大錯，祇有范曄、謝莊比較能瞭解。我想寫一篇討論聲律的《知音論》，但沒有寫成。"王融首先在詩歌中講究聲律，謝朓、沈約擴大了它的影響。三位賢士都是貴族後代，從小就能文善辯，因此受士人仰慕，作詩時力求聲律精細嚴密，用韻細微煩瑣，一意超越對方，所以使詩歌大多拘執避忌，也損害了詩歌的自然美。我以為詩歌本來應當能諷誦朗讀，不能拗口阻滯，祇要詩歌聲律高低流暢，讀來順口，這就足夠了。至於講平上去入四聲，那我苦於不會；蜂腰鶴膝的特點，民歌中已經具備了。

曹植贈弟的《贈白馬王彪》，王粲的《七哀詩》，劉楨寫"思友"的《贈徐幹詩》，阮籍的《詠懷詩》，蘇武寫到"雙鳧"的《別李陵詩》，嵇康寫到"雙鸞"的《贈秀才入軍》，張華寫到"寒夕"的《雜詩》，何晏寫到"衣單"的《衣單》，潘岳寫到"倦暑"的《在懷縣作詩》，張協寫到"苦雨"的《雜詩》，謝靈運的《擬魏太子鄴中集詩》，陸機的《擬古詩》，劉琨寫"感亂"的《扶風歌》等詩，郭璞"詠仙"的《遊仙詩》，王微寫"風月"的詩歌，謝靈運寫"山泉"的山水詩，謝混寫"離宴"的《送二王在領軍府集詩》，鮑照寫"戍邊"的《代出自薊北門行》，左思的《詠史詩》，顏延之寫"入洛"的《北使洛詩》，陶淵明"詠貧"的《詠貧士詩》，謝惠連的《擣衣詩》，都是五言詩中精警動人的作品，所以說它們是詩篇中的珠澤珍寶，文采中的薈萃之林。

【解析】

這是鍾嶸對梁朝以前五言詩人分品評論的說明，所以他首先是對前代此類學術著作進行學術史的回顧。如指明陸機《文賦》、李充《翰林論》、王微《鴻寶》、摯虞《文章志》、張騭《文士傳》這些著作在批評方面的不足。又提到這些著作沒有對詩人進行區分等級的"品第"，以此說明他的批評意圖，就是要作上中下三品的區分。

其次，鍾嶸對詩壇濫作詩歌和批評界批評"準的無依"現象作出批判。因詩歌最容易展義騁情，所以人人愛作而濫作，如"纔能勝衣，甫就小學，必甘心而馳騖"，"膏腴子弟，恥文不逮，終朝點綴，分夜呻吟"等。一種文體使得人人爭作，不僅沒有提高其地位，反而貶低了它的價值。而批評界"淄澠並泛，朱紫相奪，喧議競起，準的無依"的現象，也無益於詩歌的進步。這也是鍾嶸分品論詩人的原因之一。

最後，鍾嶸指出了詩歌創作中的不良傾向。一是喜歡用典。他認為"經國文符""撰德駁奏"之類的文章應該用典，但詩歌以寫性情為主，應以"直尋"和"自然英旨"為原則，不以用事為貴。但當時詩壇不僅"競須新事""寖以成俗"，而且所用之事有新舊之別。二是反對當時風靡的聲律論。因學者發現了四聲，王融、謝朓、沈約等詩人把聲律用於詩歌創作，以求音節頓挫悠揚，這是詩歌創作中的創新嘗試。不過因為沈約等人尚處於探索階段，在聲病的處理上還有不盡如人意的地方，所以"傷其真美"。而鍾嶸則認為詩歌衹要"清濁通流，口吻調利，斯為足矣"。

批判不足的同時，鍾嶸對詩歌的創作也提出了一些主張。一是認為詩歌最能表現人的情感。這種情感是受到外界事物的感召和激蕩而產生的，如自然四候和社會人事的變遷，無不影響人的情緒，進而形諸吟詠。而這些情感，又大多是哀怨之情，最易動人。如去境辭宮之悲，骨橫魂飛之怨，外戍嬌閨之恨，離群出朝之苦。

二是指出五言詩最能適應時代的需要。鍾嶸認為五言詩比四言詩更加言簡意賅，表現能力更高，謂四言詩"文繁而意少"，五言詩則"指事造形，窮情寫物，最為詳切"，表現了時人對五言詩這種文體的正確認識。他又梳理了五言詩的歷程，先秦時期的歌謠衹有個別五言句子，這確實是五言詩的濫觴。從建安到劉宋，文人五言詩取得長足發展，特別指出建安、太康、元嘉三個時期是高峰期，有曹植、陸機、謝靈運三位傑出的五言詩代表。

三是在審美上提出滋味說。鍾嶸推崇五言詩"居文詞之要，是眾作之有滋味者"。而要實現這種效果，必需參差合用賦、比、興三種手法，做到言近旨遠，文盡意餘，使詩歌有風力，有藻采，有感染力。

今天看來，鍾嶸對當時詩壇的批評，基本上代表了當時人的批評實際。如梳理五言詩歷程時不言及陶淵明，且置之於中品；把陸機標為太康之英，這都符合當時貴族文學的客觀事實。而他主張作詩不以用事為貴以及反對聲律說，前者是為了矯正用事繁多而傷真美的詩歌創作現實，後者則是追求詩歌音節上的自然和諧，都有相當的合理性。

《詩品》是我國最早的"詩話"著作，被章學誠稱為"詩話之源"。在它之後，詩話著作成為古代文學理論著作的主要形式，影響極為深遠。

詩品·魏陳思王植

鍾嶸。

其源出於《國風》。骨氣奇高[1]，詞彩華茂。情兼雅怨，體被文質。粲溢今古，卓爾不羣。嗟乎！陳思之於文章也，譬人倫之有周孔[2]，鱗羽之有龍鳳[3]，音樂之有琴笙，女工之有黼黻。俾爾懷鉛吮墨者[4]，抱篇章而景慕，映餘暉以自燭。故孔氏之門如用詩，則公幹升堂[5]，思王入室[6]，景陽、潘、陸，自可坐於廊廡之間矣[7]。

何文煥輯《歷代詩話》

【注釋】

[1] 骨氣：風骨氣度。
[2] 人倫：人類。周孔：周公和孔子。
[3] 鱗羽：魚鱗與羽毛，借指動物。
[4] 懷鉛吮墨：鉛和墨是書寫工具，此指文士。
[5] 升堂：登上廳堂，比喻學問技藝已入門。
[6] 入室：比喻學問或技藝得到師傳，造詣高深。
[7] 廊廡：堂前的廊屋，喻學問的初等。

【譯文】

他的淵源來自《國風》。風骨氣度非常高妙，文辭藻采華麗豐贍。情感兼有《小雅》的怨憤，作品具備文采和質實。光耀古今，卓越超群。啊！陳思王曹植對於文學來說，就好像人類有周公和孔子，動物有龍鳳，音樂有琴笙，女工有花紋。使那些執筆為文的文士，拿着他的作品來景仰羨慕，借着他的餘光來自照。所以如果孔子門中的弟子講寫詩的話，那劉楨可以升堂，曹植已入室，張協、潘岳、陸機，自然祇能坐在廊屋間了。

【解析】

曹植是建安文學的代表，最能體現建安風骨的特點。他對五言詩的題材和內容進行了多方面的開拓，重視聲色的描繪和技巧的琢磨，用心煉字造句，形成豪逸悲壯和工麗深致的風格。鍾嶸對曹植的論評，從其風骨意氣、文辭藻采、情感風格立言，認為曹植是建安時期最傑出的詩人，才華橫溢，情兼雅怨，是周孔、龍鳳、琴笙、黼黻，甚至可以認為是整個齊梁以前最優秀的詩人。

詩品·晉步兵阮籍

鍾嶸。

其源出於《小雅》。無雕蟲之功[1]。而《詠懷》之作，可以陶性靈，發幽思。言在耳目之內，情寄八荒之表。洋洋乎會於《風》《雅》，使人忘其鄙近，自致遠大。頗多感慨之詞，厥旨淵放[2]，歸趣難求，顏延年注解，怯言其志[3]。

何文煥輯《歷代詩話》

【注釋】
[1] 雕蟲：比喻從事不足道的小技藝，常指寫作詩文辭賦。
[2] 淵放：深遠曠放。
[3] 怯言其志：《文選》李善注：“嗣宗身仕亂朝，常恐罹謗遇禍，因茲發詠，故每有憂生之嗟。雖志在刺譏，而文多隱避。百代之下，難以情測，故粗明大意，略其幽旨也。”

【譯文】
他的淵源來自《小雅》。沒有雕琢的痕跡。而他的《詠懷》詩，可以陶冶人的性靈，抒發深沉的感慨。言辭寫的是耳聞目見的情事，感情卻寄託在遙遠的八方。優美啊暗合於《風》《雅》的傳統，使人忘掉他那些鄙俗淺近的行事，自己到達遠大的境界。詩中有比較多感慨的內容，詩旨深遠曠放，旨趣意向難以求索，顏延年給他的詩歌作注釋，都不敢推究他的志向。

【解析】
對阮籍的評價，從其旨趣深遠和文辭含蓄立論。阮籍生於魏晉之際，其時天下多故，名士少有全者，所以阮籍頗多顧忌，而詩歌亦多憂生之嗟、感慨之詞。而寫作上則多用比興和典故，言此意彼，詩意隱約，歸趣難求，所以顏延之論之如彼。

詩品·晉平原相陸機

鍾嶸。

其源出於陳思。才高詞贍，舉體華美。氣少於公幹，文劣於仲宣。尚規矩，不貴綺錯[1]，有傷直致之奇[2]。然其咀嚼英華[3]，厭飫膏澤，文章之淵泉也。張公歎其大才[4]，信矣！

何文煥輯《歷代詩話》

【注釋】

[1] 綺錯：如綺紋之交錯，形容文辭雕飾華麗。

[2] 直致：直接表現。

[3] 咀嚼英華：吸收精華。

[4] 張公歎其大才：《世說新語·文學》劉孝標注引《文章傳》曰："機善屬文，司空張華見其文章，篇篇稱善，猶譏其作文大冶，謂曰：'人之作文，患於不才，至子為文，乃患太多也。'"

【譯文】

他的淵源來自陳思王曹植。才華高妙辭藻豐贍，詩歌整體華美。氣骨少於劉楨，文采遜於王粲。講究詩歌規範，不重視綺麗縱橫，損害詩歌直接表現的奇特警策。但他的詩歌吸收前代典籍的精華，飽食肥美，是文學作品的源泉。張華感歎他才華橫溢，確實是這樣啊！

【解析】

陸機作詩好炫耀知識，鍛煉辭藻，以至情繁而詞隱，是西晉太康詩風的代表。鍾嶸謂其"傷直致之奇"，即言其講究雕琢，辭意繁蕪。又謂其詩"咀嚼英華"，即言陸機善於吸收前人典籍精華，或當作模擬，或化為典故，或以為創新，開南北朝詩歌雕琢之風。

141

詩品·宋徵士陶潛

鍾嶸。

其源出於應璩，又協左思風力。文體省淨，殆無長語。篤意真古，辭興婉愜。每觀其文，想其人德。世歎其質直。至如"懽言醉春酒""日暮天無雲"，風華清靡[1]，豈直為田家語邪？古今隱逸詩人之宗也。

何文煥輯《歷代詩話》

【注釋】
[1] 清靡：清新華麗。

【譯文】
他的淵源來自應璩，又兼有左思的風格骨力。詩風簡潔明淨，基本沒有冗沓的話語。情意率真古樸，文辭旨趣安詳舒適。每每閱讀他的作品，就會想到他的人品風範，世人都讚歎他的質樸正直。至於像"懽言醉春酒""日暮天無雲"這樣的詩歌，風格清新而又華麗，哪裏祇是農人的話語啊？可以說是古今隱逸詩人的宗師。

【解析】
陶淵明生活於晉宋之際，其時社會動蕩，朝局多變。而他出身寒門，恥拜官長，乃抗節不仕，歸耕田園。其詩所詠，則多田園風光、農人生活，以及處於此種生活中的恬靜心境。又語言樸素，多用白描，真率自然，毫無斧鑿之跡。鍾嶸謂其詩有田家語，為隱逸詩人之宗。又論其人，以為質直，則視之為田園以及隱逸詩人。唯其置之於中品，多為後世學者所譏。但東晉重門第，不僅以此定人品，亦多以此論詩品，陶淵明出身以及婚宦如是，而作詩又不預玄言，卻多寫躬耕田畝之樂，已大違時人審美之趣。故鍾嶸置之中品，實已代表了時人的普遍看法。在陶淵明的時代，亦無可厚非。

詩品・宋光禄大夫顏延之

鍾嶸。

其源出於陸機。尚巧似。體裁綺密，情喻淵深[1]，動無虛散，一句一字，皆致意焉。又喜用古事[2]，彌見拘束。雖乖秀逸，是經綸文雅才[3]。雅才減若人，則蹈於困躓[4]矣。湯惠休曰[5]："謝詩如芙蓉出水，顏如錯彩鏤金。"顏終身病之。

何文煥輯《歷代詩話》

【注釋】
[1] 情喻淵深：指思想感情寄託深遠。
[2] 古事：古代典故。
[3] 經綸：整理絲縷、理出絲緒和編絲成繩，統稱經綸。引申為籌劃治理國家大事。
[4] 躓：困頓。
[5] 湯惠休：本姓湯，字茂遠，南朝宋詩人。早年為僧，人稱"惠休上人"。

【譯文】
他的淵源來自陸機。崇尚工巧形似的描摹。詩歌剪裁組織精密，情意深遠，動筆從無空虛散漫的話語，一句一字，都斟酌用心。又喜歡引用典故，更顯得拘束。雖然詩歌不能做到秀美警策，但具有雍容典雅的雕琢才能。如果文士的才能稍遜而想效仿他，就會陷入困窘之境。湯惠休曾說："謝靈運的詩歌好像荷花從水中出來般清新，顏延之的詩歌則像裝飾文采刻鏤金屬般繁縟。"顏延之終身為之遺憾。

【解析】
顏延之是元嘉時期的廊廟詩人，鍾嶸謂其"經綸文雅才"，即言其有治理國事之才。朝廷文章多出其手，詩亦多應詔之作。然辭采繁密，好用典故，故詩歌雍容典雅。在南朝文壇，以多用舊事著稱。但亦因此具有雕琢繁縟、艱深晦澀之弊。

詩品·宋參軍鮑照

鍾嶸。

其源出於二張。善製形狀寫物之詞，得景陽之諔詭[1]，含茂先之靡嫚[2]。骨節強於謝混，驅邁[3]疾於顏延。總四家而擅美，跨兩代而孤出。嗟其才秀人微，故取湮當代。然貴尚巧似，不避危仄[4]，頗傷清雅之調。故言險俗者[5]，多以附照。

何文煥輯《歷代詩話》

【注釋】
[1] 諔詭：奇異。
[2] 靡嫚：纖弱華美。
[3] 驅邁：文思奔放。
[4] 危仄：危險傾仄，指鮑詩操調險急。
[5] 險俗：格調怨急，雕飾華麗。

【譯文】
他的淵源來自張協和張華。擅長創作描繪事物形狀的詩歌，繼承了張協的奇譎警策，具有張華的纖弱華美。骨力強於謝混，奔放勝過顏延之。融貫四家而專擅其美，跨越兩代而獨霸詩壇。可惜他才華橫溢卻地位卑微，所以被埋沒於當世。但他崇尚工巧形似的描摹，不避奇特怪異，稍稍有損於清新典雅的風格。所以談論格調怨急、雕飾華麗這種風格的，大多比附於鮑照。

【解析】
鮑照與謝靈運、顏延之並稱為"元嘉三大家"。謝靈運致力於山水詩的創作，顏延之則為廊廟大家，而鮑照則代表了寒士階層。鮑照出身寒微，沉淪下僚，死於亂軍。故其詩雖能抒發壯志、立業戰場、控訴現實、諷刺醜惡，又多學漢魏樂府，所以風格豪邁、意氣耿介，而詩風華麗俊逸。但總與當時貴族的審美趣味相左，因此被目為"傷清雅之調"，而許以"險俗"，亦即蕭子顯所謂"發唱驚挺，操調險急，雕藻淫豔"之意。

詩品·齊吏部謝朓

鍾嶸。

其源出於謝混。微傷細密，頗在不倫[1]。一章之中，自有玉石[2]，然奇章秀句，往往警遒，足使叔源失步，明遠變色。善自發詩端，而末篇多躓，此意銳而才弱也，至為後進士子之所嗟慕[3]。朓極與余論詩，感激頓挫過其文。

何文渙輯《歷代詩話》

【注釋】

[1] 不倫：不類。

[2] 玉石：珠玉與石頭，比喻好與壞。

[3]"至為"句：沈約謂謝朓五言詩曰："二百年來，無此詩也。"梁武帝蕭衍也說："三日不讀謝詩，便覺口臭。"

【譯文】

他的淵源來自謝混。略嫌瑣碎繁密，微微有別於謝混。一首詩中，自然有玉有石，但奇特的篇章清秀的詩句，往往警策遒勁，足以讓謝混亂失步伐，鮑照改變容色。他善於寫好開頭的句子，但結尾常常陷於困頓，這是詩意敏銳而才力疲弱的表現，頗為後進文士所讚賞仰慕。謝朓曾經很投入地跟我討論詩歌，我覺得他在談論中表現出來的感慨抑揚遠勝於他的詩歌。

【解析】

謝朓與其族兄謝靈運均為南朝山水詩創作的代表。他以情觀景，由景入情，擷取山水景物中最富有情趣的內容，輔之以精心的剪裁和煉字，使其山水詩別有清麗曠逸之境。又善於發端，故詩歌意銳警遒，頗多奇章秀句。且把永明時期隸事、對偶、聲律、辭藻用於詩歌，成為永明體詩歌的實踐者，也開啟了唐詩先聲。《南史·王筠傳》載其論詩語曰："好詩圓美流轉如彈丸。"亦可視為其詩歌的自評語。

雕蟲論並序

裴子野（469—520）：字幾原，裴駰孫，南朝梁河東聞喜人。仕齊為江夏王參軍。入梁，為著作郎，遷中書侍郎、鴻臚卿。在禁省十餘年，靜默自守，及歸，妻子恒苦飢寒。少好學，善屬文，文章典雅。著作多散佚。

宋明帝博好文章，才思朗捷，常讀書奏，號稱七行俱下。每有禎祥，及幸讌集，輒陳詩展義，且以命朝臣。其戎士武夫，則託請不暇，困於課限[1]，或買以應詔焉。於是天下向風，人自藻飾，雕蟲之藝[2]，盛於時矣。梁鴻臚卿裴子野論曰[3]：

古者四始六藝，總而為詩，既形四方之氣，且彰君子之志，勸美懲惡，王化本焉。後之作者，思存枝葉，繁華蘊藻，用以自通。若悱惻芳芬，楚《騷》為之祖；靡漫容與，相如和其音。由是隨聲逐影之儔，棄指歸而無執，賦詩歌頌，百帙五車，蔡邕①等之俳優[4]，揚雄悔為童子[5]。聖人不作，雅鄭誰分？其五言為家，則蘇李自出，曹劉偉其風力，潘陸固其枝葉。爰及江左，稱彼顏謝，箋繡鞶帨[6]，無取廟堂。宋初迄於元嘉，多為經史。大明之代，實好斯文，高才逸韻，頗謝前哲，波流相尚，滋有篤焉。

自是閭閻年少[7]，貴遊總角[8]，罔不擯落六藝[9]，吟詠情性，學者以博依為急務[10]，謂章句為專魯[11]，淫文破典，斐爾為功。無被於管絃，非止乎禮義，深心主卉木，遠致極風云，其興浮，其志弱，巧而不要，隱而不深，討其宗途，亦有宋之風也。若季子聆音，則非興國[12]；鯉也趨室，必有不敢[13]。荀卿有言："亂代之徵，文章匿而采。"斯豈近之乎？

《全梁文》

【注釋】

[1] 課限：詔命作詩的時限。

---

① 原作"應"，據《通典》校改。

[2] 雕蟲：比喻從事不足道的小技藝，常指寫作詩文辭賦。

[3] 鴻臚卿：官名，掌朝會時贊導禮儀。

[4] "蔡邕"句：東漢蔡邕稱鴻都門學子所作之辭賦"連偶俗語，有類俳優"。

[5] "揚雄"句：西漢末揚雄好作賦，但晚年悔作，說辭賦創作是"童子雕蟲篆刻，壯夫不為"。

[6] 緐繡：在大帶和佩巾上刺繡優美的花紋。鞶帨：本指腰帶和佩巾，後比喻雕飾華麗的辭采。

[7] 閭閻：泛指民間。

[8] 總角：古時兒童束髮為兩結，向上分開，形狀如角，故稱總角。

[9] 六藝：指儒家的"六經"，即《禮》《樂》《書》《詩》《易》《春秋》。

[10] 博依：指繁縟之文。

[11] 章句：剖章析句，經學家解說經義的一種方式。專魯：固執遲鈍。

[12] "季子"句：春秋時，吳國公子季札到魯國觀樂，從不同的音樂中，知道各國政治的興衰。

[13] "鯉也"句：孔子之子孔鯉急走過庭院之中，孔子問他是否讀《詩》，又說明讀《詩》重要。

【譯文】

宋明帝極為喜歡文學，他才思爽朗敏捷，經常審閱文件奏章，號稱一目七行。遇到國家有吉祥的徵兆，或者臨幸各地和宴會集合，動輒寫詩來表達情感思想，並且要求大臣同做。那些不會寫詩文的將士武夫，唯有不停地請人幫忙，他們都因為要求做詩或因為限定寫作內容而深感疲於奔命，甚至有的大臣祇能向別人購買詩文來應付詔命。於是天下的文士都上行下效地作詩成風，人人都精雕細刻，寫詩這種藝術，在當時極為興盛。梁鴻臚卿裴子野對此進行評論：

古代四始和六義，總稱為詩，不僅可以反映社會生活，也可以反映君子的情志，勸勉良善懲誡邪惡，這是教化的根本。後來的作者，他們的創作思想僅得到枝葉而沒有得到教化的根本，文采雕琢精細，用詩歌來表現自己。說到情感的纏綿悱惻、文采的鮮豔芬芳，那楚辭中的《離騷》是最早的宗師；文辭華麗文風閑舒，司馬相如又唱和了這種手法。因此跟風創作的那些人，寫詩的主旨沒有根本的指導思想，作詩寫頌，百卷五車，蔡邕把那些作品比作俳優，揚雄後悔年少時的作品。聖人不出現，誰能區分詩歌的典雅和淫靡呢？使五言詩成為一體的，是蘇武和李陵，曹植和劉楨壯大了五言詩的風骨，潘岳和陸機鞏固了五言詩的詞藻。到了南朝，顏延之和謝靈運並稱，祇講究詩文形式及辭藻華麗，但是內容都不關乎國家大事。從宋初到元嘉時期，多為經學和史學著作。到了明帝之時，特別喜歡這種文章，有才能的人和傑出的作品，好像不怎麼比得上前人及其作品，這種風氣的互相吹揚，慢慢變得根深蒂固了。

此後鄉里村中的小孩，世家子弟中的少年，無不摒棄六藝，轉而創作詩歌，學習者以繁縟的文辭為當務之急，把鑽研經書的章句之學看作愚魯，淫靡的文辭破壞了典雅，以辭采優美為能事。這些詩歌不能配樂歌唱，沒有受禮義的節制，內心深處思慮的主要還是花卉樹木，高遠的情致仍是極寫風雨雲煙，他們的比興淺浮，志向卑弱，詩歌工巧但不精要，隱晦卻不深刻，考察他們的創作源流，仍是宋代詩歌的風格。如季札所聽的音樂，就是亡國之樂；孔鯉走過庭院，必說不敢不讀《詩經》。荀子曾說："亂世的徵兆，是文章內容邪僻而辭采優美。"這種情況也跟荀子所說的情況比較近了吧？

【解析】

齊梁時期的文學，總體上比較偏重於藝術技巧的雕琢，詩風由質樸而趨於華麗。而對詩歌內容的探索，雖也有體悟玄理、摹寫山水、吟詠景物和描寫女色等的創新，但大家更熱衷的是對煉字煉句、用典聲律等藝術形式的精益求精。

而批評界對文壇風氣的批評也呈現出三種不同的傾向。以裴子野為代表的批評家主張復古，以蕭綱、蕭繹兄弟為代表的學者以創新求變為旨歸，蕭統和劉勰諸人則折中新舊為說。裴子野的批評標準是要求文學繼承《詩經》的傳統，須"勸美懲惡"，有益教化。因此他對《詩經》以後雕琢文采的文學多有不滿，如悱惻芳芬的屈原詩，靡漫容與的司馬相如賦，東晉以後篾繡鞶帨的作品。這些作品"棄指歸而無執"，具體的表現就是"深心主卉木，遠致極風云"，即寫花草樹木、風雨雲煙，祇知描繪風景；而藝術上則重視"以博依為急務"，"淫文破典"，即雕章琢句。

南齊書・文學傳論

蕭子顯（489—537）：字景陽，南朝梁南蘭陵人。齊封寧都縣侯，拜給事中。入梁，官至國子祭酒、吏部尚書、吳興太守。好學，工屬文，精史學，有《南齊書》。

史臣曰：文章者，蓋情性之風標，神明之律呂也。蘊思含毫[1]，遊心內運，放言落紙，氣韻天成。莫不稟以生靈，遷乎愛嗜，機見殊門，賞悟紛雜。若子桓之品藻人才[2]，仲洽之區判文體[3]，陸機辨於《文賦》，李充論於《翰林》，張眎擿句褒貶[4]，顏延圖寫情興，各任懷抱，共為權衡。屬文之道，事出神思，感召無象，變化不窮。俱五聲之音響，而出言異句；等萬物之情狀，而下筆殊形。吟詠規範，本之雅什，流分條散，各以言區。若陳思《代馬》羣章，王粲《飛鸞》諸製，四言之美，前超後絕。少卿離辭[5]，五言才骨，難與爭鶩。桂林湘水，平子之華篇[6]；飛館玉池，魏文之麗篆[7]。七言之作，非此誰先？卿、雲巨麗[8]，升堂冠冕；張、左恢廓[9]，登高不繼。賦貴披陳，未或加矣。顯宗之述傅毅[10]，簡文之摛彥伯[11]，分言制句，多得頌體。裴頠內侍[12]，元規鳳池[13]，子章以來，章表之選。孫綽之碑，嗣伯喈之後；謝莊之誄，起安仁之塵。顏延《楊瓚》，自比《馬督》，以多稱貴，歸莊為允。王褒《僮約》，束皙《發蒙》，滑稽之流，亦可奇瑋。五言之製，獨秀衆品。習玩為理，事久則瀆，在乎文章，彌患凡舊，若無新變，不能代雄。建安一體，《典論》短長互出；潘、陸齊名，機、岳之文永異。江左風味，盛道家之言，郭璞舉其靈變[14]，許詢極其名理。仲文玄氣，猶不盡除；謝混情新，得名未盛。顏、謝竝起，乃各擅奇；休、鮑後出，咸亦標世。朱藍共妍，不相祖述。今之文章，作者雖衆，總而為論，略有三體：一則啟心閑繹，託辭華曠，雖存巧綺，終致迂回。宜登公宴，本非准的。而疎慢闡緩[15]，膏肓之病，典正可採，酷不入情。此體之源，出靈運而成也。次則緝事比類，非對不發，博物可嘉，職成拘制。或全借古語，用申今情，崎嶇牽引，直為偶說，唯覩事例，頓失清采。此則傅咸五經[16]，應璩指事[17]，雖不全似，可以類從。次則發唱驚挺[18]，操調險急，雕藻淫豔，傾炫心魂，亦猶五色之有紅紫，八音之有鄭、衛。斯鮑照之遺烈也。三體之外，請試妄談。若夫委自天機[19]，參之史傳，應思俳來，勿先構聚。言尚易了，文憎過意，吐石含金，滋潤婉切。雜以風謠，輕脣利吻，不雅不俗，獨中胸懷。輪扁斲輪，言之未盡，文人談士[20]，罕或兼工，非唯識有不周，道實相妨。談家所習，理勝其辭，就此求文，終然翳奪[21]，故兼之者鮮矣。

贊曰：學亞生知，多識前仁。文成筆下，芬藻麗春。

中華書局點校本《南齊書》

【注釋】

[1] 含毫：含筆於口中，比喻構思為文或作畫。

[2]“子桓”句：曹丕《典論·論文》對建安七子有評論。

[3]“仲洽”句：摯虞作《文章流別論》評論各類文體及作家。

[4] 張际：未詳。

[5] 少卿離辭：相傳李陵在匈奴時作有《與蘇武詩》。

[6]“桂林”句：張衡《四愁詩》有“我所思兮在桂林，欲往從之湘水深”。

[7]“飛館”句：曹丕的七言詩有《燕歌行》，但今本無“飛館”和“玉池”語。

[8] 卿、雲巨麗：司馬相如有《子虛賦》和《上林賦》，揚雄有《羽獵賦》。

[9] 張、左恢廓：張衡有《兩京賦》，左思有《三都賦》。

[10]“顯宗”句：東漢傅毅有《顯宗頌》。

[11]“簡文”句：東晉袁宏曾作《簡文帝頌》。

[12] 裴頠：西晉學者，官至尚書左僕射。

[13] 元規：庾亮的字，東晉明穆皇后庾文君之兄。鳳池：禁苑中的池沼。因魏晉南北朝時設中書省於禁苑，掌管機要，接近皇帝，故稱中書省為“鳳凰池”。庾亮曾作《讓中書監表》，故有此語。

[14] 靈變：神奇莫測的變化。

[15] 闡緩：寬舒和緩。

[16] 傅咸五經：西晉詩人傅咸有《五經詩》。

[17] 應璩指事：曹魏詩人應璩有《百一詩》。

[18] 驚挺：形容突兀硬直。

[19] 天機：天賦靈機。

[20] 談士：指南北朝時的清談家。

[21] 翳奪：蒙蔽失誤。

【譯文】

史官說：文學作品，是抒發作者情感的標志，是表現人的精神智慧的載體。構思作文，醞釀情感，用語言文字寫在紙上，氣勢韻味自然形成。無不是稟承天生的靈性，隨個人的愛好而變化，作品的精巧和見識各異，鑒賞也紛紜繁雜。如曹丕品評文士，摯虞區分文學體裁，陸機在《文賦》中辨析文體，李充在《翰林論》中議論文學，張陟摘出詩歌中的佳句來品評，顏延之細緻分析詩歌的情趣興致，各人根據自己的審美，都對作品進行批評。文學創作的技巧方法，物事和情感都來自作者的神奇思想，靈感的出現沒有徵兆，變化無窮無盡。都是用五聲的文字來寫出抑揚，但寫出的句子又各異；都是描繪世間萬物的形態，但寫成後的情狀却不同。詩歌創作的規律，以《詩經》為根本，但後來的流派區劃分散，形成各自的體式。如曹植《代馬》等詩歌、王粲《飛鸞》諸篇章，作為四言詩，都是超前絕後的。李陵的離別詩，是五言詩的精品，很難有人與他爭高下。描寫桂林和湘水的《四愁詩》，是張衡的華麗篇章；描寫飛館和玉池的《燕歌行》，是曹丕的精心雕琢。七言詩的創作，有誰比他們更早呢？司馬相如、揚雄的作品宏大華麗，可以說是登堂入室而成為辭賦中的冠冕；張衡、左思的辭賦恢宏廓大，已經登上高峰使後人難以繼作。辭賦的創作以鋪陳為貴，他們的水平是沒人能超越的。傅毅頌述顯宗，彥伯讚頌簡文帝，遣詞造句，大多符合頌這種文體的要求。裴頠陪侍內廷，庾亮接近皇帝，是子章以後，寫作章表這種文體的最好作家。孫綽的碑文，接續蔡邕之後；謝莊的誄文，繼承潘岳後塵。顏延之的《楊瓚誄》，自認為比得上潘岳的《馬汧督誄》，雖以數量多為貴，但誄文應以莊重為允當。王褒的《僮約》文、束晳《發蒙記》，雖然是幽默詼諧的文章，但也可以算是奇異的珍品。五言詩，是文學作品中最優秀的文體。作為一種娛樂審美的技藝，玩弄多了就會使人厭煩輕忽，對文學創作來說，也常常擔心平凡庸俗，所以如果沒有創新和變化，就不能取代他作而成為最優秀的。建安時的詩歌風貌，曹丕的《典論》分別評論他們的得失；潘岳、陸機齊名，但二人的文章總是不同的。東晉詩歌的風尚，大多引用道家的語句，郭璞展示了神奇莫測的變化，許詢窮極道家思想的玄理。殷仲文詩歌的玄學味道，還不能完全消除；謝混的詩歌情致新奇，名聲却不怎麼高。顏延之和謝靈運同時崛起，且各自顯示奇特；惠休和鮑照隨後出現，都能映耀當世。紅藍爭豔，不用互相模仿。現在的文學創作，作者雖多，總體而論，大概有三種風格：一是情感閑適安逸，文辭華麗曠遠，雖然有精巧綺麗之處，但終究曲折含蓄。這種文風適合寫公宴方面的內容，但不是文學的標準。而粗疏、輕忽、寬舒和緩，是這類作品的不可救治的絕癥，典雅雍容有可取之處，卻缺少真情實感。學這種風格的人，模仿謝靈運而成風氣。其次是作品敘事狀物好用類比，沒有對偶的句子就不寫，寫物廣博值得讚許，但追求對比反而成為束縛；或者全用典故，來抒發當下的情感，曲折牽附，全用對偶敘寫，讓人祇看見典故，作品一下就沒了清新的風采。這就是學習傅咸的《五經詩》，應璩的《百一詩》，雖然不是完全相同，但是可以歸入這類。然後是寫作突兀硬直，思想險俗危急，辭藻綺麗妖豔，炫惑心神，就像五色中有紅色和紫色，八音中有鄭聲和衛聲一樣。這一派則是鮑照遺留下來的創作風格。這三類風格之外，請讓我再發表粗淺的看法。文學創作源自天賦靈機，再輔以史傳知識，靈感思緒倏忽而來，而不是事先構想。語言崇尚簡易明瞭，文采忌諱掩蓋文意，音韻鏗鏘抑揚頓挫，風格溫潤委婉貼切。吸收民歌精華，文辭流暢易讀，不典雅也不庸俗，非常切合心中的所思所想。輪扁斲木造車輪的技藝能夠精湛異常，但文學創作的語言卻不能窮盡文意，文士和清談家，也很難在構思文意和遣詞造句上都窮極工巧，這不是因為認識有不足，而是兩者本來就有相互衝突的地方。清談家揣摩的東西，哲理勝過文辭，若根據這個標準來創作文學，必定會有蒙蔽失誤，所以很少有人能夠兩者兼備。

　　總之：學識不如生而知之的聖人，所以要多多瞭解前代賢人的優點。動筆寫成的文章，就會像春天的美景般芬芳華麗了。

【解析】

　　這是《南齊書·文學傳》後的評論。作者敘述古今文學的發展情況，首先指出文章是作家才性的表現，是“情性之風標”，是“遊心內運”的表現，出於“神思”，即表現人的情感思想。

　　其次提到各種文體的源流和變化。如四言詩有曹植和王粲的傑作，五言詩則有李陵的才骨，七言詩有張衡和曹丕的創作，賦有司馬相如、揚雄諸人的宏文。至於傅毅和彥伯的頌體，裴頠和庾亮的章表，孫綽的碑文繼承蔡邕，謝莊的誄文得自潘岳，王褒和束皙作有滑稽文，都是各體文學中的代表作。

　　再次指出文學需求新變纔有生命力。文學作品也像賞玩娛樂的東西一樣，久而生厭，所以需要創新。這點恰是南齊時期文學最具生命力的地方，如內容的創新，從玄言到山水、詠物、女色，技巧的創新如用典、聲律、對偶、煉字等，當時學者無不自覺創新，努力探索。

　　復次總結了南齊時期文壇三體的淵源。一是寫閒情逸致、講究辭藻，典雅雍容而缺少真情實感，首開風氣的是謝靈運。二是講究雕琢用事，拘攣晦澀，非對不發，源頭是傅咸和應璩。三是雕琢華麗，操調險急，學習的是鮑照。

最後提出其文學主張。認為文學作品應天機自得，抒寫情致，又需要有廣博的學問知識以為參考。主張文辭流暢易讀，音韻鏗鏘，風格溫潤，委婉貼切，又可考慮吸收民歌精華，做到雅俗兼具。

文選序

蕭統（501—531）：字德施，南朝梁南蘭陵人。梁武帝天監初，立為太子，世稱昭明太子。少聰慧，五歲遍讀《五經》，崇信佛教，遍覽眾經。招聚才士，以著述為事，編《文選》，為我國現存最早的詩文總集。另有《昭明太子集》。

式觀元始，眇覿玄風[1]，冬穴夏巢之時，茹毛飲血之世，世質民淳，斯文未作。逮乎伏羲氏之王天下也，始畫八卦[2]，造書契，以代結繩之政，由是文籍生焉。《易》曰："觀乎天文，以察時變；觀乎人文，以化成天下。"文之時義遠矣哉！若夫椎輪為大輅之始[3]，大輅寧有椎輪之質？增冰為積水所成，積水曾微增冰之凜，何哉？蓋踵其事而增華，變其本而加厲。物既有之，文亦宜然。隨時變改，難可詳悉。

嘗試論之曰：《詩序》云："詩有六義焉：一曰風，二曰賦，三曰比，四曰興，五曰雅，六曰頌。"至於今之作者，異乎古昔。古詩之體，今則全取賦名。荀、宋表之於前[4]，賈、馬繼之於末[5]。自茲以降，源流寔繁。述邑居則有"憑虛""亡是"之作[6]，戒畋遊則有《長楊》《羽獵》之制。若其紀一事，詠一物，風雲草木之興，魚蟲禽獸之流，推而廣之，不可勝載矣。

又楚人屈原，含忠履潔，君匪從流，臣進逆耳[7]，深思遠慮，遂放湘南。耿介之意既傷，壹鬱之懷靡愬。臨淵有懷沙之志[8]，吟澤有憔悴之容[9]。騷人之文，自茲而作。

詩者，蓋志之所之也，情動於中，而形於言。《關雎》《麟趾》[10]，正始之道著。桑間濮上[11]，亡國之音表。故風雅之道，粲然可觀。自炎漢中葉，厥塗漸異：退傅有"在鄒"之作[12]，降將著"河梁"之篇[13]。四言五言，區以別矣。又少則三字，多則九言，各體互興，分鑣並驅。頌者，所以游揚德業，褒讚成功。吉甫有"穆若"之談[14]，季子有"至矣"之歎[15]。舒布為詩，既言如彼；總成為頌，又亦若此。次則箴興於補闕，戒出於弼匡，論則析理精微，銘則序事清潤，美終則誄發，圖像則讚興。又詔誥教令之流，表奏牋記之列，書誓符檄之品，弔祭悲哀之作，答客指事之制[16]，三言八字之文[17]，篇辭引序[18]，碑碣誌狀，眾制鋒起，源流間出。譬陶匏異器[19]，並為入耳之娛；黼黻不同，俱為悅目之翫。作者之致，蓋云備矣！

余監撫餘閒[20]，居多暇日。歷觀文囿，泛覽辭林，未嘗不心遊目想，移晷忘倦[21]。自姬、漢以來，眇焉悠邈，時更七代，數逾千祀。詞人才子，則名溢於縹囊[22]；飛文染翰，則卷盈乎緗帙。自非略其蕪穢，集其清英，蓋欲兼功，太半難矣！若夫姬公之籍[23]，孔父之書[24]，與日月俱懸，鬼神爭奧，孝敬之准式，人倫之師友，豈可重以芟夷，加之剪截？老、莊之作，管、孟之流，蓋以立意為宗，不以能文為本，今之所撰，又亦略諸。若賢人之美辭，忠臣之抗直，謀夫之話，辯士之端，冰釋泉涌，金相玉振。所謂坐狙丘[25]，議稷下，仲連之卻秦軍[26]，食其之下齊國[27]，留侯之發八難[28]，曲逆之吐六奇[29]，蓋乃事美一時，語流千載，概見墳籍，旁出子史。若斯之流，又亦繁博，雖傳之簡牘，而事異篇章，今之所集，亦所不取。至於記事之史，繫年之書，所以褒貶是非，紀別異同，方之篇翰，亦已不同。若其讚論之綜緝辭采，序述之錯比文華，事出於沈思，義歸乎翰藻，故與夫篇什，雜而集之。遠自周室，迄於聖代，都為三十卷，名曰《文選》云爾。

凡次文之體，各以彙聚。詩賦體既不一，又以類分。類分之中，各以時代相次。

《四部叢刊》六臣注本《文選》

【注釋】

[1] 玄風：遠古之風。

[2] 八卦：《周易》中八種具有象徵意義的基本圖形，即乾、坤、震、巽、坎、離、艮、兌。相傳是伏羲所作。

[3] 大輅：古時天子所乘之車。

[4] 荀、宋：荀子和宋玉。荀子有《賦篇》，宋玉有《風賦》。

[5] 賈、馬：賈誼和司馬相如。賈誼有《弔屈原賦》，司馬相如有《子虛賦》。

[6] 憑虛：指張衡的《西京賦》，其文虛構有憑虛公子。亡是：指司馬相如的《上林賦》，其文虛構有亡是公。

[7] 逆耳：刺耳，指忠言。

[8] "臨淵"句：屈原到達汨羅江，作《懷沙》後，抱石自沉。

[9] "吟澤"句：屈原被放江南時，行吟江邊而臉色憔悴。

[10]《關雎》《麟趾》：《詩經》的篇名，古人認為這兩首詩均有益教化。

155

　　[11] 桑間濮上：二者本是地名，相傳殷紂使師延作靡靡之樂於此，所以這些地方成為淫靡之音的代稱，被認為是亡國之音。

　　[12] "退傅"句：退傅指韋孟。他曾為楚元王傅，歷元子夷王及孫王戊。因戊荒淫不遵道，而退去傅位居鄒，作《在鄒詩》。

　　[13] "降將"句：相傳李陵投降匈奴後作有五言的《與蘇武詩》。

　　[14] "吉甫"句：尹吉甫，周宣王的大臣。作有《烝民》詩，有"吉甫作誦，穆如清風"語。

　　[15] "季子"句：吳公子季札觀樂於魯，歎《頌》曰："至矣哉！"

　　[16] 答客：指假借答復別人問難以抒情的一種文體。如東方朔《答客難》等。指事：即"七"體，如枚乘的《七發》，用七件事來啟發楚太子。

　　[17] 三言八字：三言詩和八字文。

　　[18] 篇：一種詩體，如曹植《白馬篇》。辭：一種詩體，如陶淵明《歸去來兮辭》。引：樂曲體裁之一，如《箜篌引》。

　　[19] 陶匏：古代樂器。

　　[20] 監撫：指監國、撫軍，為太子的職責。

　　[21] 移晷：日影移動，指經過了一段時間。

　　[22] 縹囊：用淡青色的絲綢製成的書囊。

　　[23] 姬公：周公姬旦。

　　[24] 孔父：孔子。

　　[25] 狙丘：齊國地名。齊國的辯者田巴在此議論天下。

　　[26] "仲連"句：趙孝成王時，秦兵圍趙邯鄲，魏王使辛垣衍勸趙王尊秦為帝。魯仲連駁斥了辛垣衍，使其不敢再言帝秦，亦使秦退兵五十里。

　　[27] "食其"句：楚漢相爭時，酈食其說齊王田廣歸漢，下齊七十餘城。

　　[28] "留侯"句：張良封留侯，他曾發八難來勸阻漢高祖封六国之後。

　　[29] "曲逆"句：陳平封曲逆侯，他曾六出奇計來幫助漢高祖平定天下。

【譯文】

　　探究天地開始的時候，觀察遠古的風俗，冬天住洞穴夏天住樹巢，生吃食物的時代，社會風氣質樸純真，文章還沒有產生。到了伏羲統治天下時，纔開始繪畫八卦，創造文字，用來代替結繩記事的工作，因此文章就出現了。《周易》上說："觀察天體現象，以考察季節的變化；觀察人類社會變化，以教化天下百姓。" 文的意義來源就比較久遠了，至於說大輅是由椎輪做成的，但大輅還具有椎輪的樸實的形式嗎？厚冰由積水凝結而成，但水卻沒有厚冰的特質，為什麼呢？大概是因為大輅雖由椎輪造成卻更華麗，冰雖由水凝聚而成卻冰冷吧。事物既有這種情況，文章也一樣。它隨時代改變，但其具體情況就很難瞭解了。

現在嘗試來說一下：《毛詩序》說："詩有六義：一是風，二是賦，三是比，四是興，五是雅，六是頌。" 現在的詩歌，與古代不一樣。古代詩歌，現在全稱為賦。荀子、宋玉在前面開了頭，賈誼、司馬相如在後面繼續。從那時起，詩歌的源流的確很多。描寫都市的有張衡的《西京賦》、司馬相如的《上林賦》之類的作品，勸誡田獵遊樂的有揚雄的《長楊賦》《羽獵賦》這樣的作品。像這樣記一件事，歌詠一個物體，描寫風雲草木、魚蟲禽獸的文章，推廣開來，難以計量。

楚國人屈原，對君王忠心且品德高潔，楚王雖然不能從諫如流，但屈原仍能進諫忠言，他的思想深邃而考慮周備，卻被流放湘南。忠貞正直的情意受到傷害，抑鬱深沉的情緒無處訴說。面對江水就產生了懷沙自盡的想法，在江邊行吟就現出憔悴的容顏。文人的作品，就從屈原開始了。

詩歌，表達人的情感志向，感情在心中萌動，就表現在言語上。《關雎》《麟趾》，端正初始的大道顯著。桑間濮水邊的音樂，是亡國音樂的象徵。所以詩歌的創作傳統，就明白顯著了。從漢代中期開始，詩歌的創作之路逐漸有了變化：韋孟有《在鄒》詩，李陵有《與蘇武詩》。四言詩和五言詩，開始有了區分。又詩歌字少的三言、字多的九言，各種形體的詩歌出現，並駕齊驅。頌，用來讚美品德和功業，褒獎成功。尹吉甫作《烝民》有"穆如清風"的句子，季札讚揚《頌》樂完美"到極點了"。抒發情感的是詩歌，情況就是如此；讚揚成功的是頌，情況又是那樣。再則箴文源於彌補缺漏，戒文源自糾正缺點，論辯文解析道理精深細微，銘文記敘事情清新圓潤，讚美有功業而終的人就隨之出現誄文，畫圖讚揚賢人就相應地出現贊文。再加上詔誥教令之類，表奏牋記等文，書誓符檄之文，吊祭悲哀等作品，答客難和七體這種文章，三言和八言等文章，篇辭引序，碑碣誌狀，各類文體紛紛出現，本源支流時時顯露。就像是陶、匏雖是不同的樂器，但都能奏出動聽的音樂；禮服上的花紋雖然不同，但都能讓人看得賞心悅目。作家們的種種情致，可以說是非常完備了。

我監國撫軍的閒暇，平時也多餘閒。觀看歷代的文章，廣泛閱讀作品，心裏總有許多感想，長時間看書都忘記疲倦了。從周朝、漢代以來，年代久遠，歷經七朝，算起來超過上千年。文人才子，名聲在典籍中傳揚；墨跡文章，卷冊裝滿淺黃的書袋。如果不是刪掉那些糟粕，僅集錄精華，想要實現事半功倍的閱讀效果，多半是難的！至於周公的典籍，孔子的著作，與日月一樣高掛雲天，同鬼神一般玄奧，是孝敬的標準，是人倫的師友，哪裏需要重新修改，再次裁減呢？老子、莊子的文章，管子、孟子的作品，大概都是以提出思想主張作為宗旨的，而不把寫得有文采作為出發點，現在我進行編撰，也不把他們的作品收錄進來。像那些賢人的美好言論，忠臣剛強正直的話語，謀臣的謀略談吐，辯士的辯駁言論，這些言辭文章都像冰雪融化和泉水噴湧一樣流暢爽朗，聲名昭著音韻響亮如金玉相振。正所謂田巴在狙丘論辯，在稷下議論天下事，魯仲連駁斥辛垣衍而使秦軍撤退，酈食其遊說齊王田廣歸漢，張良設八難以駁立六國後人，陳平六出奇計助劉邦建立和鞏固漢王朝，這是當時的美事，這些言論也能夠千載流傳，全都可以在典籍中看到，也在子書和史書中出現。像這些言論和文章，又過於繁雜廣博，雖然也寫在竹簡上流傳了，但又與文學作品不同，所以現在也沒有把它們收進來。至於記載事件的歷史，編輯繫年的書籍，用來褒貶是非得失，紀錄異同，與文學作品相比，也已經不相同。但作品中的贊論綜合編次華麗的言辭，序述錯綜排列精彩的文辭，事情出於深刻的藝術構思，義理的表達借助精美的辭藻，所以把它們和文學作品放一起，摻雜收集。從遙遠的周代，一直到現在，收錄的作品總共有三十卷，稱作《文選》。

所有編次的文章的體裁，按文體分別彙編。詩和賦這兩種體裁不相同，又按類來區分。各類區分中，又分別以時代先後來編撰。

【解析】

《文選》也稱《昭明文選》，是我國現存最早的詩文總集，收錄了自周代至南朝梁代以前七八百年間130多位作者的詩文700餘篇。在蕭統之前，雖有杜預的《善文》、李充的《翰林論》、摯虞的《文章流別集》、劉義慶的《集林》，但均已亡佚。這部書，反映了蕭統對文學的一些看法。

首先，他對文體的分類更細緻。曹丕、陸機、摯虞等前代學者都對文學作品進行過分類，但總體上還比較粗疏。劉勰《文心雕龍》除總論中所論的經、緯、騷之外，文體論中還分別論及詩、樂府、賦、頌、贊、祝、盟、銘、箴、誄、碑、哀、吊、雜文、諧、隱、史傳、諸子、論、說、詔、策、檄、移、封禪、章、表、奏、啟、議、對、書、箋記33

類。而《文選》則分為騷、詩、賦、頌、贊、銘、箴、誄、碑文、哀、吊、史述贊、史論、論、設論、詔、策文、移、檄、表、奏記、啟、對問、書、箋、七、冊、令、教、上書、彈事、辭、序、符命、連珠、墓誌、行狀、祭文 38 類。二書的分類雖有相同重復之處，但《文選》的區分更為細緻，甚至一類之中還要細分，如"賦"類，分京都、郊祀、耕藉、畋獵、紀行、遊覽、宮殿、江海、物色、鳥獸、志、哀傷、論文、音樂、情 15 小類。雖不免煩瑣，卻體現了批評家對文體區分的自覺意識。

其次，錄文以"能文"為標準。所錄文章，以單篇文章為主，成部的經、史、子著作不割裂以入選。西晉以來，以經、史、子、集四部分類圖書之法逐漸確立。經部之書"與日月俱懸，鬼神爭奧，孝敬之准式，人倫之師友"，故不可以芟夷剪截；而子部之作"以立意為宗，不以能文為本"，故略而不錄；史部典籍繁博，故亦不取。所錄者，必以"事出於沈思，義歸乎翰藻"為準的，即事情需有深刻的構思，文辭也必有華麗的翰藻，兼顧思想內容和藝術形式，在文學批評思想上折中了復古和趨新兩派的思想。

陶淵明集序

蕭統。

夫自衒自媒者，士女之醜行；不忮不求者，明達之用心。是以聖人韜光，賢人遁世。其故何也？含德之至，莫踰於道；親己之切，無重於身。故道存而身安，道亡而身害。處百齡之內，居一世之中，倏忽比之白駒，寄遇謂之逆旅[1]，宜乎與大塊而盈虛[2]，隨中和而任放，豈能戚戚勞於憂畏，汲汲役於人間？

齊謳趙女之娛[3]，八珍九鼎之食[4]，結駟連騎之榮[5]，侈袂執圭之貴[6]，樂則樂矣，憂亦隨之。何倚伏之難量，亦慶弔之相及。智者賢人居之，甚履薄冰；愚夫貪士競之，若洩尾閭[7]。玉之在山，以見珍而終破；蘭之生谷，雖無人而自芳。故莊周垂釣於濠[8]，伯成躬耕於野[9]，或貨海東之藥草，或紡江南之落毛。譬彼鴛雛，豈競鳶鴟之肉[10]？猶斯雜縣，寧勞文仲之牲[11]？

至於子常、甯喜之倫[12]，蘇秦、衛鞅之匹[13]，死之而不疑，甘之而不悔。主父偃言：“生不五鼎食，死則五鼎烹。”[14]卒如其言，豈不痛哉！又楚子觀周，受折於孫滿[15]；霍侯驂乘，禍起於負芒[16]。饕餮之徒，其流甚眾。

唐堯，四海之主，而有汾陽之心[17]；子晉，天下之儲，而有洛濱之志[18]。輕之若脫屣，視之若鴻毛，而況於他人乎？是以至人達士，因以晦迹。或懷釐而謁帝，或披褐而負薪。鼓楫清潭，棄機漢曲[19]。情不在於眾事，寄眾事以忘情者也。

有疑陶淵明詩篇篇有酒。吾觀其意不在酒，亦寄酒為迹者也。其文章不群，辭彩精拔，跌宕昭彰，獨超眾類，抑揚爽朗，莫之與京，橫素波而傍流，干青雲而直上。語時事則指而可想，論懷抱則曠而且真。加以貞志不休，安道苦節，不以躬耕為恥，不以無財為病，自非大賢篤志，與道汙隆，孰能如此乎？

余愛嗜其文，不能釋手，尚想其德，恨不同時。故加搜校，粗為區目。白璧微瑕，惟在《閑情》一賦，揚雄所謂勸百而諷一者[20]，卒無諷諫，何足搖其筆端？惜哉！亡是可也。并粗點定其傳，編之於錄。

嘗謂：有能觀淵明之文者，馳競之情遣，鄙吝之意袪，貪夫可以廉，懦夫可以立，豈止仁義可蹈，抑乃爵祿可辭？不必傍游泰華，遠求柱史[21]，此亦有助於風教也。

《四部叢刊》本《箋注陶淵明集》

【注釋】

［1］逆旅：旅居，用以比喻人生匆邃短促。

［2］大塊：大自然。

［3］齊謳趙女：齊女善歌，趙女善舞。

［4］八珍：本指古代八種烹飪法，後指八種珍貴食品，如龍肝、鳳髓、豹胎、鯉尾、鴞炙、猩脣、熊掌、酥酪蟬。九鼎：用九個鼎烹煮食物，形容地位顯赫。

［5］結駟連騎：高車駿馬連接成隊，形容高貴顯赫。

［6］侈袂：廣袖，大袖。古代官服皆為大袖，故以“侈袂”指入仕。執圭：以手持圭。古代大夫始得執圭，因以指仕宦。

［7］尾閭：古代傳說中洩海水之處。

［8］“莊周”句：當是指莊子在濮水垂釣事。《莊子·秋水》載，楚王欲以國事累莊子，莊子乃以神龜死而藏於廟堂和生而曳尾塗中設喻，說明自己無意為官。

［9］“伯成”句：《莊子·天地》載，堯治天下時，伯成子高立為諸侯。後堯、舜、禹遞相禪讓，他認為德自此衰，故隱居耕種。

［10］“鴛雛”句：鴛雛即鵷雛，據《莊子·秋水》載，南方有鸞鳳之類的鵷雛鳥，飛往北海時，遇得腐鼠的鴟鴞，被鴟鴞誤以為搶其腐鼠而嚇之。

［11］“雜縣”句：亦名爰居，海鳥名。《國語》載，有海鳥曰爰居，止於魯東門外三日，臧文仲乃使國人祭之。

［12］子常：春秋時楚國令尹，因蔡昭侯、唐成公來朝楚，索美裘、佩玉與駿馬不得，留之三年，因此以貪婪聞名諸侯。甯喜：春秋時衛國人，助留齊的衛獻公殺殤公，後為獻公攻殺。

［13］蘇秦：戰國的策士，嘗佩六國相印。後燕將樂毅大舉破齊，蘇秦以反間罪被車裂而死。衛鞅：即商鞅，本是衛人而任秦左庶長，變法強秦，後為公子虔等誣害，被車裂。

［14］“主父偃”句：主父偃是漢武帝時人，他對衛皇后的尊立和燕王被廢均有大功。有人指責其太橫時，他曾說自己困厄太久，所以要“生不五鼎食，死即五鼎烹”。五鼎食指食用牛、羊、豕、魚、麋，五鼎

烹指用鼎鑊煮殺的酷刑。

[15]"楚子"句：楚莊王陳兵於周郊，周大夫王孫滿奉周王命前往勞軍。楚王問周鼎的大小輕重，王孫滿以"周德雖衰，天命未改，鼎之輕重，未可問也"相對，使楚軍退去。

[16]"霍侯"句：霍光是漢武帝的託孤大臣。昭帝初立而謁見高祖廟時，對陪乘的霍光很敬畏，"若有芒刺在背"。

[17]"唐堯"句：《莊子·秋水》載，堯治平天下後，於是往藐姑射之山見王倪、齧缺、被衣、許由四人，但到汾水之北時，悵然若失而歸。

[18]"子晉"句：子晉指周靈王的太子晉，亦稱王子喬。相傳好吹笙作鳳凰鳴，遊伊洛間，後被道士浮丘公接上嵩高山而為仙。

[19]棄機漢曲：棄機指放下機巧功利之心。漢曲指漢陰。《莊子·天地》載，子貢經過漢陰時，勸老人用機械汲水灌圃，但老人說："有機械者必有機事，有機事者必有機心。"即用機械必會有巧詐之心。

[20]勸百而諷一：揚雄認為司馬相如之賦是"靡麗之賦，勸百而風一"，即雖意在諷諫，但終因奢靡之辭多而掩其意。後以"勸百諷一"指文章意在使人警戒，但結果卻適得其反。

[21]柱史：即柱下史，指老子，因老子曾為周柱下史。

【譯文】

炫耀自己推銷自己，這是青年男女的庸俗行為；沒有妒忌沒有貪求，這是高明通達者的心理取向。所以聖人隱藏光芒，賢人避世隱居。什麼原因呢？道德完善的最高境界，是不超越道德的規範；愛惜自己的最深表現，是沒有東西凌駕於身體之上。所以有道德則身體無損，無道德則身體受害。活了一百歲，過了一輩子，時間流逝就像白駒過隙般迅捷，暫時的居住稱為旅居，所以人就應該跟自然的興衰變化同步，依據內心的情感而任情放縱，怎麼能心心念念執著於憂愁畏懼，在人世間苦苦地追尋呢？

齊趙美女歌舞的娛樂，各種珍貴美味的飲食，豪華氣派的車馬的榮耀，穿錦衣執玉器的尊貴，快樂倒是快樂了，但憂愁也隨之而來。禍福相依的情形難以預料，而慶賀和哀悼的現象往往相隨。聰明賢聖的人遇到這種狀況，比走在薄冰上還要謹慎；愚蠢貪婪的人爭相追逐利益，就像傾洩的海水般兇猛。玉石在山中，因為是寶貝而最終被挖掘；蘭花生於深谷，即使無人欣賞而仍然有芳香。所以莊子在濠水上釣魚，伯成在田野中耕作，有的人以海東的藥草來售賣，有的人用江南的鳥毛來紡織。

就像鵷雛鳥一樣，哪會搶奪鴟鴞的腐肉呢？好比鷦鷯鳥一般，怎能煩勞臧文仲的祭祀？

至於子常、窅喜等人，蘇秦、衛鞅之輩，他們死於名利而不遲疑，沉迷名利而不後悔。主父偃說：「生時不能獲得五鼎飲食的尊貴，死時也要爭取五鼎烹死的規格。」最後真像他所說的，豈不讓人痛心啊？再者楚王問周鼎大小，被王孫滿折辱；霍光陪乘皇帝，災禍就源於他給皇帝背負芒刺的感覺。貪婪的人，流弊很多。

堯帝，是天下的君主，卻有汾陽隱居的心思；王子晉，是國家的儲君，而有洛水修道的志向。他們輕視君位如脫鞋一般隨意，對待尊貴像羽毛一樣輕賤，何況對待其他的東西呢？所以高明通達的人，因此而隱藏形跡。有的人懷抱美好的願望謁見皇帝，有的人穿着粗布衣服從事樵採的工作。在清潭中閒划小船，在漢水邊放下機心。他們的情趣不在日常事務中，祇是借日常之事來忘記庸俗的情感罷了。

有人懷疑陶淵明的詩歌每篇都寫酒。我看他的真實意圖並不在酒，不過是借酒來寄託情趣罷了。他的文意卓爾不群，文辭精彩挺拔，情感跌宕鮮明，超出他人，抑揚爽朗，無人能比，像白色波浪橫截江面，如豪情壯志直衝雲霄。評論時事則有針對性且引人深思，抒發感情則放曠遠大且率直真摯。再加上意志堅貞努力不懈，安貧樂道堅守節操，不以親自勞作為恥辱，不因貧困無財而苦惱，如果不是偉大的聖賢之人意志堅定，不與世俗同流合污，誰能達到這種境界啊？

我喜愛他的文章，拿起來就放不下手，推崇仰慕他的品德，遺憾不能跟他生活在同一個時代。所以搜集並考校他的作品，簡單地做了區分整理。就像白璧上有小瑕疵一樣，他的作品的不足就是他的《閑情賦》，揚雄說作賦的目的是警誡但實際卻變成鼓勵，文章最後沒有諷諫，那怎麼值得動筆為文呢？可惜啊！即使不寫這篇賦也是可以的。我粗略地寫成他的傳記，並且編錄在這個集子裏。

我曾說：有能閱讀陶淵明的文章的人，他追逐名利的思想就會消退，粗鄙庸吝的情意就會祛除，貪婪的可以變廉潔，懦弱的能夠變堅強，豈止是作為仁義來遵循，或者因此而捨弃爵位俸祿呢？不必去閒遊泰山和華山，也不用向遙遠的老子學習成仙之術，陶淵明的作品也是有助於教化的了。

【解析】

陶淵明的詩歌在東晉時期是非常特別的，與當時寫作玄言詩和講究藻采的詩風不同。他寫田園生活，又以質直自然的詩風為主，不刻意追求字句的工巧而自然婉愜，不尚用事而自然有別於詩壇的審美追求。且其人出身寒庶，位卑人微，仕宦失意，終至躬耕田園。其創作旨趣大異當時，故當時學者少有評論者。沈約和蕭子顯論晉宋以來的詩人，不言陶淵明；鍾嶸見識卓著，將陶淵明詩置於中品，在當時已是極高；劉勰因其自晉入宋，所以棄而不論。

蕭統愛好文學，編撰《文選》。門下聚集了一大批文學之士以評騭古今文學，其中就有文學批評理論水平極高的劉勰。可以說，蕭統是"操千曲而後曉聲，觀千劍而後識器"的高明學者，而他對陶淵明卻推崇備至。他指出仕隱都是各適己分的，以此讚美陶淵明的高潔人格。認為人生短暫，士人可以安道存身，與自然盈虛，不必汲汲役於人間。又認為陶淵明是智者賢士，"貞志不休，安道苦節，不以躬耕為恥，不以無財為病"，"寄衆事以忘情"。

有人品則自有文品，所以蕭統對陶淵明的文學給予高度的評價。限於編撰的體例，蕭統在《文選》中祇錄陶詩八首，卻單獨給陶淵明編集作序，指出他的詩歌是借酒寄情，"文章不群，辭彩精拔，跌宕昭彰，獨超衆類，抑揚爽朗"。雖然還是從教化的角度認為陶淵明的作品可以使讀者"馳競之情遣，鄙吝之意祛，貪夫可以廉，懦夫可以立"，但能在士庶之隔如天壤的南朝，對陶淵明的稱揚如是，蕭統的眼光確乎迥異於當時的批評家了。

當然，蕭統的政教功利的觀念也影響了他對陶淵明的《閑情賦》的客觀評價。《閑情賦》是陶淵明作品中風格和內容都非常獨特的一篇。在賦中寫作者對絕色佳人的思慕，連續用十個假設來幻想與她日夜相處，但終究願望落空。全文情思哀怨，辭藻華麗，變化自然，別具一格。但蕭統以為無諷諫，無益世教，所以認為"亡是可也"，這就不是從文學本身的藝術水平的高低來論文了。

與湘東王書

蕭綱（503—551）：字世纘，南朝梁武帝第三子，南蘭陵人。武帝天監五年（506），封晉安王。中大通三年（531），昭明太子蕭統卒，繼立為皇太子。侯景攻破建康時，即位，為梁簡文帝。太清二年（551），為侯景所殺。幼好詩文，為太子時，與徐摛、庾肩吾等創作宮體詩，以輕豔的文辭描述宮廷生活。後人輯有《梁簡文帝集》。

吾輩亦無所遊賞，止事披閱，性既好文，時復短詠。雖是庸音，不能閣筆，有慚伎癢，更同故態。比見京師文體，懦鈍殊常[1]，競學浮疎，爭為闡緩[2]。玄冬脩夜，思所不得，既殊比興，正背《風》《騷》。若夫六典三禮[3]，所施則有地；吉凶嘉賓[4]，用之則有所。未聞吟詠情性，反擬《內則》之篇[5]；操筆寫志，更摹《酒誥》之作[6]；遲遲春日，翻學《歸藏》[7]；湛湛江水，遂同《大傳》[8]。

吾既拙於為文，不敢輕有掎摭[9]。但以當世之作，歷方古之才人，遠則揚、馬、曹、王，近則潘、陸、顏、謝，而觀其遣辭用心，了不相似。若以今文為是，則古文為非；若昔賢可稱，則今體宜棄。俱為盍各[10]，則未之敢許。又時有效謝康樂、裴鴻臚文者，亦頗有惑焉。何者？謝客吐言天拔，出於自然，時有不拘，是其糟粕；裴氏乃是良史之才，了無篇什之美。是為學謝則不屆其精華，但得其冗長；師裴則蔑絕其所長，惟得其所短。謝故巧不可階，裴亦質不宜慕。故胸馳臆斷之侶，好名忘實之類，方分肉於仁獸，逴卻克於邯鄲[11]，入鮑忘臭，效尤致禍。決羽謝生，豈三千之可及；伏膺裴氏，懼兩唐之不傳[12]。故玉徽金銑[13]，反為拙目所嗤；《巴人》《下里》，更合郢中之聽。《陽春》高而不和，妙聲絕而不尋，竟不精討錙銖，覈量文質，有異巧心，終愧妍手。是以握瑜懷玉之士，瞻鄭邦而知退[14]；章甫翠履之人，望閩鄉而歎息[15]。詩既若此，筆又如之。徒以煙墨不言，受其驅染；紙札無情，任其搖襞。甚矣哉，文之橫流[16]，一至於此！

至如近世謝朓、沈約之詩，任昉、陸倕之筆[17]，斯實文章之冠冕，述作之楷模，張士簡之賦[18]，周升逸之辯[19]，亦成佳手，難可復遇。文章未墜，必有英絕，領袖之者，非弟而誰？每欲論之，無可與語，思吾

165

子建，一共商搉。辯茲清濁，使如涇渭；論茲月旦，類彼汝南[20]。朱丹既定，雌黄有别，使夫懷鼠知慚[21]，濫竽自恥。譬斯袁紹，畏見子將[22]；同彼盗牛，遥羞王烈[23]。相思不見，我勞如何。

中華書局點校本《梁書》

【注釋】

[1] 懦鈍：庸弱無骨力。

[2] 闡緩：寬舒和緩。

[3] 六典：古代治國的六法，即治典、教典、禮典、政典、刑典、事典。治典經邦國，教典安邦國，禮典和邦國，政典平邦國，刑典詰邦國，事典富邦國。三禮：古代祭天、地、宗廟之禮。

[4] 吉凶嘉賓：古代的五種禮制中的四種，五禮指吉禮、凶禮、軍禮、賓禮、嘉禮。吉禮敬鬼神，凶禮哀邦國，軍禮誅不虔，賓禮親賓客，嘉禮合姻好。

[5]《内則》：《禮記》篇名，敘寫婦女在家庭内必須遵守的規範和準則。

[6]《酒誥》：《尚書》的篇名，是一篇禁酒令。

[7]《歸藏》：三《易》之一，相傳為黄帝所作。

[8]《大傳》：漢初伏勝所著《尚書大傳》的簡稱。

[9] 掎摭：指摘。

[10] 盍各：孔子與顔淵、季路在一起時，要求他們"盍各言爾志"。後以"盍各"指各抒其志，亦指志趣。

[11] 郤克：春秋時期晉國的正卿，執政時期，對内和睦衆卿，對外與楚周旋，使晉國走向復興。邯鄲本是衛地，後屬晉。

[12] 兩唐：漢人唐林和唐尊，二人均仕王莽，封侯貴重。

[13] 玉徽：玉製的琴徽，也是琴的美稱。金銑：金中之上品。

[14] "握瑜"句：產生於鄭國地區的民間音樂，一直被認為是淫靡放蕩的音樂。所以高明的士人看到鄭國就避開。

[15] "章甫"句：閩越之民斷髮文身，不戴帽穿鞋，所以賣帽賣鞋的人感到無可奈何。

[16] 横流：災禍。

[17] 筆：六朝時期分文章為文、筆兩大類，有韻者為文，無韻者為筆。

[18] 張士簡：張率，字士簡。南朝梁文學家。

[19] 周升逸：周舍，字升逸。南朝梁文學家。

　　[20]“月旦”句：東漢時，汝南名士許劭與兄許靖喜好品評人物，每月換一議題以評定人物的優劣等級，在汝南形成月旦評的風氣。

　　[21] 懷鼠：鄭人以未琢之玉為璞，周人以未臘之鼠為樸。周人曾以樸賣給鄭人，鄭人發現是鼠，所以不買。後以“懷鼠”喻以假充真。

　　[22]“袁紹”句：許劭，字子將，有賢名於汝南郡，與袁紹同郡。袁紹外出作官，衣錦還鄉，將入汝南郡時，遣散隨從，說自己不能以車服之盛愧對賢士。

　　[23]“盜牛”句：王烈，字彥方，以義行著於鄉里。因其多以義行激勵士民，使人改過。所以盜牛者心中有愧，不願王烈知其名。

【譯文】

　　我也沒有什麼遊玩賞樂的愛好，就是喜愛閱讀，生性喜歡文學，也時時創作詩歌。雖然所作平庸，但不能停止寫作，技癢難忍而創作出來的作品實在是心中有愧，但免不了故態復發。最近看到京城流傳的文章，氣勢非常庸弱無骨力，爭相學習浮淺粗疏的風格，爭相仿效寬舒和緩的寫法。寒冬長夜，思考沒有收穫，他們的創作既與比興的傳統不同，又違背《詩經》與《楚辭》的風格。至於治理國家的六典和三禮，施用有範圍；吉凶嘉賓這些禮儀，使用有處所。沒聽說過抒發情感，反而模擬《內則》的詩篇；敘寫志向，更要仿照《酒誥》的文章；描繪春天的美景，卻去學習《歸藏》；摹寫江山的壯麗，竟然抄襲《大傳》。

　　我既然不擅長寫文章，所以也不敢草率地批評別人的創作。但是拿現在的作品，與古代文人學士比較，遠的有揚雄、司馬相如、曹植、王粲，近的有潘岳、陸機、顏延之、謝靈運，來看他們的用辭構思，都和當世學人的做法不同。如果把現在的文章看作好的，那古人的作品就不值得稱揚；如果古人的文章可取，那麼現代人寫的文章就該丟棄。如果認為各有旨趣，那我就不敢贊同了。又偶爾有人仿效謝靈運和裴子野的詩文來創作，這讓我很疑惑。為什麼呢？謝靈運抒情言志超絕英挺，出於自然，偶爾有些地方板滯，那是他不足的地方；裴子野具有良史的才能，卻沒有詩文創作的天賦。學習謝靈運沒有學到他的精華，卻祇學到他的繁蕪冗長；學習裴子野的創作又屏絕裴氏的長處，而祇學到他的缺點。謝靈運的精巧難以超越，裴子野的質樸不宜羨慕。所以憑空臆測之流，喜好虛名的人，想從傳說中的麒麟身上分肉，欲使晉國的卻克在趙國的邯鄲恣意妄為，進入鮑魚市場又想忘記腥臭味，仿效壞的行為祇能招致禍害。奮力追趕謝靈運，又哪裏寫得出“三千廣於赤縣”這種句子；信服裴子野，卻擔心漢代唐林、唐尊這樣的名士不能寫成傳記。所以精美的玉琴和金品，反而被愚拙的人蔑視；粗俗的《巴人》《下里》，卻更適合郢城士民的審美。《陽春》之曲高雅而無人相和，精妙的音樂斷絕不能追尋，最後沒有精心研究作品的細微之處，分析文章的文辭和內容，與巧妙的心思大異其趣，最終有愧於高雅的文士。所以才華橫溢的人，看到鄭國就抽身而退；戴帽穿鞋的人，望見閩地就感慨而歎息。有韻的詩是這樣，無韻的筆也是如此。祇是因為松煙之墨不能說話，所以被文士隨意塗抹；紙張竹簡沒有人情，所以任由文人盡情書寫。嚴重啊，文學作品遇到的災難，竟然到了這種地步！

至於近代的謝朓、沈約的詩歌，任昉、陸倕的文章，確實是文學作品中的傑作，是創作的楷模，張士簡的賦作，周升逸的辯文，使他們成為這類作品中的高手，祇是再難遇到了。文學作品不衰落，必定會出現英才卓絕的文士，作為領袖者，除了弟弟你之外還有誰呢？我常常想評論文學，但是沒人可說，想到你是我們家的曹植，能夠一起討論。辨明文學的清濁得失，使文學如涇水渭水一樣清濁分明；批評文學的是非優劣，使作品如月旦評人一般高下立定。朱筆寫定作品的優劣，論定的意見雖有分別，但可以使那些以鼠為璞的人知道羞愧，讓那些濫竽充數的人感到恥辱。就像是袁紹，衣錦還鄉卻害怕被許劭見到；也如同偷牛者，被抓而害怕被王烈知道。思念卻見不到你，我的憂愁無法排遣。

【解析】

簡文帝蕭綱身為皇帝，雖於政治無甚業績，且個性優柔，但其為人尚較為正直謹嚴，潔身自好。《梁書·簡文帝本紀》載，他被侯景囚禁時，曾題字壁上曰："有梁正士蘭陵蕭世纘，立身行道，終始如一，風雨如晦，雞鳴不已，弗欺暗室，豈況三光？數至於此，命也如何！"又《誡當陽公大心書》誡子曰："立身之道，與文章異，立身先須謹重，文章且須放蕩。"在生活淫靡的南朝，國事飄搖的時代，他以帝王之尊立身行事如是，自然無益國家。但若自文士觀之，則他的所作所為似又有益於他對文學的創新思考。

他立身謹重，但為文主張放蕩。所謂放蕩，乃不受束縛之意。大約指作文時，應當馳騁想象，破舊立新之意。而他的文學活動亦確證其對此種文學觀念的堅持。史書謂其"七歲有詩癖，長而不倦"。又身邊聚集了一批文學侍從之士，如徐摛、徐陵、庾肩吾、庾信、張率、王規、劉孝儀、劉孝威等人，再加上元帝蕭繹等，分路揚鑣，描寫宮庭生活、描摹姬妾貴婦的容貌體態，創作令讀者怦然心動的豔情詩，如其名作《詠內人晝眠》《孌童》等，均"傷於輕豔，當時號曰'宮體'"。所寫內容雖有庸俗之失，但亦不失創新的嘗試。又令徐陵編撰《玉臺新詠》，以張大豔詩之體。

在這篇書信中，他比較了今古文的異同。今文是指最近見到的京師流行的文體，而古文則指遠之揚、馬、曹、王，近之潘、陸、顏、謝諸人之詩。從所舉二例看，古文當如謝靈運的寫作一般，主張吟詠情性之文，應當“吐言天拔，出於自然”。而據他當時的創作情況可知，其所謂自然，大概就是要寫得放蕩，要寫宮廷生活，描寫豔妓貴婦的容貌體態之作。而他不滿的今文，則如裴子野之作。裴子野是史家，而對詩歌的創作要求，則是遵循《詩經》的傳統，以“勸美懲惡”、教化為本，反對“棄指歸而無執”以及“淫文破典”。這些作品與蕭綱的論詩主旨相背，故被認為“了無篇什之美”。所以為文放蕩，至少從創作的觀念上就應該擺脫儒家詩教的束縛，不關勸懲，不涉教化。

他又認為“謝朓、沈約之詩，任昉、陸倕之筆”，“實文章之冠冕”。實則是對永明體詩歌講究聲律用韻、駢偶對仗、用事煉字、篇幅短小、意境優美等技巧的認同。蕭綱的時代，是永明體詩歌創作方興之時，謝朓諸人在藝術技巧上的嘗試，其中雖有失誤拘執之處，卻是對中國詩歌寫作技巧的創新嘗試。蕭綱主張作詩放蕩，內容方面自然要把眼光從宋齊以來形成的山水、玄言，轉向宮廷美女，而寫作技巧方面則是繼續探索永明體詩歌創作經驗的得失，以推動詩歌藝術技巧的完美。

金樓子·立言（節錄）

蕭繹（508—554）：字世誠，南朝梁武帝第七子，南蘭陵人。武帝天監十三年（514），封湘東王。命王僧辯平侯景，即位於江陵。承聖三年（554），西魏軍來攻，仍講《老子》，賦詩不輟，乃為魏人所殺。幼盲一目，工書善畫，好讀書，藏書十四萬卷，城破時自行焚毀。所作詩賦輕豔綺麗，與兄綱同倡宮體詩。今存《金樓子》及後人所輯《梁元帝集》。

古之學者為己，今之學者為人。學而優則仕[1]，仕而優則學，古人之風也。修天爵以取人爵[2]，獲人爵而棄天爵，末俗之風也[3]。古人之風，夫子所以昌言；末俗之風，孟子所以扼腕。古人之學者有二，今人之學者有四。夫子門徒，轉相師受，通聖人之經者，謂之儒；屈原宋玉枚乘長卿之徒，止於辭賦，則謂之文。今之儒，博窮子史，但能識其事，不能通其理者，謂之學。至如不便為詩如閻纂[4]，善為章奏如伯松[5]，若此之流，汎謂之筆。吟詠風謠，流連哀思者，謂之文。而學者率多不便屬辭，守其章句，遲於通變，質於心用。學者不能定禮樂之是非，辯經教之宗旨[6]，徒能揚榷前言，抵掌多識。然而挹源知流，亦足可貴。筆退則非謂成篇，進則不云取義，神其巧惠，筆端而已。至如文者，惟須綺縠紛披[7]，宮徵靡曼[8]，脣吻遒會[9]，情靈搖盪。而古之文筆，今之文筆，其源又異。至如《彖》《繫》《風》《雅》，名、墨、農、刑，虎炳豹郁，彬彬君子。卜談四始[10]，劉①言《七略》[11]，源流已詳，今亦置而弗辨。潘安仁清綺若是，而評者止稱情切，故知為文之難也。曹子建、陸士衡，皆文士也，觀其辭致側密[12]，事語堅明[13]，意匠有序[14]，遺言無失，雖不以儒者命家，此亦悉通其義也。遍觀文士，略盡知之。至於謝玄暉[15]，始見貧小，然而天才命世，過足以補尤[16]。任彥升甲部闕如[17]，才長筆翰，善輯流略，遂有龍門之名[18]，斯亦一時之盛。夫今之俗，搢紳稚齒，閭巷小生，學以浮動為貴，用百家則多尚輕側[19]，涉經記則不通大旨。苟取成章，貴在悅目；龍首豕足[20]，隨時之義；牛頭

---

① 原作"李"，據《金樓子疏證校注》校改。

馬髀[21]，彊相附會。事等張君之瓠①，徒觀外澤[22]；亦如南陽之里，難就窮檢矣[23]。射魚指天，事徒勤而靡獲；適郢首燕，馬雖良而不到。夫挹酌道德，憲章前言者，君子所以行也。是故言顧行，行顧言，原憲云："無財謂之貧，學道不行謂之病[24]。"末俗學徒，頗或異此。或假茲以為伎術，或狎之以為戲笑。若謂為伎術者，犁軒眩②人[25]，皆伎術也。若以為戲笑者，少府鬬猴③[26]，皆戲笑也。未聞彊學自立，和樂慎禮，若此者也。口談忠孝，色方在於過鴻[27]；形服儒衣，心不則於德義。既彌乖於本行，實有長於澆風[28]。一失其源，則其流已遠，與其不隕獲於貧賤、不充詘於富貴、不愳④君王、不累長上、不閡⑤有司者[29]，何其相反之甚！

知不足齋本《金樓子》

【注釋】

[1] 優：有餘力。

[2] 天爵：天然的爵位，指高尚的道德修養。因德高則受人尊敬，勝於有爵位，故稱。人爵：爵祿，指人所授予的爵位。

[3] 末俗：世俗。

[4] 閻纂：疑是閻纘，西晉學者。

[5] 伯松：張竦的字，西漢人。王莽居攝時，上奏頌而封淑德侯，當時長安語曰："欲求封過張伯松，力戰鬬不如巧為奏。"

[6] 經教：經指五經，教指儒教。

[7] 綺縠：精美的絲織品，此指辭藻。紛披：形容文采繁富。

[8] 靡曼：指音節悠揚動聽。

[9] 遒會：協調。

[10] 卜：卜商，即子夏，相傳他作《毛詩序》。

[11] 劉：劉歆，西漢學者。在其父《別錄》的基礎上撰《七略》，整理古書。

[12] 側密：綺麗綿密。

[13] 堅明：明確。

[14] 意匠：作文、繪畫、設計等事的精心構思。

---

① 原作"弧"，據《金樓子疏證校注》校改。
② 原作"眩"，據《金樓子疏證校注》校改。
③ 原作"獲"，據《金樓子疏證校注》校改。
④ 原作"畏"，據《金樓子疏證校注》校改。
⑤ 原作"聞"，據《金樓子疏證校注》校改。

〔15〕謝玄暉：謝朓，字玄暉，南朝齊詩人。

〔16〕過足：十分滿足。

〔17〕甲部：古代書籍四部分類法之一。晉荀勗以六藝、小學為甲部。李充略加調整，以五經為甲部，隋唐以來沿用不改。闕如：存疑不言，空缺不寫。

〔18〕龍門：指衆望所歸。

〔19〕輕側：輕靡險怪。

〔20〕龍首豕足：牛頭不對馬嘴，指對書義的解釋與原旨相去甚遠，風馬牛不相及。

〔21〕牛頭馬髀：也指牛頭不對馬嘴。

〔22〕"張君"句：三國蜀人張裔任益州太守時，雍闔說他如瓠壺，外表光澤而内空虛。

〔23〕"南陽"句：東漢光武帝時，下令檢核各州郡中違法之事，但郡史多不敢徹查河南和南陽郡事，因為河南洛陽是帝城，多近臣；南陽是帝鄉，多近親。

〔24〕"原憲"句：原憲，字子思。孔子的學生，安貧樂道。子貢乘大馬軒車去看望原憲，嘲笑原憲病。原憲說自己是無錢之貧而不是學道不能施展的病。

〔25〕犁軒：古羅馬帝國。眩人：魔術師。

〔26〕少府鬪猴：西漢時，長信少府檀長卿曾裝扮成猴子與狗相鬪，引衆人大笑。

〔27〕"色方"句：有兩人學棋，一人專心學習，一人雖聽講，但心思卻設想有鴻鴈飛過而拿弓來射。

〔28〕澆風：浮薄的社會風氣。

〔29〕隕獲：困迫失志。充詘：得意忘形。

【譯文】

古代人學習是為了提高自己，現代人學習是為了取悦別人。學習而有多餘的精力就入仕，為官有餘力就學習，這是古人的風範。修積天爵來取得人爵，獲得人爵就放棄天爵，這是世俗的風氣。古人的風範，孔子因此提倡；世俗的風氣，孟子因之歎息。古代的學者有兩種，現在的學者有四種。孔子的弟子，輾轉傳授老師的學問，精通聖人經典，稱為儒士；屈原、宋玉、枚乘、司馬相如等人，祇擅長辭賦創作，稱為文士。現在的儒士窮究諸子及史學，祇知道子史的故事，不能通曉其中的道理，稱為學士。至於不精作詩如閭繢，擅長寫章奏如張竦，像這些文章，都稱為筆，抒發風土民情的詩歌，關注情思的作品稱為文。但學者大多不擅長創作詩文，僅能墨守五經章句，不能融會變通，拙於思考。這些學者不能論定禮樂的是非得失，辨別五經的宗旨，衹能約略陳述前人的舊說，擊掌而談廣博的見聞。不過他們能夠梳理源流，也值得稱道。筆類文章下比於抒情之文則難有文學價值，上比於經史之作則無可取之義理，雖然表現了他們的智慧，但注意到的僅是語言技巧罷了。至於詩文這類文學作品，必須辭藻繁富，曲調悠揚，語言精煉，感情飽滿。而古代的文筆，現在的文筆，它們的源頭也不同。至於像《周易》的《象辭》《繫辭》和《詩經》的《風》《雅》，名家、墨家、農家、法家的文章，文采如虎豹之紋般彪炳盛美，文質兼備。卜商所論的四始，劉歆所作的《七略》，辨析源流已詳細，現在也放下不討論。潘岳語言清新綺麗，但批評者僅稱許他抒情深切，所以明白創作詩文是艱難的。曹植、陸機，都是文學之士，看他們的文辭情致綺麗綿密，敘事語言明確，構思井然，言論不錯，即使不能稱為儒士，但能窮究文學的奧妙。考察所有的文士，基本能看出這個情況。到了謝朓，纔開始出現貧弱狹隘，但他是當世天才，完全可以彌補他的不足。任昉在經部沒有記載，但他有寫作的才能，擅長編輯前代典籍，所以享有盛名，這也是當時的一大盛事。現在的風氣，貴族少年，鄉間兒童，學習浮躁，借用百家事義則輕靡險怪，涉及經典傳記則不通大旨。如果寫成文章，衹求好看；龍頭豬腳，取悅時勢；牛頭馬腿，強作附會。做法跟張裔被人比作瓠壺一樣，外表有光澤而內部虛空；也像南陽郡裏，難於窮盡檢核。向天射魚，白白努力做事卻沒有收獲；本去楚國卻從燕國出發，馬即使能跑也到不了。模仿高尚的道德，效法前人的言論，這是君子踐行的原因。所以言論要顧及行為，行為也要顧及言論，原憲說："沒有錢財稱為貧，學習道藝而不施展稱為病。"世俗的學者，與此頗為不同。有的借道藝作技術，有的狎玩道藝以作遊戲。當作技術的，是犁軒國的魔術師，都是技藝。當作遊戲的，是少府官員鬥猴子引人發笑，都是遊戲。沒聽說過勤勉學習而有所建樹，和睦安樂謹慎明禮的人，會像這樣的。嘴裏談論忠孝的道理，心思卻放在飛過的鴻鴈上；身上穿着儒士的衣服，心中卻不遵守道德仁義。不僅嚴重地違背立身之本的德行，而且助長了浮薄的社會風氣。一旦失掉了本源，那支流就會相距很遠，與那些在困迫中仍能不喪失志氣，雖得富貴而不歡喜失節，不因君王的恩辱而違道，不因長上的累繫而失志，不因當權者的困病而失常的人相比，反差多麼大啊！

【解析】

南朝時，人們以文和筆來對文體進行籠統的區分。如《南史·顏延之傳》載："帝（宋文帝）嘗問以諸子才能，延之曰：'竣得臣筆，測得臣文。'"鍾嶸《詩品》曰："彥升少年為詩不工，故世稱沈詩任筆，昉深恨之。"所以劉勰在《文心雕龍》中總結說："今之常言，有文有筆，以為無韻者筆也，有韻者文也。"以有韻無韻作為區分文筆的標準，是從文學作品的外在形式來確定的，也是比較粗略的。

蕭繹從文學的本質來區分文學與文章。他認為"古人之學者有二，今人之學者有四"，也就是文學與文章的具體表現，古有二，今有四。古分文章與文學，前者屬於學術文章，後者是寫性情的文學作品。今分四類，是從文章中析出儒與學，從文學中分出文與筆。儒能揚榷前言但不能論定禮樂是非，學能識子史之事但不能通其理，此二者均屬學術。不便為詩者以及善為章奏者均為筆，而文則需"吟詠風謠，流連哀思"，也就是需如民歌一般，寫人的喜怒哀樂之情。且"須綺縠紛披，宮徵靡曼，脣吻遒會，情靈搖盪"，即在藝術形式上還要重視辭藻華麗、曲調悠揚、語言精煉、感情飽滿。對文學作品的要求，兼顧了文學的本質特徵和形式技巧。

當然，因蕭繹與其兄蕭綱一樣提倡和鼓勵宮體詩的創作，所以他所說的文學的情思，也指"文章且須放蕩"的"放蕩"之情，即包括描寫宮廷生活、描摹姬妾貴婦的容貌體態的內容。

隋書·文學傳序

魏徵（580—643）：字玄成，唐館陶人。隋末隨李密起義。唐太宗即位，歷官太子太師等職，進封鄭國公。曾主持《隋書》等史書的編撰，《隋書》總序及《梁書》《齊書》《陳書》總論，皆出其手，時稱良史。

《易》曰："觀乎天文，以察時變，觀乎人文，以化成天下。"《傳》曰："言，身之文也，言而不文，行之不遠。"故堯曰"則天"，表文明之稱，周云盛德，著"煥乎"之美。然則文之為用，其大矣哉！上所以敷德教於下，下所以達情志於上，大則經緯天地，作訓垂範，次則風謠歌頌，匡主和民。或離讒放逐之臣，塗窮後門之士[1]，道轗軻而未遇，志鬱抑而不申，憤激委約之中[2]，飛文魏闕之下，奮迅泥滓，自致青雲，振沈溺於一朝，流風聲於千載，往往而有。是以凡百君子，莫不用心焉。

自漢、魏以來，迄乎晉、宋，其體屢變，前哲論之詳矣。暨永明、天監之際[3]，太和、天保之間[4]，洛陽、江左，文雅尤盛。於時作者，濟陽江淹、吳郡沈約、樂安任昉、濟陰溫子昇、河間邢子才、鉅鹿魏伯起等，並學窮書圃，思極人文，縟彩鬱於雲霞，逸響振於金石。英華秀發，波瀾浩蕩，筆有餘力，詞無竭源。方諸張、蔡、曹、王，亦各一時之選也。聞其風者，聲馳景慕，然彼此好尚，互有異同。江左宮商發越[5]，貴於清綺，河朔詞義貞剛，重乎氣質[6]。氣質則理勝其詞，清綺則文過其意，理深者便於時用，文華者宜於詠歌，此其南北詞人得失之大較也。若能掇彼清音，簡茲累句，各去所短，合其兩長，則文質斌斌，盡善盡美矣。梁自大同之後[7]，雅道淪缺，漸乖典則，爭馳新巧。簡文、湘東，啟其淫放，徐陵、庾信[8]，分路揚鑣。其意淺而繁，其文匿而彩，詞尚輕險，情多哀思。格以延陵之聽[9]，蓋亦亡國之音乎！周氏吞併梁、荊，此風扇於關右，狂簡斐然成俗[10]，流宕忘反，無所取裁。

高祖初統萬機，每念斲彫為樸，發號施令，咸去浮華。然時俗詞藻，猶多淫麗，故憲臺執法，屢飛霜簡[11]。煬帝初習藝文，有非輕側之論，暨乎即位，一變其風。其《與越公書》《建東都詔》《冬至受朝詩》及《擬飲馬長城窟》，並存雅體，歸於典制。雖意在驕淫，而詞無浮蕩，故當時綴文之士，遂得依而取正焉。所謂能言者未必能行，蓋亦君子不以人廢言也。

爰自東帝歸秦，逮乎青蓋入洛^[12]，四隩咸暨，九州攸同，江漢英靈，燕趙奇俊，並該天網之中，俱為大國之寶。言刈其楚，片善無遺，潤木圓流，不能十數，才之難也，不其然乎！時之文人，見稱當世，則范陽盧思道、安平李德林、河東薛道衡、趙郡李元操、鉅鹿魏澹、會稽虞世基、河東柳㑘、高陽許善心等，或鷹揚河朔，或獨步漢南，俱騁龍光^[13]，並驅雲路，各有本傳，論而敘之。其潘徽、萬壽之徒，或學優而不切，或才高而無貴仕，其位可得而卑，其名不可埋沒。今總之於此，為《文學傳》云。

中華書局點校本《隋書》

【注釋】

[1] 後門：寒微的門第。

[2] 委約：疲病窮困。

[3] 永明：南朝齊武帝的年號（483—493）。天監：南朝梁武帝的年號（502—519）。

[4] 太和：北魏孝文帝元宏的年號（477—499）。天保：北齊文宣帝高洋的年號（550—559）。

[5] 發越：激揚。

[6] 氣質：詩文清峻慷慨的風格。

[7] 大同：南朝梁武帝的年號（535—546）。

[8] 徐陵：南朝陳代文學家，其詩文辭藻綺麗，與庾信齊名。庾信：本是南朝梁代宮體詩人，後入北周，文風大變。

[9] 延陵之聽：春秋吳國公子季札曾出訪魯國，觀周樂，聞《鄭》歌而知鄭國先亡。

[10] 狂簡：志向高遠而處事疏闊。

[11] 霜簡：古代御史彈劾大臣的奏章。

[12] 青蓋：青色的車蓋，借指帝王。

[13] 龍光：才華。

【譯文】

《周易》說："觀察天體現象，以考察季節的變化；觀察人類社會變化，以教化天下百姓。"《傳》說："語言，是身體的表徵，語言沒有文采，流傳就不會遠。"所以稱堯"效法上天"，這是文化昌明的表現，周稱品德高尚，顯示"光鮮明麗"的美好。這樣看文學的作用，就是非常大的了！在上者可以用來對在下者宣揚道德的教化，在下者能夠借此向在上者表達情感志向，大的方面可以治理天下，作為法則規範，其次可以歌唱吟誦，匡正君上和洽百姓。或遭受讒言被放逐的大臣，走投無路門第寒微的文士，仕途失意而未逢知遇，情志憂鬱壓抑而無所表達，身陷憤懣激動疲病貧困之中，揮筆成文而獻於朝廷，從卑賤中振奮崛起，因此取得高官厚爵，一下子就從沉淪陷溺中振起，聲名流傳於千年之後，這種情況都經常出現。因此所有的君子，無不重視文學的創作。

從漢、魏以來，一直到晉、宋，文學體裁屢屢發生變化，前代的學者對此問題的討論已經很詳細了。到了南朝齊武帝永明、梁武帝天監之時，北魏孝文帝太和、北齊文宣帝天保之間，北朝、南朝，文學雅事尤其興盛。當時的文學家，濟陽江淹、吳郡沈約、樂安任昉、濟陰溫子昇、河間邢邵、鉅鹿魏收等人，讀盡古今典籍，思考無所不包，繁縟的辭采映耀雲霞，雄渾奔放的音節震動金石。他們的作品如華飾璀璨煥發，如波濤浩闊激蕩，文筆豐富，文辭無窮。與張衡、蔡邕、曹植、王粲相比，也都是各自時代的傑出文士。聽聞他們風範的人，心神仰慕，但彼此喜好，各有異同。南朝文學音韻激揚，推崇清新綺麗，北朝文學文辭義理貞純剛健，推重清峻質樸。文風清峻質樸所以義理勝於文辭，清新綺麗所以文辭掩蓋文意，義理精深的有利於世用，文辭華麗的適合歌唱，這是南北朝詩人創作得失的大體情況。如果能夠吸取雙方的清新風格，捨弃那些繁縟辭句，各自捨去不足，融合兩者的長處，那文學作品就能做到文采飛揚而義理精深，形式與內容相得益彰了。梁朝從武帝大同年間以後，詩歌雅正的傳統喪失，逐漸背離典正的詩文法則，競相追求新奇精巧。簡文帝蕭綱、湘東王蕭繹，開啟了這種淫豔放蕩的詩風，徐陵、庾信，在文壇獨樹一幟。他們的作品情意膚淺而文辭繁富，文意隱晦而重視雕采，文辭講究輕靡奇險，情意充滿哀怨。所以用延陵季札所聽音樂的標準來衡量的話，大概也是亡國的聲音吧！北周吞併梁和荊之後，這種文風傳播到北方，重視文采而輕忽內容的寫法成為風氣，文士隨心肆意而不知回歸正途，作品也就無甚可取了。

隋文帝剛剛統理天下大事，常常想消除華麗的文風而以質樸為主，發佈命令，要求全部捨去浮虛奢華的文風。但當時的文學作品，仍比較講究淫放豔麗的文辭，所以官府和執法部門，屢次上奏彈劾的奏章。隋煬帝初學文學藝術時，有否定輕靡險怪的主張，他即位之後，一舉改變這種淫靡的文風。他的《與越公書》《建東都詔》《冬至受朝詩》以及《擬飲馬長城窟》等作品，都具有雅正的風格，回歸到典雅純正的體制中來了。這些作品的文意雖然驕縱奔放，但文辭沒有浮虛放蕩，所以當時創作文學的文士，都能有所依傍而用作典範。這就是常說的能說不一定能踐行，大概也就是君子不因其人之不好而不聽取其正確的言論之意吧。

從戰國時齊湣王歸降秦國，到了隋煬帝入主洛陽，四方歸順，天下一統，江漢地區的英才俊士，燕趙北國的奇人豪傑，全被朝廷網羅，成為國家的珍寶。選拔人才，有善即取，樹木滋潤水流溢滿，不能以十來計量，人才難得，不是這樣嗎！當時的文士，揚名當世的，就有范陽盧思道、安平李德林、河東薛道衡、趙郡李元操、鉅鹿魏澹、會稽虞世基、河東柳䛒、高陽許善心等人，或者在河朔大展雄風，或者在漢南獨步天下，都能馳騁非凡的文采，並駕齊驅於仕途，他們各自都有傳記，來評論和敘述他們的業績。至於潘徽和孫萬壽這些人，或者是學業精深但不切合時勢，或者是才華橫溢卻沒有顯貴的官位，他們的地位雖然卑下，而名聲卻不可湮沒无闻。現在都編撰在此，作《文學傳》。

【解析】

唐代是我國文學繼先秦兩漢之後又一個繁榮昌盛的時代。而其繁榮的背後，就是隋唐之初，上至君臣，下至普通文士，對南北朝文風的繼承與改革。魏徵作為朝廷重臣，主持史書的編撰，在史書中設有文學家專傳或合傳，並據此發表對文學的看法。他對南北朝文學的反思，代表了初唐統治者的文學審美要求，約而言之，大體有以下幾方面：

首先是強調文需有用。認為文學作品必須有益世教，治理國家，匡正統治者的得失以及和洽百姓，即"上所以敷德教於下，下所以達情志於上，大則經緯天地，作訓垂範，次則風謠歌頌，匡主和民"。另外，指出文學作品是文士抒發情感志向的載體，更是他們借以改變自身困境的工具。詩文可以抒發文士政治失意、仕途坎坷的情感，即"離讒放逐之臣，塗窮後門之士"，宣洩其"道軻而未遇，志鬱抑而不申，憤激委約之中"的憂鬱之情。此外，隋唐開始實行科舉取士，而詩賦取士已逐漸成為國家選拔人才的方式之一。所以，文士能夠實現"飛文魏闕之下，奮迅泥滓，自致青雲，振沈溺於一朝，流風聲於千載"的願望。

其次努力糾正齊梁以來的宮體詩風。齊梁以來，蕭綱和蕭繹諸人創作女色豔情之作，即《隋書·經籍志》所謂"清辭巧製，止乎衽席之間；雕琢蔓藻，思極閨闈之內"，他們的創作，雖是以此求創新，但放蕩淫靡過度，爭馳新巧而漸乖典則。且蕭氏兄弟以及陳後主等均以人君之尊，作此靡靡之音，且亡其國，所以被魏徵等史家批評，目之為"亡國之音"。

最後是客觀評價南北文學的優長，主張取長補短。南朝雖有宮體詩這種浮豔的文學，但南朝文學自永明以來追求聲律諧美，音韻鏗鏘，風格清麗，字句精煉，辭藻華麗，篇幅短小，均有可取之處。而北朝文學質直樸實，氣骨剛健，義理精深，亦是別有可觀。"若能掇彼清音，簡茲累句，各去所短，合其兩長，則文質斌斌，盡善盡美矣。"理論家的主張如此，而作家也能自覺地吸取南北文學的優點，去其糟粕，使唐代文學走回文學發展的正確道路，最終形成文學史上的盛唐氣象。

修竹篇序

陳子昂（661—702）：字伯玉，唐梓州射洪人。少任俠，後折節讀書。曾上書論政，為武則天所賞，拜麟台正字，轉右拾遺。隨武攸宜出擊契丹，掌書記。以父老解職歸鄉，被人羅織罪名，冤死獄中。有《陳伯玉集》。

東方公足下[1]：文章道弊五百年矣！漢、魏風骨[2]，晉、宋莫傳，然而文獻有可徵者。僕嘗暇時觀齊、梁間詩，彩麗競繁，而興寄都絕，每以永歎。思古人常恐逶迤頹靡，風雅不作，以耿耿也。一昨於解三處見明公《詠孤桐篇》，骨氣端翔，音情頓挫，光英朗練，有金石聲。遂用洗心飾視，發揮幽鬱。不圖正始之音[3]，復覩於茲，可使建安作者相視而笑。解君云："張茂先、何敬祖，東方生與其比肩。"[4] 僕亦以為知言也，故感歎雅製，作《修竹詩》一篇，當有知音以傳示之。

《四部叢刊》本《陳伯玉文集》

【注釋】

[1] 東方公：東方虯，武則天時任左史。

[2] 漢、魏風骨：指漢魏之際曹操父子和建安七子等人詩文的剛健遒勁風格。

[3] 正始之音：魏齊王曹芳時期，社會黑暗，名士朝不慮夕。因此，以嵇康、阮籍為代表的詩人普遍出現危機感和幻滅感，他們的詩歌多寫個人憂憤失意。詩風由建安時期的慷慨悲壯變為詞旨淵永、寄託遙深。

[4] 張茂先、何敬祖：張華和何劭，西晉詩人。

【譯文】

東方公足下：文學傳統的衰落已經五百年了！漢、魏文學剛健悲壯的風格傳統，晉、宋兩代都沒能繼承下來，但流傳下來的文獻仍然有可以證明那種風格的。我閒暇時曾瀏覽齊、梁時期的詩歌，那些詩歌爭相追求豔麗的文采，但比興寄託都已缺失，我常常因此而長歎。思念古人，因而想到當今的文風，擔心其衰落頹靡，《詩經》的傳統都不能重興，因此心中耿耿不樂。昨天在解三處拜讀您的《詠孤桐篇》詩，風骨剛勁，氣勢飛動，音節抑揚頓挫，情感波瀾起伏，作品光彩明朗簡練，有敲擊金石般的聲響。於是心胸耳目為之開解，沉煩鬱悶之情為之蕩滌。沒想到正始時期的文學精神，又在這裏看到，可以使建安時期的作家會心而笑了。解君說："張華、何劭，東方生能與他們媲美了。"我也認為這是真知灼見，所以感歎您的大作，寫了一首《修竹詩》，應該會有知音來傳揚它的。

【解析】

從西晉至南朝陳時期，我國詩歌創作具有偏重形式而脫離現實的傾向。如西晉陸機諸人對藝術技巧的追求，東晉玄言詩、齊梁永明體新詩、梁陳宮體詩等。在內容上也頗有異於詩歌傳統題材之處，但當時詩人總體上更熱衷於探討詩歌的藝術技巧，游離了《詩三百》、漢樂府、建安風骨和正始之音關注社會現實的優良傳統。

南朝君臣大多偏安江南，聲色犬馬，生活淫靡，朝政昏亂，所以導致國祚短暫。這一時期的文學常常被隋唐的有識之士視為亡國之音，往往成為隋唐文學重建時的批評對象。

陳子昂的《修竹篇序》也是重振建安風骨和正始之音的宣言。他強調風骨與興寄並重，認為晉宋以後，詩風頹靡，所以主張學習漢魏詩歌的優良傳統。所謂風骨，即"骨氣端翔，音情頓挫，光英朗練，有金石聲"，作品給人剛健明朗之感，通過鏗鏘的音調傳遞情感起伏的節奏。而所謂興寄，是指作品中寄託詩人深沉充實的感慨，也就是要求作品反映現實生活，關心社會弊病，展現詩人的懷抱志向。風骨是對詩歌藝術風格的要求，興寄則是對作品內容的期待。

戲為六絕句

　　杜甫（712—770）：字子美，自稱杜陵布衣，又稱少陵野老，唐河南鞏縣人。初舉進士不第，困居長安近十年。肅宗時，拜左拾遺。後移家成都，依節度使嚴武，為檢校工部員外郎，故世稱"杜工部"。後病卒於湘江舟中。工詩，與李白齊名，並稱李杜，後人又稱其為詩聖。有《杜工部集》。

　　庾信文章老更成[1]，凌雲健筆意縱橫。今人嗤點流傳賦，不覺前賢畏後生。
　　王楊盧駱當時體[2]，輕薄為文哂未休。爾曹身與名俱滅，不廢江河萬古流。
　　縱使盧王操翰墨，劣於漢魏近風騷。龍文虎脊皆君馭[3]，歷塊過都見爾曹[4]。
　　才力應難跨數公，凡今誰是出群雄？或看翡翠蘭苕上，未掣鯨魚碧海中。
　　不薄今人愛古人，清詞麗句必為鄰。竊攀屈宋宜方駕[5]，恐與齊梁作後塵。
　　未及前賢更勿疑，遞相祖述復先誰？別裁偽體親風雅，轉益多師是汝師。

中華書局本《杜詩詳注》

【注釋】
　　[1] 庾信：南朝梁宮體詩的代表作家，與徐陵齊名，時稱徐庾體。後羈留北周，詩文多亡國之悲和故國哀思。
　　[2] 王楊盧駱：王勃、楊炯、盧照鄰、駱賓王並稱初唐四傑。他們的詩文雖未能盡脫六朝華藻餘習，但已有自覺革新的努力。
　　[3] 龍文虎脊：龍文和虎脊都是指毛色斑駁的駿馬。
　　[4] 歷塊過都：過都城的速度快得像經過一小塊土地般迅捷。
　　[5] 屈宋：屈原和宋玉。

【譯文】

庾信晚年作詩為文的技巧更成熟，筆勢凌雲超俗而筆意縱橫奇異。現在的人嗤笑指點他流傳下來的賦作，卻不知道庾信文章自有品格而並不畏懼後來者。

王勃、楊炯、盧照鄰、駱賓王當時創作的風格，被輕薄者嘲笑不已。你們這些嘲笑者的身體與名聲終將消亡，而王、楊、盧、駱將如江河不廢萬古長垂。

即使王、楊、盧、駱操筆作文，成就不及漢魏接近風騷的古雅。但龍文、虎脊兩種駿馬都為君王所用，而跨過田野經過城市就見出你們的拙劣了。

才識能力應該很難超越庾信和王、楊、盧、駱等人了，現在誰是出類拔萃的呢？今人之作或許如翡翠鳥在蘭苕花中嬉戲般亮麗，但都不似前賢碧海搏鯨般筆力雄健。

我論詩並不鄙薄今人而偏愛古人，祗要是清新精妙的詞句都必親愛。內心努力高攀屈原宋玉並與他們齊驅，害怕追隨齊梁詩人講求辭藻形式之美。

才力比不上前賢是不必懷疑的了，是誰最先開了輾轉因襲的風氣呢？甄別和革除模擬因襲的虛假文體而親近風雅傳統，多方學習前賢纔是你的老師。

【解析】

這是最早的論詩絕句，是杜甫的新創。雖然此種寫法限於體例，不能對文學批評的相關問題進行深入的討論，不過，仍為許多批評家所喜好。此後用絕句來論詩，成為許多批評家常用的方式，其中最有代表性的是元好問的《論詩絕句三十首》。

唐代詩歌理論的建立，是在接受和批評六朝文學的基礎上形成的。以文章四友、沈宋、上官儀等人為代表的詩歌創作，在宮體詩內容和聲律上都比較多沿襲六朝，同時也有創新。而魏徵、初唐四杰、陳子昂等人則對宮體詩專寫女色而形成的淫靡詩風頗多批判。

杜甫被稱為詩聖，不僅指其人品格高潔、詩歌關注現實，而且在取法前人方面，也較其他批評家更開放，不僅師古亦師今，即所謂“轉益多師”。如庾信曾作為宮體詩的代表作家，而入北後，因其經歷而詩風老成。而初唐四杰所作，亦萬古不廢，則在可取之列。此外，杜甫還強調追求多種風格，反對纖弱小巧的風格，如追求清詞麗句以及碧海鯨魚之類的壯美風格，希望上攀屈、宋，而恐作齊梁後塵。

與元九書

白居易（772—846）：字樂天，晚號香山居士，唐華州下邽人。德宗貞元十六年（800）進士，歷遷翰林學士、左拾遺、江州司馬、杭州刺史、刑部尚書。與元稹積極倡導"新樂府"運動，指斥時弊，反映民瘼，創通俗一派，影響深遠，人稱"元白體"。有《白氏長慶集》。

月日，居易白。微之足下：

自足下謫江陵至於今，凡柱贈答詩僅百篇。每詩來，或辱序，或辱書，冠於卷首。皆所以陳古今歌詩之義，且自敘為文因緣與年月之遠近也。僕既受足下詩，又諭足下此意，常欲承答來旨，粗論歌詩大端，並自述為文之意，總為一書，致足下前。累歲以來，牽故少暇，間有容隙，或欲為之，又自思所陳亦無出足下之見。臨紙復罷者數四，卒不能成就其志，以至於今。今俟罪潯陽，除盥櫛食寢外無餘事，因覽足下去通州日所留新舊文二十六軸，開卷得意，忽如會面。心所蓄①者，便欲快言，往往自疑，不知相去萬里也。既而憤悱之氣思有所洩，遂追就前志，勉為此書。足下幸試為僕留意一省。

夫文尚矣，三才各有文：天之文，三光首之[1]；地之文，五材首之[2]；人之文，六經首之。就六經言，《詩》又首之。何者？聖人感人心而天下和平。感人心者，莫先乎情，莫始乎言，莫切乎聲，莫深乎義。詩者，根情，苗言，華聲，實義。上自聖賢，下至愚騃，微及豚魚，幽及鬼神，群分而氣同，形異而情一，未有聲入而不應，情交而不感者。

聖人知其然，因其言，經之以六義；緣其聲，緯之以五音。音有韻，義有類。韻協則言順，言順則聲易入。類舉則情見，情見則感易交。於是乎孕大含深，貫微洞密，上下通而一氣泰，憂樂合而百志熙。五帝三皇所以直道而行，垂拱而理者，揭此以為大柄，決此以為大寶也。

故聞"元首明，股肱良"之歌，則知虞道昌矣！聞五子洛汭之歌[3]，則知夏政荒矣！言者無罪，聞者足②戒，言者聞者莫不兩盡其心焉。

---

① 原作"畜"，據《全唐文》校改。
② 原作"作"，據《全唐文》校改。

洎周衰秦興，採詩官廢，上不以詩補察時政，下不以歌洩導人情。乃至於諂成之風動，救失之道缺，於時六義始刓矣。

《國風》變為騷辭，五言始於蘇、李[4]。蘇、李、騷人，皆不遇者，各繫其志，發而為文。故"河梁"之句，止於傷別，澤畔之吟，歸於怨思，彷徨抑鬱，不可及他耳。然去《詩》未遠，梗概尚存。故興離別則引"雙鳧""一鴈"為喻，諷君子小人則引香草惡鳥為比。雖義類不具，猶得風人之什二三焉。於時六義始缺矣。

晉、宋已還，得者蓋寡。以康樂之奧博，多溺於山水。以淵明之高古，偏放於田園。江、鮑之流，又狹於此。如梁鴻《五噫》之例者[5]，百無一二焉。於時六義寖微矣，陵夷矣。

至於梁、陳間，率不過嘲風雪、弄花草而已。噫！風雪花草之物，《三百篇》中豈舍之乎？顧所用何如耳。設如"北風其涼"，假風以刺威虐也；"雨雪霏霏"，因雪以愍征役也；"棠棣之華"，感華以諷兄弟也；"采采芣苢"，美草以樂有子也。皆興發於此而義歸於彼。反是者，可乎哉？然則"餘霞散成綺，澄江淨如練""離花先委露，別葉乍辭風"之什，麗則麗矣，吾不知其所諷焉。故僕所謂嘲風雪、弄花草而已。於時六義盡去矣。

唐興二百年，其間詩人不可勝數。所可舉者，陳子昂有《感遇詩》二十首，鮑防①有《感興詩》十五首。又詩之豪者，世稱李、杜。李之作，才矣奇矣，人不逮矣！索其風雅比興，十無一焉。杜詩最多，可傳者千餘首，至於貫串今古，覶縷格律[6]，盡工盡善，又過於李。然撮其《新安吏》《石壕吏》《潼關吏》《塞蘆子》《留花門》②之章，"朱門酒肉臭，路有凍死骨"之句，亦不過十三四首③。杜尚如此，況不逮杜者乎？

僕常痛詩道崩壞，忽忽憤發，或食輟哺、夜輟寢，不量才力，欲扶起之。嗟乎！事有大謬者，又不可一二而言，然亦不能不粗陳於左右。

僕始生六七月時，乳母抱弄於書屏下，有指"無"字"之"字示僕者，僕雖口未能言，心已默識。後有問此二字者，雖百十其試，而指之不差。則僕宿習之緣，已在文字中矣。及五六歲，便學為詩，九歲諳識聲韻，十五六始知有進士，苦節讀書。二十已來，晝課賦，夜課書，間又課詩，不遑寢息矣。以至於口舌成瘡，手肘成胝，既壯而膚革不豐盈，未老而齒髮早衰白，瞥瞥然如飛蠅垂珠在眸子中也，動以萬數。蓋以苦

---

① 原作"魴"，據《全唐文》校改。
② 原作"新開安石壕潼關吏蘆子關花門"，據《全唐文》校改。
③ 原無"首"，據《全唐文》校增。

學力文之所致，又自悲矣。

　　家貧多故，二十七方從鄉賦。既第之後，雖專於科試[7]，亦不廢詩。及授校書郎時，已盈三四百首。或出示交友如足下輩，見皆謂之工，其實未窺作者之域耳。自登朝來，年齒漸長，閱事漸多，每與人言，多詢時務，每讀書史，多求理道，始知文章合為時而著，歌詩合為事而作。是時皇帝初即位，宰府有正人，屢降璽書，訪人急病。僕當此日，擢在翰林，身是諫官，手請諫紙，啟奏之外，有可以救濟人病，裨補時闕，而難於指言者，輒詠歌之，欲稍稍遞進聞於上。上以廣宸聰，副憂勤，次以酬恩獎，塞言責，下以復吾平生之志。豈圖志未就而悔已生，言未聞而謗已成矣。

　　又請為左右終言之。凡聞僕《賀雨詩》，而眾口籍籍，已謂非宜矣。聞僕《哭孔戡詩》，眾面脈脈，盡不悅矣。聞《秦中吟》，則權豪貴近者，相目而變色矣。聞《樂遊園寄足下詩》，則執政柄者扼腕矣。聞《宿紫閣村詩》，則握軍要者切齒矣。大率如此，不可徧舉。不相與者號為沽名，號為詆訐，號為訕謗。苟相與者，則如牛僧孺之戒焉。乃至骨肉妻孥皆以我為非也。其不我非者，舉世不過三兩人。有鄧魴者，見僕詩而喜，無何而魴死。有唐衢者，見僕詩而泣，未幾而衢死。其餘則足下，足下又十年來困躓若此。嗚呼！豈六義四始之風[8]，天將破壞不可支持耶？抑又不知天之意不欲使下人之病苦聞於上耶？不然，何有志於詩者不利若此之甚也？

　　然僕又自思關東一男子耳，除讀書屬文外，其他懵然無知，乃至書畫棋博可以接群居之歡者，一無通曉，即其愚拙可知矣。初應進士時，中朝無緦麻之親[9]，達官無半面之舊，策蹇步於利足之途，張空拳於戰文之場。十年之間，三登科第，名入眾耳，迹升清貫，出交賢俊，入侍冕旒，始得名於文章，終得罪於文章，亦其宜也。

　　日者，又聞親友間說：禮、吏部舉選人，多以僕私試賦判傳為準的，其餘詩句，亦往往在人口中。僕惡然自愧，不之信也。及再來長安，又聞有軍使高霞寓者，欲聘娼妓，妓大誇曰：“我誦得白學士《長恨歌》，豈同他妓哉？”由是增價。又足下書云，到通州日，見江館柱間有題僕詩者，復何人哉？又昨過漢南日，適遇主人集眾樂娛他賓，諸妓見僕來，指而相顧曰：“此是《秦中吟》《長恨歌》主耳。”自長安抵江西，三四千里，凡鄉校、佛寺、逆旅、行舟之中往往有題僕詩者，士庶、僧徒、孀婦、處女之口每有詠僕詩者。此誠雕蟲之戲，不足為多，然今時俗所重，正在此耳。雖前賢如淵、雲者，前輩如李、杜者，亦未能忘情於其間哉！

古人云:"名者公器,不可以多取。"僕是何者,竊時之名已多。既竊時名,又欲竊時之富貴,使己為造物者,肯兼與之乎?今之迍窮,理固然也。況詩人多蹇,如陳子昂、杜甫,各授一拾遺,而迍剝至死。李白、孟浩然輩不及一命,窮悴終身。近日孟郊六十,終試協律;張籍五十,未離一太祝。彼何人哉!彼何人哉!況僕之才又不逮彼。今雖謫佐遠郡,而官品至第五,月俸四五萬,寒有衣,飢有食,給身之外,施及家人,亦可謂不負白氏子矣。微之微之,勿念我哉!

僕數月來,檢討囊篋中,得新舊詩,各以類分,分為卷首。自拾遺來,凡所適所感,關於美刺興比者,又自武德訖元和,因事立題,題為新樂府者,共一百五十首,謂之諷諭詩。又或退公獨處,或移病閑居,知足保和,吟翫情性者一百首,謂之閑適詩。又有事物牽於外,情理動於內,隨感遇而形於歎詠者一百首,謂之感傷詩。又有五言、七言、長句、絕句,自一百韻至兩韻者四百餘首,謂之雜律詩。凡為十五卷,約八百首。異時相見,當盡致於執事。

微之,古人云:"窮則獨善其身,達則兼濟天下。"僕雖不肖,常師此語。大丈夫所守者道,所待者時。時之來也,為雲龍,為風鵬,勃然突然,陳力以出。時之不來也,為霧豹[10],為冥鴻,寂兮寥兮,奉身而退。進退出處,何往而不自得哉?故僕志在兼濟,行在獨善,奉而始終之則為道,言而發明之則為詩。謂之諷諭詩,兼濟之志也;謂之閑適詩,獨善之義也。故覽僕詩,知僕之道焉。其餘雜律詩,或誘於一時一物,發於一笑一吟,率然成章,非平生所尚者,但以親朋合散之際,取其釋恨佐懽。今銓次之間,未能刪去,他時有為我編集斯文者,略之可也。

微之,夫貴耳賤目,榮古陋今,人之大情也。僕不能遠徵古舊,如近歲韋蘇州歌行[11],清麗之外,頗近興諷。其五言詩又高雅閑澹,自成一家之體,今之秉筆者誰能及之?然當蘇州在時,人亦未甚愛重,必待身後,然後人貴之①。今僕之詩,人所愛者,悉不過雜律詩與《長恨歌》已下耳。時之所重,僕之所輕。至於諷諭者,意激而言質,閑適者,思澹而詞迂,以質合迂,宜人之不愛也。

今所愛者,並世而生,獨足下耳。然千百年後,安知復無如足下者出而知愛我詩哉?故自八九年來,與足下小通則以詩相戒,小窮則以詩相勉,索居則以詩相慰,同處則以詩相娛。知吾罪吾②,率以詩也。如今年春遊城南時,與足下馬上相戲,因各誦新豔小律,不雜他篇,自皇子

---

① 原無"後"字,據《全唐文》校增。

② 原作"知吾最要",據《全唐文》校改。

陂歸昭國里，迭吟遞唱，不絕聲者二十里餘。樊、李在旁，無所措口。知我者以為詩仙，不知我者以為詩魔。何則？勞心靈，役聲氣，連朝接夕，不自知其苦，非魔而何？偶同人當美景，或花時宴罷，或月夜酒酣，一詠一吟，不知老之將至。雖驂鸞鶴、遊蓬瀛者之適，無以加於此焉，又非仙而何？微之微之，此吾所以與足下外形骸、脫蹤跡、傲軒鼎、輕人寰者，又以此也。

當此之時，足下興有餘力，且與僕悉索還往中詩，取其尤長者，如張十八古樂府[12]，李二十新歌行[13]，盧、楊二秘書律詩[14]，竇七、元八絕句[15]，博搜精綴，編而次之，號《元白往還詩集》。衆君子得擬議於此者，莫不踴躍欣喜，以為盛事。嗟乎！言未終而足下左轉，不數月而僕又繼行，心期索然，何日成就，又可為之歎息矣！

又僕常語足下：凡人為文，私於自是，不忍於割截，或失於繁多，其間妍媸益又自惑，必待交友有公鑒無姑息者討論而削奪之，然後繁簡當否得其中矣！況僕與足下，為文尤患其多。已尚病之，況他人乎？今且各纂詩筆，粗為卷第，待與足下相見日，各出所有，終前志焉。又不知相遇是何年，相見是何地，溘然而至，則如之何？微之微之，知我心哉！

潯陽臘月，江風苦寒，歲暮鮮歡，夜長無睡。引筆鋪紙，悄然燈前，有念則書，言無次第，勿以繁雜為倦，且以代一夕之話也！微之微之，知我心哉！樂天再拜。

《四部叢刊》本《白氏長慶集》

【注釋】

[1] 三光：日、月、星。

[2] 五材：金、木、水、火、土。

[3] 五子洛汭之歌：相傳夏朝統治者太康無道而失權位，他的兄弟五人在洛水旁邊候他不來而作歌以抒發怨恨。

[4] 蘇、李：蘇武和李陵，相傳二人在匈奴時有詩歌往來。

[5] 梁鴻：東漢詩人，他經過洛陽時，憤慨於統治者的豪奢，作《五噫歌》以諷。

[6] 覼縷：詳述。

[7] 科試：科舉考試。

[8] 六義：指《詩經》的風、雅、頌、賦、比、興。四始：《毛詩序》以風、大雅、小雅、頌為四始。

[9] 緦麻之親：指疏遠的親族。緦麻本指細麻布，是古代喪服名，

五服中之最輕者，孝服用細麻布製成，服期三月。

[10] 霧豹：劉向《列女傳》載："妾聞南山有玄豹，霧雨七日而不下食者，何也？欲以澤其毛而成文章也，故藏而遠害。"後用指隱居伏處，退藏避害的人。

[11] 韋蘇州：韋應物，唐德宗貞元間詩人，曾為蘇州刺史。

[12] 張十八：張籍。

[13] 李二十：李紳。

[14] 盧、楊：盧拱和楊巨源，二人與白居易有詩文往來。

[15] 竇七、元八：竇鞏、元宗簡，唐憲宗元和間詩人。

【譯文】

月日，居易稟告。微之足下：

自從您被貶謫到江陵以後，您總共贈送和酬答我的詩歌已近百篇。每次寄詩來，或寫序言，或寫信，放在詩歌前面。都是用來陳述古今詩歌的大義，並且言明自己寫文章的原因和時間的遠近。我不僅得到您的詩，又理解您寫詩的意圖，常常想要回信，粗略陳述詩歌的大旨，並且談談自己寫文章的意圖，寫成一封書信，寄送到您的跟前。但幾年下來，牽掛俗事而沒有閒暇，偶有空隙，有時想寫信，又想到自己所寫的有關詩歌的看法也並沒有超出您的見解。鋪紙寫信但又放棄已經有好幾次，最終還是不能寫信陳述我對詩歌的看法，一直持續到現在。我現在被貶潯陽，除了洗臉梳頭吃飯睡覺之外沒有其他事，趁機瀏覽您離開通州時留下的二十六軸新舊文章，開卷閱讀就能領會您的創作大意，恍惚間就像我們見面了一樣。心中有體會，就想暢快地說出來，但又常常疑惑，竟然忘記了和您相隔萬里。隨後我鬱積不平的感情得以宣洩，於是想完成原來的願望，因此勉力寫下這封信。希望您稍加留意閱讀。

文章的起源真的是久遠了，天地人各有文章：天的文章，日月星為首；地的文章，金木水火土為首；人的文章，《詩》《書》《易》《禮》《樂》《春秋》六經為首。從六經來說，《詩經》又是排在第一的。為什麼呢？聖人感化人心而天下和平。感化人心，沒有先於感情的，沒有早於語言的，沒有切近於聲音的，沒有深切於思想的。詩歌，感情是根本，語言為枝葉，聲音是花朵，思想是果實。上至聖賢，下至愚拙，微小如豚魚，幽隱如鬼神，種類有別而氣質相同，形體不同而感情一致，沒有聽到聲音而不反應，有感情交流而不感動的。

聖人明白詩歌的道理，所以依其語言，用六義統貫其思想；據其聲音，用五音來調節其韻律。聲音有韻律，義理有類別。音韻協調那語言就順暢，語言順暢那聲音就容易打動人心。義類明確那感情就顯現，感情顯現那就容易動人。這樣詩歌就能包容廣博深邃，貫通幽微細密，上下相貫通而一氣安泰，人人憂樂相同而心意和樂。五帝三皇之所以能夠採取正道，垂衣拱手而治好天下，就是懂得把詩歌的語言、聲音、義理協調而能感動人心的道理當作關鍵，確認為重要的法寶。

所以聽到"元首明，股肱良"這樣的詩歌，就知道虞舜的治國大道昌明了！聽到太康的五位兄弟在洛水旁邊唱歌，就知道夏朝的國政荒疏了！唱歌的人沒有過錯，聽到歌曲的人足以警醒，唱歌者和聽歌者都能各盡其心了。

自從周朝衰敗秦朝興起後，採詩官被廢棄了，在上者不能用詩歌來補救考察當時的政治，在下者也不能通過詩歌來宣洩情感。甚至於阿諛奉承的詩風出現，救弊補失的傳統缺壞了，那個時候六義開始被削弱。

《國風》演變成《離騷》的楚辭，五言詩由蘇武、李陵開創。蘇武、李陵、屈原，都是遭遇失意的人，他們都根據自己的理想，感發而寫詩。所以"攜手上河梁"的詩句，表達離別之情，"行吟澤畔"的吟詠，歸結於哀怨的情思，都是抒發彷徨憂鬱，沒有寫別的思想。但他們的創作距離《詩經》的時代不遠，六義的大旨還能承襲。所以抒發離別就會引"雙鳧""一鴈"來比喻，諷喻君子小人就借香草惡鳥來比興。雖然這些詩歌不能完全具備六義的類別，但仍然繼承詩人傳統的十之二三。那個時候六義開始殘缺了。

至兩晉、劉宋以後，能夠繼承詩歌傳統的大概更少。以謝靈運的深奧淵博，卻沉迷山水。以陶淵明的高潔古樸，卻偏愛田園。江淹、鮑照這些詩人，比陶、謝更為狹隘。像梁鴻《五噫》這類的詩作，百人中沒有一兩個。那個時候的六義逐漸衰微，喪失了。

到了梁、陳時期，詩歌大都不過是嘲戲風雪、玩弄花草而已。唉！風雪花草這些事物，《三百篇》中難道沒有嗎？關鍵是看它怎麼借用而已。比如"北風其涼"，借北風來諷刺暴虐的政治；"雨雪霏霏"，借雨雪來憐憫征役；"棠棣之華"，有感於棠棣之華相依以諷喻兄弟和睦；"采采苤苢"，讚美苤苢草以祝賀婦人有子。這些詩歌都是從植物起興而另有義旨。與此相反，可以嗎？但是"餘霞散成綺，澄江淨如練""離花先委露，別葉乍辭風"這類詩歌，工麗是工麗了，我卻不知這些詩歌諷怨什麼。所以我說這些詩歌都是嘲戲風雪、玩弄花草而已。那個時候的六義全消失了。

大唐興盛二百年，這中間出現的詩人多得數不完。可以推舉的，陳子昂有《感遇詩》二十首，鮑防有《感興詩》十五首。而詩人中最傑出的，詩壇稱李白、杜甫。李白的作品，才華橫溢奇思飄逸，人們是跟不上了！但看他詩歌中的風雅比興，十首中沒有一首具備的。杜甫的詩歌最豐富，能夠流傳的有一千多首，而貫通古今詩人之長，熟練運用格律，藝術精湛內容完善，又超過李白。但摘取他的《新安吏》《石壕吏》《潼關吏》《塞蘆子》《留花門》等詩篇，"朱門酒肉臭，路有凍死骨"這樣的詩句，也不過是十三四首。杜甫的詩歌尚且這樣，何況是不如杜甫的呢？

我常常痛惜詩歌傳統的崩塌敗壞，忽然憤激發作起來，有時吃飯不想吃，睡覺也不想睡，我不稱量自己能力的大小，想要把這個傳統扶立起來。唉！事情卻與我的心願大大相背，又不能用一兩句話來說清，但也不能不粗略地向您陳述。

我生下來剛六七個月時，乳母抱着我在寫字的屏風下玩，有人指着"無"字"之"給我看，我雖然嘴裏不能說，但心中已經暗暗地記住了。後來有人問到這兩個字，即使試驗百十次，我也能毫無差錯地指出來。那我前世具有的習性，已經表現在認字中了。到了五六歲時，便學作詩，九歲精熟聲調音韻，十五六歲知道有進士科的考試，就苦心折節讀書。二十歲以後，白天學賦，晚上讀書，中間學詩，都顧不上睡覺休息。甚至因苦讀而致口舌生瘡，手肘磨成繭，壯年之後肌肉不豐滿，人沒老而牙齒已經松動頭髮早早變白，兩眼昏花如同飛蠅垂珠在眼珠子中一般，動輒有千萬只。大概是由刻苦讀書用心作文造成的，我自己又對此感到悲哀。

家中貧苦多事，我二十七歲纔參加地方選拔的考試。考中之後，雖然致力於分科的考試，但也沒有放棄詩歌的創作。到了做校書郎時，詩作已有三四百首。有時拿出來給您這樣的朋友看，大家看了之後都說寫得工整，但實際上我並沒有找到作詩的竅門。自從在朝廷做官以來，年齡漸長，經歷的事情也逐漸增多，每每與人交流，多詢問時政，每次閱讀書籍史事，多是探求義理大道，纔知道文章應該為反映當時的社會而創作，詩歌應該為反映國計民生的大事而創作。當時皇帝剛剛登位，朝廷中有正直的人士，屢次下發詔書，探訪百姓疾苦。我就是那天，被提拔為翰林學士，做進諫的左拾遺之官，親手領取寫諫章的紙張，除了寫啟奏之外，有能夠解救人民疾苦，彌補當時政治缺失，而難於直言的，就用詩歌的形式來抒寫，希望慢慢地輾轉進呈給皇帝。上可以擴大皇帝見聞，有助於皇帝考慮和處理國家大事，其次是我報答皇帝的恩德獎勵，盡到諫官的責任，下可以實現我振興詩歌傳統的大志。沒想到理想沒有實現而悔恨之情已形成，諫言還沒有上奏皇帝而誹謗已出現了。

又請您允許我把想法說完。凡是聽到我的《賀雨詩》，大家就議論紛紛，認為不合適了。聽到我的《哭孔戡詩》，大家面面相覷，全都不高興了。聽到《秦中吟》，那有權勢的顯貴和近臣，都相視而變色了。聽到《樂遊園寄足下詩》，那當政者都握緊拳頭生氣了。聽到《宿紫閣村詩》，那掌握軍權者都咬牙切齒。大體這樣，不能一一舉出來了。沒有交往的，就說我沽名釣譽，詆毀攻擊我，誹謗責罵我。若是有交往的，那就拿牛僧孺指陳時政而受處分的事來告誡我。甚至於至親骨肉、妻子、僕人都認為我是錯的。那些不認為我有錯的人，全社會不過三兩個人。有一位叫鄧魴的人，看到我的詩就覺得很高興，但不久他就死了。有一位叫唐衢的人，見到我的詩就感動得哭起來，但不久唐衢又死了。其他喜歡我的詩歌的就是您了，但您十年以來又是如此困頓失意。唉！難道是六義四始的傳統，上天將要破壞而不使它流傳嗎？又或者是上天不想讓下層百姓的苦難傳達給皇帝嗎？不然的話，為什麼有志於詩歌創作的人如此不順利啊？

然而我又想我不過是關東一個普通男子而已，除了讀書寫文章之外，其他的都懵然不知，甚至書法、繪畫、弈棋、博戲這些可以與大家交接相聚的歡愉遊戲，全都不通曉，我的愚蠢笨拙就可以知道了。開始參加進士科考試時，朝中連個最疏遠的親屬也沒有，達官貴人中也沒有見過半面的舊相識，在利於奔跑的道路上步履艱難地行走，在文科考試的戰場上虛張空拳。十年之中，三次考中科第，聲名為眾人所知，官升至清貴的侍從官，出去結交賢良俊傑，上朝廷侍奉皇帝，開始由文章獲得名聲，最後卻因文章獲罪，也是應該的。

近日，我聽親友偶爾說到：禮部和吏部選拔人才，大多拿我應試的賦和判詞為標準，其他的詩句，也往往被人傳誦。我感到慚愧，也不大相信。等再次來到長安後，又聽說有一個節度使叫高霞寓，想娶一個歌妓，那個歌妓自豪地誇耀說：“我能誦讀白學士的《長恨歌》，怎能跟其他歌妓一般呢？”她因此提高了身價。而您又寫信來說，到通州那天，見到江邊旅館的柱子上寫有我的詩。我何德何能啊？再有昨天經過漢南的時候，恰好遇到主人聚集一群歌妓為別的賓客作樂，那些歌妓見我來，都指着我互相看着說：“這是《秦中吟》《長恨歌》的作者。”從長安到江西，三四千里，凡是鄉村學校、佛寺、旅館、舟船中往往都寫有我的詩歌，平民、僧侶、寡婦、未嫁女子嘴裏常常誦讀我的詩歌。這的確是堆砌辭藻的遊戲之作，不值得稱道，但現在社會重視的，卻正是詩歌啊！即使前代的賢士像王褒、揚雄，前輩如李白、杜甫，也不能在這點上忘情啊！

　　古人說："名是天下人共有的東西，不能多拿。"我是什麼人呢，竊取現時的名聲已經很多了。既竊取現時的名聲，又想竊取現在的富貴，如果我是造物主，能夠兩者都給我嗎？我現在的困頓失意，從道理上說就是應該的。何況詩人大多仕途落魄，比如陳子昂、杜甫，各祇得授一個拾遺的官，而困頓至死。李白、孟浩然這些人沒有獲得過一次的任命，一生失意憔悴。最近的孟郊六十歲了，纔做了八品的協律官；張籍五十歲了，沒離開過九品的太祝官。他們都是什麼樣的人啊！他們都是什麼樣的人啊！何況我的才能又比不上他們。現在雖然被貶到遙遠的郡縣，而官品還是第五品，每月的俸祿有四五萬，天冷有衣服穿，飢餓有食物吃，除了供養自己之外，還能養活家人，也可以說是不辜負作為白氏家族的兒子了。微之微之，請不要為我憂慮了！

　　我這幾個月以來，整理行囊時，得到新創舊作的詩歌，各按不同的種類，分了類別。自從做拾遺以來，凡遇到的和有感觸的，有關讚美批判起興比喻的詩，又從武德至元和年間，即事命題，命名為新樂府的，共有一百五十首，稱為諷諭詩。另外或公事完畢回家獨處，或因病請假休息，自己滿足以保養身體，用來頤養情性的詩歌有一百首，稱為閑適詩。又有外物的牽絆，內心情感的激蕩，隨着感遇而表現為詩歌的有一百首，稱為感傷詩。又有五言、七言、長句、絕句，從一百韻到兩韻的四百多首，稱為雜律詩。總共十五卷，大約八百首，以後相見，一定全部送給您。

　　微之，古人說："失意時就獨自提高自身的修養，得意時就要拯濟天下。"我雖然不成材，但也常常師法這句話。大丈夫持守的是大道，等待的是機遇。機會來臨，就成為雲中之龍，風中之鵬，生氣勃勃，量力而行。時機不到，就如深山隱藏的獵豹，天空高翔的飛鴻，安安靜靜，引身而退。入仕歸隱，去哪裏不快樂啊？所以我的理想是拯濟天下，踐行的是提高自我修養，奉行而能始終如一的就是道，說出來而且引申發明的就是詩。稱為諷諭詩，表達的是拯濟天下的志向；稱為閑適詩，抒發的是獨自提高修養的理想。所以讀我的詩，就能知道我堅持的大道。其他的雜律詩，或被一時一物所感，或因一笑一吟所激，隨意寫成，並不是我平生重視的，祇是給親朋好友在聚會和分別時，拿來消愁娛樂而已。現在整理時，也沒有刪掉，以後有人幫我整理這些詩歌時，刪掉即可。

　　微之，相信耳聞而輕視眼見，推崇古代而看輕當代，是人的常情。我不用援引古代的例子，即如近時的韋應物的歌行詩，才華橫溢文采華麗之外，比較接近比興諷刺。他的五言詩高雅閑澹，自己能成一家風格，現在寫詩的人有誰比得過呢？然而韋應物在世時，人們也沒怎麼欣賞他，必定是在他死後，人們纔看重他。現在我的詩，人們喜歡的，大多不過是雜律詩和《長恨歌》以下的詩罷了。現在人們推崇的，卻是我輕視的。至於諷諭詩，情意激越而語言質樸，閑適詩，思意恬靜而語言迂緩，由於質樸和迂緩，也合該人們不喜歡了。

現在愛我的詩，又跟我同時活在世上的，就祇有您了。但千百年之後，又怎麼知道沒有像您一樣的人出現而瞭解並且喜歡我的詩歌的呢？所以這八九年以來，跟您仕途得意就用詩來互相勸戒，失意就用詩歌來彼此勉勵，獨居就用詩來互相告慰，同住時就用詩來互相娛樂。瞭解我和責備我，都是因為詩歌。比如今年春天遊南城的時候，與您在馬上相戲取樂，所以各自誦讀新作的短律，不摻雜其他體裁，從皇子陂回昭國里，輪流吟唱，二十多里路誦讀不停。即使樊宗憲、李景信二人在旁邊，也不能插嘴。瞭解我的人以為我是詩仙，不瞭解我的人當我為詩魔。為什麼呢？勞苦心靈，耗費聲氣，從早到晚，自己不知辛苦，不是魔是什麼？與志同道合的人面對美景，有時是花開時節宴飲後，有時是明月朗照酒暢時，一詠一吟，竟忘記快要老了。即使跨騎鸞鶴登仙的喜悅、遨遊蓬萊瀛洲的愜意，也比不過此時之樂，那不是仙是什麼？微之微之，這就是我之所以和您不注意形體、脫略蹤跡、傲視富貴、輕視人間，也是因為這個。

正在那個時候，您還有餘興，並且與我搜集與友人往來的詩歌，選取其中寫得好的，如張籍的古樂府，李紳的新歌行，盧拱、楊巨源二位秘書的律詩，竇鞏、元宗簡的絕句，廣泛收集細心摘取，編排整理，稱為《元白往還詩集》。眾位君子得知被編入集中，無不踊躍高興，認為是盛大的事情。唉！話還沒有說完而您已經被降職，沒過幾個月我又跟着被貶官，原來的願望已然無味，什麼時候能達成，又為之歎息了！

而我又時常跟您提過：大凡人們寫文章，私下都以為自己的文章是好的，不忍割捨，有時缺點就是繁雜囉唆，其中的好壞自己又不知，必須等朋友中具有公正的批評而不姑息放縱的人進行討論並刪減，這樣繁雜簡潔合適與否纔能得到合理處理啊！何況我與您，寫文章尤其擔心寫得繁多。自己尚且擔心，何況是別人呢？現在姑且分別整理詩文，簡略分出卷數次第，等到跟您相見時，各自拿出自己的文章，以了結以前的願望。但又不知什麼時候能相遇，在哪裏相見，萬一哪天突然死了，這可怎麼辦啊？微之微之，知我的心意吧！

潯陽的十二月，江風非常寒冷，年末沒有什麼歡樂，長夜睡不着。拿起筆來鋪開紙，靜靜地坐在燈前，有感觸就寫下來，言語沒有前後次第，希望您不要因為繁雜而感到厭煩，姑且用來當作一個晚上的談心吧！微之微之，知我的心意吧！樂天再拜。

【解析】

這封書信集中地反映了白居易的詩歌批評主張。唐代宗李豫大曆（766—779）以後，詩壇上活躍着李端、盧綸、吉中孚、韓翃、錢起、司空曙、苗發、崔峒、耿湋、夏侯審等詩人，號稱大曆十才子。他們的詩歌專寫風花雪月、歌頌升平、吟詠山水、稱道隱逸，有超脫人生、逃避現實的不良傾向。白居易的批評思想首先就有批判此種詩風的意義。他要求詩歌要關注現實，反映社會矛盾，提出"文章合為時而著，歌詩合為事而作"的主張，與《新樂府序》所說的"為君、為臣、為民、為物、為事而作"一樣，要求詩歌反映國事民生。

其次，詩歌需有益教化。詩歌既要關注民生，那也應該發揮其"補察時政，洩導人情"的作用。因為當時"詩道崩壞"，"諂成之風動，救失之道缺"，所以他相當看重諷諭詩，要求詩人對當時的社會弊病作如實的揭發和批判，以糾正世道民心。

最後，以六義傳統為標準，批評歷代詩歌得失。六義即《詩經》的風雅頌賦比興，也就是要求詩歌關注現實，批判現實。認為周前詩歌承擔起其諷諫的責任，周秦詩歌六義始刓，漢代詩歌六義始缺，晉宋詩歌六義寢微陵夷，梁陳詩歌六義盡去，而唐代詩歌也僅得數人數詩具有六義傳統。此種梳理，當然也表明白居易自覺恢復詩道傳統的努力和決心，即其所謂"痛詩道崩壞，忽忽憤發，或食輟哺、夜輟寢，不量才力，欲扶起之"之意。

當然，白居易此信對歷代詩歌的批評已較為具體。但其評價全以六義為標準，則容易對許多詩人和詩歌現象作出不合理的批評。如認為屈原"歸於怨思"、陶淵明"偏放於田園"、李白缺少風雅比興，梁陳間詩"不過嘲風雪，弄花草"，顯示出輕視後代詩歌多樣性的偏頗態度。

答李翊書

韓愈（768—824）：字退之，郡望昌黎，世稱韓昌黎，唐河南河陽人。德宗貞元八年（792）進士。曾上疏極論宮市，被貶陽山令。憲宗元和中，官至刑部侍郎，因諫迎佛骨被貶潮州刺史，後以吏部侍郎為京兆尹。卒諡文，世又稱韓文公。通《六經》、百家學，詩文自成一家。有《昌黎先生集》。

六月二十六日，愈白。李生足下：

生之書辭甚高，而其問何下而恭也？能如是，誰不欲告生以其道？道德之歸也有日矣！況其外之文乎？抑愈所謂望孔子之門牆而不入於其宮者[1]，焉足以知是且非邪？雖然，不可不為生言之：

生所謂立言者是也，生所為者與所期者，甚似而幾矣[2]！抑不知生之志，蘄勝於人而取於人耶[3]？將蘄至於古之立言者耶？蘄勝於人而取於人，則固勝於人而可取於人矣！將蘄至於古之立言者，則無望其速成，無誘於勢利，養其根而竢其實，加其膏而希其光。根之茂者其實遂，膏之沃者其光曄，仁義之人，其言藹如也。

抑又有難者，愈之所為不自知其至猶未也？雖然，學之二十餘年矣！始者非三代兩漢之書不敢觀，非聖人之志不敢存，處若忘，行若遺，儼乎其若思[4]，茫乎其若迷。當其取於心而注於手也，惟陳言之務去，戞戞乎其難哉[5]！其觀於人，不知其非笑之為非笑也。如是者亦有年，猶不改，然後識古書之正偽，與雖正而不至焉者，昭昭然白黑分矣！而務去之，乃徐有得也，當其取於心而注於手也，汩汩然來矣！其觀於人也，笑之則以為喜，譽之則以為憂，以其猶有人之說者存也。如是者亦有年，然後浩乎其沛然矣！吾又懼其雜也，迎而距之，平心而察之，其皆醇也，然後肆焉。雖然，不可以不養也。行之乎仁義之途，遊之乎《詩》《書》之源，無迷其途，無絕其源，終吾身而已矣！

氣，水也；言，浮物也；水大而物之浮者大小畢浮。氣之與言猶是也，氣盛則言之短長與聲之高下者皆宜。雖如是，其敢自謂幾於成乎？雖幾於成，其用於人也奚取焉？雖然，待用於人者，其肖於器邪？用與舍屬諸人。君子則不然，處心有道，行己有方，用則施諸人，舍則傳諸其徒，垂諸文而為後世法。如是者，其亦足樂乎？其無足樂也。

有志乎古者希矣！志乎古，必遺乎今，吾誠樂而悲之。亟稱其人，所以勸之，非敢褒其可褒而貶其可貶也。

問於愈者多矣，念生之言不志乎利，聊相為言之。愈白。

宋咸淳廖氏世綵堂刻本《昌黎先生集》

【注釋】

[1]"望孔子"句：《論語》讚美孔子說："夫子之牆數仞，不得其門而入，不見宗廟之美，百官之富。"

[2]幾：近。

[3]蘄：希望。

[4]儼：矜持。

[5]戞戞：努力的樣子。

【譯文】

六月二十六日，韓愈陳言。李生足下：

你的來信中言辭立意很高明，但你提問的態度為何這麼謙遜而恭敬呢？能夠這樣，誰不願意把他的仁義之道告訴你呢？你具備仁義道德已經很久了，何況是仁義以外的文章呢？或者我是所謂的看着孔子的門牆卻沒有進入他的宮室中的人，哪裏知道文章的對還是錯啊？即使這樣，我還是不能不給你說一下：

你所說的立言是對的，你所做的跟你所期待的目標，很相似而且很近！祇是不知道你寫文章的志向，是希望勝過別人並被別人所賞識，還是希望達到古人立言的水平？希望勝過別人而被別人賞識，那本來就勝過人而且被別人賞識了！希望達到古人立言的水平，那就不能急於求成，不要被權勢利祿所誘惑，培養根本而等待它開花結果，添加膏油而期待它的光明。根部茂盛了它的果實就能熟透，膏油充足了它的光彩就炫麗，仁義的人，他說出來的話就親切和藹。

或者這也有困難，我這麼做也不知道自己達到古人立言的境界沒有？雖然這樣，但我學習寫作二十多年了！開始時不是夏商周三代西漢東漢時候的書不敢看，不合乎聖人志向的理想不敢樹立，停下來像忘記了東西，行走時像遺失了什麼，矜持時像沉思，茫然時像迷失。當我拿心中所想的東西用手寫出來時，一定要努力捨弃那些陳舊的語言和思想，真是艱難啊！我拿給別人看，都不知道別人的嘲笑是嘲笑了。這種情形持續了好幾年，我仍堅持不改，然後纔知道古書所講內容的真假，以及那些雖然正確卻還講得不夠透徹的道理，清清楚楚地分辨出來了。寫文章一定要去掉陳舊的語言和思想，總會慢慢有收穫，當我拿心中所想的東西用手寫出來時，言辭思想總會紛至沓來。我拿給別人看，別人嘲笑我就開心，別人讚揚我反而憂愁，因為這說明我的文章還有普通人喜歡的陳舊言辭和思想。這種情形也持續了好幾年，然後我的言辭文思總豐富充沛！我又擔心文章思想與言辭繁雜，於是對文章進行揣摩而且刪改，心平氣和地考察它，直到全都純正了，然後文章也就恣肆縱橫了。雖然如此，仁義之氣不能不培養。在仁義的道路上行走，在《詩》《書》的本源裏遊走，不迷失道路，不斷絕根源，終我一生就這麼做而已！

氣勢，是水；言辭，是浮物；水大那麼水中的大小浮物都會浮起來。文章的氣勢與言辭也是一樣，氣勢充沛那言辭的長短和聲音的高低都會得體。即使這樣，難道就能說自己寫文章差不多成功了嗎？即使差不多成功了，別人從你的文章又得到了什麼呢？即使別人有所得，等待被人採用的思想，難道就像器具一樣了嗎？用與不用都取決於別人。君子就不一樣，安頓心靈有仁義，自己行事有原則，見用就廣泛地給予別人，不用就傳給自己的弟子，寫成文章作為後世的法則。若是這樣，他是應該滿足的呢？還是不應該滿足的呢？

希望達到古人的水平的人很少了！想達到古人的水平，必定會被當今所遺棄，我真為他們志於古而感到高興又擔心。所以努力稱讚他們，因此勸勉他們，而不是冒昧地表揚那些值得表揚的而貶斥那些應該貶斥的。

向我提問的人很多，想到你的提問不是為世俗的功利，所以姑且為你解釋。韓愈言。

【解析】

唐朝安史之亂後，國勢衰落，藩鎮割據，佛老蕃滋，宦官專權，民貧政亂，吏治日壞，以致士風浮薄。而在散文創作領域，盛行的是自六朝以來形成的講究排偶、辭藻、音律、典故的駢文。駢文中雖有優秀作品，但大多是形式僵化、內容空虛的文章。流於對偶、聲律、典故、辭藻等形式，華而不實。

唐德宗貞元以後，社會暫時安定，經濟有所發展，出現了"中興"的希望。與強烈的中興願望相伴而來的，是復興儒學的思潮。而唐初修《五經正義》，重視章句而輕視義理，無益世治。安史亂後，儒學的新傾向則是重大義而輕章句。此種思想也是為了重振中央皇權，在理論上回到儒家的正軌。表現在散文的創作上，就是從李華、蕭穎士到梁蕭、獨孤及、柳冕、韓愈、柳宗元提倡的古文運動，其內容主要是復興儒學，其形式就是反對駢文，提倡古文。

韓愈此文首先說明散文創作要以道為內容。其所謂道，即"聖人之志""仁義之途""《詩》《書》之源"，具體而言，就是他在《原道》中所說的由堯、舜、禹、湯、文、武、周公、孔子、孟子代代相傳的儒家之道。他倡言的復古之道，在當時具有加強中央集權、反對藩鎮割據和打擊寺院經濟膨脹的意義。

其次，提倡文章氣盛而言宜。以儒道為根本，經過反復修改，去掉陳舊的言辭和思想，適應社會的需要，所以文章有感而發，這是氣盛。發而為文，則文章通暢，說理透徹，語言得體，有別於駢文僵化的語言和形式，這是言宜。

最後是作文以期古為目標。讀書以三代兩漢之文為主，作文以傳聖人之道為本，"處心有道，行己有方，用則施諸人，舍則傳諸其徒，垂諸文而為後世法"。所以期古者，"無望其速成，無誘於勢利，養其根而竢其實，加其膏而希其光"，不迎合世俗，不以時人的毀譽為轉移，"不知其非笑之為非笑"。

送孟東野序

韓愈。

大凡物不得其平則鳴:草木之無聲,風撓之鳴。水之無聲,風蕩之鳴。其躍也,或激之;其趨也,或梗之;其沸也,或炙之。金石之無聲,或擊之鳴。人之於言也亦然,有不得已者而後言。其謌也有思[1],其哭也有懷。凡出乎口而為聲者,其皆有弗平者乎!

樂也者,鬱於中而泄於外者也,擇其善鳴者而假之鳴。金、石、絲、竹、匏、土、革、木八者,物之善鳴者也。維天之於時也亦然,擇其善鳴者而假之鳴。是故以鳥鳴春,以雷鳴夏,以蟲鳴秋,以風鳴冬。四時之相推敓[2],其必有不得其平者乎?

其於人也亦然。人聲之精者為言,文辭之於言,又其精也,尤擇其善鳴者而假之鳴。其在唐、虞,咎陶、禹[3],其善鳴者也,而假以鳴。夔弗能以文辭鳴[4],又自假於《韶》以鳴。夏之時,五子以其歌鳴。伊尹鳴殷,周公鳴周。凡載於《詩》《書》六藝,皆鳴之善者也。周之衰,孔子之徒鳴之,其聲大而遠。《傳》曰:"天將以夫子為木鐸。"[5]其弗信矣乎!其末也,莊周以其荒唐之辭鳴。楚,大國也,其亡也,以屈原鳴。臧孫辰、孟軻、荀卿,以道鳴者也[6]。楊朱、墨翟、管夷吾、晏嬰、老聃、申不害、韓非、眘到、田駢、鄒衍、尸佼、孫武、張儀、蘇秦之屬[7],皆以其術鳴。秦之興,李斯鳴之。漢之時,司馬遷、相如、揚雄,最其善鳴者也。其下魏晉氏,鳴者不及於古,然亦未嘗絕也。就其善者,其聲清以浮,其節數以急,其辭淫以哀,其志弛以肆。其為言也,亂雜而無章。將天醜其德,莫之顧邪?何為乎不鳴其善鳴者也!

唐之有天下,陳子昂、蘇源明、元結、李白、杜甫、李觀,皆以其所能鳴。其存而在下者,孟郊東野始以其詩鳴,其高出魏、晉,不懈而及於古。其他浸淫乎漢氏矣!從吾遊者,李翱、張籍其尤也,三子者之鳴信善矣!抑不知天將和其聲,而使鳴國家之盛邪?抑將窮餓其身,思愁其心腸,而使自鳴其不幸邪?三子者之命,則懸乎天矣!其在上也奚以喜?其在下也奚以悲?東野之役於江南也,有若不釋然者,故吾道其命於天者以解之。

宋咸淳廖氏世綵堂刻本《昌黎先生集》

【注釋】

[1] 謳：即歌。

[2] 推敓：敓即奪，推移。

[3] 咎陶：即皋陶，傳說是虞舜時的司法官。

[4] 夔：虞舜時的樂官。

[5] 木鐸：以木為舌的大鈴，比喻宣揚教化的人。

[6] 臧孫辰：臧文仲，春秋時魯國正卿。

[7] 楊朱：戰國學者，其說主“重己”“貴生”，不以物累形，拔一毫而利天下不為。管夷吾：即管仲，春秋時齊國的政治家，仕桓公。晏嬰：春秋時齊國的政治家，歷仕靈公、莊公、景公為卿。申不害：戰國時鄭國人，其學本於黃老而強調駕馭臣下之“術”。春到：即慎到，戰國時趙國人，學黃老之術，主張法治，提倡民一於君，事斷於法。田駢：戰國時齊國人，習黃老之學，長於論辯。鄒衍：即騶衍，戰國時齊國人，好談天文，時人稱為“談天衍”，提出五德轉移說。尸佼：戰國時晉國人，商鞅門客，參與變法，主張立法理民。孫武：春秋時齊國人，兵法家，仕吳王闔廬，有《孫子兵法》傳世。

【譯文】

大體說事物遇到不平就會發出抗議的聲音：草木不能發出聲音，風搖動它就發聲。水波沒有聲音，風激蕩它就發聲。水花飛濺，或者是有東西在激蕩它；水流湍急，或者是有東西在阻梗它；熱水沸騰，或者是有火在燒烤它。金屬和石頭沒有聲音，有人敲擊它就發聲。人與語言的情況也同樣如此，人忍不住要說話就會借語言來發表。人們唱歌是為了寄託情思，哭泣是因為心存懷戀。總之從口中發出聲音的，大概都是遇到不平吧！

音樂，是人們鬱積在心中的情感發洩出來的心聲，人們選擇那些最能表達他們心聲的樂器來傳達情感。金、石、絲、竹、匏、土、革、木這八種樂器，是樂器中最能傳情的。上天對於四時也是這樣，選擇四時中最能表現季節的事物來表現季節的變化。所以以鳥鳴來代表春天，使雷響來預示夏天，用蟲叫來體現秋天，借風號來形容冬天。四季的推移變化，大概也是遇到不平吧？

這種情況對人來說也是一樣的。人的聲音中最精妙的是語言，而文辭對語言來說，又是最精妙的，特別是那些善於表達的人更是借文辭來傳情達意。在唐堯、虞舜的時代，咎陶、大禹，是最善於表達的，所以借他倆來表達。夔不善於用文辭來表達，所以自己借助《韶樂》來傳達

200

心聲。夏朝時，太康的五位兄弟借歌聲來表達思想。殷商時善於表達的是伊尹，周代時善於表達的是周公。凡是記載在《詩經》《尚書》等六藝上的作者，都是最善於表達思想感情的。周朝衰微後，孔子等人表達了批評意見，他們的意見宏大而深遠。《傳》說："上天將要以孔子為宣揚教化的人。"這難道不可信嗎！後來，莊子用他的荒誕不經的文辭來表達意見。楚國，是大國，它滅亡時，借屈原來表達對國家的哀悼之情。臧孫辰、孟子、荀子，借道術來宣揚思想。楊朱、墨翟、管夷吾、晏嬰、老聃、申不害、韓非、慎到、田駢、鄒衍、尸佼、孫武、張儀、蘇秦這些人，都借他們自己的道術來宣揚理念。秦朝興起，李斯為其宣揚國家的理念。漢代時，司馬遷、司馬相如、揚雄，是最善於弘揚國家聲威的。之後的魏晉時期，能表達思想的人不如古人，但以文辭表達思想的行為並未斷絕。即使是其中最善於借文辭來表達的人，他們的作品清輕飄浮，音節繁多急促，文辭淫豔哀怨，思想懈怠放縱。作品的語言，雜亂沒有條理。難道是上天嫌棄他們的道德敗壞，而不肯眷顧他們嗎？為什麼不讓那個時代最善於表達的人來表達啊！

　　唐朝平定天下後，陳子昂、蘇源明、元結、李白、杜甫、李觀，都以他們的才能來表達思想感情。那些還活着但沉淪底層的人中，孟郊開始借詩來表達感情，他的作品高出魏、晉人之作，如果能堅持不懈地努力就能達到古人的成就了。其他人的作品也接近漢人的水平了！跟我交往的人中，李翱、張籍大概是最突出的，他們三人的確善於用詩傳情啊！也不知道是上天想要應和他們的心聲，而使他們用詩讚美國家的強盛呢？還是想使他們的身體窮困飢餓，他們的內心悲傷憂愁，而讓他們感慨自己不幸的命運呢？三人的命運，就掌握在上天手裏了！身居高位有什麼喜悅？沉淪下僚有什麼悲傷？東野仕於江南道，內心似乎有煩惱不能排解，所以我講論這番命由天定的話來開解他。

【解析】

　　認為文士用文學作品來抒發心中的不平之情，在中國文學史上，可謂源遠流長。《詩經》有"心之憂矣，我歌且謠"，屈原《惜誦》有"惜誦以致愍兮，發憤以抒情"，司馬遷《太史公自序》言"《詩》三百篇，大抵賢聖發憤之所為作也。此人皆意有所鬱結，不得通其道也，故述往事，思來者"，《淮南子》曰"憤於中而形於外"，桓譚說"賈誼不左遷失志，則文彩不發"。韓愈的"不平而鳴"的主張，承前人而來，但略有不同。

　　韓愈的不平，內涵比較寬泛。他從自然界的草木水波等由風激而鳴說起，到唐代以前各代文士，或以音樂，或以道術，或以學術文章，或以文學作品等來表達文士對社會、政治、生活等的批評、思想、感慨，其中有時代、國家的興亡盛衰，又有個人的窮達遭遇，其不平指心中的觸動，似還不專指憂傷失意。當然，此文以孟郊作結，似又指示此中不平，也較多傾向於文士窮愁失意的經歷以及啼飢號寒的創作經歷，因為孟郊以近五旬之身，方任江南偏僻小縣之尉，確實算是仕途失意的。而韓愈《送高閑上人序》論書又謂："喜怒窘窮，憂悲愉佚，怨恨思慕，酣醉無聊，不平有動於心，必於草書焉發之。"書能於不平之後而發，文亦復如是。

窮愁而鳴與中國古代文士失意而抒情的傳統多所契合。自來優秀的詩文也多出於文人仕途不暢之後的創作，而表現愁苦悲傷之情的作品也容易引起共鳴。前於韓愈的杜甫《天末懷李白》已感慨"文章憎命達"，白居易《序洛詩序》亦言"文士多數奇，詩人尤命薄"。其後宋代歐陽修《梅聖俞詩集序》謂"愈窮則愈工，然則非詩之能窮人，殆窮者而後工也"，陳師道《王平甫文集後序》曰"其窮愈甚，故其得愈多。信所謂人窮而後工也"，清代王國維《人間詞話》載"詩詞者，物之不得其平而鳴者也。故歡愉之辭難工，愁苦之言易巧"。可知，此論已成為中國人的審美共識。

答洪駒父書

黃庭堅（1045—1105）：字魯直，號涪翁、山谷道人，宋洪州分寧人。英宗治平四年（1067）進士。神宗熙寧初，教授北京國子監。哲宗立，累進秘書丞兼國史編修官。紹聖初，出知宣州、鄂州。後貶涪州別駕，黔州等安置。徽宗即位，起知太平州，復謫宜州。工詩詞文章，與張耒、晁補之、秦觀並稱蘇門四學士。論詩推崇杜甫，講究修辭造句，強調"無一字無來處"，開創江西詩派。有《豫章黃先生文集》等。

　　駒父外甥教授[1]：別來三歲，未嘗不思念。閑居絕不與人事相接，故不能作書，雖晉城亦未曾作書也[2]。專人來，得手書，審在官不廢講學，眠食安勝，諸穉子長茂，慰喜無量。

　　寄詩語意老重，數過讀，不能去手。繼以歎息，少加意讀書，古人不難到也。諸文亦皆好，但少古人繩墨耳。可更熟讀司馬子長、韓退之文章[3]。

　　凡作一文，皆須有宗有趣[4]，始終關鍵，有開有闔，如四瀆[5]，雖納百川，或匯而為廣澤，汪洋千里，要自發源注海耳。

　　老夫紹聖以前[6]，不知作文章斧斤，取舊所作讀之，皆可笑。紹聖以後，始知作文章，但以老病惰懶，不能下筆也。外甥勉之，為我雪恥。

　　《罵犬文》雖雄奇，然不作可也。東坡文章妙天下，其短處在好罵，慎勿襲其軌也。

　　甚恨不得相見，極論詩與文章之善病，臨書不能萬一。千萬強學自愛，少飲酒為佳。

　　所寄《釋權》一篇，詞筆縱橫，極見日新之效。更須治經，深其淵源，乃可到古人耳。《青瑣》祭文，語意甚工，但用字時有未安處。自作語最難，老杜作詩，退之作文，無一字無來處，蓋後人讀書少，故謂韓、杜自作此語耳。古之能為文章者，真能陶冶萬物，雖取古人之陳言入於翰墨，如靈丹一粒，點鐵成金也。

　　文章最為儒者末事，然索學之，又不可不知其曲折，幸熟思之。至於推之使高，如泰山之崇崛，如垂天之雲；作之使雄壯，如滄江八月之濤，海運吞舟之魚[7]，又不可守繩墨令儉陋也。

《四部叢刊》本《豫章黃先生文集》

【注釋】

[1] 駒父：洪芻，字駒父，黃庭堅的外甥。教授：學官名，掌管學校考試等事。

[2] 晉城：進城。

[3] 司馬子長：司馬遷。

[4] 有宗有趣：有宗旨和有趣向。

[5] 四瀆：長江，淮河，黃河和濟水。

[6] 紹聖：宋哲宗的年號（1094—1098）。

[7] 海運：海波動蕩。

【譯文】

駒父外甥教授：離別以來已經三年，沒有不思念你的。我閑居時絕然不與外界聯繫，所以沒有寫信，即使進城也沒有寫信。有專人過來，得到你手寫的書信，知道你在任職中也沒有放棄研講學業，睡覺吃飯都安好，孩子們都長得健康，我感到無比安慰和高興。

你寄來的詩歌文辭和詩意都老成持重，我反復閱讀，都放不下手。繼而感歎，如果稍稍留意讀書的話，達到古人的境界是不難的。其他文章都好，祇是少一點古人作文的章法。可以另外熟讀司馬遷、韓愈的文章。

凡是寫一篇文章，都必須有宗旨意趣，來龍去脈和頭尾結構，應該有開有闔，好像長江、淮河、黃河、濟水四條河流，雖然收納許多小河流，有時匯聚而成大澤，汪洋千里，但終歸是從源頭發起而最後注入大海。

我在紹聖以前，不知道寫文章的方法技巧，拿以前寫的詩文來看，都覺得可笑。紹聖之後，纔知道寫作文章的技巧，但因為年老多病而且生性懶散，已經不能拿筆寫作了。外甥努力吧，幫我洗刷恥辱。

《罵犬文》雖然雄放奇特，但不能寫。蘇東坡的文章妙絕天下，他的不足在喜歡批評，千萬不要重蹈他的車轍。

非常遺憾不能見面，讓我們盡情討論詩歌和文章的優劣，寫信又說不了萬分之一。千萬要努力學習並自己保重，最好少喝酒。

你寄來的《釋權》一文，文筆縱橫奔放，很能見出你每天進步的效果。另外必須研治經學，深入經學的本源，纔能達到古人作文的境界。《青瑣》這篇祭文，語言立意都非常工巧，但用詞偶有不妥。自己創作新詞語最難，杜甫寫詩歌，韓愈寫散文，沒有一個字是沒有來歷的，大約是後人讀書太少，所以說韓愈、杜甫自己創作新語罷了。古時候能寫文章的人，的確是能夠熔鑄萬物於一爐的，即使引用古人寫過的語句和立意到自己文章中，也能把它變成一粒靈丹，起到點鐵成金的效果。

寫文章最是儒士的微末小事，但如果要苦心學習它，又不能不知道其中的曲折奧妙，希望你認真思量。至於說要使文章達到更高的境界，像泰山一樣高聳，像浮雲一般遮天；使其雄奇壯麗，像八月時大江的滔天波浪，像海波動蕩時吞沒巨船的大魚，那就不能固守法度而使文章淺陋了。

【解析】

宋人讀書多，學識淵博，作詩也形成大量用典的風氣。所以對"讀書破萬卷，下筆如有神"的杜甫、"作為文章，其書滿家"的韓愈非常推崇。黃庭堅認為要達到古人的作文境界，必須多讀書，多讀司馬遷、韓愈文，讀杜甫的詩，又需治經，以經學為根底。

熟讀之後，要活用前人作品，其方法即"點鐵成金"和"奪胎換骨法"。《冷齋夜話》引黃庭堅語曰："山谷云：'詩意無窮，而人之才有限。以有限之才，追無窮之意，雖淵明、少陵不得工也。然不易其意而造其語，謂之換骨法；規模其意形容之，謂之奪胎法。'"因詩思無窮，而詩人的才識有限，所以難以窮盡表述，即使淵明、少陵亦無法通過詩把天地萬物、社會人生等詩思抒寫出來。所以祇能在不改古人之意的前提下，用新造之語表述。此種作法，就是要改變"自作語最難"的困境，這是就詩歌創作的藝術形式而言的。

黃庭堅反復勸導人們熟讀古書，揣摩古人作品，吸取其精華，這與宋人崇尚文化知識的時代風氣吻合。而他主張融化前人詞句而作新語偉詞，在法度、句法、句眼等方面總結的方法，為後學者取法前人創作成果提供許多有益借鑒，亦不失為一種學習的途徑。他的主張，直接促成了江西詩派的形成，至宋末元初方回諸人推崇杜甫、黃庭堅、陳師道、陳與義為古今詩人的"一祖三宗"，其影響深遠。但步步追摹古人，僅在詞句上下功夫，以為杜甫韓愈"無一字無來處"，又抹殺了前人的創造性，也限制了後學者的創造力。

論　詞

　　李清照（1084—約1151）：號易安居士，宋齊州章丘人。金人據中原，避亂南方。丈夫趙明誠病卒後，流落江湖。高宗紹興二年（1132），再嫁張汝舟，不久離異。晚年整理完成趙明誠所著《金石錄》。工詩文，以詞擅名。詩文筆力雄健，情辭慷慨。詞以婉約為主，南渡前造語新麗，南渡後情調悲涼。論詞強調協律、典雅，反對以詩為詞。後人輯有《漱玉集》。

　　樂府聲詩並著[1]，最盛於唐開元、天寶間，有李八郎者[2]，能歌，擅天下。時新及第進士，開宴曲江，榜中一名士，先召李，使易服隱名姓，衣冠故敝，精神慘沮，與同之宴所，曰：“表弟願與坐末。”衆皆不顧。既酒行樂作，歌者進，時曹元謙、念奴為冠[3]。歌罷，衆皆咨嗟稱賞。名士忽指李曰：“請表弟歌。”衆皆哂，或有怒者。及轉喉發聲，歌一曲，衆皆泣下。羅拜，曰：“此李八郎也。”

　　自後鄭衛之聲日熾，流靡之變日煩。已有《菩薩蠻》《春光好》《莎雞子》《更漏子》《浣溪沙》《夢江南》《漁父》等詞，不可徧舉。

　　五代干戈，四海瓜分豆剖，斯文道熄。獨江南李氏君臣尚文雅[4]，故有“小樓吹徹玉笙寒”“吹皺一池春水”之詞，語雖奇甚，所謂“亡國之音哀以思”也！

　　逮至本朝，禮樂文武大備，又涵養百餘年，始有柳屯田永者，變舊聲作新聲，出《樂章集》，大得聲稱於世。雖協音律，而詞語塵下。又有張子野、宋子京兄弟，沈唐、元絳、晁次膺輩繼出，雖時時有妙語，而破碎何足名家！至晏元獻、歐陽永叔、蘇子瞻，學際天人，作為小歌詞，直如酌蠡水於大海，然皆句讀不葺之詩爾，又往往不協音律者。何耶？蓋詩文分平側[5]，而歌詞分五音[6]，又分五聲[7]，又分六律[8]，又分清濁輕重。且如近世所謂《聲聲慢》《雨中花》《喜遷鶯》，既押平聲韻，又押入聲韻。《玉樓春》本押平聲韻，又押去聲，又押入聲。本押仄聲韻，如押上聲則協，如押入聲，則不可歌矣。王介甫、曾子固，文章似西漢，若作一小歌詞，則人必絕倒，不可讀也。

　　乃知別是一家，知之者少。後晏叔原、賀方回、秦少游、黃魯直出，始能知之。又晏苦無鋪敍；賀苦少重典；秦則專主情致，而少故實，譬如貧家美女，雖極妍麗豐逸，而終乏富貴態。黃即尚故實而多疵病，譬如良玉有瑕，價自減半矣。

《海山仙館叢書》本《苕溪漁隱叢話後集》

【注釋】

[1] 聲詩：指樂府以外唐人採入樂曲中歌唱的五七言詩。

[2] 李八郎：唐代善歌之人。

[3] 曹元謙：不詳。念奴：唐朝天寶時期著名的歌伎。

[4] 李氏君臣：五代時期南唐國主李璟、李煜和大臣馮延巳。《南唐書》載："元宗（李璟）樂府詞云'小樓吹徹玉笙寒'（《攤破浣溪沙》），延巳有'風乍起，吹皺一池春水'（《謁金門》）之句，皆為警策。元宗嘗戲延巳曰：'吹皺一池春水，干卿何事？'延巳曰：'未如陛下小樓吹徹玉笙寒。'元宗悅。"

[5] 平側：平仄。

[6] 五音：我國古代五聲音階中的五個音階，即宮、商、角、徵、羽。

[7] 五聲：漢語字音的五種聲調，即陰平、陽平、上、去、入。

[8] 六律：我國古代樂律，共有十二，陰陽各六，陽為律，陰為呂。

【譯文】

樂府詩和入樂歌唱的詩歌同負盛名，在唐朝開元、天寶年間最繁盛，有一個叫李八郎的人，善於唱歌，勝於天下人。當時新考中的進士，在曲江邊遊賞宴會，及第進士中有一位名士，先把李八郎叫來，讓他換了衣服改了姓名，衣帽破舊，精神憔悴，跟他一起到宴會的地方，對衆人說："我表弟希望能夠坐在下首。"衆人都不理會。酒宴開始音樂響起，唱歌的人輪流上來演唱，當時曹元謙和念奴是唱得最好的。歌唱結束後，大家都讚歎稱賞。名士突然指着李八郎說："請表弟唱歌。"大家都嘲笑，有的人還發怒。等到李八郎放開喉嚨發聲而唱，唱了一曲，引得大家都流下眼淚。圍着叩拜，說："這就是李八郎啊。"

從此之後鄭衛這種淫靡的音樂日益流行，放蕩的風氣日益劇烈。已經出現了《菩薩蠻》《春光好》《莎雞子》《更漏子》《浣溪沙》《夢江南》《漁父》等詞，數也數不完。

五代戰亂，天下如瓜分豆剖般四分五裂，文學事業衰絕。祇有江南李璟李煜和大臣馮延巳君臣崇尚文雅，所以有"小樓吹徹玉笙寒""吹皺一池春水"等詞，語句雖然非常新奇，卻是所謂的"亡國的音樂哀傷且憂愁"。

到了本朝，禮儀音樂文化武功非常完備，又經過一百多年的滋潤涵養，纔有一位柳屯田柳永，用唐宋舊曲改作新調，創作出《樂章集》，在社會上獲得極大的名聲。他的詞雖然合乎音律的要求，但文詞俚俗。又有張先、宋祁和宋庠兄弟，沈唐、元絳、晁端禮等詞人相繼出現，他們的詞雖然經常有精妙的語句，但僅有隻言片語的精妙難成大家！到了晏殊、歐陽修、蘇軾，他們學識淵博通曉天道人事，創作小歌詞，就像在大海中取一瓢水般容易，但他們的詞都是句子長短不整齊的詩歌而已，而且又經常不合音律。為什麼？詩文分平仄，而歌詞分五音，又分五聲，又分六律，又分清濁輕重。而且像近代所說的《聲聲慢》《雨中花》《喜遷鶯》，既押平聲韻，又押入聲韻。《玉樓春》本來押平聲韻，又押去聲韻，又押入聲韻。一首詞本來是仄聲韻的，如果押上聲韻就協暢，如押入聲韻，就無法歌唱了。王安石、曾鞏，他們的文章寫得像西漢人一樣出色，如果寫小歌詞，那人們必定會笑掉大牙，無法讀了。

因此我們就知道詞是另一種文體，知道的人很少。後來的晏幾道、賀鑄、秦觀、黃庭堅，纔算知道。而晏幾道的詞又苦於沒有鋪敘；賀鑄的詞苦於缺少莊重典雅；秦觀的詞專以性情為主，卻缺少典故，這就好像貧苦人家的美女，雖然非常豔麗豐滿超凡脫俗，卻終究是缺乏富貴雍容的氣度。黃庭堅倒是用典故卻多毛病，就好像美玉中有瑕疵，價格自然減掉一半了。

【解析】

這篇文章主要是對唐五代至北宋詞學的發展進行總結，評說了歷代詞壇代表作家的優缺點，闡明作者對詞的審美要求。首先說明詞與唐人鬥歌有關。開篇即言明李八郎能唱，且勝過曹元謙、念奴。可見後世詞起源於唐人在宴會上的歌唱。

其次詩詞有別。蘇軾繼承歐陽修諸人的作詞法，以詩為詞，內容廣泛，涉及從政之情、愛國之情、懷古之情、朋友之情、兄弟之情、師生之情、夫妻之情、農村生活；以豪放風格為主；音律上的突破，既照顧到詞的音樂性，又不過多地受其限制。在詞的音樂形式上也持一種大膽革新的精神，弱化詞對音樂的依附性。辛棄疾不但打破詩詞的界限，並且以辭賦、散文等各種體裁來作詞。而李清照認為詞應寫情致，風格以婉約為正宗，詞分五音、分五聲、分六律，又分清濁輕重，用韻極嚴。

最後認為詞別為一家。她在批評前輩詞時，以詞為一家的標準指出各家優劣，認為詞要協韻律，能唱；詞語應當新奇且有妙語，但不可有亡國之音；詞要典雅不能文詞俚俗；詞要有鋪敘、典重有故實，有富貴態。

　　當然，李清照作為傑出的詞人，有豐富的創作經驗和人生經歷，對前輩詞的創作得失也有深刻的體會。所以，她主張詞別是一家，有力地肯定和提高了詞獨立的文學地位。但持論也有偏頗和太嚴之處。如詞以婉約為正宗，但兩宋之交，社會動盪，民族矛盾大爆發，詞為適應社會現實的需要，突破作為“豔科”的面目，這是必然的發展趨勢。而詞在音律上細緻地要求分五音、五聲、六律、清濁、輕重，即使是她自己的具體創作也不能完全遵守。而過嚴的詞律要求，也不利於此種文體的進步。總體而言，李清照作為一位卓越的女詞人，對詞的理論提出自己的見解，這在我國文學批評史上也是可貴的。

滄浪詩話·詩辯

嚴羽（生卒年不詳）：字儀卿，一字丹丘，號滄浪逋客，宋邵武人。與同族嚴仁、嚴參並稱“三嚴”。以禪喻詩，主妙悟、興趣，推崇盛唐，反對宋詩散文化、議論化，對後代詩論頗有影響。有《滄浪集》《滄浪詩話》。

夫學詩者以識為主：入門須正，立志須高。以漢、魏、晉、盛唐為師，不作開元、天寶以下人物[1]。若自退屈，即有下劣詩魔入其肺腑之間，由立志之不高也。行有未至，可加工力，路頭一差，愈騖愈遠，由入門之不正也。故曰：學其上，僅得其中；學其中，斯為下矣。又曰：見過於師，僅堪傳授；見與師齊，減師半德也。工夫須從上做下，不可從下做上。先須熟讀《楚詞》，朝夕諷詠以為之本；及讀《古詩十九首》，樂府四篇，李陵、蘇武、漢、魏五言皆須熟讀，即以李、杜二集枕藉觀之，如今人之治經，然後博取盛唐名家，醞釀胸中，久之自然悟入。雖學之不至，亦不失正路。此乃是從頂顴上做來[2]，謂之向上一路，謂之直截根源，謂之頓門[3]，謂之單刀直入也。

詩之法有五：曰體製，曰格力，曰氣象，曰興趣，曰音節。

詩之品有九：曰高，曰古，曰深，曰遠，曰長，曰雄渾，曰飄逸，曰悲壯，曰淒婉。其用工有三：曰起結，曰句法，曰字眼。其大概有二：曰優游不迫，曰沉着痛快。詩之極致有一：曰入神。詩而入神，至矣，盡矣，蔑以加矣！惟李、杜得之，他人得之蓋寡也。

禪家者流，乘有小大[4]，宗有南北[5]，道有邪正；學者須從最上乘，具正法眼[6]，悟第一義。若小乘禪，聲聞辟支果[7]，皆非正也。論詩如論禪：漢、魏、晉與盛唐之詩，則第一義也。大曆以還之詩[8]，則小乘禪也，已落第二義矣。晚唐之詩，則聲聞辟支果也。學漢、魏、晉與盛唐詩者，臨濟下也[9]。學大曆以還之詩者，曹洞下也[10]。大抵禪道惟在妙悟，詩道亦在妙悟。且孟襄陽學力下韓退之遠甚，而其詩獨出退之之上者，一味妙悟而已。惟悟乃為當行，乃為本色。然悟有淺深，有分限，有透徹之悟，有但得一知半解之悟。漢、魏尚矣，不假悟也。謝靈運至盛唐諸公，透徹之悟也；他雖有悟者，皆非第一義也。吾評之非僭也，辯之非妄也。天下有可廢之人，無可廢之言。詩道如是也。若以為不然，則是見詩之不廣，參詩之不熟耳。試取漢、魏之詩而熟參之，次取晉、宋之詩而熟參之，次取南北朝之詩而熟參之，次取沈、宋、王、楊、盧、駱、陳拾遺之詩而熟參之，次取開元、天寶諸家之詩而熟參之，次獨取李、杜二公之詩而熟參之，又取大曆十才子之詩而熟參之[11]，又取元和之詩而熟參之[12]，又盡取晚唐諸家之詩而熟參之，又取本朝蘇、黃以下諸公之詩而熟參之，其真是非自有不能隱者。儻猶於此而無見焉，則是野狐外道，蒙蔽其真識，不可救藥，終不悟也。

夫詩有別材，非關書也；詩有別趣，非關理也。然非多讀書，多窮理，則不能極其至。所謂不涉理路，不落言筌者，上也。詩者，吟詠情性也。盛唐諸人惟在興趣，羚羊掛角，無跡可求。故其妙處透徹玲瓏，不可湊泊，如空中之音，相中之色，水中之月，鏡中之象，言有盡而意無窮。近代諸公乃作奇特解會，遂以文字為詩，以才學為詩，以議論為詩。夫豈不工？終非古人之詩也。蓋於一唱三歎之音，有所歉焉。且其作多務使事，不問興致；用字必有來歷，押韻必有出處，讀之反覆終篇，不知着到何在。其末流甚者，叫噪怒張，殊乖忠厚之風，殆以罵詈為詩。詩而至此，可謂一厄也。然則近代之詩無取乎？曰：有之，吾取其合於古人者而已。國初之詩尚沿襲唐人：王黃州學白樂天，楊文公、劉中山學李商隱，盛文肅學韋蘇州，歐陽公學韓退之古詩，梅聖俞學唐人平澹處。至東坡、山谷始自出己意以為詩，唐人之風變矣。山谷用工尤為深刻，其後法席盛行，海內稱為江西宗派[13]。近世趙紫芝、翁靈舒輩，獨喜賈島、姚合之詩，稍稍復就清苦之風；江湖詩人多效其體[14]，一時自謂之唐宗；不知止入聲聞、辟支之果，豈盛唐諸公大乘正法眼者哉！嗟乎！正法眼之無傳久矣。唐詩之說未唱，唐詩之道或有時而明也。今既唱其體曰唐詩矣，則學者謂唐詩誠止於是耳，得非詩道之重不幸邪？故予不自量度，輒定詩之宗旨，且借禪以為喻，推原漢、魏以來，而截然謂當以盛唐為法，雖獲罪於世之君子，不辭也。

郭紹虞《滄浪詩話校釋》

【注釋】

[1] 開元：唐玄宗的年號（713—741）。天寶：唐玄宗的年號（742—756）。

[2] 頂顢：頭頂。

[3] 頓門：頓悟的法門。

[4] 乘有小大：佛教分大乘教和小乘教。佛說法因人而異，人有智愚，故說有深淺，深者為大乘，淺者為小乘。

[5] 宗有南北：佛教禪宗自五祖弘忍之後，分為南北二宗：南宗行於南方，為六祖惠能所創，主張"頓悟說"；北宗行於北方，為神秀所創，主張"漸悟說"。

[6] 正法眼：佛所說之正法。

[7] 聲聞辟支果：佛家有三乘，一菩薩乘，二辟支乘，三聲聞乘。菩薩乘普度衆生，稱大乘。聲聞，指由誦經聽法而悟道者。辟支，指並無師承，獨自悟道。聲聞辟支均僅求自度，屬佛家小乘。

[8] 大曆：唐代宗的年號（766—779）。

[9] 臨濟：我國佛教禪宗南宗五家之一，屬於懷讓法系。經馬祖、百丈、黃檗而至河北臨濟院義玄禪師。義玄正式創立此宗，故名臨濟宗。其宗風單刀直入，機鋒峻烈，使人忽然省悟。

[10] 曹洞：我國佛教禪宗五家之一。六祖惠能傳弟子行思，行思傳希遷，希遷傳藥山，藥山傳雲巖，雲巖傳良價。良價住瑞洞山，傳本寂，住撫州曹山，故稱曹洞宗。

[11] 大曆十才子：唐代宗李豫大曆時期，詩壇上活躍着李端、盧綸、吉中孚、韓翃、錢起、司空曙、苗發、崔峒、耿湋、夏侯審等詩人，號稱大曆十才子。他們寄情山水，稱道隱逸，多表現消極避世思想，格律嚴整、字句精工，雖乏佳篇卻多警句。

[12] 元和：唐憲宗的年號（806—820）。

[13] 江西宗派：北宋末，呂本中作《江西詩社宗派圖》，自黃庭堅以下，列陳師道、潘大臨、謝逸、洪芻、饒節、僧祖可、徐俯、洪朋、林敏修、洪炎、汪革、李錞、韓駒、李彭、晁沖之、江端本、楊符、謝薖、夏倪、林敏功、潘大觀、何覬、王直方、僧善權、高荷，合二十五人，以為法嗣。因庭堅為江西人，影響最大，故有"江西詩派"之稱。江西詩派論詩，反對西崑體追求辭藻、堆砌典故之風，崇尚瘦硬風格，追求奇崛，喜作拗體。

[14] 江湖詩人：南宋後期書商陳起與江湖詩人戴復古和劉克莊等相友善，曾刊《江湖集》《江湖續集》《江湖後集》等書，後人稱之為江湖詩派。江湖詩人多為布衣，或為下層官吏，身分卑微。詩歌多寫羨隱逸、鄙棄仕途之情。

【譯文】

學習寫詩的人以見識為主：入門的路子必須要正確，寫詩的志向要高遠。以漢、魏、晉、盛唐的詩歌為標準，不要拿唐朝開元、天寶以後的詩歌作標準。如果自己退縮屈曲，就會有低下拙劣的詩魔侵入肺腑，就是因為立志不高遠。寫詩功力不足，可以努力，路子方向一錯，就會越走越遠，這是因為入門的路子不對。所以說：取法上等的詩歌，祇得到中等的知識技巧；取法中等的詩歌，就祇能成為下等的水平了。又說：見識超過老師的人，勉強可以傳授；見識跟老師齊平的，祇能得到老師所教的一半。作詩的功夫必須從上往下做，不能從下往上做。必須先讀熟《楚詞》，早晚誦讀作為基礎；接着讀《古詩十九首》，樂府四篇，李陵、蘇武、漢、魏的五言詩都必須熟讀，再把李白、杜甫兩人的詩集放在枕頭邊常讀，像現代人研治經學一樣，之後廣泛地閱讀盛唐名家詩，在胸中融會貫通，久而久之自然能夠體悟作詩的門路。即使作詩還不到家，也不會失了正確的方向。這是從頭頂下功夫，稱為向上作詩的路子，稱為直接掌握根本，稱為頓悟的法門，稱為直接抓住核心。

詩歌的技法有五種：體制，格力，氣象，興趣，音節。

詩歌的品格有九種：高，古，深，遠，長，雄渾，飄逸，悲壯，淒婉。詩歌的用力處有三：開頭結尾，句法，字眼。詩歌的總體風格有二：從容不迫，沉着痛快。詩歌的最高境界有一：入神。寫詩達到入神的境界，這就是頂點了，結束了，不能再增添了！祇有李白、杜甫能達到這個境界，其他人達到這個境界的很少。

禪宗流派，有大乘和小乘，有南宗和北宗，有邪道和正道；學習者必須皈依最上乘的佛法，得到佛家的正法，瞭悟佛法真諦。像小乘佛法，沒有師承獨自悟道或由誦經聽法而悟道，都不是正法。討論詩歌就像討論佛理一樣：漢、魏、晉與盛唐的詩歌，相當於佛法第一義。大曆以後的詩歌，是小乘佛法，已經落入第二義了。晚唐的詩歌，就是無師自悟誦經自悟的佛法了。學習漢、魏、晉與盛唐的詩歌，相當於禪宗中的臨濟宗信徒。師法大曆以後的詩歌，相當於禪宗中的曹洞宗信徒。大體說禪的道理講究穎慧的覺悟，詩歌的道理也講究穎慧的覺悟。再說孟浩然的學問才力比韓愈差得遠，但他的詩歌水平卻超出韓愈，就在於他潛心體悟。祇有妙悟纔是內行，纔是本色。但妙悟有淺有深，講究天分，有的人得到透徹的體悟，有的人祇得到一知半解的體悟。漢、魏的詩歌渾然天成，不需要借助妙悟。謝靈運到盛唐的詩人，他們是透徹的妙悟；其他詩人雖然也有妙悟的，但都不是第一義了。我批評他們不過分，辯論他們不狂妄。天下有可以廢置不用的人，沒有可以廢置不用的話。詩歌的道理也是這樣。如果認為不是這樣，那就是對詩歌的認識不廣，對詩歌的體會不深。試拿漢、魏的詩歌來作深入的揣摩，再拿晉、宋的詩歌來作深入的揣摩，再拿南北朝的詩歌來作深入的揣摩，再拿沈佺期、宋之問、王勃、楊炯、盧照鄰、駱賓王、陳子昂的詩歌來作深入的揣摩，再拿開元、天寶各位詩人的詩歌來作深入的揣摩，再單獨拿李白、杜甫兩位詩人的詩歌來作深入的揣摩，又拿大曆十才子的詩歌來作深入的揣摩，又拿元和時期的詩歌來作深入的揣摩，又全拿晚唐各位詩人的詩歌來作深入的揣摩，又拿我們這個朝代的蘇軾、黃庭堅以及之後的各位詩人的詩歌來作深入的揣摩，他們的真好真壞就不能隱藏了。如果這樣還不能有見識，那就是被邪魔外道蒙蔽了他的智慧，不能救治了，最終也是不能覺悟的了。

寫詩需要特殊的才能，與讀書沒有太大的關係；詩歌有獨特的詩趣，與哲理沒有太大的聯繫。但不多讀書，不體悟哲理，就不能寫出最好的詩歌。所謂寫詩不沉溺於理論邏輯，不落入語言的束縛，這纔是最好的詩歌。詩歌，是抒發情感的。盛唐的詩人寫詩祇講求詩興詩趣，像羚羊把角掛在樹上一樣，不留下任何的痕跡。所以它的精妙之處透徹玲瓏，難以捉摸，好像空中的聲音，事物的顏色，水中的月亮，鏡中的影像一樣，語言已經寫完但意蘊無窮。近代諸位詩人對寫詩作奇特的理解，於是在寫詩時玩弄文字遊戲，在寫詩時炫耀才學，在寫詩時議論譏評。他們的詩難道寫得不工巧嗎？然而終究不像古人寫的詩。大概是與那些一唱三歎的詩相比，是有所不足的。而且他們寫詩大多刻意用典，不理會詩歌的興致；選用文字必定講究有來歷，押韻必定講究有出處，讀完全詩，也不知詩意在哪裏。那些水平更差的詩人，在詩中叫囂怒罵，大大地背離了詩歌溫柔敦厚的傳統，恐怕是要把謾罵當詩了。詩歌發展到這種地步，可以說是一大災難。然而近代的詩歌都沒有可取的嗎？回答說：有，我祇選那些合於古人標準的詩。本朝初期的詩歌創作仍然沿襲唐代詩人的風尚：王禹偁學白居易，楊億、劉筠學李商隱，盛度學韋應物，歐陽修學韓愈的古詩，梅堯臣學唐代詩人的平澹風格。到蘇軾、黃庭堅纔開始以自己的想法來寫詩，唐人的風格就改變了。黃庭堅寫詩尤其用心刻苦，此後他作詩的方法流行開來，天下就稱作江西詩派。近世的趙師秀、翁卷等人，獨獨喜歡賈島、姚合的詩歌，稍稍恢復了清寒苦瘦的詩風；江湖詩人大多學習他們的風格，一時間自以為是唐詩的正宗；卻不知道他們祇是達到聲聞、辟支的境界，哪裏稱得上是盛唐詩人的境界啊！唉！詩歌真諦已經很久沒有傳承了。唐詩的主張沒能得到提倡，唐詩的真諦或者有時候是昌明的。現在既然標榜他們的詩歌是唐詩的正宗，那學詩的人就會說唐詩本來就是這樣子，這難道不是詩歌發展的又一個大災難嗎？所以我不自量力，就定下作詩的宗旨，並且借禪宗作比喻，推求漢、魏以來詩歌的本源，而斷然主張應當以盛唐詩歌為標準，即使得罪了當世的君子，也在所不辭。

【解析】

《滄浪詩話》是一部較為系統、完整、具有獨創精神的論著。全書由《詩辯》《詩體》《詩法》《詩評》《考證》五部分組成，《詩體》評述歷代詩歌體制；《詩法》討論詩歌技巧與規律；《詩評》評論古今詩歌、詩人；《考證》辨析和考證詩歌創作中的具體問題。《詩辯》主要討論唐宋詩的不同以及指出作詩之法。

唐詩是中國古典詩歌的高峰，其藝術成就是後世難以逾越的。後來的學者往往以唐詩作為標準來衡量詩歌的創作。嚴羽在比較唐宋詩歌的不同時指出，詩歌應當"吟詠性情""唯在興趣"，即詩歌要抒情，寫詩人的真實感受。興趣是指詩人受到外界事物的感觸而生發的情思，用委婉含蓄的手法表現出來，要求做到"不可湊泊，如空中之音，相中之色，水中之月，鏡中之象，言有盡而意無窮"，即意象優美，意境深遠，語言凝煉而韻味雋永。宋人作詩，大異於唐詩，多炫耀知識，以文字、才學、議論為詩，追求奧僻，逞馳博辯，具有以文為詩的傾向。嚴羽此論，就是反對此種作詩之法的。

主張妙悟熟參。這兩個詞語是借用佛禪來論詩，妙悟是指掌握規律，熟參是指鑽研規律。嚴羽認為作詩與書、理沒有太大的關係。但不是反對讀書窮理，相反，他要求多讀書多窮理，取法漢、魏、晉、盛唐，在此基礎上，內化成詩人的情感。"大抵禪道惟在妙悟，詩道亦在妙悟。""惟悟乃為當行，乃為本色。然悟有淺深，有分限，有透徹之悟，有但得一知半解之悟。"這些主張也是針對宋人作詩生吞活剝古書的弊端而提出的。

論詩絕句三十首（節錄）

元好問（1190—1257）：字裕之，號遺山，金忻州秀容人。金宣宗興定五年（1221）進士，官至行尚書省左司員外郎。金亡不仕。為文備眾體，詩尤奇崛，且以身處金元之際，特多興亡之感，悲壯蒼涼之音，風格沉雄，意境闊遠，為一代宗匠。有《遺山集》。

漢謠魏什久紛紜，正體無人與細論。誰是詩中疏鑿手？暫教涇渭各清渾。

曹劉坐嘯虎生風，四海無人角兩雄。可惜并州劉越石[1]，不教橫槊建安中。

鄴下風流在晉多，壯懷猶見缺壺歌[2]。風雲若恨張華少[3]，溫、李新聲奈爾何[4]！鍾嶸評張華詩："恨其兒女情多，風雲氣少。"

一語天然萬古新，豪華落盡見真淳。南窗白日羲皇上[5]，未害淵明是晉人。柳子厚，唐之謝靈運；陶淵明，晉之白樂天。

縱橫詩筆見高情，何物能澆磈磊平？老阮不狂誰會得？出門一笑大江橫。

心畫心聲總失真，文章寧①復見為人？高情千古《閑居賦》，爭信安仁拜路塵[6]？

慷慨歌謠絕不傳，穹廬一曲本天然。中州萬古英雄氣，也到陰山敕勒川。

沈宋橫馳翰墨場[7]，風流初不廢齊梁。論功若準平吳例[8]，合著黃金鑄子昂。

鬬靡誇多費覽觀，陸文猶恨冗於潘[9]。心聲只要傳心了，布穀瀾翻可是難。陸蕪而潘淨②，語見《世說》。

排比鋪張特一途，藩籬如此亦區區。少陵自有連城璧，爭奈微之識碔砆。事見元稹《子美墓志》。

眼處心生句自神，暗中摸索總非真。畫圖臨出秦川景，親到長安有

① 原作"仍"，據蔣刻本《元遺山詩箋注》改。
② 原作"靜"，據《世說新語》校改。

幾人？

"望帝春心託杜鵑"，佳人錦瑟怨華年。詩家總愛西崑好[10]，獨恨無人作鄭箋[11]。

萬古文章有坦途，縱橫誰似玉川盧[12]？真書不入今人眼，兒輩從教鬼畫符。

東野窮愁死不休，高天厚地一詩囚[13]。江山萬古潮陽筆，合在元龍百尺樓[14]。

曲學虛荒小說欺，俳諧怒罵豈詩宜？今人合笑古人拙，除卻雅言都不知。

"有情芍藥含春淚，無力薔薇臥晚枝"。拈出退之《山石》句，始知渠是女郎詩。

金入洪爐不厭頻，精真那計受纖塵。蘇門果有忠臣在，肯放坡詩百態新？

古雅難將子美親，精純全失義山真。論詩寧下涪翁拜[15]，未作江西社裏人[16]。

池塘春草謝家春[17]，萬古千秋五字新。傳語閉門陳正字[18]，"可憐無補費精神"。

《四部叢刊》本《遺山先生文集》

【注釋】

［1］劉越石：劉琨，字越石，西晉詩人。少負志氣，而頗浮誇。中原板荡，乃折節出鎮并州，聞雞起舞，長期與匈奴貴族劉曜、劉聰對抗。其《重贈盧諶》等詩，慷慨悲涼。

［2］缺壺歌：《世說新語》載：王敦酒後，輒詠曹操詩："老驥伏櫪，志在千里。烈士暮年，壯心不已。"又以鐵如意打唾壺，壺口盡缺。

［3］張華：西晉詩人。

［4］溫、李：溫庭筠和李商隱，他們的詩歌有綺麗靡豔的一面。

［5］羲皇上：羲皇上人，指伏羲。

［6］安仁拜路塵：《晉書》載：潘岳諂事賈謐，每候其出，輒望塵而拜。

［7］沈宋：初唐詩人沈佺期和宋之問。

［8］平吳：范蠡助勾踐平吳後歸隱，勾踐令人鑄范蠡金像，置之坐側。

［9］"陸文"句：《世說新語》載孫綽言，謂潘岳文淺而淨，陸機文深而蕪。

　　[10] 西崑：即西崑體，指宋初楊億、劉筠、錢惟演作詩宗法溫庭筠、李商隱，好用僻典麗辭，相為唱和，合成一集，名《西崑酬唱集》，後遂稱之為"西崑體"。

　　[11] 鄭箋：東漢學者鄭玄曾作《〈毛詩傳〉箋》，後泛指對古籍的箋注。

　　[12] 玉川盧：盧全自號玉川子，詩以險怪著稱。

　　[13] 詩囚：唐人孟郊作詩，仿佛為詩所拘囚，人稱詩囚。後泛指苦吟的詩人。

　　[14] 元龍百尺樓：三國許汜向劉備訴說，謂陳登（元龍）徑上大牀高臥而不禮遇之。劉備謂許汜所言均求田問舍事，言語粗鄙，若劉備待之，則自臥百尺樓上，而置許汜於地。

　　[15] 涪翁：北宋詩人黃庭堅的別號。

　　[16] 江西社：北宋末年，呂本中作《江西詩社宗派圖》，以黃庭堅、陳師道等二十五人為法嗣。因黃庭堅為江西人，影響最大，故有"江西詩派"之稱。

　　[17] 池塘春草：謝靈運《登池上樓》詩有"池塘生春草，園柳變鳴禽"之句，為古今詩人共賞。

　　[18] 陳正字：陳師道，曾官至秘書省正字，故稱之。

【譯文】

　　漢魏時代的詩歌傳統長久以來紛紜雜亂，風雅正體沒有人能夠與之討論。誰是詩歌中正偽兩體通鑒的能手呢？姑且使詩歌中的正偽像涇渭一樣清晰。

　　曹植劉楨坐作詩歌像虎嘯般生風，天下沒人能與他們角逐。可惜并州刺史劉琨，沒有機會在建安時期橫着長矛馳騁。

　　鄴下詩人的流風餘韻在晉朝仍然興盛，詩人抒發豪情壯志的胸懷時還能見到缺壺歌。如果認為張華的詩歌缺少風雲氣概的話，那麼對溫庭筠李商隱那些綺麗的新歌又如何呢！（鍾嶸評張華的詩歌："可惜他的詩歌中寫兒女的感情多，寫雄韜大略或高情遠志的內容較少。"）

　　語言一寫得自然詩歌就會萬古常新，華麗的辭藻去盡之後就顯示出真摯淳樸之情。白天在北窗下悠閒得像伏羲時代的人一樣，卻不妨礙他是東晉時代的詩人。（柳宗元，是唐代的謝靈運；陶淵明，是晉代的白居易。）

　　詩筆縱橫自如而顯露了詩人高尚的情操，什麼東西能平息阮籍胸中那股抑鬱不平之氣呢？阮籍謹慎不狂的真正心意誰能體會得到？他出門遇到大江橫前衹是一笑置之。

　　語言傳達人的心聲總是不大可靠，文章又怎麼能看得出作者的真實為人？潘岳的《閑居賦》抒發了千古以來的隱逸情懷，然而我們怎麼能相信他竟然在路邊下跪求官呢？

　　慷慨悲壯的歌謠已經斷絕不傳了，而北齊民歌《敕勒歌》卻抒發了塞外民族的質樸豪邁之情。中原一帶自古以來雄健豪放的氣概，也影響了陰山的塞外民歌。

　　沈佺期宋之問在詩壇縱橫馳騁，但其實他們的流風餘韻仍然繼承齊梁的詩風。如果拿平定吳國的舊例來評定功勞的話，就應該用黃金給陳子昂鑄像以表彰他對詩壇的貢獻。

　　競相追求華麗的文采耗費了讀者的時間和精力，陸機的詩文尤其比潘岳的詩文繁蕪冗雜。詩文祇要能把詩人的情意準確地傳達了就好，如果像布穀鳥一樣聒噪就難於傳情達意了。（陸機的繁蕪而潘岳的明淨，評論的話語出自《世說新語》。）

　　排律的排比鋪敘手法祇是詩歌中的一種寫法，但把這種寫法當作不可逾越的藩籬則未免太狹隘。杜甫的詩歌本來就有關注現實這類極為珍貴的東西，奈何元稹偏偏看中杜詩中像珠玉般的石頭。（相關的評論見元稹寫的《唐故工部員外郎杜君墓係銘並序》。）

　　眼睛接觸的實境激發詩情而自然能寫得出入神的詩句，脫離現實祇作暗中虛擬總寫不出真實的意境。後人作詩都如臨摹《秦川圖》一樣，而親自到過長安的又有幾人呢？

　　“望帝杜宇的傷時憂國之心已經化為杜鵑的啼聲”，美女和裝飾華美的古琴訴說着青春歲月的流逝。詩人都喜歡西崑體那種追求辭藻和堆砌典故的詩風，祇是可惜沒有人能像鄭玄一樣給這些晦澀的詩歌作注釋。

　　自古以來文章的創作總是有平直的大路的，有誰像盧仝那樣在險怪詭譎的道路上任意奔馳呢？正楷已經不能進入時人的法眼，孩子們學書法祇能聽憑他們教畫鬼神符篆。

　　孟郊以失意憂愁寫詩而到死都不肯停下來，天高地厚他卻把自己局限在苦吟中而成為詩的囚徒。韓愈的詩歌如江山萬古長存，應該就像陳登高臥百尺樓臺般氣勢豪邁。

　　鄉曲簡陋、虛假荒謬、無足輕重的學問祇是欺騙世人，詼諧遊戲和詈罵調笑的內容適合寫成詩嗎？現代人應該嘲笑古人的笨拙，除了寫出典雅的詩句外什麼都不懂。

　　“芍藥因為有情而滿含惜春的淚水，薔薇因為無力而後來生長的枝條祇能倒臥在地上。”從韓愈《山石》詩中挑出句子來比較，纔知他們的詩歌是女孩子寫的詩歌。

　　真金不怕在火爐裏反復鍛燒，精純的物品也不計較蒙受細小的灰塵。

蘇東坡的門下後學如果真有忠臣的話，肯讓蘇東坡的詩歌競出新態嗎？

學作古雅的詩歌已難以親近杜甫，而精純的要義也沒有得到李商隱的本真。學詩不願向黃庭堅下拜取法，所以不作江西詩派中的人。

謝靈運的"池塘生春草"描繪了春天的美景，這五個字千秋萬代亘古常新。應該捎個信給閉門苦思的陳師道，"向壁苦吟祇是白白地耗費精神"。

【解析】

自從杜甫作了《戲為六絕句》以論詩之後，宋代以絕句論詩的風氣極盛。但他們的評論因受此種形式的束縛，祇能偶爾遣興，或點到為止。而金元之際的元好問所作的《論詩絕句三十首》，卻是自覺地、有明確目的地對文學史上的文學現象和詩人進行批評，並在批評的基礎上建立其批評理論框架。約而言之，主要有以下幾方面的主張：

一是強調正體，反對偽體。正體指雄渾、高古、自然、醇雅的風格，而偽體則指柔靡、輕豔、險怪、雕琢之作。如建安詩人曹氏父子、劉楨、劉琨以及北朝民歌的雄壯，陶淵明詩歌的高古自然，均屬正體。而六朝、初唐、宋初詩歌，競尚聲律辭藻，孟郊的苦吟，盧仝的險怪，溫庭筠、李商隱等人的豔靡新聲，蘇東坡、黃庭堅、江西詩派等雕琢辭藻，或以文字、才學為詩，以俳諧怒罵為詩等，均屬偽體。

二是主張剛健豪壯，反對纖細軟弱。生於金元之際，由於時代喪亂和北方雄壯山河的激發，蘇學在北方的影響以及元氏個人的豪邁性格，他對曹氏父子、劉琨等雄壯風格頗多讚詞，如"曹劉坐嘯虎生風""壯懷猶見缺壺歌""出門一笑大江橫""中洲萬古英雄氣"。而對風雲氣少的張華、作新聲的溫李、作女郎詩的秦觀、詩囚的孟郊、費精神的陳師道則多所批評。

三是反對雕琢造作，主張清新自然。西晉太康時期潘陸諸人的詩風專事雕琢藻采、多用典故，而唐代李商隱以及晚唐諸人也多講究藝術技巧的精益求精，到宋代蘇黃以及江西詩派以文字、才學為詩，詩歌逐漸轉向矯揉造作一途。元好問批評他們"鬪靡誇多費覽觀""獨恨無人作鄭箋""高天厚地一詩囚""可憐無補費精神"。而東晉陶淵明和劉宋時期的謝靈運多寫田園山水，不唯內容大異於當時，在技巧上也以自然為主，不事用典、聲律、藻麗。元氏讚揚他們"一語天然萬古新，豪華落盡見真淳""池塘春草謝家春，萬古千秋五字新"。

四是主張寫真情實意，反對虛偽失真。詩以寫情為主，有真情則自然感人。他讚美阮籍詩筆縱橫，神情高遠，是因阮籍胸中有不平之氣。批評潘岳"心畫心聲總失真"，其《閑居賦》高情千古，但潘岳卻跪求營利，諸事賈謐，言行相背。

人間詞話（節錄）

　　王國維（1877—1927）：字靜安，號觀堂，浙江海寧人。1900 年底，留學日本。1925 年，受聘為清華研究院國學導師。曾被清廢帝溥儀召為南書房行走。1927 年，自沉於頤和園昆明湖。早年治哲學、美學，論詞倡"境界說"，影響深遠，為近代中國最早運用西方哲學、美學、文學觀點和方法剖析評論中國古典文學的開風氣者，集史學家、文學家、美學家、考古學家、詞學家、金石學家和翻譯理論家於一身。有《人間詞話》《宋元戲曲考》等。

　　詞以境界為最上。有境界，則自成高格，自有名句。五代、北宋之詞所以獨絕者在此。

　　有造境，有寫境，此理想與寫實二派之所由分。然二者頗難分別，因大詩人所造之境，必合乎自然，所寫之境亦必鄰於理想故也。

　　有有我之境，有無我之境。"淚眼問花花不語，亂紅飛過秋千去"，"可堪孤館閉春寒，杜鵑聲裏斜陽暮。"有我之境也。"采菊東籬下，悠然見南山。""寒波澹澹起，白鳥悠悠下。"無我之境也。有我之境，以我觀物，故物皆著我之色彩。無我之境，以物觀物，故不知何者為我，何者為物。古人為詞，寫有我之境者為多，然未始不能寫無我之境，此在豪傑之士能自樹立耳。

　　自然中之物，互相關係，互相限制。然其寫之於文學及美術中也，必遺其關係、限制之處。故雖寫實家，亦理想家也。又雖如何虛構之境，其材料必求之於自然，而其構造，亦必從自然之法則。故雖理想家，亦寫實家也。

　　境非獨謂景物也，喜怒哀樂，亦人心中之一境界。故能寫真景物、真感情者，謂之有境界，否則謂之無境界。

　　"紅杏枝頭春意鬧"，著一"鬧"字，而境界全出。"雲破月來花弄影"，著一"弄"字，而境界全出矣。

　　境界有大小，不以是而分優劣。"細雨魚兒出，微風燕子斜"，何遽不若"落日照大旗，馬鳴風蕭蕭"？"寶簾閒掛小銀鉤"，何遽不若"霧失樓臺，月迷津渡"也？

詞至李後主而眼界始大[1]，感慨遂深，遂變伶工之詞而為士大夫之詞。周介存置諸溫、韋之下[2]，可謂顛倒黑白矣。"自是人生長恨水長東"，"流水落花春去也，天上人間。"《金荃》《浣花》能有此氣象耶？

詞人者，不失其赤子之心者也。故生於深宮之中，長於婦人之手，是後主為人君所短處，亦即為詞人所長處。

客觀之詩人，不可不多閱世。閱世愈深則材料愈豐富，愈變化，《水滸傳》《紅樓夢》之作者是也。主觀之詩人，不必多閱世。閱世愈淺，則性情愈真，李後主是也。

古今之成大事業、大學問者，必經過三種之境界："昨夜西風凋碧樹，獨上高樓，望盡天涯路。"此第一境也。"衣帶漸寬終不悔，為伊消得人憔悴。"此第二境也。"眾裏尋他千百度，回頭驀見，那人正在，燈火闌珊處。"此第三境也。此等語皆非大詞人不能道。然遽以此意解釋諸詞，恐為晏、歐諸公所不許也。

問"隔"與"不隔"之別，曰：陶、謝之詩不隔[3]，延年則稍隔矣[4]。東坡之詩不隔，山谷則稍隔矣[5]。"池塘生春草""空梁落燕泥"等二句，妙處唯在不隔。詞亦如是。即以一人一詞論，如歐陽公《少年游》詠春草上半闋云："闌干十二獨凭春，晴碧遠連雲，千里萬里，二月三月，行色苦愁人。"語語都在目前，便是不隔。至云："謝家池上，江淹浦畔。"則隔矣。白石《翠樓吟》："此地，宜有詞仙，擁素雲黃鶴，與君游戲。玉梯凝望久，歎芳草、萋萋千里。"便是不隔。至"酒祓清愁，花消英氣"，則隔矣。然南宋詞雖不隔處，比之前人，自有淺深厚薄之別。

"生年不滿百，常懷千歲憂。晝短苦夜長，何不秉燭遊？""服食求神仙，多為藥所誤。不如飲美酒，被服紈與素。"寫情如此，方為不隔。"采菊東籬下，悠然見南山。山氣日夕佳，飛鳥相與還。""天似穹廬，籠蓋四野。天蒼蒼，野茫茫，風吹草低見牛羊。"寫景如此，方為不隔。

四言敝而有《楚辭》，《楚辭》敝而有五言，五言敝而有七言，古詩敝而有律絕，律絕敝而有詞。蓋文體通行既久，染指遂多，自成習套，豪傑之士，亦難於其中自出新意，故遁而作他體，以自解脫。一切文體所以始盛終衰者，皆由於此。故謂文學後不如前，余未敢信。但就一體論，則此說固無以易也。

詩之三百篇、十九首，詞之五代、北宋，皆無題也。非無題也，詩詞中之意，不能以題盡之也。自《花庵》《草堂》每調立題[6]，並古人無題之詞亦為之作題，如觀一幅佳山水，而即曰此某山某河，可乎？詩有題而詩亡，詞有題而詞亡。然中材之士，鮮能知此而自振拔者矣。

大家之作，其言情也必沁人心脾，其寫景也必豁人耳目，其詞脫口而出，無矯揉妝束之態。以其所見者真，所知者深也。詩詞皆然。持此以衡古今之作者，可無大誤矣。

詩人對宇宙人生，須入乎其內，又須出乎其外。入乎其內，故能寫之。出乎其外，故能觀之。入乎其內，故有生氣。出乎其外，故有高致。美成能入而不能出[7]，白石以降[8]，於此二事皆未夢見。

詩人必有輕視外物之意，故能以奴僕命風月。又必有重視外物之意，故能與花鳥共憂樂。

人民文學出版社《人間詞話》

【注釋】

[1] 李後主：南唐後主李煜。

[2] 周介存：周濟，字介存。清代詞人。溫、韋：溫庭筠和韋莊。唐代詞人。溫有《金荃集》，韋有《浣花集》。

[3] 陶、謝：陶淵明，東晉詩人。謝靈運，劉宋詩人。

[4] 延年：顏延年，南朝劉宋詩人

[5] 山谷：黃庭堅，號山谷。北宋詩人。

[6] 《花庵》《草堂》：宋代黃昇編的《花庵詞選》和南宋何士信編的《草堂詩餘》。

[7] 美成：北宋詞人周邦彥，字美成。

[8] 白石：姜夔，號白石道人。南宋詞人。

【譯文】

詞以有境界為最高標準。有境界，那詞就有高的品格，自然有名句。五代、北宋的詞能夠獨擅勝場的原因就在這裏。

有創造的境界，有寫實的境界，這是理想和寫實兩派區分的原因。但兩者比較難區分，因為偉大的詩人所創設的境界，必定合乎自然，他所寫的境界也必定接近理想的緣故。

詞有有我的境界，也有無我的境界。"淚眼問花花不語，亂紅飛過秋千去"，"可堪孤館閉春寒，杜鵑聲裏斜陽暮。"這是有我的境界。"采菊東籬下，悠然見南山。""寒波澹澹起，白鳥悠悠下。"這是無我的境界。有我的境界，用我的眼光來觀照萬物，所以萬物都帶上我的情感色彩。無我的境界，用萬物觀照萬物，所以不知哪個是我，哪個是物。古人填詞，創設有我的境界的比較多，但不是不能創設無我的境界，這在優秀的詞人那裏是能夠有所建樹的。

自然界中的事物，總是互相關聯，互相制約的。但是要將它們反映在文學和美術中，就要拋棄它們的關聯和制約。所以說即使是寫實家，也是理想家。而且即使怎麼虛構意境，作者所用的材料必定來於自然，而他虛構的作品，也必定遵從自然的規律。因此雖然是理想家，同時也是寫實家。

境界並非專指景物，人的喜怒哀樂，也是人心中的一個境界。所以能夠寫真實的景物、真實的情感，就稱為有境界，否則就稱為沒有境界。

"紅杏枝頭春意鬧"，用一個"鬧"字，詞的境界就全部顯示出來了。"雲破月來花弄影"，用一個"弄"字，詞的境界就全部顯示出來了。

境界有大小的區別，但不因此而區分詞的優劣。"細雨魚兒出，微風燕子斜"的境界，怎麼就不如"落日照大旗，馬鳴風蕭蕭"的境界呢？"寶簾閒掛小銀鉤"的境界，怎麼就不如"霧失樓臺，月迷津渡"的境界呢？

詞的創作到李後主的手裏視野纔開始開闊，感慨纔更深沉，於是就把專為樂人創作的歌詞變成文人士大夫言情寫志的詞。周濟把他的詞放在溫庭筠、韋莊之下，可以說是顛倒黑白了。"自是人生長恨水長東"，"流水落花春去也，天上人間。"溫庭筠的《金荃集》和韋莊的《浣花集》中的詞，能有這種氣象嗎？

詞人，就是沒有喪失兒童純真之心的人。所以生活在深宮中，整天與婦人生活在一起，這是李後主作為君王的不足，卻是他作為詞人的長處。

客觀的詩人，不能不多經歷社會生活。經歷的社會生活越多那他掌握的寫作材料就越多，越富於變化，《水滸傳》《紅樓夢》的作者就是這樣。主觀的詩人，不一定要多經歷世事。經歷越少，那他的性情就越純真，李後主就是這樣。

古今那些成就大事業、大學問的人，必定歷經三個階段："昨夜西風凋碧樹，獨上高樓，望盡天涯路。"這是第一個階段。"衣帶漸寬終不悔，為伊消得人憔悴。"這是第二個階段。"眾裏尋他千百度，回頭驀見，那人正在，燈火闌珊處。"這是第三個階段。這些話不是大詞人是說不出來的。但是貿然地拿這種意思來解釋以上幾首詞，恐怕要被晏殊、歐陽修諸公反對。

問詞的"隔"與"不隔"的區別，答：陶淵明、謝靈運的詩歌不隔，顏延年的詩就有點隔了。蘇東坡的詩不隔，黃庭堅的詩就有點隔了。"池塘生春草""空梁落燕泥"等兩句詩，好的地方在不隔。詞也是這樣。如果拿一個人的一首詞來評論，比如歐陽修《少年游》詠春草的上半闋說：

"闌干十二獨凭春，晴碧遠連雲，千里萬里，二月三月，行色苦愁人。"每句寫的內容都歷歷在目，這就是不隔。至於下闋寫道："謝家池上，江淹浦畔。"那就隔了。姜夔的《翠樓吟》寫道："此地，宜有詞仙，擁素雲黃鶴，與君游戲。玉梯凝望久，歎芳草、萋萋千里。"就是不隔。到寫"酒祓清愁，花消英氣"，就隔了。但南宋的詞雖有不隔之處，比起前人所作，也有深淺厚薄的區別。

"生年不滿百，常懷千歲憂。晝短苦夜長，何不秉燭遊?""服食求神仙，多為藥所誤。不如飲美酒，被服紈與素。"這樣抒情，纔是不隔。"采菊東籬下，悠然見南山。山氣日夕佳，飛鳥相與還。""天似穹廬，籠蓋四野。天蒼蒼，野茫茫，風吹草低見牛羊。"這樣寫景，纔是不隔。

四言詩衰敝就出現《楚辭》，《楚辭》衰敝就出現五言詩，五言詩衰敝就出現七言詩，古體詩衰敝就出現律詩和絕句，律詩和絕句衰敝就出現詞。大概一種文體流行久了，寫的人多，自然就形成固定的套路，即使是最優秀的文士，也很難在這種文體中有創新，所以祇能轉而寫其他的文體，以展示自己的才情。所有的文體之所以開始興盛而最終衰落，都是由於這個緣故。所以認為文學後代不如前代，我不敢相信。但如果祇就一種文體來說的話，那這個說法又是不能改變的。

詩歌中的《詩經》、古詩十九首，詞中的五代詞、北宋詞，都是沒有題目的。不是沒有題目，而是詩詞中的主旨，不能用題目來完全體現。自從《花庵詞選》《草堂詩餘》在每首詞的調下都設立題目，並把古人沒有題目的詞都加上題目，就像看一幅好的山水畫一樣，就說這是某山某河，可以嗎? 詩歌有題目那詩歌就衰亡，詞有題目那詞就衰亡。但一般的人，很少能夠瞭解這種情況而自己做出改變的。

名家的作品，他抒發的情感也必定深入人心，他寫景也必定開闊人的眼界，他的語言脫口而出，沒有矯揉造作虛偽編造的樣子。因為他對客觀事物的觀察是真實的，瞭解的情況也深入。詩詞也如此。拿這個標準衡量古今的作者，基本上沒有大的錯誤了。

詩人對宇宙和人生，必須要深入它內部來體驗，又必須能站在它外面來審視。能進入它內部，所以能描寫它。能站在它外面，所以能審視它。進入它內部，所以充滿生機。站在它外面，所以具有高潔的情致。周邦彥能深入進去卻不能出來，姜夔以後的詞人，對入和出這兩件事連做夢都沒夢到過。

詩人必須有輕視外物的氣魄，這樣纔能像駕馭奴僕一樣駕馭自然景致。又必須有重視外物的虔誠，這樣纔能跟自然界的花鳥一起品味憂愁快樂。

【解析】

王國維早年鑽研西方哲學和美學，尤深於尼采、叔本華思想。所以，一般認為，他的《人間詞話》即其繼承中國古代藝術傳統，吸取西方美學成果而建構的批評理論。其較為顯著的批評思想如下：

一是以境界論詞，認為詞的優劣以境界之有無作為衡量的標準。所謂境界包括自然之境與人的情感，指真切鮮明地表達出來的情景交融的藝術形象。境界不分大小，但有造境與寫境之別，又分有我之境與無我之境。造境與寫境即虛構與寫實，也就是理想主義與寫實主義。造境由作家按其主觀理想虛構而成，寫境則由作家按客觀現實而作。但虛構之境也源於現實，而生活真實又需通過藝術構思來創造，二者須和諧統一。至於境界分有我與無我之別，有我之境指“我”的意志與外物有某種對立，或者指“我”的主觀意志獨立於外物之外，能以客觀冷靜的態度來審視外物，故給人宏壯的美感。而無我之境則指“我”的意念與外物融為一體，沒有審美利害得失的慾念，是純粹的審美關係，故給人優美之感。因為常人往往帶有“我”的主體意志來觀物，所以作品多帶有慾望和意志的色彩，即表現有我之境。而一般人往往難以做到無欲無念，達到物我渾融的狀態，所以寫無我之境較難。亦因此，無我之境似頗優於有我之境。此外，他提到境界似可通過煉字來實現，如“紅杏枝頭春意鬧”“雲破月來花弄影”，以一“鬧”字、一“弄”字而境界全出即是如此。

二是論文學以隔與不隔。所謂隔與不隔，或許是指藝術表現上的顯與隱，包括寫景、抒情以及用詞。寫景須豁人耳目，抒情要沁人心脾，用詞要脫口而出，景真情深語自然。能給人鮮明、生動、真切之感則為“不隔”。若在創作時感情矯揉造作，或用“代字”“隸事”甚至用“游詞”，使作品晦澀難懂，這就產生了“隔”或“稍隔”的感覺。

王國維因受西方悲劇美學和唯心主義哲學的影響，故所論不免有某些缺陷和局限，但他的觀點也比較新穎精闢，在中國詩話、詞話史上均有巨大貢獻，影響亦深遠。

屈子文學之精神

王國維。

我國春秋以前，道德政治上之思想，可分之為二派：一帝王派，一非帝王派。前者稱道堯、舜、禹、湯、文、武，後者則稱其學出於上古之隱君子[1]如莊周所稱廣成子之類[2]，或託之於上古之帝王。前者近古學派，後者遠古學派也。前者貴族派，後者平民派也。前者入世派，後者遯世派非真遯世派，知其主義之終不能行於世而遯焉者也也。前者熱性派，後者冷性派也。前者國家派，後者個人派也。前者大成於孔子、墨子，而後者大成於老子老子，楚人，在孔子後，與孔子問禮之老聃係二人，說見汪容甫《述學·老子攷異》。故前者北方派，後者南方派也。此二派者，其主義常相反對而不能相調和，觀孔子與接輿、長沮、桀溺、荷蓧丈人之關係可知之矣[3]！戰國後之諸學派，無不直接出於此二派，或出於混合此二派，故雖謂吾國固有之思想不外此二者可也。

夫然，故吾國之文學，亦不外發表二種之思想。然南方學派則僅有散文的文學，如《老子》《莊》《列》是已。至詩歌的文學，則為北方學派之所專有。《詩》三百篇，大抵表北方學派之思想者也。雖其中如《考槃》《衡門》等篇略近南方之思想，然北方學者所謂"用之則行，舍之則藏"，"有道則見，無道則隱"者，亦豈有異於是哉？故此等謂之南北公共之思想則可，必非南方思想之特質也。然則詩歌的文學，所以獨出於北方之學派者，又何故乎？

詩歌者，描寫人生者也用德國大詩人希爾列爾之定義[4]。此定義未免太狹。今更廣之曰描寫自然及人生，可乎？然人類之興味，實先人生，而後自然。故純粹之模山範水，流連光景之作，自建安以前，殆未之見。而詩歌之題目，皆以描寫自己之感情為主。其寫景物也，亦必以自己深邃之感情為之素地而始得於特別之境遇中，用特別之眼觀之。故古代之詩所描寫者，特人生之主觀的方面；而對人生之客觀的方面，及純處於客觀界之自然，斷不能以全力注之也。故對古代之詩，前之定義，寧苦其廣而不苦其隘也。

詩之為道，既以描寫人生為事，而人生者，非孤立之生活，而在家

227

族、國家及社會中之生活也。北方派之理想，置於當日之社會中；南方派之理想，則樹於當日之社會外。易言以明之，北方派之理想，在改作舊社會；南方派之理想，在創造新社會。然改作與創造，皆當日社會之所不許也。南方之人，以長於思辯而短於實行，故知實踐之不可能，而即於其理想中求其安慰之地，故有遯世無悶、囂然自得以沒齒者矣。若北方之人，則往往以堅忍之志、強毅之氣，持其改作之理想以與當日之社會爭；而社會之仇視之也，亦與其仇視南方學者無異，或有甚焉。故彼之視社會也，一時以為寇，一時以為親，如此循環，而遂生歐穆亞（Humour）之人生觀[5]，《小雅》中之傑作，皆此種競爭之產物也。且北方之人，不為離世絕俗之舉，而日周旋於君臣父子夫婦之間，此等在在界以詩歌之題目，與以作詩之動機。此詩歌的文學，所以獨產於北方學派中而無與於南方學派者也。

然南方文學中又非無詩歌的原質也。南人想像力之偉大豐富，勝於北人遠甚。彼等巧於比類，而善於滑稽，故言大則有若北溟之魚[6]，語小則有若蝸角之國[7]；語久則大椿冥靈[8]，語短則蟪蛄朝菌[9]；至於襄城之野，七聖皆迷[10]；汾水之陽，四子獨往[11]。此種想像，決不能於北方文學中發見之。故《莊》《列》書中之某部分，即謂之散文詩無不可也。夫兒童想像力之活潑，此人人公認之事實也。國民文化發達之初期亦然，古代印度及希臘之壯麗之神話，皆此等想像之產物也。以我中國論，則南方之文化發達較後於北方，則南人之富於想像亦自然之勢也。此南方文學中之詩歌的特質之優於北方文學者也。

由此觀之，北方人之感情，詩歌的也，以不得想像之助，故其所作遂止於小篇。南方人之想像，亦詩歌的也，以無深邃之感情之後援，故其想像亦散漫而無所麗，是以無純粹之詩歌。而大詩歌之出，必須俟北方人之感情，與南方人之想像合而為一，即必通南北之驛騎而後可，斯即屈子其人也。

屈子南人而學北方之學者也。南方學派之思想，本與當時封建貴族之制度不能相容，故雖南方之貴族，亦常奉北方之思想焉。觀屈子之文，可以徵之。其所稱之聖王，則有若高辛、堯、舜、禹、湯、少康、武丁、文、武[12]，賢人則有若皋陶、摯、說、彭、咸[13]謂彭祖、巫咸，商之賢臣也，與"巫咸將夕降兮"之巫咸自是二人，《列子》所謂"鄭有神巫，名季咸"者也，比干、伯夷、呂望、甯戚、百里、介推、子胥[14]，暴君則有若夏啟、羿、浞、桀、紂，皆北方學者之所常稱道，而於南方學者所稱黃帝、廣成等不一及焉。雖《遠游》一篇似專述南方之思想，然此實屈子憤激之詞，如孔子之居夷浮海，非其志也。《離騷》之卒章，其旨亦與《遠游》同。然卒曰：

"陟升皇之赫戲兮，忽臨睨夫舊鄉。僕夫悲余馬懷兮，蜷局顧而不行。"《九章》中之《懷沙》，乃其絕筆，然猶稱重華、湯、禹[15]，足知屈子固徹頭徹尾抱北方之思想，雖欲為南方之學者而終有所不慊者也。

屈子之自贊曰"廉貞"。余謂屈子之性格，此二字盡之矣。其廉固南方學者之所優為，其貞則其所不屑為，亦不能為者也。女嬃之詈[16]，巫咸之占[17]，漁父之歌[18]，皆代表南方學者之思想，然皆不足以動屈子。而知屈子者，唯詹尹一人[19]。蓋屈子之於楚，親則肺腑，尊則大夫，又嘗箸內政外交上之大事矣！其於國家，既同累世之休戚，其於懷王，又有一日之知遇，一疏再放，而終不能易其志，於是其性格與境遇相待而使之成一種之歐穆亞。《離騷》以下諸作，實此歐穆亞所發表者也。使南方之學者處此，則賈誼《吊屈原文》、揚雄《反離騷》是，而屈子非矣！此屈子之文學，所負於北方學派者。

然就屈子文學之形式言之，則所負於南方學派者，抑又不少。彼之豐富之想像力，實與莊、列為近。《天問》《遠游》鑿空之談，求女謬悠之語，莊語之不足[20]，而繼之以諧，於是思想之游戲更為自由矣！變《三百篇》之體而為長句，變短什而為長篇，於是感情之發表更為宛轉矣！此皆古代北方文學之所未有，而其端自屈子開之。然所以驅使想像而成此大文學者，實由其北方之肫摯的性格[21]。此莊周等之所以僅為哲學家，而周、秦間之大詩人，不能不獨數屈子也。

要之，詩歌者，感情的產物也。雖其中之想像的原質即知力的原質，亦須有肫摯之感情，為之素地而後此原質乃顯。故詩歌者，實北方文學之產物，而非儇薄冷淡之夫所能託也。觀後世之詩人，若淵明，若子美，無非受北方學派之影響者，豈獨一屈子然哉！豈獨一屈子然哉！

臺灣商務印書館《海寧王靜安先生遺書》

【注釋】

[1] 隱君子：隱士。

[2] 廣成子：古代傳說中的仙人。

[3] 接輿、長沮、桀溺、荷篠丈人：《論語》中記載的春秋時代的隱士。

[4] 希爾列爾：今譯作席勒。

[5] 歐穆亞：今譯作幽默。

[6] 北溟之魚：《莊子·逍遙遊》中虛構的北海大魚，其大不知幾千里。

[7] 蝸角之國：《莊子·則陽》篇中虛構的兩個國家，蝸牛左角為觸

氏國，右角為蠻氏國。

　　[8] 大椿冥靈：《莊子·逍遙遊》中虛構的大樹，大椿以八千歲為春，以八千歲為秋。冥靈以五百歲為春，五百歲為秋。

　　[9] 蟪蛄朝菌：《莊子·逍遙遊》中虛構的小動物蟪蛄不知春和秋，小植物朝菌朝生暮死。

　　[10] "襄城"句：《莊子·徐無鬼》載，黃帝、方明、昌寓、張若、諂朋、昆閽、滑稽七人將見具茨山的大隗，去到襄城之野時，七人迷路。

　　[11] "汾水"句：《莊子·逍遙遊》載：堯往見藐姑射山的王倪、齧缺、被衣、許由，到汾水北岸，悵然若有所失。

　　[12] 高辛：帝嚳初受封於辛，後即帝位，號高辛氏。少康：夏代中興之主。武丁：商王，後世稱為高宗。

　　[13] 皋陶：傳說虞舜時的司法官。摯：伊摯，亦即伊尹，商湯的大臣。說：傅說，商王武丁的大臣。

　　[14] 比干：商紂王的叔父。伯夷：舜的大臣。呂望：即姜太公，周文王的大臣。甯戚：春秋齊國大夫。百里：百里奚，春秋時秦穆公的大臣。介推：又稱介之推，春秋時晉國文公的大臣。

　　[15] 重華：相傳虞舜目重瞳子，故以此稱美虞舜。

　　[16] 女嬃：屈原的姐姐，她曾勸慰屈原。

　　[17] 巫咸之占：屈原彷徨失意時，曾向巫咸求占以定去留。

　　[18] 漁父之歌：屈原放逐江南時，漁父作歌勸諷屈原歸隱。

　　[19] 詹尹：屈原被逐時，嘗往見問卜決疑。

　　[20] 莊語：嚴正的議論。

　　[21] 肫摯：真摯誠懇。

【譯文】

　　我國春秋以前，道德政治上的思想，可分為兩派：一是帝王派，二是非帝王派。前者稱揚堯、舜、大禹、商湯、周文王、周武王，後者則稱他們的學術出於上古的隱士（如莊子所稱的廣成子這些人），或附會於上古的帝王。前者是近古學派，後者是遠古學派。前者是貴族學派，後者是平民學派。前者是入世學派，後者是隱居學派（其實他們也不是真正的隱居學派，衹是因為知道他們的主張最終不能施行於社會纔歸隱罷了）。前者是熱情派，後者是冷漠派。前者是國家派，後者是個人派。前者集大成於孔子和墨子，而後者集大成於老子（老子，是楚國人，生於孔子之後，與孔子問禮的老聃是兩個人，相關的論述見汪中的《述學·老子攷異》）。所以前者是北方學派，後者是南方學派。這兩個學派，他

230

們的主張常常相反而且不能調和，看孔子與接輿、長沮、桀溺、荷篠丈人等隱士的關係就知道了！戰國之後的各個學派，無不出於這兩個學派，或者摻雜繼承這兩個學派，所以即使說我國原本的思想就是這兩個學派的思想也是可以的。

這樣，所以我國的文學，也是表達這兩派的思想的。但南方學派祇有散文這種文學，如《老子》《莊子》《列子》就是。至於詩歌這種文學，就屬北方學派的專有。《詩經》三百篇，基本上反映的是北方學派的思想。雖然其中《考槃》《衡門》等詩歌的思想比較接近南方的思想，但北方學派的學者所說的"見用就出仕，不見用就歸隱"，"天下太平就入仕，社會黑暗就歸隱"，難道跟南方學派的思想有區別嗎？所以這種思想稱為南北學派的公共思想也是可以的，肯定不是南方思想特有的。然而詩歌文學，之所以祇出現於北方學派，又是什麼原因呢？

詩歌，是描寫人生的（用德國大詩人希爾列爾的定義），這個定義有些狹隘。現在把它擴大為描寫自然和人生，可以吧？但人類的情思，確實是先出現人生的感慨，然後是對自然的體悟。所以單純描繪山水，流連自然的作品，從建安以前，基本上沒有。而詩歌的主題，都是以抒發詩人的感情為主。他們描繪景物，也必定以自己深邃的感情作為潔白的質地而且從特別的境遇中纔能獲得那些景物，再用特別的眼光來觀照它們。所以古代詩歌所描寫的東西，祇是人生中主觀的內容；而對人生中客觀的內容，以及本身客觀的自然界，斷然不能用全副身心投入創作。所以對古代詩歌，上面的定義，祇怕太寬泛而不怕狹隘。

詩歌作為一種藝術，既以描寫人生為內容，而人生，又不是孤立的生活，而是存在於家族、國家和社會中的生活。北方學派的理想，出現在他們當時生活的社會中；南方學派的理想，卻是設置在他們時代的社會之外的。簡單說，北方學派的理想，是改造舊社會；南方學派的理想，是創造新社會。但改造和創新社會的工作，都是那個時代的社會所不允許的。南方人，因擅長思辯而缺少實踐，所以知道實踐是不可能的，因此就從他們的理想中尋找安慰，也因此能夠遠離俗世而不覺得愁悶、怡然自得而至老死。像北方人，則往往以他們堅韌的意志和剛強勇毅的精神，秉持他們改造社會的理想與當時的社會周旋；而社會對他們的仇視，也跟他們仇視南方學者一樣，甚至更痛恨他們。所以北方人看待社會，有時把它當作強盜，有時把它視作親人，這樣來來回回，因此他們就產生了幽默（Humour）的人生觀。《小雅》中的那些傑作，就是他們跟社會鬥爭的產物。而且北方人，沒有隱居避世的舉動，而是每天在君臣父子夫婦之間應酬，這些都成為詩歌創作的內容，以及詩歌創作的動機。

231

這就是詩歌這種文學，之所以祇出現在北方學派而不出現於南方學派的原因。

但南方文學中也不是沒有詩歌的基本要素。南方人想像力偉大豐富，遠遠超過北方人。他們擅長用比興，而且善於用言語、動作或事態令人發笑，所以講巨大就有像北溟的大魚，談細小就有像蝸牛角上的小國；說久遠就有大椿樹和冥靈樹，說短暫就有蟪蛄和朝菌；至於寫來到襄城的野外時，七位聖人迷失路徑；在汾水的北邊，堯獨自拜訪四位聖人。這些想像，絕對不會在北方文學中出現。所以《莊子》和《列子》中的某些章節，即使稱作散文詩也是可以的。兒童的想像力豐富，這是人人公認的事實。我國文化發展的早期也是這樣，古代印度和希臘的壯麗神話，都是這種想像力的產物。以我國的情況來看，南方文化的發展比北方文化晚，那南方人富於想像也是自然的。這是南方文學中詩歌的特質勝過北方文學的原因。

由此看來，北方人的感情，是詩歌的，因沒有想像的輔助，所以他們的創作祇出現短小的文章。南方人的想像，也是詩歌的，因為沒有深邃的感情作為後援，所以他們的想像也是雜亂沒有依歸的，所以沒有純粹的詩歌。而偉大詩歌的產生，必須借助北方人的感情，與南方人的想像合而為一，也就是融會貫通南北文化的學者出現後纔能實現，這個人就是屈原了。

屈原是南方人又是學習北方文化的學者。南方學派的思想，本來與當時封建貴族的制度不能相容，所以即使是南方的貴族，也常常秉持北方的思想。看屈原的文章，就可以證明。他所稱揚的聖王，就有高辛、堯、舜、大禹、商湯、商少康、商武丁、周文王、周武王，賢人就有皋陶、伊摯、傅說、彭、巫（指彭祖、巫咸，是商朝的賢臣，與“巫咸將夕降兮”的巫咸是兩人，就是《列子》中所說的“鄭有神巫，名季咸”），比干、伯夷、呂望、甯戚、百里奚、介之推、伍子胥，暴君就有夏朝的啟、羿、浞、桀、商紂，這些都是北方學者經常提到的，而對南方學者經常提到的黃帝、廣成子等人卻沒有一個提到。雖然《遠游》這篇文章看起來是專門表達南方思想的，但這確實是屈原的憤激之詞，就像孔子說要居住在少數民族地區和坐船歸隱一樣，這不是他們真正的理想。《離騷》的最後一章，旨意跟《遠游》相同。但最後說：“登上廣大明亮的天空，忽然俯視而看到我的故鄉。馬夫悲傷而馬兒懷戀，所以都徘徊不肯向前。”《九章》中的《懷沙》，是他的絕筆之作，但仍稱揚重華、商湯、大禹，足以明白屈原是個徹底的充滿北方思想的學者，他即使想做南方學者也終究是有所不甘的。

屈原自稱說"廉堅"。我認為屈原的性格，這兩個字完全概括了。他的廉潔本來就是南方學者樂意堅持的，而堅貞則是他們不屑於做的，也是不能做的。女嬃的責備，巫咸的占卜，漁父的歌唱，都反映了南方學者的思想，但都不足以打動屈原。而瞭解屈原的，就衹有詹尹一人。大概屈原對楚國來說，親近則為肺腑，尊寵則為大夫，又曾經主持內政和外交上的大事！他對國家，既與國家有數代患難與共的感情，他對懷王，又有知遇的感激，但遭懷王的一再疏遠流放，而他最終沒有改變志向，因此他的性格和遭遇結合就成了一種幽默。《離騷》以下的其他詩歌，確實是這種幽默思想的反映。如果南方學者處於這種情況，那賈誼（《吊屈原文》）、揚雄（《反離騷》）的所作所為是正確的，那屈原的行為就是錯誤的了！這就是屈原的文學，不同於北方學者的地方。

但就屈原詩歌的形式來說，他不同於南方學派的地方，又不少。他的豐富的想像力，實際與莊子、列子相近。《天問》《遠游》的虛構談論，求女情節荒誕無稽的語言，嚴正的議論講不盡，就用詼諧的語言，於是思想上的游戲就更自由了！他把《詩經》的短句變成長句，短篇變成長篇，因此感情的抒發就更曲折含蓄了！這都是古代北方文學中不曾出現的，而這種變化的風氣就從屈原開始。但之所以能夠借助這種想像而創作出這種偉大的文學，確實是因為他具有北方人真摯誠懇的性格。這就是莊周等人衹是哲學家的原因，而東周到秦朝這段時間的偉大詩人，不能不說衹有屈原。

總之，詩歌，是感情的產物。雖然詩歌中想像的基本要素（也就是智力的基本要素），也必須有真摯誠懇的感情，作為潔白的質地然後這些基本要素纔會顯示出來。所以詩歌，實際是北方文學的產物，而不是感情輕佻冷淡的人所能創作的。看後代的詩人，如陶淵明，如杜甫，無不是受北方學派的影響的，哪裏衹有一個屈原是這樣啊！哪裏衹有一個屈原是這樣啊！

【解析】

中國地域廣闊，且歷史有分有合，合久分短，但衹要有分合，就會有不同的區域文化。如南北朝時，社會動亂，地分東西，文有南北，獨立發展而各有特色。若有高才秀士融貫南北，學兼東西，乃能勃然為一世雄。如庾信先為梁臣，是南朝宮體詩創作的引領者。其宮體詩內容多寫女色及詠物，學者以為無甚可取。不過內容的貧乏，反而使他可以在詩歌技巧上精益求精，如對永明聲律以及典故的運用，成就均高於時人。入北而被強留北方後，其亡國之痛，思鄉之苦，與其在南方時鑄就的詩法相輔，乃達成他“淩雲健筆意縱橫”“詩賦暮年動江關”的成就。

　　早在唐朝，已有學者從地域的差異來考察南北文風的不同了。《隋書》曰：“江左宮商發越，貴於清綺；河朔詞義貞剛，重乎氣質。”是唐人知南北文學的優長並取以為借鑒，故有唐詩歌乃蔚然為盛唐氣象。而近代學者如劉師培對南北朝文學的研究，亦措意於南北地域的不同而導致南北文學的不同以立論。

　　戰國時期，大國為七，諸侯爭霸，百家學術，各以所知爭鳴。不過，諸子之間雖彼此批評辯論，看似針鋒相對，實則也互為借鑒，各取所長，為己所用。如孔子向老子問禮，墨家對儒家思想的吸收，道家與法家有相通等。而當時士人可以自由周遊天下，宣揚學術，也為文化的傳播提供了許多的便利。

　　屈原生於戰國末年，正是南北思想交相融合的時代。而他又內美外修，通曉諸子百家，对儒、法、道、縱橫家、陰陽家等思想無不涉獵。又曾與楚王圖議國事，應對賓客，而終被流放。因此，王國維從南北學術之異同來考察屈原的文學成就，指出南人善於思辯並富有想像，而北人有深邃的思想並長於實踐。屈原為南方人，所以他的想像也非常奇特，在文學創作中，也“巧於比類，而善於滑稽”；而他學習和接受了北方的思想，所以他亦能“以堅忍之志、強毅之氣，持其改作之理想以與當日之社會爭”，又“一疎再放，而終不能易其志”。所以，他能創為長句長篇而成為大文學家。

參考文獻

阮元．十三經注疏［M］．北京：中華書局，1980.

李民，王健．尚書譯注［M］．上海：上海古籍出版社，2004.

孫詒讓．墨子閒詁［M］．北京：中華書局，2001.

梁啟雄．荀子簡釋［M］．北京：中華書局，1983.

司馬遷．史記［M］．北京：中華書局，1982.

洪興祖．楚辭補注［M］．北京：中華書局，2002.

蕭統．文選［M］．李善，注．北京：中華書局，1977.

蕭統．文選［M］．六臣，注．北京：中華書局，1987.

沈約．宋書［M］．北京：中華書局，1974.

蕭子顯．南齊書［M］．北京：中華書局，1972.

范文瀾．文心雕龍注［M］．北京：人民文學出版社，1958.

陳良運．中國歷代詩學論著選［M］．南昌：百花洲文藝出版社，1998.

陸侃如，牟世金．文心雕龍譯注［M］．濟南：齊魯書社，1982.

王運熙，周鋒．文心雕龍譯注［M］．上海：上海古籍出版社，2012.

趙仲邑．鍾嶸詩品譯注［M］．南寧：廣西人民出版社，1987.

曹旭．诗品集注［M］．上海：上海古籍出版社，1994.

楊明．文賦詩品譯注［M］．上海：上海古籍出版社，1999.

周振甫．詩品譯注［M］．北京：中華書局，1998.

陳志平，熊清元．金樓子疏證校注［M］．上海：上海古籍出版社，2014.

魏徵，等．隋書［M］．北京：中華書局，1973.

仇兆鼇．杜詩詳注［M］．北京：中華書局，2004.

孫昌武，選注．韓愈選集［M］．上海：上海古籍出版社，2013.

王國維．人間詞話［M］．北京：人民文學出版社，1960.

王國維．海寧王靜安先生遺書［M］．臺北：臺灣商務印書館，1976.

陳振鵬，章培恒．古文鑒賞辭典［M］．上海：上海辭書出版社，1997.

俞平伯，等．唐詩鑒賞辭典［M］．上海：上海辭書出版社，2004.

郭紹虞．中國歷代文論選［M］．上海：上海古籍出版社，1979.

嚴可均．全上古三代秦漢三國六朝文［M］．北京：中華書局，1958.

郭紹虞．杜甫戲為六絕句集解　元好問論詩三十首小箋［M］．北京：人民文學出版社，1978.

孫耀煜．歷代文論選釋［M］．南京：江蘇教育出版社，1989.

周舸岷．古代文論名篇選注譯析［M］．開封：河南大學出版社，1991.

施議對．人間詞話譯注［M］．上海：上海古籍出版社，2016.

許嘉璐．二十四史全譯［M］．上海：漢語大詞典出版社，2004.

楊明，羊列榮．中國歷代文論選新編：先秦至唐五代卷［M］．上海：上海教育出版社，2007.

羊列榮，劉明今．中國歷代文論選新編：宋金元卷［M］．上海：上海教育出版社，2007.

鄔國平．中國歷代文論選新編：明清卷［M］．上海：上海教育出版社，2007.

後　記

　　上大學時，看到章培恒先生主編的《中國歷代文學作品選》，對每位作家都往往有一小段簡介。其中提到作者的文風詩風，編者有時會引用一些話語來作評述，如評杜甫，就引元稹的《唐故檢校工部員外郎杜君墓係銘並序》曰：“上薄風、騷，下該沈、宋，古傍蘇、李，氣奪曹、劉，掩顏謝之孤高，雜徐庾之流麗，盡得古今之體勢，而兼人人之所獨專矣！”或書中對某篇作品的評論，亦喜引用他人之語以作評論，如論東坡《水調歌頭》，引胡仔《苕溪漁隱叢話》曰：“中秋詞，自東坡《水調歌頭》一出，餘詞盡廢。”這些論家之語，實在是新奇簡潔，醒人耳目。我亦因此偶於會意處暗誦於心，直到如今，言猶在耳，事如目前。

　　所幸老師在大三又開設了“中國古代文學批評史”的選修課，教材是蔣凡和郁沅兩位先生編訂的《中國古代文論教程》。那時，我們根本不知道這門課講什麼內容，自然也就沒有多少同學選修了，而我則是抱着“明知其難而故意為之”的心態來選修此課的。在課堂上，老師講的內容，對我們來說也確實是艱深晦澀的，而我也是在糊裏糊塗中學完這門課的。不過，一學期下來仍有收穫，除了略知此門課程的一些基本情況外，還因此讀到諸如王國維的《人間詞話》中的一些經典的語錄，其中印象深刻者如：“‘紅杏枝頭春意鬧’，著一‘鬧’字，而境界全出。‘雲破月來花弄影’，著一‘弄’字，而境界全出矣。”“古今之成大事業、大學問者，必經過三種之境界：‘昨夜西風凋碧樹，獨上高樓，望盡天涯路。’此第一境也。‘衣帶漸寬終不悔，為伊消得人憔悴。’此第二境也。‘眾裏尋他千百度，回頭驀見，那人正在，燈火闌珊處。’此第三境也。此等語皆非大詞人不能道。然遽以此意解釋諸詞，恐為晏、歐諸公所不許也。”也是在那時，買了周振甫的《文心雕龍譯注》，翻看一過，做了一些筆記，背誦了部分篇章，但終究是不甚了然。當然，此書後來隨我漂泊數年，在我再求學而離別時，贈送給了我敬重的寧廣海老師了。（寧老師來自吉林，是一位高中語文教學經驗非常豐富的老師。我初入江湖而為高中語文老師，有幸得為同事。寧老師雖長我十多歲，卻於眾人中獨許我以忘年，在教學和生活上，時時對我耳提面命，期我以殷殷。唯我無所事成，愧疚而無可奈何耳！）此外，大四時，初學上網，我還專門到網吧，把司空圖《二十四詩品》、王夫之《薑齋詩話》、沈德潛《說詩晬語》、方東樹《昭昧詹言》等詩話下載了，打印出來，偶爾觀摩。雖然後來畢業搬運書籍時，這些打印的資料也棄而不顧，失落無蹤，但畢竟結下了一段緣分。

本科畢業後，我在一個偏僻的小地方做中學老師。閒來讀書，除了偶爾翻看艱深的《文心雕龍譯注》外，就是在那時購得陳引馳、韓可勝兩位先生選注的《談詩論文》來背讀。數年的光陰流轉，現在回看此書，仍可看到扉頁上幼稚地寫下的從臺灣作家蕭麗紅的名作《千江有水千江月》中看到的"千江有水千江月，萬里無云萬里天"的聯語，以及從南北朝時由南入北的大詩人庾信的《春賦》中讀到的"影來池裏，花落衫中"之句。兩副聯語，前語是大學時，由當代文學的熊老師開設選修課時傾情推薦的《千江有水千江月》中得知。他在課堂上朗讀其中的篇章時，還因感動不已而淚流滿面，其情其景使我銘記至今。後來我在一個書攤上，又不經意間購得此書的懷舊版。至今偶爾在課堂上為諸生言及此書，雖不能使茫然的學子有所共鳴，但亦權當追憶了。而庾信之賦，則純粹喜好，亦是年少輕狂，子弟理想而已。《談詩論文》的目錄中鈐有我閒刻的朱紅隸書方印"五湖游人"（此印不知何時已失矣），亦為一笑。而書中近半文章被我用紅黑之筆勾勒塗鴉，或當作練字之用，或敘寫同情之語，或發思古之幽情，或標舉其大意。今日看來，無非是後學小子的淺見陋識罷了。俱往矣！所得者，不過是略略翻閱一過此書，且於其中辭美義長、音情頓挫之文，間有背誦而已。

讀碩士時，胡老師言傳身教，謂治六朝文學，必得文學及文論並用，然後可收其效。我雖不敏，亦欲學有所得。因效文士風雅，閒暇買書，又購得周振甫先生的《詩品譯注》，並於舊書攤陸續得到郭先生一卷本和四卷本的《中國歷代文論選》。孟郊說："春風得意馬蹄疾，一日看盡長安花。"而我那時則是：心情愉悅，一天看完《詩品譯注》。書的扉頁以及"前言"的空白處，分別鈐有一個朱紅方印，其實都是同一個印。也是我閒來無事，胡亂雕刻的（惜乎此印也在一次搬宿舍時失落無考了）。中間是一個篆書的"蛇"字，左右兩邊是兩棵小草。扉頁左下角還有簽字筆書寫的三行字，從上到下分別是"一江水月""廣西桂林""2006.9.13"。扉頁前的那一頁空白紙上，又用紅筆繪製了《詩品》的源流授受圖。書中也密密麻麻地寫了很多總結的內容、閱讀的體會和思考的感想。當然，那時的想法也是相當膚淺和狹隘的，所以如此者，不過是欲以此見證我讀書時，習慣在自己所買的書上隨手寫下閱讀的心得而已。而對郭書，則頗有非借不能讀的味道了。不過，彼時除了泛讀六朝典籍以外，日常的工作，則以每週翻譯一篇六朝文論相期。現在回看囊中所有，僅得十數篇。想來當時也未能持之以恒，或者因以前讀書太少，需彌補往日缺失而無暇顧及翻譯。而且那時讀書的筆記，都要在當日輸入電腦以整理存放，所以也不能靜心翻譯。再者，翻譯中遇到一句兩句晦澀的詩句，三言兩言艱深的語錄，思量半日而無所得時，心中亦不免煩躁，因此知難退卻而至於三天打魚兩天曬網，事乃無所成。當然，那些翻譯，在參考了前輩學者的成果後，於"信達"或偶可差近原著，但"雅"字一訣，則多有未達一間者矣！

　　我博士畢業後，給本科生開課，在"中國古代文學史"這門課上給學生梳理文學史和分析作品時，總會引用前人的評論材料；給學生佈置詩歌鑒賞的作業以及指導畢業論文時，依據考鏡源流和辨章學術的原則，要求學生先做詩歌的集評和梳理學術史；學生想要參加研究生的入學考試，在復習古代文學和中國古代文學批評的專業課時，選做專業真題，總要我幫助解答諸多有關中國古代文學批評的題目；而有的學生考到了其他學校去讀研究生後，他們的老師給學生開設中國古代文學批評方面的課程時，總有學生回頭向我抱怨，說為何不能在本科階段給他們開設這些常見的課程。種種因緣際會，所以當我看到人才培養方案中有這門課程，而其他老師無暇顧及開設時，我就不憚其陋，嘗試給每一屆學生開設此門選修課。其初通以文本的閱讀為主，擇其要者令諸生熟讀暗誦於心。而我則於備課時，以日或週譯一文相期，並為之簡注解析。本無新見，自是拋磚，亦欲使諸生知有此門課程而已。孰料集腋成裘，終成此草。

　　塵事紛紛，人生碌碌，少年子弟江湖老，紅粉佳人鬢邊華！唯想起小逸哥歲半時，中午睡覺多要我抱着才肯入夢。所以，我總是抱其於膝上，同時校對和整理文獻，頗有所成，此即《粵西文論選》也。到如今，他已經能自覺自願地入幼兒園了！而此時，小棋哥則剛剛咿呀學語。與哥哥不同的是，小棋哥入睡之後，則不需抱了。而我唯一一次抱他於膝上睡覺，又同時在電腦前整理書稿，竟幸有所成，又即《中國古代文論選譯》也。此情此境，恍如昨日。文稿歷經修改，迨其初成，小棋哥已近一歲矣！

　　古人有詩謂："最是寒窗書味永，雁聲蟲語伴晨昏。"張舜徽先生亦言："每日凌晨三時輒醒，醒則披衣即起，不稍沾戀。行之畢生，受益至大。起床後，整頓衣被几案，迨盥漱畢，而後伏案觀書。其時萬籟俱寂，神智清澈，自然事半功倍。語云：'早起三朝當一工。'誠不虛也。每值寒冬夜起，雨雪打窗，孤燈獨坐，酷冷沁人肌骨，四顧惘惘，仍疾學不已，自忘老之已至。及曉日出，衆庶咸興，而余已閱讀寫作數小時矣。"前輩所言，於我心甚有戚戚焉。且雖不能至，但心已向往之矣！

2019 年 1 月 6 日改定於桂林雁山與堯山之畔